루카스

별자리: 염소자리
혈액형: AB형

권은미

별자리: 황소자리
혈액형: A형

인소의 법칙

인소의 법칙 8

1판 1쇄 발행 2018년 4월 30일
1판 9쇄 발행 2023년 5월 19일

지은이 ｜ 유한려
발행인 ｜ 신현호
편집장 ｜ 예숙영
편집 ｜ 최은지
편집디자인 ｜ 한방울
영업 ｜ 김민원
물류 ｜ 이순우 박찬수

펴낸곳 ㈜디앤씨미디어
출판등록 2002년 5월 1일 제117-90-51792호
주소 서울시 구로구 디지털로 26길 111 JnK디지털타워 503호
대표전화 (02)333-2513 팩스 (02)333-2514
전자우편 dncbooks@dncmedia.co.kr
디앤씨북스 블로그 http://blog.naver.com/dncbooks

ISBN 978-89-267-1342-6 04810
ISBN 978-89-267-1819-3 (SET)

인소의 법칙

유한려 지음 녹시 그림

iD
BOOK

제32조. 그가 불행을 이겨 내기까지

그가 불행을 이겨 내기까지

건물을 둘러싼 정원은 그렇게 넓지 않았다.

한눈에 다 볼 수 있을 정도는 아니었으나, 모퉁이 한두 개만 돌면 전부 돌아볼 수 있었다. 그러나 막상 시야 끝에 붉은 머리카락이 덜컥 걸렸을 때, 우리는 그 자리에 우뚝 멈춰 서고 말았다.

눈이 새하얗게 앉은 관목들을 배경으로, 건물 벽에 기대서서 바닥만 내려다보는 은형이의 얼굴에는 마땅히 표정이랄 게 없었다. 언제 끓어올랐나 싶을 정도로 고요한 그 얼굴은 정원과 비슷한 온도로 잘 어울렸다.

서로를 돌아본 나와 반여령은 난감한 표정을 했다.

차라리 울고 있었다면 달랜다는 핑계로 말 한마디 건네 봤을 텐데, 이미 스스로 혼란을 수습한 것 같은 저 단단한

껍데기에 대고 무슨 말을 꺼내야 할까? 나는 결국 병원에서부터 생각했던 가정을 다시 떠올리고 말았다.

사실 은형이에게 우리 두 사람은 필요가 없는 게 아닐까? 사람인(人)이 두 사람이 서로에게 기대고 있어서 사람인이라지만, 은형이는 혼자서 모든 것을 버텨 내는 데 너무 익숙해졌기 때문에 우리가 오히려 그에게 방해만 되는 게 아닐까?

어차피 곧 나타나서 평소와 다름없는 얼굴로 상냥하게 웃어 줄 텐데, 차라리 지금이라도 집으로 돌아가 그가 알아서 혼란을 수습하고 돌아오길 기다리는 게 나을지도 몰라.

내가 거기까지 생각한 그때였다.

우리와 은형이가 선 곳으로부터 그리 멀지 않은 곳에 차고가 있었는데, 차 한 대가 차고에 들어가지 않은 채 바깥에 주차되어 있었다. 눈이 얼마 내려앉지 않은 것으로 보아 방금 온 유신의 차인 것 같았다.

그 근처에 검은 양복 차림의 남자들 서너 명이 서성거리며 담뱃불을 댕겨 붙이고 있었다. 그러면서 은형이 쪽을 힐긋거리는 폼을 보아하니, 그들도 은형이의 존재를 인식하고 있는 것이 확실했다.

아는 사이인가? 그렇다면 사고 소식을 들었을 테니 의례 상의 말을 건넬 법도 한데, 그들은 그러기는커녕 꺼림칙한 것이라도 본 양 은형이이게서 멀찍이 떨어져 찜찜한 눈으로 힐끗거렸다.

그러다 그들에게서 흘러나온 말에 나는 눈을 크게 떴다.

"거봐, 멀쩡할 줄 알았어. 병원에서부터 먼저 집에 가겠다고 했다며."

멀쩡할 줄 알았다니? 나와 반여령의 얼굴이 와락 구겨졌다.

우리는 고개를 휙 돌려 은형이를 바라보았다.

목소리가 큰 것이 은형이 들으라고 한 말이 틀림없는데, 정작 당한 당사자인 은형이는 아무런 표정도 없었다. 녹색 눈으로 묵묵히 바닥만 노려보는 모습에 내가 다 답답해질 지경이었다. 무슨 말이라도 해야지!

그 가운데 남자들은 계속 쑥덕거렸다.

"아무리 그래도 회장님이 거둬 주셨는데 은혜도 모르고……."

"아니, 그건 아니지. 회장님만 사고당하셨으면 모를까 자기 아버지도 같이 사고당한 판국에도 저렇잖아."

"저거 그거 아니냐? 사이코패스."

마지막으로 떨어진 말에 나는 숨을 흡, 소리 나게 들이쉬었다. 잠시 주먹을 움켜쥐고 있다가, 나는 고개를 휙 돌려 여령이를 돌아보았다. 여령이 역시 나 못지않게 열 받았는지, 눈을 치켜뜨고 입술은 하얗게 될 만큼 세게 깨문 채 남자들을 노려보고 있었다. 당장 남자들에게 달려가 멱살이라도 잡아챌 기세였다.

그건 나도 마찬가지였다. 학교에서 은형이의 모습을 한

번이라도 봤다면 도저히 그런 말은 못 할 텐데. 아니, 방금 집에서 천영이와 대화하는 그의 모습만 봤어도! 자기들이 도대체 은형이에 대해 뭘 안다고?

그때 다시 말소리가 날아왔다.

"하기는, 자기 어머니가 사고당했을 때도 눈물 한 방울 안 흘렸다며. 그때는 고작 여섯 살인가 일곱 살인가 그랬다는데."

"뭐? 그게 정말이야?"

나는 이번에야말로 얼굴이 창백해지고 말았다.

은형이가 듣고 있는 줄을 빤히 알면서도 어머니 사고 얘기를 들먹이다니? 그것도 아버지까지 사고를 당한 이 판국에.

"본가에서 쓰는 사람들은 거의 십몇 년째 고정이니까, 들으려면 다 들리지. 처음에는 안쓰러워서 다들 잘해 주려다가 애가 한 번도 안 우는 거 보고 정이 뚝 끊겼다는 거 아니야. 저게 도깨빈지 뭔지 싶어서."

아. 나는 이제야 남자들이 은형이와 자신들 사이에 보이지 않는 선이라도 그어진 듯 행동하던 이유를 알 수 있었다. 왜 은형이에게 위로의 말을 건네는 대신 경계의 시선을 보내는지도.

병원에서 보았던 유천영 어머니의 태도나 유건, 유신이 은형이를 대하던 태도를 생각했을 때 은형이는 꽤 관심 받고 있는 것 같지만, 그건 어디까지나 유천영 가족에 한해서였다.

발해 그룹 고용인들 입장에서 은형이는 운 좋게 자기 집 안에 빌붙은 꼬맹이 정도일 테니까. 게다가 그 꼬맹이가 자기들 고용인의 사고 소식에 저런 반응이라니, 저들로서는 은형이의 성품을 의심해 볼 만했다.

아니, 그래도 그렇지. 나는 입술을 깨물었다. 이 와중에 어머니 일을 은형이 앞에서 꺼낸 건 진짜 나쁜 짓이라고밖에 못 하겠다.

그때, 남자들의 대화가 예기치 못한 방향으로 흘러가기 시작했다. 그들은 갑자기 얘기 주제를 바꾸었다.

"이번에 회장님이 못 깨어나시면 어떻게 되는 거지?"

"이번에 주식 하는 친구한테 들었는데, 발해 그룹이 오너 일가 지분이 그렇게 높은 편이 아니래."

손목을 휘둘러 담뱃불을 털어 낸 남자가 말을 이었다.

"세 아들 중에 막내는 아직 미성년자고, 게다가 경영에 참여하기로 되어 있는 건 유건 하나잖아. 그런데 나이가 워낙 젊어서 큰일이지. 작년 말에 이사 자리 올라갔고."

"그래서 뭐가 어떻게 된다는 거야?"

"글쎄, 높은 확률로 경영권이 넘어가겠지."

나는 다시 미간을 좁혔다. 완전히 이해하지는 못했지만, 아침 드라마를 봐 온 내공이 있어서인지 그럭저럭 맥락은 파악이 됐다.

그러니까 아마도 유천영네 집안이 발해 그룹 오너 자리에서 내려온다는 것 같은데, 이게 만약 드라마였다면 보통 클라이맥스에서나 나올 법한 사건 아닌가? 그렇다면 유천영에게도, 유천영 가족에게도 틀림없이 보통 일이 아닐 테지.

남자 중 하나가 은형이를 가리키며 물었다.

"그럼 쟤는 어떻게 되는 건데?"

"부자는 망해도 3대를 간다는데 버리지는 않겠지, 뭐. 막내 도련님 친구인데."

천연덕스럽게 어깨를 으쓱하던 남자가 문득 말을 이었다.

"아, 그런데 쟤 동생 하나 있잖아."

나는 눈을 찡그렸다. 그건 또 여기서 왜 나와?

은형이에게 여동생이 있다는 건 물론 알고 있다. 하지만 본인이 우리에게조차 언급을 최소한으로 하는 사안이고, 나도 담력 시험 때 주인이가 되짚어 주지 않았더라면 아마 지금까지 까먹고 있었을 것이다. 과연 힐긋 옆을 보니, 여령이도 눈썹을 찌푸리고 '그러고 보니' 하는 것 같은 표정을 짓고 있었다.

나는 다시 고개를 돌렸다. 아무튼 저 남자들과 은형이는 필연적으로 오래 알아 온 사이일 테니, 그들이 은형이 여동생의 존재까지 알고 있는 것은 이상하지 않다.

하지만 왜 하필 지금 언급한단 말인가?

"걔 희귀병 있잖아. 뭐라더라? 혈구…… 탐식성…… 어찌고였는데."

"아, 나도 그 이름 들었는데."

"그래, 아무튼 그것 때문에 퇴원했다 다시 입원했다 반복하다가 지금은 아예 장기 입원하고 있다고 알고 있거든, 합병증 와서."

남자들이 태연한 얼굴로 그런 얘기를 나누는 모습에 기가 질리는 한편, 나는 그제야 은형이가 명절날마다 어디로 사라졌는지 깨달을 수 있었다. 그가 왜 그렇게 병원 구조에 익숙했는지도.

은형이는 명절날마다 내내 거기서 머물렀던 것이다. 아파서 병원을 나갈 수 없는 그의 여동생, 권은미와 함께.

나는 입술을 깨물었다. 남자들의 말이 이어지고 있었다.

"그거 치료비가 장난 아니라고 들었는데, 발해 그룹에서 대 주지 않으면 저쪽은 어차피 파산 아닌가?"

"어디 원망도 못 할 거고 말이야. 애초에 회장님이 은혜를 베풀어서 치료비 대 주고 있던 건데, 자기 아버지가 그런 회장님 데려다 사고 낸 거니까."

"사정이 딱하게 돼서 동정하려고 해도 저런 표정이나 짓고 있으니, 원."

"솔직히 지금까지 너무 운이 좋았던 거지."

한편, 남자들의 말을 똑똑히 듣고 있을 은형이는 여전히 아무런 표정 변화가 없었다. 그가 잠깐이나마 고개를 들어

그쪽을 바라보았을 때는 '운이 좋았지.' 하는 말이 들려온 그때 단 한순간뿐이었다. 나는 그의 심정을 조금이나마 짐작할 수 있었다.

운이 좋다니, 대체 누가?

만약 내가 은형이의 상황에 처했다면 어떻게 됐을지, 나는 상상도 할 수 없다. 내가 그처럼 똑바로 자라날 수 있었을까? 틀림없이 알지도 못하는 누군가를 원인으로 생각하고, 원망하면서 아무것도 하지 않다가 끝내 스스로의 삶을 망가트리고 말았을 것이다. 큰 불행에 처했을 때 그것을 견디기 가장 쉬운 방법은 바로 그것이니까.

그런데 은형이는 그러지 않았다. 그는 식사를 규칙적으로 챙기고, 학교를 다니고, 사람들을 배려하고, 공부를 했다. 그에게 주어진 모든 삶의 과제들을 불평 하나 없이 성실하게 수행했다. 상장에 흔히 적히는 표현 그대로 '타의 모범'이 되었다.

나는 그것이 그의 선천적인 성향 때문이라고만 생각했지만, 그라고 모든 것을 포기하고 싶었던 적이 단 한순간도 없었을까?

그는 그 스스로를 구하기 위해 최선을 다했다. 그런 그를 가리켜 어떻게 '운이 좋았다'고만 할 수 있을까?

다시 고개를 돌린 나는 여령이와 눈이 마주쳤다. 눈빛만을 통해 서로의 마음을 읽은 우리는 고개를 한번 끄덕인 다음, 말도 주고받지 않고 곧장 앞으로 나아갔다.

그때까지도 벽에 기대어 있던 은형이가, 비장한 표정으로 걸음을 옮기는 우리를 보더니 당황한 표정을 지었다.

"단아? 여령아? 여기서 뭐……."

아랑곳 않고 그를 성큼성큼 지나친 우리는 남자들 앞에 척 하고 걸음을 멈췄다. 그러는 우리를 보고, 아마도 여령이를 보고서겠지만 남자들이 일제히 멍한 표정을 지었다.

담배를 피우던 남자는 꽁초가 짧아져 담뱃재가 손목에 뛸 때까지도 우리를 멍하니 바라보기만 했다. 그러다 그가 문득 손을 털어 내며 앗뜨뜨, 소리를 질렀다.

그때를 노려 내가 불쑥 말했다.

"아저씨들, 방금 은형이 앞에서 했던 말들 다 사과해 주세요."

"뭐?"

"은형이가 운이 좋았다느니 뭐라느니 하셨는데, 아저씨들이 은형이 입장이라면 그런 말 나오겠어요? 남 인생이라고 함부로 말하는 거 아니죠."

내 말이 끝나자마자 남자들의 표정이 변했다. 몇몇은 대놓고 기분 나쁜 표정을 짓기도 했다.

한 남자가 앞으로 나서며 물었다.

"너 뭐야? 왜 이 집에……."

"아니, 잠깐."

옆에서 다른 남자가 그를 막았다. 그리고 남자가 작게 속삭였다.

"막내 도련님 친구야."

그 말을 들으니 기분이 썩 좋지는 않았다. 뒷배를 내세워 행패 부리는 건달이라도 된 듯한 기분이었다. 행패를 부리고 있는 건 엄연히 저쪽인데.

입술을 꾹 깨문 나는 다시 말했다.

"은형이한테 사과하세요. 방금 좋은 일이 있었다면 모를까, 그것도 아닌 애한테 대체……."

그때 내 옆에 있던 여령이가 불쑥 입을 열었다.

"그리고 아저씨들, 방금부터 불쌍하다느니 뭐라느니 하면서 되게 사람 좋은 척하는데 제가 보기에는 아저씨들이 더 사이코패스 같거든요?"

눈빛 못지않게 싸늘한 목소리로 날린 2연타였다. 사과하란 소리에 이어, 사이코패스 소리까지 들은 그들은 하나같이 뒷목이라도 잡을 듯한 표정이 되었다.

"뭐라고?"

"방금 아버지가 사고당한 애 앞에서 어머니 사고 얘기하고, 여동생 얘기하고, 뭐 하자는 건데요?"

"아니, 그게 아니고, 아가씨……."

막내 도련님 친구란 것을 알아선지 그들의 태도는 제법 유했다. 그러나 결코 우리의 말에 대해 숙고하거나 자기들이 한 말을 반성하는 기색은 아니었다.

고개를 돌려 은형이 쪽을 힐긋 본 그들은 그가 허수아비라도 된다는 듯 천연덕스레 말을 이었다.

"아가씨는 모르겠지만, 우리는 이래 봬도 10년 전쯤부터 이 집에 있었거든? 그러다 보니까 아가씨가 모르는 아가씨 친구들 모습도 알고 그렇지."

"그냥 서로 알고 있는 모습이 다른 거지, 그렇게까지 화낼 필요는 없잖아."

"그래. 그런데 한두 번도 아니고, 사고가 난 지금까지도 반응이 저렇잖아."

여령이가 다시 버럭 화를 냈다.

"은형이 반응이 뭐가 어때서요? 뭐가 어때서!"

"아, 지금 아가씨도 보다시피 울지도 않고…….."

"울지 않으면 옆에서 소금 뿌려도 된다는 거예요?!"

여령이가 도통 물러나지 않자 남자들은 슬슬 화가 나는 기색이었다. 그들 중 하나가 인상을 확 찡그리며 물었다.

"아니, 아가씨. 그렇게 말하면 정말 우리가 무슨 나쁜 사람이라도 된 것 같잖아. 다른 집안사람을 군말 않고 거둬 준 것도 우리인데."

"거둬 준 건 천영이네 아버지잖아요."

내가 작은 목소리로 끼어들자마자, 남자들은 휙 고개를 돌려 살벌한 눈으로 나를 노려보았다.

이크, 나는 뒤로 한 발자국 물러났다. 역시 괜히 나섰나? 사실 은형이도 우리가 나서는 것을 바라지는 않았을 것이다. 아니, 하지만 너무 말 같지도 않은 소리를 들으라고 하니까……

저 사람들은 분명히 은형이 속을 긁고 싶었던 게 틀림없었다. 그러면서도 속으로는 '저 애가 울지 않으니까', '아무래도 현실을 모르는 것 같은데 깨닫게 해 줘야지' 따위의 생각으로 정당화하고 있었을 것이 아닌가. 그렇게 생각하면 답답해서 도저히 그냥 넘어갈 수가 없었다.

그렇다고 해도 모르는 남자 서너 명이 우리를 쏘아보는 광경은 확실히 무서웠다. 나와 여령이가 한 발짝 뒤로 물러나는 그때, 뒤에서 불쑥 뻗어 온 손이 우리를 붙잡았다.

화들짝 놀라 뒤를 돌아보았던 나와 여령이가 동시에 내뱉었다.

"은형아."

돌아본 그 자리에는 몹시 피로한 듯한 얼굴의 은형이가 서 있었다. 안색은 곧 저승사자에게 붙잡혀 갈 듯한 주제에, 그는 우리와 눈이 마주치자 놀랍게도 미소 비슷한 것을 지어 보이기까지 했다.

은형이가 평소와 다름없는 목소리로 말했다.

"들어가자, 여령아. 단이야."

여령이가 붉어진 눈으로 노려보자, 은형이가 작게 덧붙

였다.

"춥잖아."

사실상 그는 '이제 그만해' 하고 말하고 있는 것이나 다름없었다.

그의 말에 남자들은 하나같이 안도하는 표정으로 변했다. 하긴, 그들에게도 고용인의 친구, 더군다나 새파랗게 어린 학생들과 싸우는 것은 그리 유쾌하지 못한 경험이었을 것이다.

하지만 애초에 그런 말을 하지 않았으면 됐을 텐데. 내가 잠자코 눈을 치뜨는 사이, 잠시 수군거리던 그들은 일제히 몸을 돌려 어디론가 가 버렸다.

한동안 쌓인 눈을 밟는 자박거리는 소리와 새소리밖에 들려오지 않았다. 마침내 찾아온 침묵 속에서 은형이가 차분하게 물었다.

"왜 둘 다 밖에 있어? 이렇게 추운데."

나는 일단 입을 열었다.

"그게, 너 데리러 왔다가……."

그리고 나는 떠나는 남자들의 등 뒤를 잠시 바라보다 말을 맺었다.

"다 들었어. 미안."

은형이는 무엇을 들었는지 묻지도 않았다. 다만 작게 고개를 끄덕이더니 우리 두 사람의 표정을 힐긋 살피고는 내뱉었다.

"상관없어."

"뭐?"

"알아도 상관없는 일이었어. 일부러 말 안 하려고 한 건 아니야. 다만……."

거기까지 말한 은형이가 갑자기 입을 다물더니 난처한 듯한 표정을 지었다.

다만? 내가 이어질 그의 대답을 기다리는 그때였다. 그때까지도 화를 삭이지 못하고 조용히 어깨를 들썩이며 가쁜 숨을 내쉬던 여령이가 갑자기 손을 뻗어 은형이의 손을 움켜잡았다.

은형이가 놀란 눈을 하고 그쪽을 돌아보았다.

"여령아?"

"안 울어도 돼."

"……."

은형이의 눈이 미미하게 커졌다. 나 또한 눈을 크게 떴다.

여령이가 붉어진 얼굴로 씩씩거리며 내뱉은 '안 울어도 돼'라는 말은, 일반적으로 위로할 때 듣게 되는 말과는 달랐다.

그러니까, 은형이 같은 사람을 위로할 때 우리는 보통 울어도 된다고 하지 않나. 나는 가만히 고개를 기울였다. 그때, 갑자기 우리의 어깨 위로 작은 눈송이들이 내리기 시작했다.

이윽고, 두 손을 들어 은형이의 손을 제 이마 쪽으로 가져온 여령이가 작게 읊조렸다.

"안 울어도 돼. 그래도 너, 하나도 안 이상해."

"……."

은형이의 눈이 어둡게 가라앉았다.

입술을 잘근 씹은 여령이가 갑자기 소리를 높였다.

"자기들이 뭘 안다고! ……당사자도 아니면서."

"……여령아."

"당연히 네가 제일 슬프잖아! 네 일인데. 그런데 네가 안 우니까 자기들이 더 슬픈 듯이, 자기들만 사람이고 너는 사람도 아닌 것처럼."

은형이는 물론이고 나도 숨을 멈추었다. 그런 가운데, 여령이가 은형이의 손을 조금 더 힘주어 움켜쥐었다.

그녀가 분노 어린 얼굴로 내뱉었다.

"착한 사람인 척하고 싶은 거든, 진짜로 공감 능력이 좋은 거든 상관없어. 상관없는데, 진짜로 좋은 사람들이면 일을 당한 당사자 앞에서 그딴 말들은 안 하겠지!"

"……."

"남의 비극을 자기들이 좋은 사람이라는 걸 증명하는 기회로 삼다니, 뭐 저런 끔찍한 사람들이 다 있어?"

그렇게 외치는 여령이의 뺨이 분노인지 한기인지 모를 것으로 파르르 떨리고 있었다. 은형이가 조용히 손을 뻗어 그런 여령이의 뺨 위에 손을 얹는 그때, 다시 퍼뜩 고개를 든 여령이가 말했다.

"그러니까, 너는 안 울어도 돼, 은형아."

은형이가 굳어진 듯 말이 없는 가운데, 여령이는 또박또박 말을 맺었다.

"네 슬픔을 우리한테까지 증명할 필요는 없어. 그러지 않아도 네가 어떤 사람인지, 우린 이미 알아."

"……"

"네가 어떤 사람인지는 우리한테 꾸준히 증명해 줬잖아. 그러니까 저 사람들 말 믿지 마. 우리 말 믿어."

여령이가 확신에 찬 어조로 내뱉는 그 말은, 언젠가 다른 누가 내게 말해 줬던 그 말과도 닮아 있었다.

그런 여령이의 말을 듣고도 어째선지 은형이는 안심하거나 기뻐하기는커녕, 길 잃은 아이처럼 어쩔 줄 몰라 하는 얼굴이 됐다. 그의 기색이 이상함을 알아차린 내가 불렀다.

"은형아?"

그제야 은형이는 꿈에서 끌려 나온 것처럼 고개를 뒤흔들었다.

"아니……"

그리고 입을 여는 그는 여전히 혼란스러운 듯한 얼굴이었다.

"……내가 너희에게 여동생에 대해 말하지 않았던 건."

한 박자 쉰 은형이가 말을 맺었다.

"너희가 나한테 울어도 된다고 말할까 봐서였어."

나와 여령이는 잠시 서로를 돌아보며 의아한 얼굴을 했다.

그런 우리를 본 그가 한 손을 내저어 보이며 다른 손으로는 자신의 얼굴을 덮었다. 덕분에 우리는 그의 표정을 더 이상 볼 수 없게 되었다.

"아니, 오해하지 마. 너희의 그런 태도가 싫다는 게 아니야. 만약 너희가 슬픈 일을 당했는데 우는 걸 애써 참는 것처럼 보인다면 나라도 그렇게 말했을 거야."

그리고 그는 잠시 말을 멈추었다. 주저하듯 땅을 구르던 그의 시선이 다시 우리를 향했다. 그의 말이 힘겹게 이어졌다.

"그런데 나는, 너희도 알겠지만…… 내가 울기를 기대하고 기다리는 사람들에게 둘러싸여 살았거든."

"……."

"내가 울면 괜찮다고 받아 줄 사람들이 어디든 널려 있었어. 내가 안 울면 도리어 이상하게 보는 사람들이."

그리고 그는 파르르 떨리는 손으로 눈가를 꾹 누르며 띄엄띄엄 말을 이었다.

"그런데, 나는, 그게, 진짜로…… 지긋지긋했거든."

나와 여령이는 잠시 시선을 교환했다. 이윽고 손을 뻗은 우리는 은형이의 남은 손을 두 손으로 단단히 쥐었다.

바로 그때, 얼굴을 가리고 있던 은형이의 손가락 사이로 투명한 물줄기가 후드득 떨어져 내렸다. 퍼뜩 놀라 고개를 들자마자, 얼굴을 가리고 있는 손가락 사이로 보이는 잔뜩 붉어진 눈과 시선이 마주쳤다.

책상 위에 펼쳐진 채 놓여 있던 일기처럼, 봐서는 안 될 것을 봐 버린 듯한 기분이 들었다. 뒤통수를 망치로 얻어맞은 듯 멍해진 채로 나는 그의 다음 말을 들었다.

"그런데 막상 안 울어도 된다는 말을 들으니까."

어느새 그의 팔뚝을 타고 흘러내린 눈물은 바닥까지 적시고 있었다. 언 땅 위로 둥근 모양 자국이 점점이 생겼다.

"모르겠어……. 어떻게 해야 할지."

그렇게 말한 은형이가 끝내 흐느껴 울기 시작했다. 정확히 그것을 신호로 나와 여령이는 패닉 상태에 빠졌다.

어떡하지. 머리맡에서 까마귀인지 까치인지 모를 검은 새가 까악까악 울어 대는 가운데, 나와 여령이는 서로의 눈치만 보며 허둥지둥했다.

은형이가 조금 더 자기감정에 솔직해지면 좋겠다고 생각하긴 했지만, 그렇다고 갑자기 이럴 것을 예상한 건 아니었다. 한참을 헤매던 우리는 결국 각자 손을 뻗어 은형이의 팔이며 등을 마구 토닥이는 것으로 합의를 보았다.

이제 다음에는 어떡하지? 나도 몰라. 소리를 낮추고 그런 말이나 주고받고 있던 그때 갑자기 풋 하는 소리가 우리 사이로 솟아올랐다.

그새 고개를 든 은형이의 눈이 잔뜩 휘어져 있었다. 비록 여전히 시뻘겋긴 했지만, 표정이 하도 즐거워 보이는 탓에 꼭 추워서 눈물이 난 것처럼 보였다.

잠시 멍해져 있는 나와 여령이에게 환한 얼굴의 그가 말했다.

"너희 무슨, 내가 유치원 애도 아니고. 왜 그렇게 당황해."

그제야 나와 여령이는 간신히 패닉 상태에서 벗어났다. 그렇지, 사실은 우리 놀래 주려고 울었던 게 아니었을까? 그렇게 생각하자마자 은형이의 눈에서 또 눈물 한 줄기가 후드득 떨어져 내리는 바람에 우리는 기겁했다.

흘러내린 눈물을 여상스런 표정으로 닦아 내며 은형이가 말을 이었다.

"그나저나 이상하다. 슬픈 것도 아닌데, 왜 눈물이 나지."

그런 그에게 잔뜩 당황한 여령이와 내가 차례로 외쳤다.

"아냐, 안 이상하니까 그냥 울어! 우리는 신경 쓰지 말고."

"맞아, 휴, 휴지라도 갖다줄까?"

그렇게 한참 수선을 떨던 우리는 문득 시선이 느껴져 뒤를 돌아보았다.

그 자리에는 마치 UFO라도 본 것처럼 이쪽을 보고 있는 나머지 사대천왕이 있었다. 특히 유천영과 은지호의 표정은 아주 볼만했다.

그들 뒤로 차 키를 흔들며 튀어나온 유신이 불쑥 물었다.

"은형아. 우리 다시 병원 갈 건데 너도 갈……."

말하다 말고 은형이를 발견한 그의 표정도 사대천왕과 똑같이 이상해졌다. 어럽쇼. 작게 중얼거린 그는 걸음을 멈추더니 다음으로 여령이를 뚫어져라 보기 시작했다.

갑자기 뭐지? 생각하던 나는 이윽고 날아오는 유신의 말에 귀를 기울였다.

"천영이가 저 예쁜 친구 무섭다, 무섭다 할 땐 하나도 안 믿었는데."

응? 내가 눈을 찡그리는 가운데, 유신은 진지하기 짝이 없는 얼굴로 말을 맺었다.

"그런데…… 우리 은형이를 울릴 정도인 줄은 몰랐네."

아니, 저 사람 오자마자 무슨 오해를 하는 거야. 게슴츠 레하게 눈을 치뜨는 내 옆에서, 여령이는 화들짝 놀라며 변명했다.

"그, 그런 거 아니에요! 제가 울린 거 아닌데, 아니, 내가 울렸나? 내가 은형이의 청개구리 본능 같은 거라도 자극해 버린 건가?"

머리까지 부여잡고 말하는 폼이 아무래도 진지하게 믿는 것 같아서 내가 말렸다. 아니야, 반여령, 그거 아니야. 그 러는 내 옆에서 은형이도 옅게 웃으며 말했다.

"아니야, 여령아. 네가 울린 거 아니야."

하지만 그렇게 말하는 은형이의 볼에서는 여전히 눈물이

후드득 떨어져 내리고 있어서 도통 설득력이 없었다.

사대천왕과 유신의 등장으로 떠들썩한 분위기도 잠시, 숙연한 침묵이 찾아왔다. 말은 놀리듯이 했지만 은형이를 보는 유신의 눈빛은 굉장히 부드러웠다.

그 가운데 멈출 줄 모르는 눈물을 손바닥으로 찍어 누르며 은형이가 말을 이었다.

"아, 정말 이상하네. 왜 안 멈추지, 이게."

유신이 여전히 웃는 얼굴로 끼어들었다.

"안 이상하니까 그냥 울어. 뭣하면 어렸을 때부터 참은 거, 지금 다 울고 있다고 생각하면 되지."

"그게 뭐예요, 마일리지도 아니고."

미미하게 웃는 은형이를 보고 따라 웃던 유신이 문득 표정을 바꾸었다. 턱짓으로 차를 가리킨 그가 물었다.

"어떡할래, 은형아? 집에 있을래, 아니면 우리랑 같이 병원 다시 갈래."

"저는……."

방금까지 어설프게나마 웃고 있던 은형이의 표정이 도로 가라앉았다. 그러자 우리를 둘러싼 공기도 다시 무거워졌다.

그의 표정을 본 유신이 따라서 어두워진 표정으로 말했다.

"힘든데 억지로 오라는 거 아니야. 집에 있어도 돼. 그런데 그…… 네가 중요한 순간을 놓칠까 봐 그러지. 나중에 후회할까 봐."

지저분한 금색 머리카락을 매만지며 주저하듯 말을 잇는 유신을 물끄러미 보던 은형이가 마침내 내뱉었다.

"형, 저는요."

"응."

"……제가 뭘 바라면 꼭 이루어지지가 않더라고요. 그래서."

은형이가 눈을 내리깔며 조용히 말을 맺었다.

"차라리 저는 그 자리에 안 가는 게 낫지 않나, 하고."

"……."

"또 무슨 일이 생기면 그것도 다 제 탓일까 봐서. 그래서 갈 수가 없어요. 저는…… 불행을 더 늘리고 싶지 않아서."

그때, 잠자코 팔짱을 끼고 은형이의 말을 듣고 있던 유신이 불쑥 걸음을 옮겼다. 은형이가 어리둥절한 눈으로 올려다보는 가운데, 손을 뻗은 그가 은형이의 어깨에 손을 척 얹었다.

나는 물론이고 여령이나 사대천왕도 무슨 일이 있으면 당장 은형이를 데리고 도망이라도 칠 것처럼 그쪽을 바라보았다.

긴장감 넘치는 공기가 흐르는 가운데, 유신의 나직한 목소리가 들렸다.

"은형아."

"네."

"그게 무섭냐? 나는 말이다."

더없이 나긋한 목소리로 말하던 그가 갑자기 은형이의

양 볼을 꽉 움켜쥐었다. 그리고 은형이의 볼이 인형이라도
되는 것처럼 마구 흔들며 그는 말을 맺었다.

"너 안 데리고 갔을 때 아버지 일어나면 혼날 게 더 무섭다!"

너는 어떻게 형 생각은 하나도 안 해 주냐? 응? 인마, 내
가 널 어릴 때 얼마나 이뻐 했는데. 내가 너 거의 업어 키
운 거 아니야……

그가 엄살 어린 목소리로 내뱉는 말에 내 표정이 빠르게
식어 갔다. 얼씨구. 그 가운데 여전히 볼이 잡혀 흔들리던
은형이가 혼란스런 표정으로 내뱉었다.

"혀, 형."

"무슨 야구 경기 징크스도 아니고, 네가 가면 못 깨어나
고 네가 안 가면 깨어나고 그런 게 어디 있어. 네가 염라대
왕이야? 저승사자야? 그게 왜 네 탓이냐."

그러자 은형이의 표정이 곧바로 어두워졌다.

그때, 마침내 은형이의 볼을 놓은 유신이 은형이의 어깨
에 다시 손을 얹었다. 아까보다 부드러운 손길이었다.

그리고 그가 말을 이었다.

"너 하고 싶은 대로 해."

"……."

몇 번 입술만 달싹이던 은형이는 아무 말도 못 하고 눈을
내리깔았다. 그러자 씩 웃은 유신이 다시 은형이의 볼을
꼬집어 흔들었다. 그러면서 그가 말했다.

"으이구, 이런 중요한 순간까지 남의 눈치를 보면 어떡해, 이 순둥아."

그 호칭에 은형이의 표정이 일순 해괴해졌다.

한편 해괴한 표정을 지은 것은 우리도 마찬가지였다. 순둥이? 감동스러운 장면이긴 한데, 그 호칭은 좀……

나는 뒤에서 유천영과 은지호가 작게 주고받는 소리를 들었다.

"순둥이?"

"순둥이 다 죽었냐. 쟤가 순둥이면 나는 귀염둥이다."

"지호야, 그건 아닌 것 같아."

주인이가 작게 쏘아붙인 말에 내가 속으로 동의하는 그때, 마침내 은형이가 입을 떼었다.

우리 모두는 고개를 돌려 그쪽을 보았다. 아까 운 탓에 눈가가 붉어진 은형이가 미미하게 웃으며 말했다.

"저도 갈게요, 병원."

그러자 환하게 웃은 유신이 손을 들어 은형이의 머리카락을 헤집었다. 당장 유신에게 손목을 붙잡혀 차로 이끌려 가는 은형이와 유천영의 모습을 우리는 흐뭇하게 바라보았다.

* * *

그로부터 얼마 후, 연락을 받고 병원으로 달려온 나와 여령이, 사대천왕은 병실 문을 쭈뼛쭈뼛하게 열어 젖혔다.

"계세요? 실례합니다."

침묵으로 가득 찬 공간에 불쑥 끼어든 내 목소리는 마치 불청객 같았다. 아차, 문을 열기 전에 미리 말했어야 했던 건데. 뒤늦게 후회하며 나는 병실 안을 살폈다.

병실 안은 의외로 환한 데다 넓고, 독실이었다. 넓은 창문 너머로 병원 아래 정원과 도시의 풍경이 잘 보이는 명당이었다.

그리고 침대 위에 한 소녀가 앉아 있었다. 은형이를 닮아 불그스름한 머리카락이 귀밑 3센티미터 정도 아래서 찰랑거리고 있었고, 눈 역시 회녹색이었다.

지금까지 계속 학교에 다녔다면 매해 반장을 맡았을 법한 어른스러운 분위기에, 입술 위로는 시종일관 미소가 묻어났다.

나는 생각했다. 이 애가 권은미.

손에 들고 있던 책을 덮고 내려놓은 그녀가 말했다.

"안녕하세요. 오빠도 왔네."

"친구들을 데려왔어."

우리는 머쓱하게 말했다.

"아, 안녕."

"반가워."

어색하기 짝이 없는 인사말을 나눈 직후, 우리는 선물로 가져온 주스를 냉장고에 넣고는 자리에 앉았다.

지금까지 존재도 모르고 있던 은형이의 여동생이 상상한 것보다도 더 은형이와 닮아 있어서 놀랐다. 어떤 과학 단체에서 비밀리에 무슨 실험을 해서 은형이의 성별을 여자로 바꾼다면 딱 이럴 것 같았다. 무엇보다 차분하고 어른스러우면서도 첫눈에 신뢰할 수 있을 것 같은 분위기가 닮아 있었다.

모르는 사람들이 병실에 우르르 들어왔는데도 그녀는 전혀 놀라는 기색이 아니었다. 아마 어렸을 때부터 그렇게 많은 사람을 만나 본 적이 없을 텐데도, 그녀는 반짝이는 눈으로 우리를 번갈아 보더니 우리가 말하기도 전에 외쳤다.

"앗, 잠깐만요. 이름 말하지 말아 주세요. 제가 맞혀 봐도 돼요?"

"응? 응, 그래."

내가 대답하자마자 그녀는 다시 웃더니 우리들의 이름을 차례로 맞혔다. 아무래도 얘기를 많이 듣기는 한 모양이었다.

특히 그녀는 여령이를 보더니 눈을 몹시 반짝이며 말했다.

"언니 진짜 예쁘네요."

"응? 고마워."

"틴트 뭐 쓰세요?"

그러면서 그녀는 옆에 서랍을 뒤적이더니, 잡지책을 꺼내서 거기 있는 화보 하나를 짚어 냈다. 이 입술색이랑 닮은 것 같아요. 잡지책은 모서리가 상당히 닳아 있었다.

그제야 그녀가 장기 입원 환자라는 게 실감이 났다. 또래 여자아이들끼리의 대화에 목말라 있는.

잡지를 내려다본 여령이가 머리카락을 쓸어내리며 말했다.

"아, 나는 틴트 안 쓰는데."

"진짜요? 그런데 입술색이 그래요?"

"그런데 나 이거 있는 것 같아. 다음에 가져올까?"

여령이가 내놓은 말에 그녀의 얼굴이 금세 환해졌다. 그럼 저는 좋죠! 그렇게 외친 그녀가 이번에는 고개를 돌려 나를 보았다.

"언니가 단이 언니구나. 얘기 많이 들었어요."

"그래?"

"네."

나는 무척 쑥스러워졌다. 뒷머리를 긁적이는 것도 잠시, 문득 호기심이 발동한 내가 물었다.

"은형이가 뭐라고 그랬어?"

그러자 옆의 은형이가 조금 어색한 표정을 짓더니 내 시선을 피했다. 동시에 은미가 키득대기 시작했다.

"뭐라고 그랬냐면요."

"응."

"언니가 정말로 대단하다고, 존경스럽다고 그랬어요."

엥. 나는 얼굴이 붉어졌다. 나는 전혀 그런 소리 들을 만한 일을 한 적이 없는데, 옆을 돌아보자 은형이도 민망한 듯 고개를 돌리고 있었다.

여령이를 돌아본 은미가 반복했다.

"아, 언니한테도 그랬어요. 두 사람 다 정말 대단하다고. 꾸준히 노력하는 점이."

"아."

"자기는 그렇게 못 할 것 같다고."

그렇게 말하는 은미는 어쩐지 비난 섞인 눈으로 은형이를 바라보았다. 응? 갑자기 왜 그러지? 내가 고개를 기울이는 그때였다. 회녹색 눈으로 은형이를 물끄러미 올려다보던 그녀가 갑자기 입을 떼었다.

"이번 명절에는 안 올 줄 알았어."

그 말에 나는 다시 어리둥절해졌다.

은형이는 아직 사고에 대해 동생에게 말하지 않았다고 했다. 간호사들에게도 부탁해서 일부러 텔레비전을 틀지 못하게 했다고. 몸도 약한 아이에게 심리적인 충격을 주고 싶지 않아서였겠지.

그런데 사고 소식도 몰랐으면서 은형이가 못 올 줄을 짐작하고 있었다고? 어떻게? 생각하던 나는 이어진 말에 화들짝 놀랐다.

"연락이 하나도 없기에."

"……."

"나 같은 건 잊어버린 줄 알았어."

그리고 쓰게 웃은 그녀가 중얼거렸다. 그래도 천영 오빠는 새해 복 많이 받으란 문자 정도는 보내 줬는데 말이야.

그 말에 나는 큰 충격을 받았다. 나는 창백해진 얼굴로 옆의 은형이를 돌아보았다.

은형이가 완벽한 아들이고 완벽한 반장, 완벽한 친구인 것처럼 자기 여동생에게 있어서도 완벽한 오빠일 줄 알았다. 그런데 저 얘기를 들어 보면 마치······.

갑자기 은미의 표정이 변했다. 방금까지 쾌활하게 웃으며 우리를 대할 때와는 영 딴판으로, 차갑고 건조해진 얼굴로 그녀가 말을 이었다.

"평소에는 연락도 잘 안 하다가, 오빠 기분 좋을 때만 찾아와서 몇 시간이고 떠들다 가고, 뭐 하자는 건데."

"······."

"내가 오빠 가족이기는 해? 도대체 뭐 하자는 거야?"

얼음장 같은 침묵이 찾아왔다. 나와 여령이는 서로를 돌아보다가 한 걸음 물러섰다.

평화로운 땅을 뒤집어엎은 듯, 갑자기 남매 사이에 나타난 깊은 구덩이 앞에서 우리는 어쩔 줄을 몰랐다.

그런 가운데 은형이는 용케도 침착한 표정을 유지했다.

그가 평소와 다름없는 차분한 목소리로 말했다.

"은미야."

"응."

그리고 이어진 말에 은미의 차갑던 표정이 흐트러졌다.

"너 나으면 뭐 할까?"

다시 침묵이 찾아왔다.

말문이 막힌 듯한 표정으로 올려다보는 은미 앞에서, 천천히 몸을 숙여 은미의 침대 위에 두 팔을 겹쳐 올려놓은 그가 상냥한 목소리로 물었다.

"나으면 하고 싶은 거 있어?"

그때까지도 은미는 여전히 충격에 휩싸인 표정으로 침묵을 지켰다. 한참 만에 그녀의 입이 열리고, 흘러나온 목소리는 잔뜩 떨리고 있었다.

"왜 그런 소리를 해? 전에는 한 번도…….."

"응?"

"한 번도 그런 얘기한 적 없으면서."

"……."

은형이가 말이 없는 가운데, 은미의 목소리는 점점 더 커졌다.

"내가 나으면 뭘 하고 싶은지, 어디를 가고 싶은지, 한 번도 물어본 적 없잖아. 꼭 내가 낫지 못할 거라고 믿는 사람처럼!"

"……."

"그래서 나는, 계속 혼자서 마음을 다잡고, 또 다잡고."

그렇게 말하는 은미의 눈에 어느새 눈물이 가득 괴어 있었다. 그 모습을 본 나는 가슴이 철렁했다.

　은형이나 은미의 우는 모습은 강이 흐르거나 비가 내리는 모습보다는, 오랫동안 서 있던 성이 무너지는 모습과 비슷해 보인다는 점에서 닮아 있었다. 상상도 못 할 만큼의 인내심으로 버텨 온 사람들만이 저렇게 울 수 있을 것이다. 침대 위로 떨어지는 게 눈물이 아니라 벽돌 같았다.

　툭, 투둑. 자그마한 소리가 이어지는 가운데, 은미가 침대 위로 힘없이 늘어져 있던 손을 문득 움켜쥐었다.

　"그런데 갑자기 뭐야. 친구들이랑 찾아와서 갑자기 한다는 소리가……."

　"은미야……."

　은형이가 안타까운 듯 내뱉는 말을 은미는 무시했다. 그녀가 고개를 도리질하며 외쳤다.

　"오빠가 그런 거 언제부터 믿었다고 그래? 나는 이제 오빠가 믿든 말든 상관없어!"

　그렇게 말한 은미가 갑자기 이불을 끌어 올려 머리를 덮자, 은형이는 손을 옮겨 그런 은미의 손등을 덮었다.

　나는 보는 것을 허락받지 못한 가족 앨범 사진을 보고 있는 것 같은 불편한 기분을 느꼈다. 나와 같은 기분을 느낀 것은 여령이와 사대천왕도 마찬가지인지, 그들이 조용히 문 쪽을 턱짓했다.

그때, 은미의 목소리가 다시 들렸다.

"오빠가 믿든 말든 나는 행복해질 거야. 내가 어떻게, 어떤 마음으로 힘겹게 믿고 있었는데. 그런데 그 믿음에 뭐 하나 보태 준 적 없는 오빠가 이제 와서 나으면 뭘 할 거냐니 뭐라느니. 오빠가 뭔데?"

"……."

"오빠는 나한테 그럴 자격 없어!"

그렇게 외친 은미가 다시 이불을 뒤집어썼다. 그 너머로 희미하게 숨죽여 우는 소리가 들려오자, 나는 누군가 심장을 움켜쥔 듯한 기분이 들었다.

나는 비로소 환하고 넓은 공간에 가려 잊고 있던 섬뜩한 사실을 깨달았다. 아무리 넓고 깨끗하다고 해도 결국에는 한 칸의 병실이었다.

이 병실이 권은미의 전쟁터였다. 처음 입원했던 어렸을 때부터 지금까지 그녀는 쭉 홀로 싸우고 있었다. 나을 수 있다는 믿음과 절망 사이에서.

그리고 은형이는 그 전쟁에 한 번도 힘을 보탠 적이 없었다. 그런 권은미의 입장에서는, 은형이가 갑자기 저렇게 말하는데 받아들일 수 없는 것도 충분히 이해가 갔다.

내가 안타까움에 한숨을 내뱉는 그때였다. 은미를 잠자코 바라보던 은형이가 갑자기 입을 열었다.

"은미야."

"듣기 싫어. 뭐야, 정말! 이제 와서…….."

"내가 여령이랑 단이를 존경한다고 말했던 건."

그의 말에 은미의 눈이 커졌다. 나와 여령이도 따라서 눈을 크게 떴다. 도대체 무슨 말을 하려고? 나는 팔을 움켜쥐며 다음 말을 기다렸다.

은형이가 말을 맺었다.

"너를 닮아서였어."

"……."

"바보 같다고 생각한 적, 한 번도 없어."

은형이가 나직하게 내놓은 말에, 그제야 은미가 이불을 살짝 내렸다. 헝클어진 머리카락 아래로 보이는 눈은 잔뜩 붉어져 있었다.

은형이가 조용히 말을 이었다.

"네가 낫지 않기를 바란 게 아니야. 네가 나을 수 없다고 생각했던 것도 절대 아니고."

은미가 씨근거리며 내뱉었다.

"그럼?"

"내가 너무 불운한 사람이라 너를 믿어 주기가 겁났어."

은미의 눈이 커졌다. 손을 깍지 끼며 은형이가 말을 이었다.

"내 불운이 너한테 옮아서…… 그래서 네가 오히려 건강해지지 못하면 어쩌지 하고, 겁이 났어."

독이 오른 눈으로 은형이를 노려보던 은미가 툭 쏘았다.

"그게 무슨 말도 안 되는 소리야."

미미하게 웃은 은형이가 대답했다.

"알아, 말도 안 되지. 그런데 정말로 그렇게 생각했어."

그러자 은미는 갑자기 조용해졌다. 그 모습을 잠자코 바라보던 은형이가 이윽고 다시 입을 떼었다.

그리고 나는 눈을 크게 떴다.

"나, 진로 희망서에 의사라고 써서 냈어."

의사라니, 처음 들어 보는 얘기였다.

그러고 보니 은형이는 우리에게 진로 희망서에 뭘 써서 냈는지 제대로 말해 준 적이 없었다. 은형이의 평소 공정한 성격을 생각했을 때, 변호사 정도를 상상했을 뿐.

다시 찾아온 침묵 속에서 은형이가 다시 손을 뻗어 은미의 손을 그러쥐었다.

"오늘 내가 친구들을 데려온 건 증인 삼으려고야. 너한테 약속하려고."

"……."

"은미야, 내가 낫게 해 줄게."

은미의 회녹색 눈 안에 타오르던 적의가 점차 사그라졌다. 은미의 손을 힘주어 잡으며 은형이가 나직이 되뇌었다.

"적어도 너 혼자 싸우게 하지는 않을게. 나도 같이 노력할게."

은미가 울먹였다.

"뭐야, 정말······."

"네가 나았으면 좋겠어."

그렇게 말하는 은형이의 목소리를 우리는 숨도 쉬지 않고 들었다. 그의 따뜻한 목소리는 고요한 병실 안에 파문처럼 번져 나갔다.

은미의 손을 끌어다 입 가까이에 가져다 댄 은형이가 기도하듯 말했다.

"네가 행복해졌으면 좋겠다."

"······."

"진짜야. 그동안 혼자 싸우게 해서 미안해."

그리고 은형이가 눈을 내리깔며 그리고 나도, 같이 행복해지고 싶어. 그렇게 말했을 때 은미가 은형이의 머리를 끌어안으며 울음을 터트렸다.

이번에야말로 눈빛을 주고받은 우리는 조용히 병실을 빠져나갔다. 소리라도 날 세라, 조심스럽게 문을 닫은 우리는 그제야 벽에 기대며 대화를 시작했다.

내가 먼저 말했다.

"나는 솔직히 은형이가 왜 나더러 대단하다고 하는지 이해가 안 가. 내가 보기에는 은형이가 백배쯤 대단한데."

그에 병실 쪽을 힐끗 바라본 주인이가 대답했다.

"아냐, 나는 은형이 말도 이해가 가는데."

"응?"

내가 고개를 기울였다.

"학습된 절망이란 게 생각보다 무섭거든. 엄마나 여령이나 은미는 어찌 보면 그걸 계속 거스르고 희망을 갖기 위해 노력한 거잖아."

"음, 아니, 은미한테 비교하면 안 되지 않나 싶은데……."

내가 아무리 세계를 넘나드니 어쩌느니 한다고 해도 마블 영화 소재는 몰라도 인간 극장 소재가 되지는 못한다. 내가 주저하며 꺼낸 말에 주인이 어깨를 으쓱하더니 그건 그래, 하고 짧게 동의했다.

그때 우리 옆에서 여령이가 벽에 기댄 채로 스르르 무너졌다. 우리는 깜짝 놀라 그런 그녀를 잡아 세웠다.

"뭐야, 여령아, 왜 그래!"

"야, 반여령, 괜찮냐?"

그에 여령이가 울먹거리더니 대꾸했다.

"아니, 그냥. 나는 너무……."

그리고 그녀가 눈 한가득 눈물을 글썽이더니 다시 무릎에 얼굴을 파묻으며 말했다.

"미안해서……."

아이고. 나는 여령이의 옆에 주저앉아 그녀의 어깨를 얼싸안았다. 그런 우리 옆에서 은지호가 난감한 듯 머리를 벅벅 헤집고, 주인이 웃으며 한숨을 내쉬었다.

숨도 못 쉬고 울던 여령이를 진정시킨 건 의외로 유천

영이었다. 그가 그때까지도 여령이를 껴안고 있던 내 어깨를 툭툭 두드리기에 뭔가 하고 뒤돌아봤더니 웬 잡지가 있었다.

내가 물었다.

"왜?"

"여행 잡지. 카운터 옆에 있더라."

"아."

그제야 잡지를 받아 든 나는 여령이의 앞에서 차근차근 말을 꺼내기 시작했다.

얼마 안 가 은형이가 우리를 불러들였을 때, 우리는 묘하게 실실 웃고 있었다. 그런 우리를 둘러보며 은형이가 의아한 듯 고개를 기울였다.

"다들 왜 그래?"

그에 잡지를 척 내밀며 내가 당당하게 말했다.

"은형아, 우리가 여행 계획 다 세워 뒀어."

"응?"

은형이의 웃는 얼굴에 다소 금이 갔다. 그것을 모른 체한 우리는 병원 침대 위에다 잡지를 올려놓고 은미에게 이곳저곳을 가리키며 하나하나 설명하기 시작했다.

그런 우리의 얘기를 들으며 은미는 뺨에 눈물 자국이 말라붙은 얼굴로 환하게 웃었다.

* * *

　설 연휴가 끝나고 다시 돌아온 학원은 전체적으로 붕 뜨고 산만했다. 연휴 내내 친척 집에만 갇혀 있다 온 녀석들은 불만을 털어놓기 바빴고, 여행 다녀온 녀석들은 여행 다녀온 녀석들대로 자랑하기 바빴다.

　그러는 와중에도 연휴 때 있었던 큰 뉴스가 애들 입에 한 번씩 오르내렸다. 이곳 학원이 강남 한복판에 위치해선지도 몰랐다.

　"발해는 이제 어떻게 되는 거래?"

　"부모님이 주가 엄청 떨어졌다고 뭐라 그러던데."

　"내 핸드폰 회사 발해 계열사던데, 이제 AS도 안 되는 거 아니냐?"

　그러자마자 몇몇 애들한테서 아, 재수 없는 소리 하지 마, 어쩌고 하는 소리가 튀어나오는 것을 들으며 나는 MP3 볼륨을 조금 더 높였다.

　내가 모의고사 마지막 문제를 다 풀자마자 쉬는 시간 종이 울리더니, 이민아와 윤정인이 냉큼 내 자리로 건너왔다. 아직도 떠들고 있는 무리를 힐긋 곁눈질로 쳐다본 그들이 목소리를 낮추며 물었다.

　"유천영은 좀 괜찮아?"

민아에 이어 윤정인도 물었다.

"권은형은 어쩌고 있냐?"

나는 어깨를 으쓱 들었다 놓고는 대답했다.

"요즘은 좀 차분해졌어. 아마 문자하면 받을걸."

"아, 진짜?"

반색하는 윤정인을 물끄러미 보던 내가 다시 말했다.

"음, 너 그렇게 조심스럽게 굴지 않아도 될 것 같은 게, 은형이가 아마 윤정인 너 많이 좋아할걸?"

네 생각보다도 더. 내가 덧붙인 말에 윤정인의 귀가 새빨갛게 물들었다. 그런 윤정인을 보고 이민아가 그의 옆구리를 쿡쿡 찔러 댔다.

"야, 여친 옆에 두고 누구한테 설레는데."

"아, 아냐. 난 너뿐이야."

냉큼 대답한 윤정인이 곧바로 '아, 그런데 권은형 진짜 설렌다니까? 걔 솔직히 인간적으로 너무 설렌다고!' 어쩌고 하는 것을 들으며 나는 채점 안 한 문제집을 가방에 넣고 단단히 잠갔다.

내가 자리에서 일어나는 것을 보고 두 사람이 다시 고개를 들었다.

이민아가 물었다.

"오늘도 야자 빠지려고?"

"응, 아마 방학 끝날 때까지 그럴 것 같아."

내가 학원 교무실 쪽을 가리키며 부모님이 선생님께도 애기해 뒀어, 하고 속닥거리자 이민아가 고개를 끄덕였다.

윤정인이 말했다.

"숙제 베껴야 하면 말해라."

"응, 고마워."

"고생 많다, 안부 좀 전해 주고."

무슨 집안 어른처럼 말하는 윤정인의 태도에 픽 웃은 나는 고개를 끄덕이고 학원 자습실을 나왔다.

학원 바로 앞의 버스 정류장에서 기다리다가 발해 병원으로 가는 버스를 탔다. 발해 병원까지는 20분 정도가 걸렸다. 병원까지 가는 사이에 한 번 아는 애들 한 무리가 타서 인사를 나눈 것을 제외하면 나는 내내 창밖만 보았다.

저녁 일곱 시 무렵이라 도로가 제일 붐빌 시간이었다. 사방에 빼곡히 들어찬 자동차들을 보면서 나는 그 안에 들어 있을 사람들을 생각했다. 그 사람들이 일제히 향하고 싶어 하는 곳이 어디일지를.

그곳은 아마도 그들이 행복해질 수 있는 장소.

그날 은미의 손을 잡고 은형이가 간절하게 말하던 모습이 떠올랐다.

'그리고 나도, 같이 행복해지고 싶어.'

그리고 나는 은미가 나에 대해 했던 말도 떠올렸다.

'언니한테도 그랬어요. 두 사람 다 정말 대단하다고. 꾸준히 노력하는 점이.'
'자기는 그렇게 못 할 것 같다고.'

그 말을 떠올리며 나는 가만히 고개를 기울여 창에 이마를 대었다. 나는 중얼거렸다. 그렇다면 은형이의 눈에는 나도 행복해지기 위해 포기하지 않고 노력하는 것처럼 보였다는 거네.

하지만 나는 사실 잘 모르겠다. 지금까지의 내 삶은 내가 선택했다기보다는 어쩔 수 없는 것들에 의해 결정된 것이 많았다. 반에서 선착순으로 무언가를 나눠 줄 때 좋은 것은 언제나 남들이 먼저 가져가고, 흔해 빠지고 아무도 원치 않는 것들 중에 내 것을 골라야만 했던 것처럼. 어쩔 수 없이 받아들였던 순간이 더 많은데.

그때 불현듯 루카스의 말이 내 머릿속을 스치고 지나갔다. 불과 며칠 전의 설 연휴 때 서바이벌 게임장에서 그가 내게 던졌던 말들은 벌써 몇 년 전에 들은 것처럼 아득하게 느껴졌다.

'선택지가 없는 곳에서의 선택이 정말로 선택이 될 수 있을 거

라고 생각해?'

'시야를 넓혀. 너 스스로를 너무 궁지에 몰아넣지 마. 그래야 네가 자기 마음에 솔직하게 살 수 있으니까.'

자기 마음에 솔직하게.

중얼거려 봤지만 아무래도 너무 어려운 일처럼 느껴졌다. 일단 내 마음이 뭔지도 모르겠는데.

병원에 도착하자, 그새 얼굴이 눈에 익은 경호원들이 내 얼굴을 보고 그냥 들여보내 주었다. 처음 몇 번은 소지품 검사를 하려고 했던 것 같은데, 유천영네 어머니가 단호한 목소리로 이 애한테는 그럴 필요 없다고 하자 그만두었다.

가방끈을 잡고 무심히 그들 사이를 스쳐 지나가려다 나는 익숙한 얼굴들을 보았다. 얼마 전 은형이더러 뭐라고 욕했던 사람들. 내가 노려보자 그들이 움찔했다.

다시 고개를 돌린 나는 성큼성큼 걸음을 옮겼다. 병실 문을 열어젖히자 익숙한 얼굴들이 나를 맞이했다.

가장 먼저 은형이와 똑 닮은 은미의 얼굴이 보였다. 은미는 요 며칠 새 안색이 많이 밝아져 있었다. 그런 은미의 옆에 여령이가 앉아서 이불을 가리키며 뭐라고 하고 있었다. 자세히 보니 이불 위에 검은색 파우치가 놓여 있고 그 옆에 화장품들이 이것저것 널려 있었다.

물론 반여령은 인터넷 소설 여주인공답게 특별한 자리가

아니면 화장은 일절 하지 않았지만, 친척들 중에 그쪽 업계 종사자가 있어서 학생으로서는 꿈도 못 꿀 비싼 제품들을 많이 갖고 있었다.

과연, 자세히 들여다보니 대부분이 포장 하나 뜯지 않은 새것이었다.

나를 본 은미가 환한 얼굴로 외쳤다.

"아, 단이 언니! 오셨어요?"

"안녕!"

저절로 높아진 목소리로 그렇게 대답한 내가 의자를 끌어다 은미의 옆에 앉았다.

한동안 나는 대화에 끼어들지 않고 턱을 괸 채 두 사람이 대화하는 양만 지켜보았다. 반여령이야 학원을 다니는 것도 아니다 보니 병원에 온종일 붙어 있었는데, 그사이 은미와 많이 친해진 모양이었다.

흐뭇한 표정으로 두 사람을 구경하다가, 내가 없어도 되겠다고 느낀 나는 슬슬 뒤로 물러나며 문제집을 꺼냈다.

그러기가 무섭게 은미가 외쳤다.

"앗, 언니! 공부하세요?"

"응? 어, 그렇지, 벌써 2학년이니까……."

나는 어물거리며 대답했다. 그러자 은미가 다시 말했다.

"해야 할 거 많으신데 저 때문에 일부러 병원 오신 거 아니에요?"

"뭐? 아냐, 아냐."

황급히 손을 내저었지만 속으로는 조금 뜨끔했다. 요새 숙제를 좀 밀려서, 오늘마저 안 했다가는 집에 돌아가서 새벽 세 시까지 문제집만 붙잡게 될지도 몰랐다.

아니, 그래도 말이지. 나는 샤프를 든 손으로 뒷머리를 긁적였다. 은형이네 아버지나 유천영네 아버지가 깨어나셨을 때 나도 옆에 있고 싶기도 하고, 겸사니까 신경 쓸 필요 없는데.

그렇게 생각하는데 은미가 물었다.

"아, 괜찮으시면 저도 도와드릴까요?"

"응?"

나는 멍하니 입을 벌렸다 닫았다.

어디 보자, 은형이가 말하기를 여동생이 두 살 어리댔으니까 은미는 이제 막 열여섯 살, 중학교 3학년인데. 그런데 내 공부를 도와주겠다고? 나는 의구심에 고개를 기울이면서도 순순히 문제집을 펼쳤다.

그리고 내 의문은 잠시 후 풀렸다. 나는 멍하니 중얼거렸다.

"아, 맞다."

얘, 은형이 여동생이었지…….

당연히 그녀가 아주 똑똑할 것을 예상해야 했는데. 멍하니 중얼거리는 내 옆에서 은미가 안절부절못하며 물었다.

"어, 어떡하지. 제가 누구 가르쳐 줘 보는 건 처음이라서. 제 설명, 많이 이상했어요?"

"아니야. 그런 게 아니라⋯⋯."

잠깐 머리를 긁적이던 나는 문제집을 내려놓고 자리에서 일어났다.

바깥을 가리키며 내가 말했다.

"나 잠깐 바람 좀 쐬고 올게."

"네? 네."

은미와 반여령의 의문 섞인 시선이 뒤통수에 따라붙는 것을 느끼면서, 나는 문을 열고 바깥으로 나왔다.

복도로 나오자 어느새 익숙해진 병원의 침묵이 나를 감쌌다. 카트를 끌고 다니는 간호사들은 공포 영화 속 유령처럼 아무런 인기척이 없었고, 복도의 일부는 벌써 불이 꺼져 있었다.

그러고 보니 지금 시간이 몇 시지. 핸드폰을 꺼내어 본 나는 놀랐다. 벌써 열 시 가까이 되어 있었다.

이제 슬슬 막차 끊기기 전에 집에 갈 준비해야겠네. 그렇게 생각하는 한편, 나는 한숨을 내쉬었다.

나는 중얼거렸다.

"도대체 왜 내 주변에는 보통 지능을 가진 사람이 없냐."

이런 일이 생길 때마다 나도 주연들 중 한 명의 여동생으로 태어났으면 좋았겠다, 하고 생각하게 된다니까. 그렇게 생각하고 나니 문득 떠오르는 사람이 있었다.

반휘혈.

나는 슬쩍 주머니의 핸드폰을 꺼냈다.

"전화해 볼까?"

번호를 주고받기는 했으나 연락을 하고 지내는 것은 아니었다. 솔직히 말해서 그때 친근감을 느꼈던 것은 사실인데, 또 전국 서열 1위라는 타이틀을 생각하면 무서운 것도 사실이라서.

음. 생각에 잠겨 턱을 쓰다듬느라고 나는 누가 이쪽으로 달려오는 것을 눈치채지 못했다.

한순간 퍽, 소리와 함께 내 몸이 벽 쪽으로 밀려났다. 나는 눈을 크게 뜨며 그쪽을 돌아보았다.

"아, 죄송합니다! 죄송⋯⋯."

허둥지둥 고개를 숙이며 그렇게 말하는 사람은 작은 체구의 여자애였다. 나도 그렇게 큰 편은 아닌데 나보다도 10센티미터 정도 작아 보였다. 그러니까 아마도 150센티미터 정도.

실내인데도 모자를 푹 눌러쓰고 모자 위에 후드 모자를 한 겹 더 쓰고 있었다. 그 때문에 얼굴이 보이지 않았다. 말하는 목소리도 어리게 들리기는 마찬가지였다. 아마 열서너 살쯤, 여기 입원한 환자 가족인가? 모자를 눌러쓴 건 머리를 감지 않아서고.

내가 고개를 끄덕이는데 그녀가 나를 멍하니 응시했다.

물기 어린 까만 눈이 빛을 받아 반짝 빛났다.

내가 물었다.

"왜 그러니?"

"함단이?"

"뭐?"

나는 눈을 찡그리며 반사적으로 내 가슴팍을 확인했다. 하지만 교복도 아니고 명찰이 있을 리 없었다. 그러면 대체 내 얼굴을 어떻게 안 거지?

퍼뜩 겁이 났다. 최근 취재진들이 병원 주변을 맴도는 것은 알고 있었다. 그들 중의 하나가 내가 유천영 친구인 것을 알아보고 정보를 유출시킨 건가? 아무리 그래도 그렇지, 민간인인데?

고개를 든 내가 다급하게 물었다.

"내 이름은 어떻게 안 거야?"

그런데, 이상한 일이 일어났다.

기겁해야 할 사람은 나인데 도리어 여자애의 얼굴이 더욱 창백해졌다.

"함단이, 함단이란 말이지."

그렇게 중얼거린 그녀는 휙 돌아서더니 갑자기 달려가기 시작했다. 벌써 불이 꺼져서 어두컴컴한 복도 안으로 토끼처럼 작은 인영이 총총히 멀어져 갔다. 그 모습이 꼭 불가사의한 모험 속으로 뛰어드는 동화책 속 소녀처럼 보였다.

도대체 뭐야? 자리에 남은 내가 멍하니 그쪽을 바라보는데, 갑자기 시끄러운 소리가 들렸다. 다시 고개를 돌리자 여자애가 뛰쳐나왔던 복도 쪽에서 경호원 여러 명이 우르르 달려 나와 이쪽을 보고 어깨를 들썩였다.

나를 발견한 그들이 일제히 외쳤다.

"도련님 친구분!"

"네? 네, 네."

선두에 선 여자 경호원이 숨을 들이쉬며 물었다.

"혹시 방금 수상한 애 하나 안 지나갔어요? 중학생 정도 되어 보이는, 꽁꽁 싸맨 여자애 하나……."

그제야 정신을 차린 내가 더듬거리며 대답했다.

"어, 지나갔어요! 방금 지나갔어요."

"어느 쪽으로?!"

"저기 저쪽이요."

내가 어두컴컴한 계단 쪽을 가리키자 그들은 고맙다고 말하고는 우르르 달려가 버렸다. 그들 사이로 한 사람이 낙오되어 터덜터덜 이쪽으로 걸어오고 있었다. 아마도 체력이 다 된 모양이었다.

그를 물끄러미 바라본 내가 물었다.

"무슨 일이에요?"

그리고 이어진 대답에 나는 화들짝 놀랐다.

"그 애, 불법 침입자예요."

"네?!"

"어려서 사람들이 검사를 제대로 안 한 건지 어쩐 건지, 환자 가족인 줄 알았나 봐요. 글쎄 대담하게 회장님이랑 권 기사님 병실까지 다녀갔어요."

뭐라고? 덜컥 겁을 집어먹은 내가 물었다.

"그쪽은 어때요? 아무 일도 없어요?"

"아무 일도 없어요. 그러니까 이상한 거지."

"네?"

인상을 쓴 경호원이 또박또박 대답했다.

"우연이라고 생각하기에는 너무 정확하게 회장님이랑 권 기사님 병실만 콕 집어서 다녀갔는데, 어린애가 대담하게 그런 일까지 저지를 정도면 돈을 받았거나 어쨌거나, 단단 하게 마음을 먹은 걸 텐데. 그런데 정작 병실에 들어와서 는 아무 짓도 하지 않고 그냥 나갔어요. 그러니까 이게 진짜 이상하다는 거야."

"아…….."

"자기가 해야 하는 일을 이해 못 할 정도로 어린 것도 아닌데. 게다가 도망치는 거 보니까 아주 영리하고."

어느새 설명하던 것을 멈추고 혼자 중얼중얼하던 경호원이 이윽고 자리에서 일어났다.

그가 은미가 있는 병실 쪽을 가리키며 물었다.

"아무튼, 이쪽은 별일 없지요?"

"아, 네, 네. 이쪽은 아무 일도 없어요."

"그래요. 또 이런 일 생기면 이쪽에도 인력 배치할 수도 있어요."

그렇게 말한 경호원은 몸을 돌려 아까 여자애가 사라진 쪽으로 가 버렸다. 한바탕 폭풍이 휩쓸고 지나간 것 같았다. 그 모습을 보며 나는 중얼거렸다. 대체 무슨 일이야? 나는 기억을 더듬으며 아까 그 여자애의 얼굴을 제대로 떠올리려고 노력해 보았다.

어쩌면 그 애도 이루다나 루카스처럼 뭔가 특수한 능력을 가진 애였을까? 아니, 하지만 그렇다기에는 그 애는 얼굴이나 목소리, 분위기, 심지어 달리는 속도마저 평범했다.

애초에 어떻게 그 삼엄한 경비를 뚫고 회장님이 있는 병실에 침투한 거지? 나는 고개를 돌려 복도 쪽을 보았다. 그쪽엔 아마 유천영과 은형이도 있었을 텐데.

그때, 갑자기 핸드폰이 울리기 시작했다. 액정을 확인하니 은형이였다. 나는 황급히 핸드폰을 열었다.

이윽고, 나는 외치듯이 말했다.

"뭐? 깨어나셨어?"

기적처럼 유천영의 아버지와 은형이네 아버지가 동시에 눈을 떴다.

＊　＊　＊

여령이와 같이 급하게 복도를 달려가면서 나는 중얼거렸다.

도대체 어떻게 된 일이지? 두 분이 깨어나신 거야 모두가 기다리고 바라 마지않던 일인 만큼 폴짝 뛸 정도로 좋았지만, 그거랑 별개로 두 분이 약속이라도 한 것처럼 동시에 일어나셨다는 게 무척 찜찜했다. 그것도 하필 무척 수상한 인물의 침입이 있던 직후에.

인상을 찡그리며 아까 복도에서 부딪혔던 여자애에 대해 자세히 떠올려 보려 노력해 봤지만, 복도가 워낙 어두웠던 데다 경호원들 말마따나 여자애가 꽁꽁 싸매고 있던 탓에 조금도 떠오르지 않았다. 유난히 작았던 체구나 후드 모자 아래로 삐죽 튀어나와 있던 새까맣고 반짝거리는 머리카락, 창백한 얼굴 정도가 떠오를 뿐이었다.

모자 그늘에 파묻혀 나를 올려다보던 눈도 새카만 빛이었다는 것이 어렴풋이 떠올랐다. 아무래도 인터넷 소설 주연이 될 만한 외모는 아니었지. 나는 턱을 매만졌다.

그러니까 이상하다는 거다. 차라리 그 애가 무슨 특별한 머리 색이나 눈 색을 지니고 있었으면 '아, 쟤도 뭔가 이상한 능력을 지녔구나' 할 텐데, 그게 아니니까. 아무튼, 두 분이 깨어나신 건 그 애랑은 아무런 관련도 없는 거겠지?

그러던 내 머릿속에 몇 달쯤 전에 심심풀이로 읽었던 소설 내용이 불쑥 떠올랐다. 차원 이동한 뒤 성녀 대접을 받는 평범한 여고생이 주인공인 소설이었다.

안 돼. 나는 고개를 내저었다. 그것만은 아닐 거야, 제발.

그런 생각을 하던 내 눈에 불쑥 유천영네 아버지가 계신 병실 문이 들어왔다. 헛생각을 하는 와중에도 열심히 뛰었다 보니 도착하는 것은 금방이었다.

열린 문 사이로 냉큼 뛰어들려던 찰나, 나는 문 안의 풍경을 보고는 주춤 걸음을 멈췄다. 여령이도 따라서 걸음을 멈추고는 조심스레 병실 안을 살폈다.

병실 안에 유천영과 은형이만 있었다면 모를까, 유천영네 어머니와 유건과 유신까지 있었다. 그야 가족이니까 그들이 병실 안에 있는 것은 당연한 일이겠지만.

그것만이었으면 그래도 어떻게 인사라도 건네고 나왔을지도 모르는데, 유천영네 아버지와 은형이네 아버지가 무슨 얘기인가를 나누고 있었다.

바짝 경직된 분위기라 도저히 얘기를 끊을 수가 없어서, 우리는 문 앞에 가까이 붙어 서서 숨만 죽였다. 예민해진 귀에 우리가 내쉬는 숨소리 사이로 두 사람의 말소리가 섞여 들려왔다.

"……차피 이렇게 됐으니, 당분간 우리 둘 다 운신은 힘들 테고."

"그렇지요."

"내가 보기에는 우리 둘 다 차와는 썩 사이가 좋지 않은 것 같아. 그렇지 않나."

유천영네 아버지가 내뱉은 말에 은형이네 아버지로 보이는 분의 얼굴이 굳어졌다. 그 무렵에 대화의 맥락을 파악한 나도 얼굴을 굳혔다.

지금 유천영네 아버지는 다름 아닌 은형이네 아버지의 해고에 대해 논하고 있는 걸까? 그렇다면 분위기가 저토록 경직된 것이 이해가 갔다.

이거야말로 우리가 들을 얘기가 아니다 싶었다. 이대로라면 우리도 우리의 기준에 맞추어 저 두 사람을 섣불리 판단해 버릴 것만 같았고, 그러면 우정에 금 가는 것은 금방이다.

여령이도 나와 같은 생각을 했는지 복도 쪽으로 눈짓을 했다. 내가 고개를 끄덕이고 한 발을 떼던 바로 그때였다.

"그러니 이제 운전은 그만두고 예전에 하던 공부를 다시 잡아 볼 생각은 없나?"

"그 말씀은……."

"법 공부 말이네."

나는 눈을 크게 떴다.

은형이네 아버지가 운전기사가 되기 전에 무슨 일을 했는지에 대해서는 들어 본 적이 없었다. 은형이가 그렇듯 머리가 좋으실 거라 생각은 했지만 법 전공이실 줄은 몰랐다.

그제야 나는 대강 일이 어떻게 흘러간 건지 파악할 수 있었다.

은형이네 어머니가 돌아가신 직후 은미의 병이 발병했고, 은형이네 아버지는 급하게 일자리를 구해야 했을 것이다. 아마 유천영네 아버지가 무상으로 지원하려 했을 가능성도 높지만, 은형이네 아버지가 은형이와 비슷한 성격이라면 그 돈을 그냥 받으려 했을 리 없겠지.

그렇게 공부를 그만두고 운전기사를 하던 것을, 유천영네 아버지는 이번 일을 계기로 돌려놓으려는 것 같았다.

"……회장님."

은형이네 아버지가 물기 섞인 목소리로 그렇게 말하는 것을 마지막으로 여령이와 나는 시선을 교환하고 발을 뗐다.

가만히 문 앞을 지키고 서서 우리가 하는 양을 지켜보시던 경호원분들께 꾸벅 인사를 한 우리는 그 길로 병원을 나왔다.

＊　＊　＊

병원 입구를 나올 무렵부터 열심히 뛴 결과, 간신히 버스 막차를 늦지 않게 탈 수 있었다.

거의 텅 비어 있는 버스 좌석에 나란히 앉자마자 우리는 누가 먼저랄 것 없이 내뱉었다.

"다행이다."

"잘됐어."

차례로 그렇게 말한 나와 여령이는 이윽고 조용히 서로에게 머리를 기대었다.

한동안 고른 숨소리만이 이어졌다. 말하지 않아도 서로 무슨 생각을 하고 있는지는 대강 짐작이 갔다.

여령이가 불쑥 말했다.

"행복해졌으면 좋겠다."

"그러게."

동의해 놓고 보니 행복이란 단어가 무척 추상적으로 다가왔다. 그렇다고 이 자리에서 갑자기 행복이 무엇인가에 대해 토론할 기력은 없어서, 나는 잠을 청하듯 여령이의 어깨에 머리를 기대며 혼자만의 생각을 이어 나갔다.

나는 차창 밖으로 고개를 돌렸다. 행복이란 게 늘 행복이라고 자기 이마에 써 붙이고 오면 좋을 텐데. 한숨을 흘린 나는 팔짱을 꼈다. 생각해 보면 이번 사고는 은형이에게 결과적으로는 행운이 되지 않았을까, 하는 생각이 든다.

멀리 가지 않더라도 전화위복이라는 좋은 표현이 있다. 은형이는 이번 일을 계기로 은미와도 솔직한 마음을 털어놓았고, 은형이의 아버지가 깨어남으로써 은형이가 반드시 불행해지도록 되어 있지는 않다는 걸 증명했고, 은형이네 아버지는 그만두었던 공부를 다시 시작할지도 모른다.

처음 소식을 접했을 때는 철렁했고 기다리는 시간은 지옥 같았지만, 이만하면 충분한 보상이 되지 않았나 싶다. 물론, 세상일이란 게 언제나 고생에 보상이 따르지는 않지만 말이다. 사실 은형이에게는 언제나 보상이 따르지 않는 쪽에 가까웠고.

음, 결국 이번 일의 교훈은 '세상일은 모른다'인가. 잠시 생각하던 나는 곧 깨달았다. 그리고 보면 멀리 볼 게 아니라 가까이서도 그런 예는 얼마든지 찾을 수 있다. 그러니까, 바로 나 말이다.

내가 인터넷 소설에 들어왔다며 재앙이 시작됐느니 뭐니 따위로 일기 첫 줄을 시작하던 게 엊그제 같은데. 조각난 멘탈을 부여잡고 일기장에 써 내려가던 절규의 문장들이 아직도 머릿속에 생생하다.

'반여령이 또 전국 1등을 했다. 나는 이 세계를 살아갈 수 없을 것 같다……. 적자생존의 법칙에 따라 나라는 인종은 금세 도태되고 말 것이다.'

아, 그거 지금 생각하니까 진짜 웃긴데. 작게 키득대면서 나는 생각을 계속했다.

결국 우리가 행복이라고 믿는 것은 얼마나 연약하고, 또

변하기 쉬운 것인지. 어쩌면 우리는 우리가 행복해지기 위해 하는 모든 일들과 노력들에 대해 아무런 대가를 받지 못할지도 모른다. 그러자 갑자기 이 세상이 단단한 땅이 아니라 물렁물렁한 늪 같은 것 위에 세워진 듯한 기분이 들었다.

그렇게 생각하며 나는 옆의 반여령을 돌아보았다. 그녀도 생각에 잠겼는지 창밖을 내다보는 검은 눈동자가 어두운 빛이었다.

창밖의 건물 불빛과 전조등 불빛이 그녀의 얼굴 위로 휙휙 지나갔다. 그러다 그녀가 문득 내 쪽을 돌아보고는 물었다.

"왜?"

"무슨 생각해?"

대수롭잖게 물으면서도 별생각이 없었다. 아마도 나와 비슷한 생각을 하고 있으리란 생각에서였다.

그런데 뜻밖의 대답이 흘러나왔다.

"자기가 다른 사람들을 불행하게 할 거란 믿음이 얼마나 주변 사람들을 외롭게 하는지."

잠시 생각하던 나는 곧 납득했다.

역시 은형이에 대한 생각을 하고 있었군. 고개를 주억거린 내가 대답했다.

"그러게. 은미도 마음고생 많이 한 것 같더라. 우리도 우리대로 은형이 반응 보고 놀랐었지만……."

그러자 여령이는 수긍하는 대신에 새삼 놀란 얼굴로 나를 봤다.

뭐지? 그러다 문득 나는 깨달았다. 여령이가 은형이에게만 해당되는 얘기를 한 것이 아님을.

나는 새삼 시간의 흐름을 자각했다. 내가 고등학교에 입학한 이래 시간은 유수와 같이 흘러 어느새 두 번째 개학식이 코앞으로 다가왔다.

그리고, 3월 2일 또한.

서로를 물끄러미 마주 보는 채로 잠시 침묵이 흘렀다.

바로 그때, 버스 스피커가 익숙한 정류장의 이름을 뱉어냈다. 아차, 나와 여령이는 허둥지둥 자리에서 일어났다. 어느새 우리, 그리고 여단 오빠가 사는 아파트 앞이었다.

내가 보도블록 위로 껑충 뛰어내리기가 무섭게 큰 사람의 그림자가 앞으로 드리워졌다. 아무리 버스 정류장 불빛이 있고 옆에 여령이가 있고 익숙한 거리라곤 하지만 밤이고, 어두웠다. 반사적으로 공포감에 휩싸여 고개를 퍼뜩 들었던 나는 이윽고 내뱉었다.

"여단 오빠."

내가 뱉어 낸 숨이 허공에서 하얗게 얼었다가 부서져 내렸다. 뒤따라 버스에서 내린 여령이의 목소리가 그 사이로 파고들었다.

"오빠, 언제부터 여기 있었어?"

그 말에 눈을 깜빡이던 나는 곧 깨달았다. 버스를 타기 전에나 폰을 좀 만졌지, 그 뒤에는 이야기하다가 반쯤 잠에 빠져서 핸드폰을 만질 시간이 없었다.

당연히 여단 오빠에게도 연락할 틈이 없었다. 그 말인 즉 최악의 경우에는 우리가 병원에서 출발한다고 연락했을 때부터 여기 나와 있었단 말인데.

나는 허겁지겁 손을 뻗어 여단 오빠의 손을 쥐었다. 아니나 다를까 얼음장처럼 차가웠다.

그때, 여단 오빠가 대답했다.

"얼마 안 됐어."

"얼마 안 됐기는!"

내가 외치는 소리에 따라서 여단 오빠의 손을 쥐어 본 여령이가 화들짝 놀랐다.

이윽고 우리는 양옆에서 여단 오빠의 손을 한 손씩 잡고 아파트로 향하는 언덕길을 올랐다. 거의 언제나 가운데에 끼는 건 내가 되었던 것을 생각하면 이례적인 경우였다.

문득 여령이가 불만스럽게 말했다.

"오빠 손 너무 차가워."

"그럼 놔."

무뚝뚝한 목소리가 아니라 상냥한 목소리로 들려준 말이었다.

그 말인즉 '네가 이 겨울에 차가운 것을 잡고 있는 것은 나도 원치 않는다'는 뜻이리라. 여령이를 누구보다도 아끼는 여단 오빠니까. 아무튼 취지는 알겠으나 별로 정답게 들리는 말은 아니었다.

　내가 오묘한 표정을 짓는 사이, 마찬가지로 오묘한 표정을 지은 여령이가 대답했다.

　"싫은데."

　"차갑다며."

　"그래도."

　여단 오빠는 이제 여령이를 향해 사춘기 자식을 둔 부모 같은 표정을 짓고 있었다. 아마 여단 오빠가 여령이 말의 숨은 뜻을 해석하려면 백년은 있어야 하겠지. 그런 생각을 하며 킥킥 웃던 나는 집 앞에 이르러서 인사를 나눴다.

　"그럼, 들어가."

　"응."

　이젠 익숙해진 듯 여령이만이 그렇게 말하고는 문으로 쏙 들어갔고, 빈 복도에는 나와 여단 오빠만 남았다.

　여단 오빠가 먼저 말을 꺼냈다.

　"깨어나셨다며."

　"아, 응."

　"잘됐네."

　미미하게 웃은 여단 오빠가 하는 말에 나는 고개를 끄덕였다. 그렇지, 정말 좋은 소식이지. 흐뭇하게 웃던 나는 여단 오빠가 목소리를 낮추며 하는 말에 귀를 기울였다.

"그럼, 이제."

"응?"

"병원에는 덜 가?"

여단 오빠가 그렇게 물었을 때에야 나는 새삼 깨달았다.

요 근래 나는 병원 학원 병원 학원을 오가는 생활을 반복했다. 이렇게 쓰니까 굉장히 아픈데도 성실하게 공부하려는 열정이 대단한 학생처럼 들린다.

음…… 침음을 내뱉은 나는 고개를 들었다. 아무튼 내가 여단 오빠와 함께하는 시간이 최근 부쩍 준 것은 사실이다. 사과를 해야 하는 타이밍이라는 것을 아는데도 나는 도리어 말했다.

"그게……. 병원에 그것 때문에만 간 건 아니었어서. 오늘도 원래는 친구 동생 보러 갔다가 우연히 깨어나셨다는 소식 들은 거고."

그에 여단 오빠의 안색이 눈에 띄게 어두워지는 것을 본 나는 갈비뼈에 돌이라도 얹힌 것 같았다.

내가 다급히 말을 이었다.

"그래도 이제 좀 덜 가야지."

"아버지 쪽이 아니라 동생 보러 가는 거라며."

여단 오빠는 화난 것이 아니라 진심으로 의아해하고 있

었다.

　말없이 히죽 웃은 나는 손을 뻗어 여단 오빠의 두 소매를 내 손으로 잡았다. 그리고 손을 번쩍 들어 올리자 여단 오빠가 또 의아한 표정을 지었다.

"응, 그런데 이러다 오빠 얼굴 까먹을까 봐."

"……."

"이제 오빠도 좀 봐야지."

　그렇게 말을 하던 나는 얼굴이 좀 붉어졌다.

　신경 써 주지 못해 미안하다 사과하면 될 것을 도리어 베푸는 것처럼밖에 말을 못 하나, 나는.

　결코 자존심 때문은 아닌데, 미안하다고 하기도 뭔가 어려운 그런 게 있었다. 뭐라고 설명할 수는 없는데. 다른 더 좋은 말이 있었는데 내가 그냥 연애 초보라 그걸 몰라서 이러나. 서점에 나가서 책도 좀 찾아보고 검색도 좀 해 보고 그래야 하는 건가.

　잠시 인상을 찌푸린 채로 생각에 잠겨 있던 나는 여단 오빠의 얼굴을 살폈다. 그 역시 굳어 있기는 마찬가지였다.

　어쩌지, 역시 잘못 말했나? 그냥 깔끔하게 사과부터 하고 들어가는 게 낫나? 안절부절못하던 내가 다시 입을 여는 그때였다.

　갑자기 여단 오빠가 나를 와락 끌어당겼다.

　우리가 갑자기 움직이는 바람에 우리 머리 위의 센서 등이 환해졌다. 그에 잠시 눈을 깜빡이던 나는 조심스레 여단 오빠를 밀쳐 냈다.

"잠시만."

그렇게 말한 나는 주변을 휘휘 둘러보았다. 얼마 전에 한 번 둘이 이러고 있다가 옆집 문이 열리는 바람에 얼마나 식겁했는데. 복도식 아파트는 이래서 안 좋다.

여단 오빠가 나를 골똘히 내려다보는 가운데, 주변이 쥐 죽은 듯 조용하다는 걸 확인한 나는 그제야 고개를 돌리고 는 이번에는 내 쪽에서 먼저 끌어안았다.

"전에 사람 왔잖아."

"아."

"나 그때 심장 마비 오는 줄 알았어."

오빠랑 나랑 사귀는 게 알려진다면 당장 아파트 앞에 현수막이 걸릴 거라는 내 생각에는 변함이 없다. 우리가 부둥켜안은 채 가만히 있자, 센서 등이 다시 꺼지고 사방이 어둠에 젖어 들었다.

머리 위로는 서울의 먼지구름이 흐르고 멀리서 희미하게 사이렌 소리가 다가왔다가 멀어졌다. 그리고 찾아온 소음 사이로 심장 고동 소리가 파고들었다. 사실 둘 다 옷이 워낙 두꺼워서 그런 게 들릴 리도 없는데. 평화와 피로감이 동시에 몰려와서 나는 살며시 눈을 감았다.

사실은 버스 정거장에서 그의 차가운 손을 잡았을 때부

터 그를 이렇게 껴안아 주고 싶었다. 내가 병원에서 두 사람이 깨어나길 기다리듯이 그렇게 여단 오빠가 나를 기다렸다고 한다면, 어쩌면 여단 오빠에게는 나를 만나는 것 자체가 행복인 걸까? 답지 않게 그런 과분한 상상도 해 보았다.

지금의 행복이 미래에 행복이 될지 불행이 될지는 아무도 모르는데도. 그래도 우리는 필사적으로 바라고 기다리고, 혹은 직접 찾아간다.

내가 어딘가로 향하는 차들을 보며 느끼는 것은 거의 언제나 동질감이었다. 아무 확신 없이 헤매는 방랑자들끼리의 연대감. 그래서 나는 가끔 운전자들을 안아 주고 싶었고, 그리고 그 누구보다도 더 오래, 깊이 여단 오빠를 껴안아 주고 싶었다.

문득 여령이의 말이 떠올랐다.

'자기가 다른 사람들을 불행하게 할 거란 믿음이 얼마나 주변 사람들을 외롭게 하는지.'

나도 어쩌면 은형이가 은미에게 했던 일을 여단 오빠에게, 또 다른 사람들에게 여태껏 반복하고 있었던 걸까.

내가 조용히 불렀다.

"여단 오빠."

"응."

"얘기 하나만 해도 될까? 좀 이상하게 들릴지도 모르는데."

여단 오빠는 고개를 끄덕였다.

나는 숨을 길게 들이마셨다가 내뱉었다.

사실 내가 병원에 내내 출석 도장을 찍었던 것은 비단 은형이와 유천영, 은미를 걱정해서만은 아니었을지도 모르겠다는 생각이 이제야 들었다.

그러고 보면 최근에 나는 여단 오빠와 얼굴을 보는 것은 물론이고 연락마저 길게 주고받지 않았다. 나는 가장 중요한 얘기를 여단 오빠와 사귄 이래 지금까지 미뤄 두고 있었다.

"내 지난 3월 2일들에 관한 얘기야."

나는 이야기를 시작했다.

* * *

내가 얘기하는 내내 여단 오빠는 때로는 내 어깨에 턱을 올린 채, 때로는 내 등을 토닥이며 얘기를 들었다.

단 한 번 복도 끝에서 사람이 나왔을 때만 포옹을 풀었을 뿐, 그 사람이 우리를 지나쳐 모퉁이로 사라지자마자 다시 팔을 뻗어 나를 끌어안았다. 그렇게 나는 여단 오빠의 품에 안긴 채로 처음 세상이 바뀌던 2009년 3월 2일에 대해 전부 털어놓았다.

신기한 기분이었다.

이 얘기를 할 때마다 힘들지 않았던 적이 없는데, 여단 오빠의 품에 안겨 얘기하는 동안은 어제 먹은 저녁 메뉴를 말하는 것처럼 아무렇지도 않았다. 외국 드라마에서 심리 치료를 할 때 왜 환자들을 눕히고 진행하는지 알 것 같았다.

얘기를 마친 나는 고개를 들어 여단 오빠의 표정을 물끄러미 살폈다. 물론, 여단 오빠는 거의 언제나 대체로 내 말을 믿어 주었지만, 차원 이동이니 뭐니 하는 황당무계한 말까지 믿어 주리란 법은 없으니까.

여단 오빠의 표정은 늘 그렇듯 무표정해서 무슨 생각을 하고 있는지 알 수 없었다. 어쩌지. 나는 그를 안고 있던 팔에 조금 더 힘을 주었다. 속단하긴 이른데도 불안한 생각이 자꾸만 떠올랐다.

여단 오빠에게 이 일에 대해 털어놓는 것은, 사실 사대천왕과 반여령에게 털어놓는 것보다도 위험 부담이 컸다. 우리는 거의 유치원 때부터 옆집에 살았고 부모님끼리도 친했으므로, 여단 오빠가 혹여 내 얘기를 부모님에게 말씀드릴 경우 부모님은 그 말을 믿을 테고, 최악의 경우 나는 어쩌면 강제로 정신과에 끌려가 치료를 받아야 할지도 모른다. 더구나 환장할 노릇인 것은 나도 나 스스로가 정말로 정신병이 없는지에 대해서는 확신할 수 없다는 거였다.

거기까지 생각한 나는 눈을 꾹 감았다.

만약 그렇게 되면 어쩌지? 역시 괜히 털어놨나? 아주 중요한 일을 망쳤을 때처럼 심장이 갈비뼈 아래서 요란하게 고동쳤다. 몸속에서 빠르게 도는 피가 수런거렸다. 지금이라도 농담이라고 해, 아직 늦지 않았어. 그렇게 말하면 믿을 거야.

아니, 아니다. 나는 유혹에 응하는 대신 여단 오빠의 등을 움켜쥔 손에 더욱 힘을 주었다. 내가 어떤 마음으로, 어떤 결심으로 털어놓겠다고 다짐했던 건데.

그때, 여단 오빠의 목소리가 들렸다.

"그럼."

"응?"

나는 퍼뜩 고개를 들었다. 여단 오빠가 여전히 읽을 수 없는 눈빛을 하고 나를 내려다보고 있었다.

"나랑은 왜 사귀기로 했던 거야?"

나는 다시 입술을 깨물었다. 그가 무슨 뜻으로 내게 물은 건지 알 수가 없었다.

추궁인가? 아니면 단순히 궁금해서?

어느 쪽이든 물러날 곳은 없었다. 나는 순순히 대답했다.

"내가, 오빠를 많이 좋아해서."

"……."

나는 여단 오빠에게는 하지 못할 말들을 입속으로만 삼

켰다.

　나는 여단 오빠를 많이 좋아했다. 세계가 바뀌기 전 이곳에서의 나 또한.

　하지만 이 말만은 그에게 할 수 없었다. 그에게 이 사실을 털어놓는다는 것은 여령이에게도 사실을 털어놓아야 한다는 뜻이 된다. 여령이가 나를 얼마나 친하게 생각하건 간에 나는 여령이에 대한 어렸을 때의 기억이 조금도 없노라고. 여령이가 알고 있던 나와 지금의 나는 전혀 다른 사람이라고. 나는 그 후폭풍을 감당할 자신이 없다. 유천영과 은지호와 잠깐 멀어졌던 것만으로도 그 꼴이었는데.

　그리고 나는 위를 올려다보았다. 여전히 어두운 가운데 여단 오빠의 까만 눈동자만이 흔들리고 있었다. 다시 한 번 숨이 콱 옥죄어 들었다.

　어쩌지? 정말로 이제라도 농담이었다고 말할까? 이런 일로 여단 오빠를 잃고 싶지 않았다. 땀이 배어 든 손을 쥐었다 펴던 내가 마침내 입을 여는 그 순간이었다.

　"나랑 사귀는 게, 너한테는."

　나는 숨도 쉬지 않은 채 그의 말을 들었다.

　"내가 생각했던 것보다 더 힘든 일이었구나."

　그 말을 듣고서야 나는 깨달았다. 여단 오빠는 내게 화를 내려던 것도, 추궁하려던 것도 아니었다.

　여단 오빠가 다시 말했다.

"고마워."

여단 오빠가 고개를 푹 숙였다. 나는 그의 얼굴 가까이에 내 얼굴을 댔다.

"고마워…… 좋아해 줘서."

"오빠?"

"난, 내가 널 불안하게 한 적이 없다고 생각했어."

나는 고개를 끄덕였다.

여단 오빠는 내가 아는 한 최고로 나에게 성실했다. 드라마 남자 주인공도 그렇게 할 수는 없을 거란 생각이 들 정도였다.

그때, 여단 오빠가 다시 눈을 내리깔았다.

"그래서 네가 최근에 이상해 보이는 게, 나 때문은 아닐 거라고."

이크, 나는 순간 움츠러들었다. 역시 알고 있었구나.

그것도 잠시, 내가 말했다.

"오빠 때문 아니지."

그리고 나는 웃으며 준비했던 말들을 꺼내려 했다. 당연히 오빠 때문이 아니지, 그렇게 책임 전가했다가는 나 전국의 오빠 팬들한테 얻어맞아.

그런데 그 순간 여단 오빠가 고개를 휙 들었다. 그의 검은 눈이 생각보다도 경직되어 있어서 나는 순간 몸이 굳었다.

그런 내 어깨를 잡고 여단 오빠가 말했다.

"나 때문이잖아. 내가 널 잊어버릴까 봐."

"아니, 그건……."

맞긴, 맞지만……. 여단 오빠가 어떻게 할 수 있는 문제도 아니고.

내가 말하려는 그때, 여단 오빠가 다시 말했다. 그리고 그 말은 내 입을 다물게 했다.

"내가 너 없이도 잘 지낼까 봐."

"……."

"나랑 사귀는 게, 너를 더 불안하게 할 줄은 몰랐어."

그렇게 말하며 여단 오빠가 자괴감 넘치는 눈빛으로 바닥을 노려보는 것을, 나는 말을 잃고 바라보았다.

나는 여단 오빠가 방금 했던 말을 곱씹어 보았다. '내가 너 없이도 잘 지낼까 봐'라니, 다분히 막장 드라마 같은 표현이었는데도 그 이상 적절한 표현도 없다 싶었다.

여단 오빠의 말은 정확했다.

루카스는 전에 내게 물었다.

'다른 누가 갑자기 나타나서 반여단이 좋다, 하고 고백해도 질투 안 할 거냐?'

그때 나는 잠시 고개를 기울였다가 별다른 고민도 없이 대답했었다.

'음……. 이해될 것 같은데요. 저 같아도 좋아할 사람이라서.'

정정한다. 솔직히 말하자면 조금 무서웠다.

내가 여단 오빠의 옆에 있는 동안은 그런 일이 무섭지 않았다. 누굴 기만하는 일은 절대로 못 하는 사람이니까, 다른 사람이 좋아지면 돌아가는 일 없이 솔직하게 말해 줄 것도 알았다.

하지만 내가 여단 오빠의 옆에 없을 때 그런 일이 일어난다면? 심지어 여단 오빠가 나를 기억조차 하지 못하는 상황이라면.

결국 질문은 한 가지로 통한다. 여단 오빠는 내가 아니면 안 되는 건지, 아니면 마침 옆에 내가 있었던 건지. 내가 여단 오빠의 옆집에 살지 않았더라도, 오래전부터 아는 사이가 아니었다고 해도 여단 오빠가 나와 사귀었을지.

사실 이 질문에 대한 답은 누구도 알 수 없다. 그렇기 때문에 다시 세계가 바뀌었을 때, 내가 없는 그 시간에 여단 오빠의 옆에 아무도 없을 거라고는 장담할 수 없다. 그리고 나는 사실 여단 오빠와 사귈 적부터 그런 일을 각오하고 있었다.

거기까지 생각한 나는 고개를 들었다. 여단 오빠가 여전히 나를 바라보고 있었다.

나는 어깨를 들었다 놓고는 웃었다.

"만약 그런 일이 일어나서 정말로 오빠가 날 잊고 잘 살아도, 그게 오빠 잘못은 아니잖아."

"그럴 일 없어."

여단 오빠가 내가 말하기가 무섭게 부정했다. 빈말을 못하는 사람이니까 진심이란 건 알지만 나는 대답하지 않았다.

솔직히 이건 여단 오빠의 의지 밖의 일이란 것을 나는 너무 잘 안다. 내가 아는 한 가장 천재적인 주인이마저 내가 사라졌던 그때, 나한테 문자를 보내고 있지 않았더라면 나를 잊어버렸을 것이다.

나는 불가능한 것을 기대하고 싶지 않았다. 그래서 나는 말을 돌렸다.

"오빠, 내가 이 얘기를 털어놓은 건 오빠한테 날 기억해 달라거나, 뭐 그런 소리를 하려고 그런 게 아니야. 어차피 오빠가 바란다고 해도 그런 게 불가능하다는 건 알아."

"그럼?"

여단 오빠가 되물었다. 그답지 않게 성급한 말투였다.

나는 손을 들어 앞머리를 매만지며 대답했다.

"그냥, 이제 3월 2일이 가까워지면서 내 태도가 좀 이상해질 텐데, 여단 오빠한테 미리 말해 두는 게 낫겠다 싶어서. 이유도 없이 내가 그러면 오빠가 불안해지잖아."

실제로 이번에도 내 태도가 이상하다는 것을 진작부터 여단 오빠가 알아차리기도 했었고 말이다.

내가 그렇게 말하자 여단 오빠는 입술을 꾹 깨물고 나를 보았다. 그 순간만큼은 마음이 아팠다. 내가 어항 속 물고기가 된 것 같았고, 여단 오빠는 어항 바깥에서 나를 바라보는 사람 같았다. 우리 사이에 이런 거리감이 느껴진 것은 사귀고 나서는 처음이었다.

나는 잠시 내 팔을 꾹 눌렀다가 그대로 돌아섰다.

"심란한 소리 해서 미안해. 잘 자."

"잠시만."

여단 오빠가 내 팔을 잡았다.

나는 뒤를 돌아보았다. 쏟아져 내린 센서 등의 주황 불빛 아래로 여단 오빠가 아까같이 나를 보고 있었다.

불가해한 것을 바라보는 사람의 표정.

나는 그것을 더 보고 싶지 않았다. 잠시 망설이다가 시간이 늦었으니 내일 얘기하자는 말로 내가 얼버무리려는 그때, 그가 고개를 숙였다.

늘 그렇듯 뺨이 아닌 입술이었다. 나는 눈을 크게 뜬 채 굳어 있다가 이윽고 눈을 감았다. 무게 중심이 흔들려서 나도 모르게 뒤로 한 걸음 물러나자 등에 메고 있던 가방이 문에 닿았고, 쿵 하고 찧는 소리가 났다. 그때 문 너머에서 작게, '밖에 누구 온 거 아니에요?' 하는 엄마의 목소리가 들렸다.

여단 오빠가 그제야 내게서 입을 뗐다. 나를 내려다보던 그가 말했다.

"아까, 너 없이 내가 잘 살 리 없다고 했던 말."

"응."

"괜히 한 말 아니야."

그거야 그렇겠지. 나는 고개를 끄덕였다. 여단 오빠가 하는 말 중에 괜히 하는 말 따위 없다는 것을 안다.

그때, 우리 집 문 안에서 부스럭거리는 소리가 났다. 여단 오빠는 재빨리 어둠 속으로 물러섰고, 나는 자진해서 문을 열었다.

일부러 문을 조금만 열었다. 거실의 전등 불빛이 사각형으로 쏟아지며 복도를 밝혔다. 아니나 다를까 신발장 앞에서 계시던 엄마가 눈을 크게 떴다.

"이제 와? 진작 온다며."

"은형이네 아버지랑 유천영네 아버지 깨어나셔서, 그거 보고 오느라고 좀 늦었어."

"어머, 진짜? 잘됐다."

눈을 휘둥그레 뜨며 그렇게 말한 엄마가 이윽고 아빠 쪽으로 돌아서며 '당신, 들었어요?' 하며 부산을 떨기 시작했다.

그 모습을 물끄러미 바라보던 나는 문 사이로 여단 오빠를 빼꼼 돌아보았다. 여단 오빠가 작게 손을 흔들었다. 그제야 나도 웃을 수 있었다.

방으로 돌아와서 나는 옷도 갈아입지 않고 의자 위에 올라가 두 다리를 감싸 안고 복도에서 했던 대화를 곱씹어 보았다. 여단 오빠가 했던 말들을 곱씹고 또 곱씹다가, 무릎에 다리를 파묻으며 작게 중얼거렸다.

"절대로 그럴 일 없다고……."

그가 나 없이 잘 살 리 없다고.

기억하지도 못 하는 사람 때문에 불행해지다니, 출석 부를 테니까 여기 없는 사람은 손 들어 보란 말이랑 똑같다. 그런 일이 가능할 리 없다.

그런데도 나는, 왜.

나는 다시 무릎에 머리를 파묻었다.

"진짜 그랬으면 좋겠어."

좋아하는 사람의 불행을 바라본 것은 이번이 처음이었다.

그리고 나는 잠시 웅크려 작게 흐느꼈다.

＊　＊　＊

여단 오빠에게 3월 2일의 비밀을 털어놓은 뒤로도 내 일상은 평범하게 흘러갔다.

일단 그가 내 말을 진심으로 믿고 진지하게 생각해 준 것이 다행이었다. 그는 전보다 자주 내 손을 잡고, 심지어 아는 사람이 몇 명이나 지나갈지 모르는 길거리에서도 간혹 나를 끌어안곤 했으나, 그것 외에는 평소와 다르지 않게 나를 대했다.

　유천영네 아버지와 은형이네 아버지가 깨어나셨으므로 내 병원 나들이는 일주일에 한 번 정도로 줄었다. 그리고 나는 그동안 밀린 공부를 따라잡느라 고생했다. 그러는 사이에 개학식도 벌써 일주일 앞으로 다가와 있었다.

　그리고 어느 날, 나는 한밤중에 눈을 떴다.

　"……."

　한동안 무엇이 내 잠을 깨웠는지 알 수 없어, 나는 푸르스름한 어둠 속에서 이곳저곳으로 눈을 굴렸다.

　누가 집에 들어왔나? 아니면 물건이 떨어졌다거나 욕실에 수도꼭지가 열려 있을지도 모른다. 내 귀는 내가 생각하는 것 이상으로 예민해서, 내 방에서 가장 멀리 떨어진 안방 화장실 수도꼭지가 조금 열린 정도로도 깨는 일이 간혹 있었다.

　한동안 귀를 기울이고 이변을 감지하려 했지만 아무것도 잡히지 않았다. 그러면 그냥 다시 잠들어 버리면 될 텐데, 왜인지 잠이 더는 오지 않았다. 누가 곤히 자던 내 얼굴 위에 찬물이라도 끼얹은 듯한 기분이었다. 한참을 방황하던 내 시선이 문득 달력에 가 닿았다.

　올해에도 개학식은 날짜는 변함없이 3월 2일이었다. 그리고 오늘은 자정을 넘긴 2월 23일, 3월 2일로부터 딱 일주일 남은 시점이었다.

그러다 문득 머릿속을 스치는 생각이 있었다.

혹시, 혹시나 하는 생각에 나는 고개를 돌려 시계가 있는 자리를 보았다.

하, 하고 허탈한 웃음이 터졌다. 한두 번 당한 것도 아니면서.

"또……."

언젠가 주인이 선물했던 희한한 모양의 시계가 평범하기 짝이 없는 모양의 시계로 바뀌어 있었다. 엄마가 멀쩡한 시계를 갑자기 내다 버리고 새것으로 바꿨을 리는 없으니 그것만으로 이미 설명은 충분했다.

나는 핸드폰을 꺼내 시간을 확인했다.

3시 22분. 아침이 되어 은형이에게 전화를 걸 수 있게 되기까지 네 시간은 기다려야 했다.

나는 잠시 멍하니 있다가 머리를 감싸 안으며 중얼거렸다.

"싫다, 정말……."

3월 2일을 일주일이나 남겨 놓은 오늘, 세계가 바뀌었다.

제33조. 이제는 인터넷 소설 세계가 더 익숙한가 봐요

이제는 인터넷 소설 세계가 더 익숙한가 봐요

나는 천천히 시선을 떨어뜨리며 한숨을 내쉬었다.

"하……."

손을 들어 까치집이 된 머리를 벅벅 헤집던 나는 몸을 일으켰다.

이런 때일수록 일상적인 일을 빼먹어선 안 돼. 이런 일이 생길 때마다 엉망진창으로 군다면 금세 나란 사람은 무너지고 말 거다. 그러고 싶지 않았다.

무엇보다도 그들은 나란 사람의 존재를 아예 잊어버렸을 것이므로 언제와 다름없이 일상 업무를 수행하고 있을 텐데, 나만 그러지 않으면 지는 느낌이었다.

힘내자. 그렇게 중얼거리며 머리를 몇 번 흔든 나는 이불에서 빠져나왔다.

아직 공기가 많이 찼다. 아직 3월도 아니고 2월이니 당연한 일이었다.

나는 으슬으슬한 공기 속에서 팔을 비벼 가며 머리를 감고 세수를 했다. 오늘은 엄마가 아침을 챙겨 주지 않는 날이라 혼자서 차려 먹어야 했지만, 가는 길에 편의점에서 두유나 사 마실 계획으로 그냥 집을 나왔다.

바깥으로 나오자마자 차가운 돌풍이 뺨을 때렸다. 잠시 눈을 질끈 감았다 뜬 나는 앞을 보았다. 그새 동이 터서 투명해지기 시작한 안개 사이로 아파트 복도가 어렴풋이 드러나 있었다.

늘 봐 온 흰 페인트칠 된 벽과 난간, 쇳내를 풍기는 회색 복도, 그 사이로 여령이네 집이었던 집 앞에 대진 킥보드가 보였다. 처음 보는 것이었다. 그 생뚱 맞은 물건을 한참이나 응시하던 나는 이윽고 한 손을 들어 눈을 비볐다.

사귀게 되고부터는 언제나 문을 열면 풍경처럼 서 있던 여단 오빠가 이젠 없다. 당연해야 할 그 일이 상상한 것보다도 많이, 많이 서러워서. 한참이나 그 자리에 서서 눈만 비비던 나는 이윽고 단호하게 발을 떼었다.

하루의 시작이었다.

* * *

가는 길에 두유 대신 초코 우유를 사서 문 나는 그대로 버스를 탔다. 흔들리는 버스 창밖으로 오늘도 바쁘게 달리는 차들을 구경하는데, 문득 버스가 멈추며 익숙한 얼굴들이 올라탔다.

그쪽을 돌아본 나는 반사적으로 탄성을 터트렸다.

"어."

사실 별로 반가운 이들은 아니었다.

천동호와 그 무리들이었다. 안경 쓴, 아마도 이민아를 좋아했던 녀석하고 그리고 입 가볍던 녀석. 이젠 이름도 기억도 안 나네. 하여간 내가 이름을 기억하고 있는 것은 천동호뿐이었다.

반사적으로 아는 척을 해 버린 나는 그 직후 입을 다물고 눈을 굴렸다. 사실 별로 반가운 인연도 아닌데. 게다가 저들은 윤정인이 학원을 다니게 된 뒤로 학원을 그만뒀고. 그러니 우리는 정말로 아무 사이도 아니었다.

내가 민망해서 창밖으로 시선을 돌리자, 나를 빤히 보던 그들도 다시 고개를 돌렸다. 저들끼리 쑥덕거리는 소리가 내 귀에 잡혔다.

"뭐야? 방금 우리 보고 아는 척하지 않았어?"

"아는 앤가?"

"아닌 것 같은데."

어라. 나는 내색하지 않고 눈만 크게 떴다.

나를 모르나? 그러고 보니 소개팅에 여단 오빠가 끼어 있던 걸 생각했을 때, 이 세계에선 그 소개팅 자체가 이루어지지 않았을 가능성도 있겠다.

생각하던 나는 불쑥 들려온 천동호의 목소리에 눈을 크게 떴다.

"아, 나 쟤 알아. 우리 학원 다니는 앤데."

"그랬냐."

"말 걸어 봐? 어째?"

그 무렵에 나는 더 듣지 않고 그들에게 신경을 끊었다. 세계가 바뀐다고 해서 인간성까지 크게 달라지는 일은 잘 없으므로 아마 저들은 내가 알던 것처럼 겉 다르고 속 다른 사람들이겠지. 그렇다면 얽히는 건 사양이다.

그보다도 나는 새로 알아낸 사실을 중얼거렸다.

"쟤들은 아직 학원에 다니는구나."

그렇다면 한 가지 가설에 좀 더 힘이 실린다.

나는 그들의 시선을 피해 불안하게 입술을 깨물었다.

* * *

내 예상은 맞아떨어졌다.

학원으로 가서 찾아보니 윤정인과 이민아는 없고 대신 천동호 무리가 보였다. 다행히 이민아와 윤정인 있을 적에 종종 대화에 어울리곤 하던 애들 몇몇이 인사해 왔다. 안녕. 어, 안녕. 애써 태연하게 대답하며 나는 빈자리를 찾아 앉았다.

익숙하게 수업 들을 준비를 마쳐 놓고 턱을 괴며 나는 생각에 잠겼다. 이민아도 저쪽 세계 인물이었구나. 하긴, 로미오와 줄리엣도 아니고 비극적인 커플은 나와 여단 오빠 정도로 충분할 테지.

이민아와 윤정인이 없으니 학원 쉬는 시간은 무척 썰렁했다. 물론, 두세 명 정도가 얘기하려고 내 옆자리로 와 주긴 했지만 원래는 이럴 사이가 아니다 보니 왠지 모를 거리감이 있었다.

어디 아프냐는 말에 감기 기운이 좀 있다고 대답하면서 나는 생각했다. 다른 세계에서의 나는 항상 이런 일상을 보냈겠지. 몹시 이상한 기분이었다.

결국 학원이 끝날 때까지 기다리지 않고 감기를 핑계로 도중에 빠져나왔다. 그리고 그 즉시 발해 병원으로 가는 버스를 탔다. 병원이 나오지 않으면 어쩌지 하는 생각에 잔뜩 긴장하는데, 창밖으로 거대한 병원의 모습이 비치자 그제야 안도할 수 있었다.

그러나, 병원 이름이 바뀌어 있었다. 1층 카운터에서 서성이던 내게 목에 사원증 비슷한 것을 건 사람이 다가와 물었다.

"무엇을 도와드릴까요?"

나는 당황해서 허둥지둥 고개만 숙이고는 병원을 나왔다.

병원 앞에서 숨을 고르며 나는 애써 담담하게 되뇌었다. 발해 그룹이 사라졌으니까 당연히 병원 이름도 바뀌는 게 맞겠지.

나는 뒤돌아 병원을 다시 올려다보았다. 그래도 저 어딘가에 유천영네 아버지와 은형이네 아버지, 그리고 은미가 입원해 있는 병실이 존재하지 않는다는 사실은 믿겨지지 않았다. 한참이나 그 자리에서 서성이다가 나는 다시 걸음을 옮겼다.

이대로 사대천왕의 집에 찾아가기는 싫었다. 전에 봤던 광경을 두 번 본다면 견디지 못할 거란 생각이 들었다. 그러나 이대로 집에 들어가기도 싫어서, 결국 내가 향한 곳은 2호선 시청역이었다.

사람들에게 떠밀려 출구 바깥으로 나오자, 어느새 어둠이 내린 하늘 아래로 보석처럼 휘황찬란한 빛을 내뿜는 빌딩들이 나를 반겼다.

나는 목이 꺾일 듯이 고개를 들고 그들 건물 중에 Reed사 건물을 찾으려고 노력해 보았지만, 그럼 그렇지. 없었다.

그제야 난 미련을 버리고 집으로 향했다.

* * *

집으로 들어가자마자 부엌에서부터 멸치 우린 국물 냄새가 풍겨 왔다. 엄마가 웬일로 일찍 퇴근하신 모양이었다.

내가 부엌으로 향하자, 엄마가 뒤도 돌아보지 않고 물었다.

"벌써 왔어? 야자는 어쩌고."

"오늘 야자 안 한다더라. 그것보다 엄마."

태연하게 거짓말을 주워섬긴 다음, 나는 충동적으로 내뱉었다.

"우리 옆집에 있잖아. 오른쪽 말고 왼쪽."

엄마가 나를 돌아보았다.

"그 집이 왜, 무슨 일 있어?"

"그 집이랑 우리 집, 사이 좋아?"

그러자 이쪽을 보고 눈을 동그랗게 뜬 엄마가 대답했다.

"아니, 그냥 그런데?"

어깨에 잔뜩 힘을 주고 서 있다가, 나는 천천히 긴장을 빼며 길게 한숨을 내쉬었다.

내가 힘없이 물었다.

"그래?"

"응, 우리 집이랑 별로 안 맞아. 너희 아빠가 그 집 싫어라 하잖아. 왜, 무슨 일 있었어?"

“아냐, 아무것도.”

나는 그렇게 대답하며 돌아섰다. 뒤에서 엄마가 계속 말하는 소리가 들렸다.

“또 거기 애가 너 따라다니면서 뭐라 그랬어?”

“거기 애도 있어?”

“왜 그래? 지민이라고 일곱 살짜리 애 하나 있잖아. 전에 버스 정류장에서 걔가 너한테 장난쳤다며. 음료수 뿌리고.”

엄마가 국자로 냄비를 휘휘 저으며 대답했다.

처음 듣는 얘기에 나는 눈살을 찌푸렸다. 아마 아침에 여령이네 집 앞에서 보았던 킥보드의 주인인가 본데, 내가 그 애를 먼저 괴롭혔을 리는 없으니 성격이 별로 좋지 않은 모양이군.

궁금하지도 않았는데 거기에 더해서 달갑지도 않은 사실까지 알게 되었다. 옆집에서 애가 나오거든 최대한 피해 다니자, 새로운 교훈을 곱씹으며 나는 방으로 들어갔다.

침대에 풀썩 누워 핸드폰을 열어 보니 역시나 사대천왕이나 반여령, 이루다, 그리고 여단 오빠에게서 온 문자는 하나도 없고 이름도 잘 모르는 애들에게서 온 것이 전부였다.

대강 답장하자마자 기력이 다 떨어진 것을 느낀 나는 핸드폰을 던져두고 풀썩 누웠다. 팔을 들어 눈가를 가리고는 힘없이 중얼거렸다. 하.

“아직 하루도 안 지났다니…….”

개학까지 일주일 정도가 남아 있었다. 만약 그동안에 돌아가지 못한다면 앞으로 일주일을 내내 이렇게 보내야 할 것이다.

그런데 만약 개학하고 나서도 돌아가지 못한다면?

아니야, 아닐 거야. 나는 애써 머릿속에 떠오른 불안한 가정을 무시했다. 아직 반여령의 고등학교 생활이 끝나지도 않았잖아. 그런데 이렇게 갑작스럽게 내가 필요 없어질 리 없어. 나는 중얼거렸다. 아직 끝은 아닐 거야. 제대로 인사를 나누지도 못했는데.

결국 그날 저녁은 최악이었다. 나는 먹는 둥 마는 둥하다가 자리에서 일어났다.

아빠가 그런 나를 보며 타박했다.

"그거 먹고 무슨 공부를 한다고 그러냐."

"아, 둬요. 애 속도 안 좋아 보이는데. 단아, 매실 좀 타 줄까?"

엄마가 나를 돌아보며 묻는 말에 나는 고개만 작게 흔들고 내 방으로 향했다.

현관 쪽을 지나는데 밖에서 찌르릉찌르릉하고 시끄러운 소리가 들렸다. 귀가 밝은 아빠가 용케도 들었는지 식탁에 앉아 말했다.

"아니, 쟈는 복도에서 킥보드 타지 말라 해도 자꾸 저러네. 단이 니가 가서 문 열고 뭐라 좀 해 봐라."

나는 그냥 못 들은 척하고 방으로 들어가 누웠다. 숙제를 해야 한다고 생각은 하고 있었지만 학원을 다녀온 것만으로 기력이 다해서 더 이상 뭘 할 수가 없었다.

평범한 모양의 시계를 노려보다가 나는 그대로 잠들었다. 잠에서 깨면 시계가 바뀌어 있을 걸 기대하면서.

그러나 다음 날도 시계는 바뀌어 있지 않았다. 가방을 챙긴 내가 현관문을 밀고 바깥으로 나가자 아파트 복도에는 아무도 없었고, 옆집 문 앞에는 킥보드만이 놓여 있었다.

* * *

이틀이 지났다. 나는 기다렸다.

사흘이 지났다. 여전히 나는 기다렸다.

토요일에는 학원 전체 모의고사가 있었다. 집중해 보려 했지만 쉽지 않았다. 문제 한 번 풀 때마다 도대체 내가 어디서 실수한 거지? 돌아오기 전날에 뭐가 달랐더라? 그런 생각에 빠져 있다가 정신을 차리면 시간이 3분씩 지나가 있었다. 오죽했으면 나는 영어 듣기 평가에서도 한 문제를 놓쳐 버렸다.

처음으로 검토할 시간도 없이 시험지를 내면서, 나는 점수 폭락을 예감했다.

"이번에 잘 봤어? 시험 난이도 어땠던 것 같아, 단아?"

시험이 끝나자, 요 며칠 얼굴을 익힌 애들 몇몇이 내 자리로 다가왔다.

나는 어색하게 웃으며 대답했다.

"완전 망했어. 어렵진 않았던 것 같은데, 집중이 안 돼서."

하지만 아무도 내 망했다는 소리를 믿지 않았다. 왜지, 이전 세계에서는 믿었는데. 애들은 그래도 너 잘하잖아, 하고는 곧 있을 채점을 위해 자리로 돌아갔다.

혼자 남은 나는 한숨을 폭 내쉬었다. 새로운 생각이 떠올랐다. 혹시 여기서는 내가 공부를 잘하는 편인가?

반여령과 사대천왕이 다니던 학교로 말할 것 같으면 전국 모의고사에서 전 과목 1등급을 놓치지 않는다고 해도 전교 50등 안에도 들기가 힘들었다.

일단 전교 1, 2등을 지키고 있는 게 다름 아닌 전국 1, 2등들인 데다가, 사대천왕과 석봉중 사대천왕도 수준이 만만치 않아서 실제로 나와 주인이도 둘 다 전국 모의고사 1등급 *끄트머리* 정도를 유지하고 있었는데 그래도 전교 50등 안에도 못 드는 경우가 많았다.

나는 고개를 기우뚱 기울였다. 혹시 학교에 돌아가면 내가 상위권에 속해 있다든가. 그런다고 해도 별로 달갑지는 않았다.

시험이 끝나고 얼마 안 가 전 학원생 점수가 벽에 붙었는지 학생들이 바깥으로 우르르 몰려갔다. 그 사이에 끼어

내 점수를 확인한 나는 얼굴을 구겼다.

세상에, 전 학원생 200명 중에 140등이었다. 이거 진짜 심각한데. 중얼거리는 내 앞에 대뜸 뭔가가 내밀어졌다.

편의점에서 파는 캔 아메리카노였다. 그것을 물끄러미 보던 나는 옆으로 고개를 돌렸다. 다름 아닌 천동호가 나를 내려다보고 있었다. 그의 부스스한 탈색한 머리카락이 형광등 불빛 아래 은색처럼 빛났다.

문득 은지호를 떠올린 나는 이윽고 고개를 흔들었다. 무슨 생각하는 거야, 은지호한테 실례지.

그리고 그를 돌아본 내가 입을 열었다.

"왜?"

"마시라고."

생각 없는데, 하고 불퉁하게 대답하려다 나는 마음을 다잡았다. 전에 천동호와 그 무리들의 반응으로 보아 아마도 그들은 현재 나와 모르는 사이일 것이다. 그런 상황에서 까칠하게 대해 봐야 안 좋은 소문이 날 뿐이겠지. 학원도 학교만큼, 혹은 그 이상으로 좁을 텐데.

나는 어색하게 웃으며 대답했다.

"아니야."

"너 주려고 뽑아 온 건데."

순간 그래서? 하는 말이 입안까지 치밀었다가 도로 기어 들어 갔다.

나는 인상을 찡그린 채 눈앞의 캔을 내려다보았다. 천동호가 갑자기 왜 나한테 이렇게 구는지 알 수가 없었다.

나는 문득 화장실에서 엿들었던 그와 그의 친구와의 대화를 떠올렸다. 그는 그때 내가 생각보다도 더 괜찮은 애라서 미안하다고 했었다. 그러면 뭘 하나, 이어진 그의 다음 행동들을 생각하면 내가 그의 호의를 받아들일 이유가 전혀 없는데.

내가 말없이 찝찝한 표정을 짓고 있는데 그가 갑자기 내 손에 억지로 캔을 쥐어 주었다. 아차, 싫어진 내가 캔을 다시 돌려주려다 떨어뜨릴 뻔하고, 허둥지둥하다 간신히 그것을 잡아 올렸을 때는 천동호는 이미 저만치 물러난 뒤였다.

그는 자기 친구들에게 합류하여 뭐라고 말하고 있었다. 분위기가 나쁜 것을 보아 나를 놀리려고 한 것 같지는 않은데, 또 그럴 이유도 없고.

그를 한참이나 노려보던 나는 결국 캔을 가방에 집어넣고 그 길로 학원을 나섰다.

* * *

일요일에 나는 아무것도 하지 않고 집에만 처박혀 시간을 보냈다.

월요일에 학원을 가고 싶지 않은 마음이 굴뚝같았지만

이미 야자도 빼먹은 지 며칠, 아예 빠졌다가는 부모님께 전화가 갈지도 몰랐다. 그나마 다행인 것은 내가 방학 특강반만 신청했기 때문에 개학하면 더는 학원에 나갈 필요가 없다는 것이었다.

월요일 아침, 나는 무거운 걸음으로 다시 집을 나섰다.

수업을 듣는 내내 따끔거리는 시선이 나를 찌르는 게 느껴졌다. 고개를 돌리면 복도 쪽 책상에 앉은 천동호와 어김없이 시선이 마주쳤다.

데인 듯 고개를 돌린 나는 중얼거렸다. 대체 뭐야? 날 봐서 어디다 쓴다고. 어제 그가 내게 캔 커피를 줄 때부터 생겼던 불안이 따끔따끔 내 가슴을 찔렀다.

쉬는 시간에 잠깐 강의실을 나갔다가 다시 들어온 나는, 내 책상 위에 못 보던 음료가 놓인 것을 발견하고 눈을 깜빡였다. 표면에 물방울이 송골송골 맺힌 오렌지 주스. 잠시 망설이다가 나는 병 표면을 만져 보았다. 아직 시원했다.

그럼 굳이 날 주려고 밖에 나가서 사 온 거라고? 얼굴을 구기던 나는 문득 부르는 소리에 고개를 들었다.

"아, 단아. 그거."

내 앞자리에 앉아 있던, 이민아와 같이 어울리던 애들 중 하나였다. 내가 대답했다.

"응?"

"그거, 저기 저 남자애가 준 거야."

그렇게 말하며 그녀가 한 곳을 슥 턱짓했다. 그 끝에 누가 있을지는 안 봐도 빤했다.

나는 그쪽에 시선을 주지 않으려고 노력하면서 대답했다.

"탈색한 머리?"

"응, 맞아. 쟤 이름 뭐더라? 동호였나?"

그러더니 그녀가 내 팔을 툭 치며 속삭였다. 쟤 어때?

어떻느냐니. 자세히 보니 이 애뿐만 아니라 주변에서도 내 반응을 흥미롭게 관찰하고 있었다. 그렇지, 이런 유의 가십이 제일 재밌지. 나는 애매하게 웃고는 오렌지 주스를 그대로 가방에 쑤셔 넣었다.

수업이 시작되자 다시 시선이 느껴졌지만 한 번도 돌아보지 않다가, 야간 자습이 끝나고 다들 우르르 빠져나가는 틈에 천동호에게 다가가 그를 붙잡았다.

"저기."

나를 돌아본 천동호가 꽤나 놀라는 얼굴을 했다.

"어? 어."

그의 눈에 금세 기대감이 섞여 들기 시작한 게 부담스러웠다. 나는 학생들이 충분히 빠져나갈 때까지 기다리다가 둘이 남고서야 가방을 열었다.

아까 내가 받은 오렌지 주스를 다시 꺼내는 것을 본 그의 표정이 점차 가라앉았다.

오렌지 주스를 침착하게 그쪽으로 내밀며 내가 말했다.

"이거, 네 거 같아서."

"아."

잠시 짧게 내뱉었던 그가 이윽고 인상을 찌푸리더니 말했다.

"그것도 너 주려고 뽑아 온 건데. 그냥 먹어."

나는 고개를 내젓고는 주스를 다시 그에게로 내밀었다. 줄 생각이 없는 사람에게는 받지도 말자는 것이 내 지론이었다. 결국 천동호가 어쩔 수 없다는 표정을 하며 주스를 받아 들었다.

학원을 나가긴 해야 해서 나와 천동호는 어쩔 수 없이 같은 방향으로 걷게 되었다. 나는 말을 할 생각이 아예 없는데도 천동호는 계속 말을 걸었다. 너희 학교 공부 잘하지 않냐, 학원 오기 전에는 독학한 거냐, 그런 얘기들을 들으며 나는 가만히 인상을 썼다.

도대체 얘가 나한테 왜 이러는 거지? 반여령과 같이 있던 세계에서는 나에게 시선 한 번 안 주던 애였다. 아니지, 주긴 줬지, 이용하려고. 그리고 나랑 여단 오빠한테 들키니까 뭐라더라?

'내가 너 안 좋아하고 반여령 좋아하는 것도 잘못이냐?'

복도 위에 낭랑하게 울리는 천동호의 목소리와 회상 속

소리가 겹치자마자 기분이 확 나빠졌다. 내가 갑자기 걸음을 멈추자 천동호가 의아해하는 얼굴로 이쪽을 바라보았다.

아니야. 나는 마음을 다잡기 위해 중얼거렸다. 이쪽 세계에서 우리한테는 아직 아무런 일도 일어나지 않았어. 그러니 그때의 일을 지금의 그에게 뒤집어씌워선 안 돼. 그렇게 되뇌고서야 나는 간신히 말했다.

"나 이제 곧 학원 그만둬."

그러니까 나랑 친해지려고 할 필요 없다고 말하려는데 천동호가 더 빨랐다.

"그래? 하긴, 넌 잘하니까 별 필요 없긴 하겠다."

아니, 나 얼마 전에 학원 모의고사에서 140등 받았는데. 중간도 안 되는 등수라고. 왜 저렇게 띄워 주는 건지는 모르겠지만 더 말을 섞기도 싫어서 나는 그냥 뻔뻔해지기로 했다. 고개를 끄덕인 내가 황급히 돌아서는 그때였다.

"그럼 혹시 번호……."

"미안."

나는 재빨리 대답하고 이제는 어두워지기 시작한 학원 복도를 가로질러 갔다.

다행히 버튼을 누르자마자 엘리베이터가 도착했다. 엘리베이터 안에는 학원생이 못해도 열 명은 있었다. 뒤따라 달려온 천동호는 아무 말도 못 하고 엘리베이터에 탔다.

그러나 그는 포기를 몰랐다. 학원 밖으로 나오자마자 그가 나를 다시 붙잡았다.

그가 잡은 팔을 흔들며 내가 말했다.

"아, 왜?"

"내가 뭘 하자는 게 아니잖아, 그냥 번호 달라고. 그거 하나 못 해 주냐?"

"나 사……."

나 사귀는 사람 있어.

몇 달 사이 당연해진 그 말을 내뱉으려다 말고 나는 멈칫했다. 고개를 들자 천동호가 나를 굳어진 눈빛으로 응시하고 있었다.

엷은 눈송이가 우리 사이에 흩날리기 시작했다. 어둠 속에 잠긴 그의 얼굴을 멍하니 올려다보던 내가 천천히 내뱉었다.

"……좋아하는 사람 있어."

그렇게 말하며 나는 입술을 깨물었다.

지금은 사귄다고 말할 수 없었다. 여단 오빠는 지금 없는 사람이니까, 내가 그와 사귄다는 말은 거짓말이다.

그러자 천동호는 대번에 어이없다는 표정을 짓더니 대답했다.

"아니, 아무튼 좋아하는 사람이면 사귀는 사람은 없는 거잖아."

"그건 그런데……."

"뭐가 그건 그런데야."

그렇게 말하는 천동호의 목소리가 갑작스레 공격적으로 변해서 나는 흠칫 놀랐다. 난감한 듯 혼자 머리카락을 벅벅 헤집던 천동호는 갑자기 발길을 돌리더니 가는 길에 굴러다니던 빈 캔을 세게 걷어찼다.

깡, 소리와 함께 날아간 캔이 버스 정류장의 유리벽에 맞았다. 그 소리에 행인 몇몇이 이쪽을 돌아보고는 수군거렸다. 뭐야, 미쳤어? 싸우나 봐. 천동호와 같이 서 있음으로써 일행으로 묶인 나는 괜히 얼굴이 벌게졌다.

내 입장은 전혀 아랑곳 않고 혼자서 벅벅 머리만 헤집던 천동호는 한마디를 남기고 돌아섰다.

"아, 쪽팔리게……."

그리고 그는 학원 차를 타는 곳을 향해 천천히 사라졌다. 홀로 남겨진 나는 한동안 멍하니 그 모습을 바라보다가 문득 정신을 차렸다.

"아, 나도 집에 가야지."

그렇게 중얼거린 나는 학원 차가 있는 곳으로 가려다 멈칫했다. 물론 학원 차가 있는데 굳이 버스를 타는 건 교통비 낭비지만, 이 시점에 천동호와 같은 차를 타는 것은 일종의 자폭 같았다.

나는 결국 버스 정류장으로 터덜터덜 걸음을 옮겼다. 아까 천동호가 캔을 걷어차는 것을 봤던 사람들이 흥미롭다는 표정으로 내 쪽을 힐긋거렸지만 애써 무시했다. 다른 데 집중하려고 주변을 둘러보는데 문득 근처에 있는 대형 서점이 눈에 띄었다.

이곳에서 불과 3, 4미터 떨어진 곳에 있어서 서점에 붙은 광고 포스터가 무척 잘 보였다. 나는 과자 성분표까지 모조리 읽는 활자 중독자라도 된 것처럼 그것을 열심히 읽었다.

조회수 400만을 기록한 화제의 인터넷 소설, '당신과 나의 300일' ……인터넷 소설? 무심코 중얼거리던 나는 깨달았다.

그렇지, 참. 이 세계에는 인터넷 소설이 여전히 존재하고 있었지. 그동안 몇 번 세계를 오가긴 했어도 책 한 권 읽을 틈조차 없는 짧은 시간 동안이었기 때문에 초등학교 이후로 인터넷 소설은 읽어 본 적이 없었다.

마침내 내가 탈 버스가 도착했다. 버스에 올라 좌석에 앉으면서도 나는 창을 통해 계속 서점을 응시했다.

뭔가 떠오를 것 같은데 떠오르지 않았다.

* * *

아파트로 들어간 나는 엘리베이터 버튼을 누르다 말고 쓰게 웃었다.

"진짜 별 게 다."

아파트 엘리베이터 문을 열면 여단 오빠와 여령이가 떠올랐고, 백화점의 대형 광고 간판을 보면 유천영이 떠올랐고, 부엌이나 병원을 보면 은형이가 떠올랐고, 두뇌 싸움을 하는 예능 따위를 보면 주인이가 떠오르면서 그러면 저런 것쯤 당장 우승했을 텐데, 하는 생각이 들었다.

그리고 엘리베이터를 탈 때마다 은지호가 떠올랐다.

버튼을 누르고 내가 사는 층으로 올라갈 때까지 나는 벽에 머리를 대고 서 있었다. 그러지 않으면 이대로 흐물흐물하게 녹아 바닥으로 흘러내릴 것만 같았다.

괜찮아, 이제 다 끝났잖아. 나는 애써 중얼거렸다.

그래, 힘든 일은 오늘로써 거의 끝이 났다. 천동호와는 어떻게든 끝맺었고, 아마 다시는 나한테 말을 걸지 않을 것이다. 조금 무서웠지만 단호하게 대처한 나, 잘했어. 그리고 학원에 가서 잘 모르는 사람들과 아는 척 어울리는 것도 내일이면 끝이 난다.

어차피 나는 학원 체질도 아닌 것 같던데, 개학하면 혼자 공부하지 뭐. 그렇게 다짐하는 그때, 땡 소리가 나며 엘리베이터 문이 열렸다.

집으로 가는 복도가 유난히 길게 느껴졌다. 힘겹게 한 발자국씩 내딛으며 나는 계속 중얼거렸다. 끝이야, 끝! 이제 정말 끝!

그리고 그때, 빠른 속도로 달려온 무언가가 내 등에 부딪쳤다. 바닥으로 엎어지면서 나는 오늘의 수난이 아직 끝나지 않았음을 직감했다.

우당탕 소리와 함께 나는 앞으로 넘어졌다. 하필이면 엎어지면서 무릎부터 바닥에 찧었다. 고통 때문에 눈앞이 일순 하얗게 흐려졌다.

나는 몸을 웅크리며 신음했다.

"아, 으아, 으⋯⋯."

진짜 아파.

무릎을 확인했지만 긴바지를 입은 데다 돌바닥도 아니라서 바지는 상하지 않았고, 겉으로는 상처가 보이지 않았다. 그렇다고는 해도 멍 들었을 것은 분명했다. 집에 가서 확인하는 수밖에.

모레면 개학하는데 대체 이게 무슨 일이야. 그렇게 중얼거리며 나는 고개를 돌렸다.

뒤에는 어린애 한 명이 서 있었다. 갈색 머리카락은 컬을 넣어 부풀렸고 동그랗게 뜬 눈 역시 갈색이었다. 나는 문득 저번 주에 엄마에게 들었던 옆집 애에 대한 얘기를 떠올렸다. 킥보드를 타고 있는 것을 보니 확실했다.

밤에도 복도에서 킥보드를 타더니 결국 이 사달이 나는구나. 생각하면서도 나는 화가 사그라지는 것을 느꼈다. 이 세계에 와서 이렇게 색소가 옅은 애는 처음 봤다는 일종의 친근감 때문이었다.

내가 비틀거리며 일어나는 동안에도 그 애는 한마디 말이 없이 나를 빤히 보기만 했다.

내가 무릎을 탁탁 털자 그제야 한마디 했다.

"죄송합니다……."

혀가 짧아서 발음이 정확하진 않았지만 알아들을 수는 있을 정도였다.

그제야 고통을 수습한 나는 어색하게 웃었다.

"아, 아니야. 괜찮아."

생각보다 착하네. 아니, 착하지 않더라도 이런 상황에서는 미안할 수밖에 없겠지만. 원래의 목적지였던 집 쪽으로 다시 돌아서며 나는 그렇게 생각했다.

막상 움직이기 시작하자 무릎에 번지는 통증이 장난이 아니었다. 윽, 진짜 세게 부딪혔나 봐. 혹시 뼈 부러진 건 아니겠지? 불안감을 누르며 나는 마침내 번호 키를 입력했다.

문득 등이 가볍다는 느낌이 든 것은 그때였다. 응? 어깨를 몇 번 으쓱여 보던 나는 방금 지나 온 복도를 돌아보았다.

아차. 넘어지면서 가방이 벗겨졌는데 그대로 두고 온 모양이었다. 하지만 너무 아파서 생각할 겨를이 없었어……. 복도에 덩그러니 놓인 가방을 보며 인상을 쓰는 그때, 종종걸음으로 달려온 옆집 애가 내 가방을 집어 들었다.

나는 머뭇거리며 말했다.

"어, 가져다주려고? 고마……."

물론 일곱 살 애한테 들게 시키기엔 좀 무거워서 미안했지만, 미안함을 감수할 수 있을 정도로 무릎이 너무 아팠다.

그런데 고개를 들어 나를 바라본 그 애가 씩 웃었다. 그러더니 그 애는 뒤돌아 달리기 시작했다.

내가 외쳤다.

"얘! 어디 가!"

모퉁이 저편 계단 쪽에서 벽에 반사되어 윙윙거리는 목소리가 희미하게 울렸다.

"나 잡아 봐라!"

아, 못 살아. 나는 손잡이를 잡고 이마를 짚었다. 상식적으로 생각을 해 봐. 너 같으면 방금 그렇게 넘어진 사람이 너랑 술래잡기를 하고 싶겠니? 그것도 내 가방 갖고? 그렇다고 가방을 포기할 수도 없는 노릇이었다.

내가 외쳤다.

"누나 무릎 아파서 거기까지 못 가!"

"나는 안 아픈데!"

어, 그래. 안 아파서 좋겠다. 내가 침착하게 중얼거리는 사이, 다시 복도로 나온 그 애는 내게서 얼마 떨어지지 않은 곳에 섰다.

드디어 가방을 돌려주려나? 나는 지친 눈으로 그쪽을 보았다.

그리고 잠시 후, 나는 비명을 질렀다.

"뭐 하는 거야!"

그 애가 내 가방을 난간 바깥으로 내밀고 있었다. 저러다 떨어져서 누가 맞기라도 하면 어떡해! 가방에 책이 몇 권이 들었는데. 일곱 살 어린애의 팔은 내 가방 무게를 감당하기엔 너무 가늘어 보였다.

내 비명에 그 애는 즐거운 듯 웃었다. 그 애가 아까 내가 외친 것을 흉내 내어 외쳤다.

"뭐 하는 거야!"

"그거 당장 이리 줘!"

내가 그렇게 말하며 힘겹게 한 걸음 앞으로 떼자 그 애가 딱 그만큼 뒤로 물러났다. 내가 다시 다가가자 또 한 걸음, 그 애의 표정을 통해 나는 그 애가 내게 가방을 돌려줄 생각이 조금도 없음을 알았다.

입술을 깨물던 나는, 마침 내 바로 옆에 옆집 문이 있음을 깨달았다.

나는 그 문을 힘껏 두드렸다. 그제야 그 애가 아차, 하는 표정으로 재빨리 내게 가방을 던졌다. 가방이 하필 아까 부딪혔던 무릎 쪽에 맞는 바람에 나는 짧게 비명을 지르며 몸을 숙였다.

그때, 문이 열리고 중년 여자가 나왔다.

"뭐야?"

나는 고개를 들어 그 얼굴을 빤히 보았다. 문 그림자에 반쯤 가려진 그 얼굴은 2년 전에 봤던 그 얼굴과 똑같았다.

내가 잠시 넋을 잃고 있자 아주머니가 재촉했다.

"너 옆집 애지? 무슨 일인데?"

"아, 그게요."

그제야 정신을 차린 나는 뒤를 가리키며 대답했다.

"지민이 맞지요? 지민이가 제 가방을 뺏어 가서……."

"거기 있잖아."

아주머니가 그렇게 말하며 퉁명스럽게 내 발 아래를 턱 짓했다. 나는 애써 침착하게 말을 이었다.

"아니요, 저 이건 방금 그 애가 던져 놓고 간 거구요, 걔가 방금 키보드를 타다가 저랑 부딪쳤는데 그때 제가 가방을 떨어트렸거든요. 그래서……."

아무튼 이렇게는 내가 애꿎은 집 문을 두드린 사람이 되니까 상황만 간단히 설명할 생각이었는데, 그녀가 내 말을 끊었다.

"부딪쳤다고? 그렇게 안 보이는데?"

"아, 아니요. 저 넘어져서 무릎 부딪혔는데……."

"긴 바지 입었잖아."

"아니, 제가 다쳤다고 뭐라고 하려는 게 아니라요."

내가 차분하게 말하려는 그때, 그녀가 갑자기 복도 쪽으로 고개를 돌리더니 소리쳤다.

"애, 지민아!"

애가 그새 사라져서 혼날 게 무서워서 도망쳤나 보다고 생각했는데, 계단 쪽에서 작은 그림자가 꾸물꾸물 기어 나왔다.

그녀가 물었다.

"너, 이 누나랑 부딪쳤어?"

그 애가 키보드에 손을 얹은 채로 고개를 도리도리 내저었다. 하, 나는 어이가 없어서 작게 한숨을 내쉬었다.

"아니요."

"아니라는데."

내가 대답하려는데 그녀가 다시 애를 돌아보고는 물었다.

"너, 이 누나 가방 훔쳤어?"

"아니요."

"봐, 아니라잖아."

세상에, 바로 옆집인데 어이가 없어서.

나는 숨을 크게 들이쉬고는 입을 열었다.

"아니, 그렇게 물어보시면 애가 당연히……."

"뭐, 우리 애가 거짓말했다고?"

"네."

더 실랑이하기도 지친 내가 짧게 말하자 그녀의 얼굴이 와락 구겨졌다.

그녀가 되물었다.

"뭐라고?"

"거짓말 한 건 한 거죠. 방금 그거 거짓말이에요."

나는 조금도 망설이지 않고 대답했다. 그녀가 어이없다는 표정으로 물었다.

"학생, 증거도 없이 이웃끼리 이러면 안 되지. 증거 있어?"

"그러는 아주머니는 저게 거짓말 아니라는 증거 있으세요?"

그러자 그녀는 말이 없어졌다.

나는 그런 사이에 돌아서서 재빨리 번호 키를 눌렀다. 두 개의 시선이 내 뒷덜미에 따끔따끔할 정도로 박혀 드는 것이 느껴졌다. 하, 어이가 없어서, 어쩌고 투덜거리는 소리도 들렸다. 어른끼리 얘기를 해야겠다 어쩐다 소리를 뒤로 하고 나는 재빨리 문을 닫았다.

집에는 아무도 없었다. 어둡고 텅 빈 거실이 반가워 보기는 처음이었다. 한참이나 눈을 깜빡이며 제자리에 서 있다가, 나는 가방을 신발장 바깥으로 집어 던졌다. 그리고 천천히 귀를 감싸며 자리에 주저앉았다.

"아……."

천천히 호흡이 가빠졌다. 명치께에서 올라온 무언가가 목구멍을 턱 하고 틀어막아서 숨이 잘 쉬어지지 않았다. 물 밑에 가라앉은 사람처럼 나는 한동안 몸을 둥글게 말고 헐떡였다.

한참 있다가 뒤늦게 말문이 트였다.

"나한테 왜 그래? 다들……."

호의를 베풀고, 칭찬을 하고, 그러다가도 내가 받아들이지 않으면 성을 내고, 캔을 걷어차고, 더러는 나를 넘어뜨리고, 내 물건을 뺏어 가고, 거짓말을 하고 윽박지르고.

"대체 왜 그러는데."

그렇게 중얼거리며 나는 무릎에 얼굴을 푹 파묻었다.

사실 이런 일은 언제나 있었을 것이다. 그러니까, 이런 평범한 세상에서.

어쩌면 저 애는 나를 이런 식으로 놀리고 괴롭힌 게 처음이 아닐지도 모른다. 어쩌면 내게 들이댄 게 천동호가 처음이 아닐지도 모른다.

하지만 내게는 모든 것이 처음이었다. 호의도, 적의도. 나는 도리질하며 헝클어진 머리카락 사이에 손을 찔러 넣었다.

웅크려 앉은 내 머릿속에 문득 어렸을 때 보았던 광경들이 떠올랐다. 다 같이 모여 앉아 애꿎은 벌레를 짓뭉개던 애들. 떠돌이 개에게 돌을 던지던 애들.

나는 다시 몸을 웅크렸다. 차라리, 아무도 나를 못 보게 투명 인간이라도 되었으면.

일주일 동안 겪은 이 세계는 지긋지긋했다. 다들 어떻게 이 세계에서 살아갈 수 있는지 이해가 안 될 정도였다. 이 세계에서 앞으로 계속 살아가야 할지도 모른다니, 믿고 싶지 않았다.

불쑥 고개를 드는데 얼굴이 축축했다. 어느새 흘러내린 눈물에 볼이 젖어 있었다.

볼을 문질러 닦으며, 나는 방금 내가 던졌던 가방을 주워 방으로 들어갔다. 곧 엄마 아빠가 집에 올 시간인데 현관에서 이러고 있다 들키는 건 사양이었다.

내 방의 불을 켠 다음 반사적으로 시계를 돌아보는 것도 잠시, 나는 고개를 내저었다.

이 세계로 온 지 벌써 5일째.

슬슬 이 막연한 기대를 접을 때도 되었다. 기대해 봐야 나만 아플 뿐이지. 나는 그대로 침대에 누웠다.

모의고사를 깔끔하게 말아 먹었고, 개학은 불과 이틀이 남아 있는데도 숙제할 생각은 들지 않았다. 내가 일상적으로 해야 하는 일을 할 최소한의 에너지조차 사라지고 없는 느낌이었다. 한마디로 방전이었다.

침대에 파묻힌 채로 잠시 가만히 있다가, 나는 중얼거렸다.

하지만 공부를 할 필요가 있나? 애초에 내가 공부를 열심히 한 건 그들과 비슷한 대학을 가고 싶어서였는데. 동기가 사라진 지금, 내가 노력을 계속할 이유가 있나?

잠시 생각하다 나는 황급히 고개를 내저었다. 안 돼, 이렇게 생각해서는 끝없이 바닥으로 빠질 뿐이다.

"우울해하니까 계속 우울한 일만 일어나는 거 아닐까."

나는 중얼거리고는 몸을 일으켰다.

물론 그게 사실이 아니더라도 지금은 어떻게든 이 상태에서 빠져나올 필요가 있었다. 계속 우울해하고 있다가는 2학년 생활에 적응할 수 없을 테니까.

나는 다시 중얼거렸다.

"오늘은 그냥 자체 파업을 하자."

물론 최근에는 어차피 공부를 거의 안 하기는 했으나, 공부를 해야 한다고 생각하면서 노는 것과, 아예 놀려고 노는 것은 달랐다. 나는 오늘 하루를 깨끗하게 비우기로 했다.

책이라도 읽으면 기분 전환이 되겠지. 나는 책장으로 다가갔다. 실제로 초등학교 중학교 때는 책을 읽는 것으로 거의 대부분의 스트레스를 풀었으니까.

벌떡 몸을 일으켜 책장으로 다가간 나는 책장을 쭉 훑어보았다. 고등학교에 들어가고부터는 책을 잘 사지 않아서, 책장에 꽂혀 있는 건 대부분 내가 초, 중학교 때 읽었던 소설들이었다. 해리포터나 타라 덩컨, 일본 추리 소설 몇 가지와 영미 스릴러 소설들⋯⋯.

제목들을 빠르게 짚던 그때, 손이 문득 멈췄다.

"아."

나는 작게 내뱉었다.

"이게 아직도 있네."

다 버린 줄 알았는데. 그렇게 중얼거리며 나는 가장 구석에 꽂힌 책을 하나 꺼냈다.

보통 책보다 훨씬 작은, 문고본만 한 책은 두껍기도 유난히 두꺼웠다. 펼쳐 보니 누렇게 변한 페이지의 반 정도를 엔터가 차지하고 있었다.

내가 초등학교 때 가장 좋아하던 인터넷 소설이었다. 나는 새삼스런 심정으로 그 책을 훌훌 훑어보았다. 아, 역시. 익숙한 단어를 보고 나는 킥킥 웃었다.

"사대천왕이 있고, 서열이 있고, 여주인공은 자기가 예쁜 줄 모르고……."

한때 내게는 현실이었던 이런 단어들을 소설 속에서 보게 되니 기분이 무척 묘했다. 비로소 내가 책 속 세계에서 살다 왔구나, 실감이 나고.

그러다 나는 문득 중얼거렸다.

"……책 속 세계."

나는 잠시 우뚝 서 있다가 다시 고개를 숙이며 빠르게 책장을 넘겼다. 익숙한 단어들을 보며 나는 새삼 중얼거렸다.

"그러고 보니, 어쩌면."

그렇게 중얼거린 나는 재빨리 컴퓨터 전원을 켰다. 컴퓨터가 부팅 되는 시간조차 아까워 나는 입술을 잘근거렸다.

왜 지금까지 내가 그 생각을 한 번도 떠올리지 못했는지 의문이었다. 이 세계를 그토록 많이 오갔으면서!

"책 속이라고 했지."

손을 뻗어 책상 위를 탁탁 두들기며 나는 중얼거렸다.

그렇다. 아무리 내가 살다 온 세계가 인터넷 소설의 설정들이란 설정들은 다 섞은 잡탕 찌개 같은 세계라고는 해도 그것도 엄연히 하나의 인터넷 소설이라고 할 수 있었다.

그리고 이 세계에는 인터넷 소설이 존재한다.

그렇다면, 어쩌면.

"이 세계에 저쪽 세계의 원작 소설이 존재한다면."

나는 중얼거렸다.

반여령, 은지호, 유천영, 권은형, 우주인, 반여단과 이루다. 그 외의 무수히 많은 인물들.

그들이 주인공으로 나오는 소설이, 만약 이 세계에 존재한다면?

* * *

컴퓨터가 켜지기까지의 그 짧은 시간이 마치 영원처럼 느껴졌다.

방 어디선가 시계 똑딱거리는 소리가 너무나 크게 들렸다. 내 심장은 귀 바로 옆에 달린 것처럼 시끄럽게 쿵쾅댔다.

침묵 속에서 나는 얼어붙은 채 화면을 바라보다가, 마침내 바탕 화면이 떠오르자마자 즉각 마우스를 움직였다.

매일 보던 평범하기 짝이 없는 포털 사이트의 메인 화면이 갑자기 열어서는 안 될, 자물쇠로 겹겹이 둘러싸인 보물 상자처럼 보였다.

그리고 지금 모든 열쇠는 내 손안에 있었다. 다만, 내가 지금까지 사용하지 않았을 뿐. 거기까지 생각한 나는 이윽고 고개를 내저었다.

아니, 하지만 이전 차원 이동들은 모두 몇 시간 정도밖에 지속되지 않았고, 그마저도 대부분 내가 잠들 무렵이었다. 그러니 내가 정신을 차리지 못했던 것도 당연하지. 내가 혼란을 수습할 새도 없이 모든 것은 다시 원래대로 돌아가 있었다.

그렇다면 바로 지금이 기회가 아닐까?

나는 주먹을 꽉 쥐었다. 수 번 만에 찾아온, 어쩌면 내가 통제권을 되찾을 수도 있는 기회 말이다. 더 이상 소설에서의 사건 사고에도, 누군가 내 곁을 떠날 거란 두려움에서도 벗어나서 자유롭게 내가 원하는 것을 할 기회.

지난 4년 동안, 꿈에서도 바라 마지않던 그 기회가 드디어 눈앞에 있었다.

퍼뜩 고개를 든 나는 메인 화면 가운데 박힌 검색창을 집요하게 응시했다. 그것을 뚫어져라 들여다보다가 키보드 위로 손가락을 가져가 한 자 한 자 조심스럽게 입력했다.

겨울인데도 엔터를 누르는 순간, 자판 위로 땀방울이 떨어진 것 같았다. 실제로 내 목은 이미 식은땀으로 범벅이었다.

마침내 화면이 바뀌고 검색 결과들이 눈 안 가득 떠올랐다. 나는 초점 없는 눈으로 '반여령' 키워드의 검색 결과를 훑어 내렸다. 그리고 별다른 소득이 없다는 걸 알자마자 실망하기는커녕 안도의 한숨이 내 입을 타고 흘러 나갔다. 귀신의 집에 들어가기 전에 잠깐 시간을 번 기분이랄까. 아무리 나라도 내가 수 년 동안 방황했던 일의 해결책을 한번에 마주하는 것은 조금 겁이 났다. 고민하고 고뇌했던 내 지난 시간들이 전부 무로 돌아가는 것만 같아서.

반여령이라는 이름의 여자애가 주인공으로 나오는 인터넷 소설은 차고 넘치는 모양이었다. 심지어는 지식in에 소설 여주인공 이름을 추천해 달라는 둥의 질문에도, 그 답변으로 반여령이라고 단 이가 여럿 있었다. 하기는, 반 씨에 이름도 예쁘고, 소설 여주인공 이름으로 안 쓸 이유가 없었다. 저렇게 흔한 것도 이해가 됐다.

그러나 남은 이들의 이름을 입속으로 굴려 보던 나는 이윽고 가만히 미간을 찌푸렸다. 잠깐, 그런데 다른 애들 이름은 반여령보다 덜 흔할까? 오히려 반여령이 제법 개성 있는 축에 속하는 것 같은데.

나는 불안한 맘을 안고 이름들을 차례차례 입력해 나갔다. 이윽고 내 입에서 탄성이 터져 나왔다.

"아, 역시."

불안한 예감이 그대로 맞아떨어졌다.

나는 눈을 살짝 찡그렸다.

은지호와 유천영은 인터넷 소설뿐만 아니라 장르가 다른 소설, 이를 테면 퓨전 판타지나 무협, 혹은 현대 소설에서도 전부 쓰일 만큼 대중적인 이름이었다. 실존 인물도 여럿이었다.

권은형이란 이름은 인터넷 소설계에서 반여령이란 이름 이상으로 흔했고, 마지막으로 주인이를 검색해 본 나는 낭패 어린 표정을 지으며 이마를 짚었다.

아니, 나는 외계인 연구 동호회 같은 데는 조금의 관심도 없는데. 그 옆에 연관 검색어로 '미스터리 서클'이나 '버뮤다 삼각 지대' 같은 게 떠 있는 것을 본 나는 한숨을 푹푹 쉬며 모니터에서 눈을 떼었다.

등받이에 몸을 기대며 천장을 올려다본 내가 중얼거렸다.

"……내가 너무 쉽게 생각했나."

어쩌면 그 세계의 원작이 되는 소설이 이 세계에 있을지도 모른다고 생각했을 때, 이미 답은 다 나왔다고 느꼈었다. 말하자면 내가 수능을 앞둔 학생인데 갑자기 내 방 위에 수능 답안지가 짜잔 하고 나타난 기분이었다. 그 정도로 이미 모든 것이 명확해진 기분이었는데.

그런데 이렇게 무산되다니.

기대감이 컸던 만큼이나 허탈함도 컸다. 나는 손을 들어 두 눈을 감쌌다. 사실은 조금, 아니, 꽤 많이 민망했다.

"이게 뭐야, 진짜……."

나는 중얼거렸다. 이래서는 결국 혼자 쇼한 게 되는 거잖아. 기껏 좋은 생각을 떠올렸다고 생각했는데, 이대로라면 아무런 소득 없이 모든 것이 끝나고 만다.

그러다 말고 문득 눈을 가리고 있던 손을 치운 내가 중얼거렸다.

"아니지, 잠깐 있어 봐."

멍하니 내뱉은 나는 다시 몸을 빙글 돌려 모니터 화면을 응시했다.

내가 아직 입력하지 않은 이름들이야 꽤 많았다. 하지만 그중에서도 가장 흔하지 않은 이름. 예쁘지 않아서 소설 인물들 이름으로 잘 쓰이지 않을 법하면서도 흔하지 않은 이름이 딱 하나 있었다.

나는 홀린 듯 키보드에 다시 손을 가져갔다.

함단이.

그렇게 입력하고 엔터를 치자마자 떠오르는 검색 결과들에 나는 경악했다. 하, 하고 숨을 내뱉은 내가 작게 웃었다.

"뭐야, 진작 이럴걸."

진작 이것부터 칠걸. 나는 그렇게 중얼거리며 나타난 블로그 글들을 응시했다.

문득 시간을 확인하니 벌써 저녁 아홉 시 반이었다. 엄마 아빠는 아무리 늦어도 열 시엔 들어오시니까 한 개씩 읽기도 시간이 촉박했다.

되는 대로 대여섯 개의 글을 한꺼번에 띄워 놓은 나는, 빠르게 그 글들을 대조해 나가며 정보들을 비교했다. 비교하면 비교할수록 내 머릿속에서 확신이 짙어졌다. 이번에야말로 내가 정답을 찾은 것 같다는 생각이 들었다.

블로그의 글들은 하나같이 〈해가림〉에 대해 말하고 있었다. 작가 이름은 노아리였는데, 본명인지 필명인지 짐작이 가지 않았다.

해가림이라.

예쁜 단어이긴 하나 뜻이 얼른 와닿지 않았다. 재빨리 검색해 보니 우리말 살리기 운동이 일어나던 시절에 한 학자가 제시한 단어로, '일식'의 순우리말이었다.

아마 한식 중식 일식의 그 일식은 아닐 테고, 달이 해를 가려서 까맣게 보이는 현상을 말한 거겠지. 심각한 와중에도 그렇게 생각한 나는 빠르게 블로그 글들을 다시 띄웠다.

대여섯 개의 블로그 글 어디에서도 소설 원본은 찾아볼 수 없었다. 출판된 소설들은 대개 공유가 금지되곤 하니까, 아마 이 〈해가림〉이란 소설도 그런 경우겠지.

대신에 인터넷 소설을 소개한다는 취지에 맞게 인물에 대한 설명과 대략적인 줄거리는 나와 있었다. 대개의 인터넷 소설 소개가 그렇듯, 가장 먼저 나온 건 여주인공 소개였다. 잠시 심호흡을 한 나는 스크롤을 내렸다. 아니나 다를까 익숙한 이름이 보였다.

반여령.

나는 안도의 한숨을 내쉬었다. 그렇지, 반여령이 여주인공이 아니란 건 말도 안 되지.

연예인 정도는 간단히 씹어 먹을 미모에 수업만 잘 들어도 전국 1등 하는 두뇌, 거기다 스스로가 예쁘다는 걸 모르는 점이나 사대천왕이란 호칭을 매일같이 듣고 사는데도 그들이 누군지 전혀 모르는 점까지. 그녀가 아니라면 또 다른 여주인공을 어떻게 찾아야 하나 눈앞이 깜깜해지던 참이었다고.

그제야 조금 마음이 놓여서 턱을 괴며 편안한 자세를 취한 나는, 소설 소개를 마저 읽어 나갔다.

대부분 내가 알고 있는 정보였다. 자줏빛 광채가 흐르는 흑단 같은 검은 머리카락에 검은 눈, 백옥같이 흰 얼굴과…… 각설하고, 머리가 무척 좋은 데다 씩씩하고 긍정적인 성격인 것까지 전부.

그 대목을 읽은 내 입술에 옅은 미소가 떠올랐다. 순간 이곳이 다른 세계란 불안감도 잊고 화면을 바라보며 나는 따뜻하게 웃었다.

새삼 반여령이 보고 싶었다. 그녀의 얼굴을 보고 손을 잡고 그녀다운 긍정적인 말들을 몇 마디 듣는다면 그보다 나은 보약이 없을 것 같았다.

처음에 반여령의 그런 긍정적인 말들을 들었을 때는 그녀가 여주인공이라서 할 수 있는 말이라고만 생각했다. 그녀는 다 가졌기에 할 수 있는 말이라고. 그녀는 노력해서 갖지 못했던 것이 없을 테니까, 그러니까 그렇게 긍정적일 수 있는 거라고.

정말 삐뚤어진 생각이었지. 나는 쓰게 웃었다.

그런 말을 할 때의 반여령도 힘들지 않던 것이 아니었다. 다만 자기가 무너지면 내가 기댈 곳이 사라지니까, 고작 그런 이유로 그녀는 까맣게 문드러지는 속을 하고도 끝까지 나를 향해 웃어 주었던 것이다.

복도에서 내 손을 잡고 '내가 널 못 믿을 것 같아?' 물으며 눈물을 펑펑 쏟아 내던 반여령이 떠오르자 내 입가의 미소가 좀 더 짙어졌다.

정말 보고 싶다, 반여령. 그렇게 중얼거리며 내가 반여령에 대한 다음 설명들을 읽어 나가는 찰나였다.

내 얼굴이 빠르게 굳었다. 한참이나 눈을 깜빡인 나는 모니터에 바싹 코를 붙이고는 중얼거렸다.

"……이게 대체 무슨 소리야?"

[……사대천왕과는 같은 중학교 출신이지만 반여령이 너무 소극적인 데다 사람들 눈에 띄는 것을 극도로 피해서 한 번도 대화를 나눠 보지 않았다.

고등학교에 가서도 사대천왕과는 그럴듯 모르는 사이로 지낼 거라고 생각했다.

그러나 그녀의 예상은 화려하게 빗나가고, 개학 첫날 그녀는 은지호와…….]

"……이게 대체 무슨 소리야."

나는 아까 했던 말을 똑같이 반복했다. 더 커질 수 없을 만큼 휘둥그렇게 된 눈으로 모니터를 보며 중얼거렸다.

지금 저 말은, 반여령과 사대천왕이 원래는 중학교에서 모르는 사이였다는 걸까? 그게 무슨 소리야?

나는 개학 첫날 은지호와 티격태격하던 반여령의 모습을 떠올렸다. 반여령을 보며 훗, 하고 웃던 은지호의 모습은……. 아니, 아무리 사태가 급박하다고 해도 이런 건 떠올리지 말자. 휘휘 고개를 내저어 회상을 털어 낸 나는 다시 생각을 이어 나갔다.

아무튼, 은지호와 반여령은 중학교 개학 첫날부터 화려하게 한판 했던 사이인데, 반여령의 존재감이 없으려야 없을 수가 없었다. 그런데 뭐? 반여령이 너무 소극적이었어? 게다가 사람들 눈에 띄는 것을 피했다고?

나는 눈썹 끝을 성큼 추켜올렸다. 내가 장담하건대 반여령에게선 조금도 그런 기미를 느낄 수 없었다. 조금도……. 그렇게 생각하던 나는 문득 책상 위에 얹고 있던 손을 스르르 내렸다.

아니지. 생각해 보면 아주 초반에, 아주 초반에는 그런 기미가 없잖아 있기는 했다. 반여령은 자주 주변을 둘러보았고, 특히 사대천왕과 대화할 때는 더더욱 그랬다. 사람들의 눈치를 살피다가 어두워진 얼굴로 입술을 깨물며 슬며시 고개를 숙이곤 했다.

그러다 언제부터인가 그녀가 더 이상 눈치를 보지 않기 시작했었는데, 그게 언제부터더라? 시점을 가늠하던 나는 문득 찾아온 깨달음에 입을 벌렸다.

정확히 나와 반여령이 화해하고 난 다음이었다. 백여민과 내가 붙어 다니기를 그만두고, 내가 반여령과 친해지지 않기를 포기했던 그 시점부터 반여령은 대범해졌다.

거기까지 생각한 내 안색이 창백해졌다. 나는 고개를 숙이며 중얼거렸다.

"잠깐만."

그럼 설마, 반여령과 내가 화해했던 그 시점부터 소설 내용에 변화가 생겼다는 거야? 그것도 돌이킬 수 없는 큰 변화가?

방금 내가 읽은 글에 따르면, 반여령과 사대천왕이 친해졌어야 하는 시점은 원래대로라면 중학교 때가 아닌 고등학교 때였다.

충격을 추스를 새도 없이, 눈치 보지 않고 컴퓨터를 할 수 있는 시간이 얼마 남지 않았음을 깨달은 나는 황급히 글을 읽어 내려갔다.

인터넷 소설의 인물 소개란 게 보통은 여주인공 다음에 여주인공 친구 혹은 남자 주인공이 소개되는 식이었는데, 여기서는 여주인공 친구인 모양이있다.

그런데 반여령 다음으로 소개된 인물은 다름 아닌.

"……최유리."

나는 가라앉은 눈으로 중얼거렸다.

나와는 도저히 좋게 생각할래야 좋게 생각할 수 없는, 끈질긴 악연으로 묶인 그녀가 왜 반여령 다음으로 언급되는지 이해가 되지 않았다.

다음 내용을 읽어 내려가던 나는 또다시 큰 충격을 받았다.

망치로 불시에 얻어맞기라도 한 듯 뒤통수가 얼얼해지면서 두통이 밀려왔다.

[최유리 : 소꿉친구와 절교한 뒤로 여자 친구를 사귀는 것을 어려워하던 반여령에게 처음으로 다가와 준 고마운 친구. 처음에는 남자 주인공을 좋아하지만, 반여령의 마음을 알고 그가 반여령과 더 잘 어울린다는 것을 인정하며 기꺼이 양보한다. 눈에 띄게 예쁘지도 뭔가를 잘하지도 않지만, 의리녀.]

의리녀, 의리녀라. 내 세대쯤에 인터넷 소설의 여자 친구 키워드로 가장 많이 활용되던 그 단어를 되뇌며 나는 허탈하게 웃었다. 의리녀라니, 최유리에게 그렇게 안 어울리는 단어도 없을 거다.

그보다, 대체 뭐가 어떻게 된 거야? 나는 머리를 감쌌다.

나는 아까 읽은 구절을 작게 되뇌었다. '소꿉친구와 절교한 뒤로 여자 친구를 사귀는 것을 어려워하던 반여령'에서 언급된 그 소꿉친구란 거, 나 말하는 거 맞지?

아닐 리 없다. 실제로 나와 반여령은 중학교에 들어가기 전, 양가 부모님이 기억하고 계실 정도로 크게 싸웠으니까. 다음 날 이상할 정도로 내 눈치를 보던 반여령의 태도, 종례가 끝나자 조심스럽게 다가와 같이 집에 가겠냐고 소극적으로 묻던 그녀의 모습. 그 모습을 되짚어 보던 나는 중얼거렸다.

"……그러니까, 원래대로라면 거기서 절교를 했어야 했다고?"

그 정도로 반여령이 뭔가 큰 잘못을 했나? 그렇다면 반여령과 내가 절교하지 않은 이유는 단 하나라는 뜻이 된다.

내가 그때 마침 기억을 잃었기 때문에. 정확히는 저쪽 세계에서의 내 기억은 깡그리 잊어버리고, 이쪽 세계에서의 내 기억만을 갖고 있었기 때문에.

참으로 공교로운 타이밍이 아니라고 할 수 없다.

나는 입술을 잘근 깨물었다.

"그래도 그렇지."

원래는 고등학교 때 반여령의 단짝 친구가 되어야 했던 사람이 내가 아니라 최유리였다니? 어쨌든 그 결과 모든 것이 화려하게 어그러졌다.

그럭저럭 잘 해내고 있다고 생각했는데, 첫 단추부터 잘못 꿰었다는 표현을 이럴 때 아니면 언제 쓸까. 나는 허망한 표정을 지었다.

덕분에 모든 게 바뀌었다. 허탈감에 빠져 있던 것도 잠시, 빠르게 고개를 내저은 나는 다시 마우스를 잡았다. 아직 확인할 것은 산더미같이 남아 있었다. 남자 주인공은 누구인지, 또 내 역할은 무엇이고 다른 인물들의 역할은 무엇인지.

은미 일을 숨기고 있던 은형이처럼 다른 이들이 숨기고 있던 사실을 본의 아니게 파헤칠 수도 있다는 것은 좀 꺼림칙하지만 어쩔 수 없다. 모든 것을 알 수 있는 기회가 흔히 찾아오는 것도 아니고.

무엇보다 나는 내 미래에 대해 알아야 했다. 내가 이 소설에서 도대체 어떤 역할을 하는지.

스크롤이 너무 길어서 다 볼 수 없을 것 같아 되는 대로 내 이름부터 검색했다. 함단이. 곧바로 인물 소개가 떠올랐는데, 좀 짧았다.

[……중학교 진학하기 전 반여령과 절교하고 아예 모르는

척 지냈다. 반여령에 대해 안 좋은 소문을 퍼뜨리진 않았지만, 소문을 듣고 해명하지도 않았다. 그 덕분에 반여령에 대한 소문은 점점 더 나빠졌다.

반여령과는 여전히 옆집에 살고 있으며, 같은 고등학교에 진학했다. 반여령은 이번 고등학교 때는 함단이와 화해할 수 있지 않을까 기대하고 있다.]

잠시 멍하니 있던 나는 중얼거렸다.

"이게 끝이야?"

나는 다시 제목을 보았다.

제목이 엄연히 일식을 뜻하는 '해가림'인 걸 보면 그렇게 지은 이유가 있을 텐데. 그리고 내 경험상 제목에 '해'가 들어가면 그건 대부분 여주인공을 상징했다. 이처럼 여주인공이 아침 햇살을 연상시키는 투명하고 밝은 성격이라면 거의 100퍼센트고.

그런데 해를 가리는 존재, '달'이 누구인지는 아직 밝혀지지 않았다. 함단이는 애매한 위치라고만 적혀 있고.

한참을 생각하다 나는 중얼거렸다.

"설마."

나는 얼른 인터넷 서점으로 들어가 해가림을 다시 검색했다. 마침내 떠오른 결과를 보고 내 미간에 주름이 깊게 패었다.

내가 중얼거렸다. 어떡한다지, 이거.

"미완이잖아……."

나는 천천히 한숨을 내쉬며 이마를 짚었다. 더 골치 아픈 게 나와 버렸다.

하필이면 내가 사는 세계를 다룬 소설이 완결이 나지 않았다니, 이렇게 골치 아플 게 뭔가? 그래서 흑막이 누구인데? 그래도 책이 정식 출판되어서 서점에서 볼 수 있다는 건 조금 위안이 되었다.

인터넷 서점에서 시키면 택배를 뜯어본 엄마가 너는 고등학교 2학년이나 돼서 인터넷 소설을 보냐고 화내실 것이 분명할 뿐더러, 배송을 기다리는 이틀도 아까웠다.

나는 비장한 눈으로 중얼거렸다.

"내일 서점에 가야지."

마침 학원 근처 건물 1층이 서점이란 것을 오늘 내 눈으로 확인했다. 학원 가기 전이나 다녀올 때 살짝 들르는 것쯤은 어렵지 않겠지.

결연하게 고개를 끄덕이던 나는 현관 쪽에서 들리는 소리에 화들짝 놀라 몸을 일으켰다. 컴퓨터를 제대로 끄지도 않고 다짜고짜 본체의 전원 버튼부터 누르면서 나는 외쳤다.

"다녀오셨어요!"

아파트 앞에서 마주치셨는지, 엄마 아빠가 동시에 집으로 들어오고 있었다. 내가 달려 나오는 것을 보며 엄마가 눈을 가늘게 떴다.

"왜 굳이 뛰쳐나와서 인사해? 이거 수상한데?"

"아니 그냥 나온 건데, 왜."

"너 혹시 컴퓨터 하고 있었어?"

윽. 나는 태연하게 웃으면서도 속으로는 한숨을 내쉬었다. 귀신이다, 귀신.

엄마가 눈을 가늘게 뜨며 말했다.

"이따가 모니터 만져 볼 거야."

"아, 날 그렇게 못 믿어?"

내가 투정 섞어 말하는데도 엄마는 망설임 없이 고개를 끄덕이고 안방으로 사라졌다. 이어 아빠가 어깨를 주무르며 마찬가지로 안방으로 사라졌다.

혼자 남은 나는 한숨을 내쉬고는 방으로 들어갔다. 아무튼 전원 버튼부터 누르고 본 건 잘한 일인 것 같아. 잘했다, 내 순발력.

인터넷에 내가 지금까지 기다렸던 정보가 전부 있다고 생각하니 도저히 공부에 집중이 되지 않았다. 부엌에서 엄마가 요리를 하는 틈을 타 컴퓨터를 다시 켤 생각에 몸이 들썩거렸다.

그러나 시간이 늦었기 때문인지 엄마는 요리를 하는 대신 배달 음식을 시키셨고, 거실 쪽에서 내 컴퓨터가 있는 곳은 바로 내다보였다. 결국 나는 포기하고 모처럼 숙제를 하는 수밖에 없었다. 하기는, 어차피 내일이면 해결될 문제였다. 할 일을 마치고 침대에 누우며 나는 달력을 보았다.

내일은 3월 1일. 개학까지 고작 하루가 남아 있었다.

나는 눈을 감았다. 엄마가 잠든 틈에 컴퓨터를 할 것을 결심하면서.

하지만 그 결심도 소용이 없었다. 하루 새에 너무 많은 사실을 받아들인 탓인지 몹시 피곤했다.

나는 기절하듯 잠이 들었다.

* * *

다시 눈을 떴을 때, 나는 혼자가 아니었다. 바로 옆에서 새근거리는 숨소리가 들려왔다.

눈을 뜬 나는 무심코 옆을 더듬어 보았다. 명주실처럼 가늘고 길게 반짝이는 검은 머리카락이 손가락 사이로 감겼다. 무의미하게 손가락을 빙빙 돌리며 머리카락을 감고 있다가, 느지막이 고개를 돌렸다.

그 무렵엔 이미 잠이 깼기 때문에 이 사람이 내가 예상하는 그 사람이 아니면 어쩌나 싶었다.

반여령이었다.

흐트러진 검은 머리카락 사이로 보이는 익숙한, 또 한편으로는 도저히 익숙해지지 못할 것 같은 아름다운 얼굴을 보고 나는 안도의 한숨을 내쉬었다.

푸르스름한 어둠이 우리 위를 온통 뒤덮고 있었다. 아무래도 시간은 아침에서 한참 먼 모양이었다. 그래도 창문에서 미세하게 새어 들어온 빛으로 방 안을 확인할 정도는 됐다.

나는 고개를 들었다. 중세 유럽의 유물 같은, 이 방에는 도저히 어울리지 않는 시계까지 확인하고 나자 그만 웃음이 새어 나왔다. 혼자 있었다면 미친 사람처럼 웃었을지도 모르겠다.

잠든 반여령을 생각해서 키득대는 웃음이 나오는 입을 틀어막는데, 인기척을 느꼈는지 반여령이 작게 신음했다.

웬일이지? 나는 눈을 동그랗게 뜨며 그런 그녀를 빤히 보았다. 한번 잠들면 옆에서 코끼리가 춤을 춰도 모르는 애가.

그때, 그녀의 입술이 어둠 속에서 달싹였다. 나는 나도 모르게 그쪽으로 귀를 가져다 댔다. 그러면서 내가 물었다.

"뭐라고?"

귓가에서 희미한 목소리가 흩어졌다.

"……지 마. 가지……."

아차. 나는 퍼뜩 정신을 차렸다. 중학교 졸업 여행을 다녀와서 꿨던 꿈의 연장선인 모양이었다. 반여령은 내가 자기 곁에서 사라지는 꿈을 꽤 자주 꾸는 모양이었는데, 아침에 물어볼 때마다 기억하지 못했다.

어쩔 수 없나. 나는 한쪽 손을 들어 턱을 괴었다. 과거에 나랑 절교할 정도로 엄청 심하게 싸웠다고 한다면, 반여령이 이토록 불안해하는 것도 이해가 된다.

나는 으레 하듯 손을 뻗어 그녀의 손을 쥐었다. 그러면서 내가 속삭였다.

"안 가."

"가지 마."

대답하듯 반여령의 목소리가 조금 더 뚜렷해졌다. 내가 미미하게 웃고는, 다시 한번 안 간다고 말하려던 그때였다.

"유리야."

반여령의 입에서 흘러나온 이름에 나는 벼랑에서 밀려 떨어지는 듯한 기분을 느꼈다. 혹은 기분 좋은 꿈에서 머리채 잡혀 끌려 나오거나. 어느 쪽이든 좋은 기분은 아니었다.

내 등이 순식간에 축축하게 젖어 들어갔다. 나는 눈을 크게 뜨고 굳어진 채 반여령을 보았다.

반여령의 입술이 다시 달싹였다.

"가지 마, 유리야. 너만은……."

안 돼. 나는 차라리 귀를 틀어막았다. 지금 반여령이 누구의 이름을 말하고 있는 건지 생각도 하고 싶지 않았다.

귀를 틀어막은 채로 내가 말했다.

"여령아, 정신 차려."

그녀가 그토록 애타게 불러 대는 사람이 내가 아닌 최유리라니.

반여령과 내가 최유리 일당들의 손에 납치당했던 게 불과 어제의 일처럼 선명했다. 나보다 더 무서울 것이 분명한데도 내게 손대면 가만 안 둘 거라고 버럭 소리를 지르던 모습. 나만은 털끝 하나 다치지 않게 하겠다던 그녀의 모습이 눈에 선했다.

그런데 왜?

나는 허탈하게 웃었다.

이제야 돌아왔다고 생각했다. 방금까지 반여령의 모습과 시계의 모습을 번갈아 보며 그 사실에 마음 깊이 안도하고 있었다.

그러나 이제는 그럴 수 없었다.

나는 귀를 막고 있던 손을 치우고 눈을 꾹 내리눌렀다.

내가 중얼거렸다.

"결국 나는 처음부터 어디에도 있을 수 없었던 거잖아."

이 세계가 내가 있을 자리라고 생각했던 것은 순전히 내 착각이었다. 내가 기억을 잃어서 원래대로 진행되지 않았을 뿐, 전부 비틀렸을 뿐, 원래대로라면 이 자리는 최유리의 것이었다.

결국 내가 가질 수 있는 최소한의 것이라 생각했던 것들조차 내 것이 아니었던 거지. 나는 중얼거렸다.

지금 반여령과 함께 손을 잡고 누워 있는 사람은 내가 아니라 최유리여야 했고, 학교에서 반여령의 옆에 서서 사대천왕과 떠드는 사람도 내가 아닌 최유리.

그리고 어쩌면…….

나는 문득 떠올려 낸 생각에 어깨를 파득 떨었다. 심장에 차가운 피가 번지는 것 같았다.

어쩌면 여단 오빠와 사귀어야 했던 사람도, 내가 아닌 최유리여야 했을 수 있다. 거기까지 생각한 나는 다시 눈가를 비틀어 눌렀다.

최유리가 나와 유난히 닮을 수밖에 없었던 이유를 나는 이제야 이해했다. 그녀가 은지호에게 보이던 수상쩍을 정도의 집념, 그리고 나에 대한 적대감에 대해서도.

나는 다시 입을 열어 중얼거렸다.

"그건 아마도……."

자기 자리를 빼앗긴 사람의 본능적인 적대감.

바로 그때였다. 내가 생각하는 내내 옆에서 곤히 잠들어 있던 반여령의 입술이 다시 달싹였다.

"가지 마, 유리야."

나는 그런 반여령의 얼굴을 공포에 질린 채 내려다보았다.

어쩌면, 여기는 모든 것이 원래대로 돌아온 세계일지도 모른다.

나는 나도 모르게 말했다.

"그러지 마, 여령아."

"유리야."

그녀의 마지막 말이 떨어지는 순간, 나는 자리에서 벌떡 일어났다. 나는 닫힌 문을 힘껏 열어젖히고 거실로 나갔다.

그런데 다음 순간 내 눈앞에 나타난 장소는 우리 집 거실이 아니었다. 갑자기 화창한 햇살이 새파란 하늘 아래로 쏟아지고 있었다. 나는 눈을 깜빡였다.

나는 중학교 1학년 입학식 날로 돌아와 있었다.

그러나 반여령과 함께 등교했던 것과 달리 나는 혼자였다. 사람들이 일제히 어딘가를 보며 수군거리는 것을 보고 나도 따라서 고개를 돌렸다.

"저기 봐, 쟤가 반여령이라며?"

"진짜 예쁘다."

"왜 혼자야? 같이 온 친구들 있을 거 아니야."

그들의 시선 끝에 반여령이 바닥을 보며 터덜터덜 걷고 있었다. 이 와중에도 감탄스러울 정도로 곧은 자세였다.

그러다 그녀는 문득 고개를 들어, 그 많은 군중들 속에서 정확히 나를 바라봤다. 그녀의 입술이 무엇인가 말하려는 듯 달싹였다.

"단……."

그러나 내 이름은 나오다 말았고, 그것으로 끝이었다.

갑자기 입을 다문 그녀는 울적한 표정으로 뒤돌아 교문 사이로 사라졌다. 나는 그런 그녀를 뒤쫓아 갔다.

내가 그녀를 따라 교문을 통과하는 순간, 갑자기 시야가 뒤집히면서 새로운 장면들이 떠올랐다.

건조한 눈으로 반여령을 간혹 경계하듯 응시하는 은지호, 냉랭한 얼굴로 자기 일에만 열중하는 유천영, 따뜻하게 웃으며 모두를 공평하게 챙기는 권은형, 속 모르는 얼굴로 쾌활하게 웃는 우주인.

그들은 반여령을 중심으로 맴돌고 있었지만 행성처럼 먼 거리에서였다. 그래서 반여령은 아무것도 눈치채지 못했고, 시종일관 고독한 표정으로 창밖만 보고 있었다.

그런 반여령을 응시하던 나를 누군가 불렀다.

"너, 반여령이랑 같은 학교 나왔다며."

나는 턱을 괴고 있던 손을 내리고 고개를 돌렸다.

백여민이 나를 보고 있었다. 머리핀을 찔러 넣은 머리카락이 어깨 너머에서 곱게 찰랑거렸다.

그녀가 웃었다.

"쟤, 어떤 애였어?"

그리고 다시 장면이 바뀌었다.

시간이 흘러 많이 자란 반여령, 고등학교에 들어간 그녀는 입학 첫날부터 은지호와 입학생 대표 건으로 부딪치게 되었다.

더는 물러서지 않겠다고 다짐한 듯 비장한 표정으로 무슨 말을 쏟아 내는 반여령을 보며 은지호가 재미있다는 듯 웃고, 그가 교실을 나감으로써 정적이 찾아온 교실에서 누군가 반여령에게 다가왔다.

그 사람이 바로 최유리.

그 무렵에 나는 고개를 내저었다.

"그만해."

나는 더는 보고 싶지 않았다. 그러나 장면들은 빠르게 흐르며 바뀐 과거의 일들을 내 눈앞에 쏟아 냈다.

졸업 여행, 수학여행, 파티와 체육 대회……. 내가 없는 무수히 많은 순간들. 나는 울 듯한 얼굴로 그 모습을 지켜보았다.

어쩌면 내가 없는 편이 더 즐거웠을지도 모르겠다, 그런 생각을 하는 찰나 요란한 알람 음이 내 귓가로 치솟았다.

"아."

나는 퍼뜩 몸을 일으켰다. 창백한 새벽빛이 커튼을 뚫고 쏟아지고 있었다. 한참을 굳어 있다가, 나는 천천히 손을 뻗어 내 목과 어깨를 더듬어 보았다. 온통 식은땀으로 축축했다.

문득 으슬으슬하다는 생각이 들어 어깨를 움츠리자마자 에취, 기침이 나왔다.

* * *

그나마 할 일이 있다는 게 다행이다.

그렇게 생각하며 나는 빠르게 씻고 옷을 갈아입은 후 학원 갈 준비를 했다.

내 기분은 꿈에 상당히 영향을 받는 데다 그래도 좋을 만큼 구체적인 꿈이었어서, 아마도 정확한 목표가 없었더라면 나는 당장 학원을 빼먹었을 것이다.

가방끈을 붙잡은 채로 운동화를 대충 구겨 신으며 나는 오늘의 할 일을 되짚어 보았다. 서점에 가서 〈해가림〉이라는 제목의 인터넷 소설을 찾으면 되는 거였지.

강남 한복판의 대형 서점이라서 설마하니 없을 리는 없겠지만, 혹시나 하는 경우에는 학원을 빠지고 곧장 서점 순례부터 돌기로 나는 다짐했다. 지금 그것보다 급한 일이 어디 있다고? 그렇게 생각하며 문을 밀고 나가자 늘 그렇듯 차가운 바람이 내 뺨을 때렸다.

겨울 새 조금 자란 머리카락이 흩날리며 시야를 어지럽혔다. 짜증스레 머리카락을 걷어 내며 고개를 돌린 찰나, 나는 그대로 얼어붙었다.

수직으로 곧게 떨어지는 머리카락, 희고 아름다운 얼굴. 긴 속눈썹 그림자가 너울진 눈이 허공을 응시하고 있었다.

아파트 복도에는 어울리지 않는, 그 자체로 한 점의 명화 같은 소녀가 우리 집 문 옆의 벽에 기대어 서 있었다. 그녀의 모습을 보면서 나는 새삼 내가 오늘 아침 시계의 모양을 확인하지 않았음을 깨달았다.

아니, 하지만 악몽이 사실이 될까 두려웠는걸. 그리고 그런 생각에 잠겨 있는 나를 그녀가 천천히 돌아보았다.

새벽녘의 안개에 감싸인 그녀의 얼굴은 얼음 조각상처럼 희고 무표정했다. 그녀의 얼굴을 보며 간밤의 꿈을 떠올린 나는, 누군가 심장을 움켜쥔 듯한 기분이 들었다.

바로 그때였다.

그녀의 입꼬리가 천천히 올라가면서, 이윽고 그림 같은 미소가 그 위로 번졌다. 동시에 그녀의 눈꼬리를 타고 눈물이 유성처럼 떨어져 내리는 것을, 나는 숨도 쉬지 못하고 바라보았다.

온 복도가 침묵에 잠긴 가운데 그녀가 마침내 입을 열었다. 단 한마디를 내뱉었다.

"어서 와."

그녀가 누구를 기다리고 있었던 건지를 나는 그제야 알았다.

잠깐 멍하니 서 있다가 천천히 손을 벌린 나는 다시 그녀를 바라보았다. 그녀가 기꺼이 내게 다가와 나를 끌어안았다. 숨도 못 쉴 만큼 센 힘이었다.

아니, 잠깐. 바동거리던 내가 말했다.

"여령아, 잠깐, 잠깐만……."

아니, 나 이러다 죽겠다. 말하려던 나는 그녀의 다음 말에 입을 다물 수밖에 없었다.

"단아, 네가 있어야 할 곳으로 살 왔어."

"……."

"기다렸어, 정말 많이."

그 말을 들으며 나는 숨이 콱 막히는 것을 느꼈다. 누가 내 심장 바로 옆에 무거운 돌덩이라도 얹어 놓은 것 같았다.

잠깐 말없이 있다가, 나는 두 팔을 벌려 아까 여령이가 나를 끌어안았던 것보다도 더 세게 여령이를 끌어안았다. 이번에는 여령이 쪽에서 목이 졸려서 기침을 터트렸다. 그제야 팔에서 조금 힘을 푼 나는 곧장 떨어지는 대신에 그녀의 어깨에 얼굴을 묻었다.

내가 있어야 할 곳으로 돌아왔다고, 기다렸다고.

다른 누구도 아닌 반여령이 그렇게 말해 줘서 정말 고마웠다.

반여령은 내 기나긴 포옹을 저항 없이 받아들였다. 한참이나 부둥켜안고 있다가 떨어지고 나서야 나는 그녀의 옆에 있던 다른 한 사람의 존재를 깨달았다.

반여령의 모습이 중학교 1학년 때의 3월 2일에 본 것과 다르지 않아서, 너무 인상 깊은 탓에 시선을 길게 빼앗겼다. 그리고 그와 다르지 않은 분위기의 소유자가 내 바로 앞에 있었다.

나는 잠시 머뭇거렸다.

"여단 오빠."

그와 나의 관계를 생각한다면 당장 두 팔 벌려 안아야 맞았다. 하지만 그러기에 앞서 나는 잠시 망설였다. 여전히 꿈의 내용에 사로잡혀 벗어나지 못하고 있던 탓이었다.

만약에 이곳이 내가 알던 것과 하나라도 다르다면?

그래서 여단 오빠와 내가 사귀지 않는 사이라면?

그런 내 고민은 무의미하다는 것은, 불과 몇 초도 안 가 판명되었다.

당장 다가온 여단 오빠가 나를 깊숙이 껴안았다. 나는 잠깐 눈을 크게 떴다가 옅게 웃으며 손을 들어 그의 등을 토닥였다.

잔뜩 잠긴 목소리로 여단 오빠가 물었다.

"어디 갔다 이제 와."

나는 잠시 놀랐다. 반여령이나 다른 이들이 아닌 여단 오빠조차 나의 부재를 기억하고 있다는 것이 새삼 놀라웠고, 고마웠다.

그리고 조금 미안했다. 그가 내게 일방적으로 했던 약속이 떠오른 탓이었다. 그게 사실이길 바랐던 이기적인 나 자신도.

그의 어깨에 얼굴을 파묻고 있다가 고개를 기울여 뺨을 더욱 가까이 붙이며 내가 물었다.

"잘 지냈어?"

"그럴 리가 없잖아."

바위처럼 묵직한 분노가 담긴 목소리가 내 귀를 울렸다. 나는 뭐라고 대답하는 대신 그저 고개를 끄덕이고는 그의 등을 더욱 세게 끌어안았다.

약속은 결국 지켜졌다. 이 와중에도 이런 것이나 기뻐하고 있는 내 자신이 한심한데도, 그런데도 어쩔 수 없이 웃음이 나왔다.

여단 오빠를 껴안고 희미하게 웃던 나는 갑자기 여령이가 내 손목을 낚아채자 깜짝 놀랐다.

내 팔을 붙든 여령이가 그대로 나를 끌고 엘리베이터 쪽으로 달리기 시작했다. 그런 여령이의 옆에서 여단 오빠도 내 등을 살짝 밀었다. 흡사 지각했을 때나 할 법한 일이라서, 나는 당황해서 물었다.

"혹시 오늘 3월 1일이 아니고 3월 2일이야?"

시간의 흐름마저 비틀렸나? 내 물음에 여령이는 단호하게 고개를 내저었다. 그러더니 그녀가 엘리베이터 버튼을 눌렀다. 열린 문 사이로 그녀가 나를 먼저 밀어 넣고는 자기도 들어왔다.

1층 버튼을 누르는 그녀를 보며 나는 심란함을 감추지

못했다. 그럼 대체 뭐지? 내가 학원을 가려고 집을 나오는 시간은 보통 여덟 시에서 아홉 시 사이였으니까, 이 아침에 할 일이라고는 많이 없었다. 그런데 대체 뭘 하려고 이렇게 급하게 가는 거야?

그때, 땡 소리와 함께 다시 문이 열렸다. 눈앞에 나타난 익숙한 아파트 로비에 대고 여령이가 재촉했다.

"얼른 가자, 단아! 얼른!"

"아니, 대체 어딜 가는데……."

말하면서 여령이를 따라 유리문을 밀고 나가던 나는 잠시 말을 잃었다.

자주 봐 온 익숙한 검은 차들이 바로 앞에 있었다. 불과 얼마 전에 이곳으로 온 듯, 흰 눈 위에 바퀴 자국이 선명하게 남아 있었다.

그리고 그 바깥에 사람들이 서 있었다.

나는 햇살이 스며들어 눈부신 은색 머리카락을, 와인처럼 불그스름한 머리카락을, 밤하늘처럼 검푸른 머리카락을, 설탕 녹인 것처럼 부드러운 갈색 머리카락을 번갈아 보았다.

잠시 시간이 멈춘 것처럼 아무도 움직이지 않았다. 이윽고 거침없이 걸음을 옮긴 그들이 내 앞에서 멈추었다.

얼어붙을 듯한 침묵을 깨고 가장 먼저 입을 연 것은 은지호였다.

"다녀왔습니다, 해야지."

당연한 듯 타박하며 자연스럽게 내 머리를 누르려는 손을 피하며 내가 대꾸했다.

"다녀오고 싶어서 다녀온 것도 아닌데."

그때 은지호의 옆에서 나를 물끄러미 보던 은형이가 나직이 입을 열었다. 그가 여느 때와 같이 부드럽게 웃는 얼굴로 말했다.

"단아, 잘 왔어."

"아, 응."

내 얼굴에 깃든 걱정을 금세 읽은 듯, 그는 한결 개인 목소리로 말을 이었다.

"나는 잘 지냈어."

나는 다시 웃었다. 은형이의 저 말은 '너 없이도 잘 지냈다'는 말이 아니라, 은형이 아버지와 은미에 대해 얘기한 것이었다. 그들의 문제가 해결된 지 며칠 지나지 않았으니까. 실제로 은형이는 마지막으로 보았던 때보다 훨씬 안색이 좋아 보였다.

"다행이다."

진심을 담아 그렇게 말한 나는 고개를 돌렸다. 유천영과 그대로 시선이 마주쳤다.

유천영의 새파란 시선이 내게 와 닿자 나는 새삼 긴장했다. 그러다 나는 문득 담력 시험 때의 일을 떠올렸다.

그때, 유천영은 말했었다.

'너야.'
'뭐?'
'너구나.'

맥락도 없이 툭툭 끊어지던 말들.

'눈이 왔어. 그런데도 나는 그 자리에 서서, 내가 왜 여기에 서 있는 걸까, 생각하고 있었는데.'
'아무리 생각해도 기억이 안 나서, 대체 내가 누구를 기다리고 있는 걸까, 나는 왜, 하고 생각했는데.'

그리고 갑자기 가쁘게 일그러지던 그의 눈썹.

'너였어.'
'눈 오는 날에 날 기다렸어? 그런데 내가 안 왔어? 언제? 어디에서?'

거기까지 떠올린 나는 유천영을 가만히 올려다보았다.
어쩌면 이번에 그 답을 찾을 수 있을지도 모른다는 생각이 들었다. 왜냐하면 내가 사라진 시기는 공교롭게도 겨울이었고, 아직도 사방에는 눈 내린 흔적이 완연하니까.

그런데 유천영은 나를 빤히 보더니, 문득 눈을 내리깔며 한마디 툭 던졌다.

"이제 가지 마."

내가 원하면 안 가기라도 할 수 있는 것처럼.

그런데도 나는 그를 올려다보다가 가만히 입꼬리를 끌어 올렸다.

"그래."

약속하듯 그렇게 말하고 나는 마지막으로 주인이를 돌아보았다. 그때, 그가 나를 휙 껴안는 바람에 기겁해서 여단 오빠가 있는 쪽을 돌아보았다.

"잠깐, 잠깐. 나 이제 남친이……."

"아까 눈빛 교환 끝났어."

주인이가 경쾌하게 내뱉은 말에 나는 당황해서 여단 오빠를 다시 보았다. 그가 아무런 당황하는 기색 없이 물끄러미 이쪽을 보고 있는 걸 보니 사실인 것 같기도 하고.

그제야 나는 맘 편히 주인이의 머리카락을 쓰다듬어 줄 수 있었다. 새삼 이런 일도 꽤 오랜만이란 생각이 들었다.

그리고 다시 고개를 들어 주변을 둘러본 나는 생각했다.

내가 아는 가장 큰 비현실들이 내 현실로 왔다.

나는, 돌아왔다.

제34조. 그녀가 모르는 시간들

그녀가 모르는 시간들

2월 23일, 우주인은 눈을 떴다.

그는 한참 동안이나 누운 채로 천장을 보며 눈만 깜빡깜빡했다. 이런 식으로 머리채 잡혀 끌려 나오듯 잠에서 깬 것은 오랜만인데, 그 원인이 무엇인지 도무지 알 수 없었다.

한참이나 신경을 곤두세우고 있던 그의 귀에 마침내 쌔근거리는 소리가 와 닿았다. 그는 침대 건너편을 내다보았다.

우주인의 집은 상대적으로 공간이 넉넉한 편이었다. 친척들이 자고 가는 일이 많았으니 소파 베드 같은 것도 구비해 놓고는 했다.

과연 침대 맞은편 소파 베드에 웅크린 형체 하나가 숨을 쌔근쌔근 내뱉고 있는 것을 보고, 그제야 우주인은 어제의 일을 기억해 냈다.

사촌 형인 우산이 놀러 왔던 것까지는 기억이 나는데 자신이먼저 잠들어 버렸었다. 그 뒤에 당연히 집에 돌아갔을 줄 알았는데, 방학이고 하니 여기서 그대로 잔 모양이다. 자신이 깬 것은 오랜만에 다른 사람과 한방에서 자는 바람에 예민해진 덕분일 테지.

이제야 납득이 갔다. 고개를 끄덕인 우주인은 물이나 마실까 해서 방을 나섰다. 물론 그냥 다시 잠드는 편을 택할 수도 있겠으나, 그러기에는 왠지 찜찜한 기분이었다.

쪼로록. 정수기로 물을 내리며 우주인은 이마에 엉겨 붙은 머리카락을 쓸어 넘겼다. 악몽을 꿨나? 겨울이라서 땀 흘릴 일은 없는데, 그런데도 머리카락이 이 모양이 된 것을 보면.

물 한 컵을 다 들이켜고도 잠이 깨지 않았다. 아직 무거운 머리를 애써 굴리면서, 우주인은 악몽의 내용을 추측해 보았다. 아마도 확률이 가장 높은 건 어머니의 꿈이겠지. 친어머니의 꿈이 아니라 양어머니, 지금은 사기죄로 감옥에 있는 여자.

아니, 얼마 전에 풀려났던가? 우주인은 눈썹을 찌푸렸다.

기억력이 그리 좋지 않은 자신이 아닌데도, 아니, 사실은 타의 추종을 불허하는 정도인데도 오늘따라 당연한 기억들이 잘 떠오르지 않았다.

마치 누군가 머릿속에 대고 지우개를 마구 문지른 것처

럼 기억의 중간중간에 텅 빈 공백이 느껴졌다.

잠시 제자리에 서 있다가 컵을 탁 소리 나게 싱크대에 내려놓은 우주인은 돌아섰다. 그러면서 그는 중얼거렸다.

"개학이 얼마 안 남았으니 나도 예민해진 모양이네."

아무리 내 기억력이 좋아 봐야 사람인 이상 한계는 있을 수 있지. 우주인은 가볍게 생각했다. 지금 당장 기억나지 않는 것들을 영원히 잃어버렸을 거라고 조바심 낼 필요는 없어. 그렇지?

수년 동안 잃어버렸다고 믿은 물건을 서랍 깊숙한 곳에서 어이없이 발견해 버리는 것처럼, 내일이 되면 지금 떠오르지 않는 기억들까지 모조리 떠올라서 자신을 괴롭힐 것이다. 심지어 스스로 떠올리기를 원하지 않는 기억들조차.

고개를 절레절레 내저은 우주인은 다시 방으로 향했다. 그러나 여전히 이상한 기분이 드는 것은 어쩔 수 없었다.

걸음을 옮기며 우주인은 오늘 날짜를 더듬어 보았다. 2월 23일. 무슨 날이라도 되는 걸까 했지만 그런 것 같지는 않았다.

온갖 국가 기념일을 대조해 보고, 부모님의 생일들을 대조해 보고, 친척들 생일까지 떠올려서 하나하나 대조해 보고 나서야 우주인은 만족했다. 이제 정말로 자신의 기분이 예민한 탓으로 치부하고 도로 잠들 수 있을 것 같았다.

그러나 방으로 돌아갔을 때 문제가 생겼다.

방 안의 유일한 조명은 어항 안의 푸르스름한 발광체뿐이었으나, 그것만으로도 사방의 윤곽을 파악할 정도는 됐다.

우주인의 시선은 한참이나 벽에 고정되어 움직이지 않았다. 그러다가 그는 갑자기 귀신이라도 본 사람처럼 황급히 스위치로 다가갔다.

달각 소리와 함께 방 안이 번개라도 치듯 환해졌다. 그 바람에 소파 베드에 구겨져서 자고 있던 우산이 번쩍 눈을 떴다.

"어, 뭐야…… 무슨 일 있어?"

아직 초점도 돌아오지 않은 눈으로 사방을 더듬으면서 우산이 다급하게 말하든 말든, 우주인의 시선은 여전히 한곳에 머물러 있었다. 그러는 사이 마침내 시력을 되찾은 우산이 우주인을 보고 눈을 휘둥그레 떴다.

그가 이불을 치우고 일어나며 물었다.

"왜 그래? 뭐 집 안에서 수상한 사람이라도 봤어? 그래서 그래?"

"형."

"응, 그래. 나 형이야, 산이 형."

얼굴이 왜 그렇게 창백해. 그렇게 물으며 뻗었던 우산의 손이 가로막혔다. 우주인을 보며 고개를 잠시 기울였던 우산은 그제야 그의 시선이 내내 한 곳에 고정되어 있다는 것을 깨달았다.

고개를 돌려 그와 같은 곳을 바라본 우산이 낮게 탄성을 터트렸다.

"아."

우주인의 시선을 사로잡고 여태껏 놓지 않고 있는 것은 벽에 붙은 메모지들이었다. 벽에 붙은 수십 개의 메모지들은 저마다 선으로 이어져 일종의 군사 지도처럼 보였다.

그 가운데에 단 하나의 이름이 있었다.

함단이.

우산도 너무 인상 깊어서 기억하고 있던 바로 그 이름이었다.

그건 그렇고, 갑자기 밤에 일어나서 저걸 귀신이라도 본 듯이 쳐다보고 있는 이유가 뭐지? 우산이 생각하는 그때, 옆에서 우주인의 목소리가 들렸다.

"형."

"어, 응? 왜 그래, 주인아."

"저거 말이야."

우주인이 가리키는 '저거'가 무엇인지는 대번에 알 수 있었다. 우산은 그저 고개를 끄덕였다. 그리고 이어진 말에 그는 황당함을 감추지 못했다.

우주인이 진심으로 이해가 되지 않는다는 표정으로 물었다.

"내 방에 저거, 대체 누가 해 둔 거야?"

우산은 가만히 얼굴을 일그러트렸다.

그는 한참이나 우주인의 얼굴을 빤히 보았다. 농담을 한다고 생각하기엔 너무 진지한 표정이었다.

그사이 턱을 매만지던 우주인이 여전히 심각한 표정으로 물어 왔다.

"형, 형이 저래 놨어? 도대체 어느 틈에? 하루 만에 적을 만한 양이 아닌 것 같은데."

그 무렵에 두려움을 이기지 못한 우산은 마침내 입을 열었다.

그가 우주인을 보며 말했다.

"내가 한 거 아니야."

"그럼?"

"주인이, 네가 한 거잖아."

잠시 시간이 멈추는 듯했다. 무거운 침묵이 두 사람 사이로 내려앉았다.

이윽고 우주인이 먼저 침묵을 깼다.

그가 공기처럼 가볍게 웃는 얼굴로 물었다.

"형, 나 혹시 오늘 무슨 날이던가?"

"아니……."

"깜짝 축하할 일이 뭐가 있더라?"

자신을 귀신 본 듯 쳐다보는 우산의 표정에도 아랑곳 않고, 우주인은 수많은 메모지 가까이로 다가갔다. 무엇보다도 제일 중심에 박힌, '함단이'라고 적힌 메모지에 가장 먼저 시선이 갔다.

다시 뒤돌아본 우주인이 웃으며 물었다.

"형, 그래서 함단이가 누군데?"

그렇게 말하는 그는 이미 벽에서 '함단이'라는 이름이 적힌 메모지를 떼어 낸 뒤였다.

그런 그의 태도가 우산은 도저히 이해가 되지 않았다. 그 짧은 새에 부분 기억 상실증이 온 것이 아닌가 싶었다. 그게 아니라면, 어떻게 저렇게나 다른 표정으로.

한참이나 입술을 달싹이던 우산이 마침내 입을 열었다.

"네가."

"응?"

여전히 담담한 표정으로 고개를 기울이는 우주인에게, 우산은 텅 빈 표정으로 대답했다.

"네가 기억하기 위해 노력해야 할, 유일한 사람이라며."

우주인의 얼굴에서 천천히 표정이 씻겨 나갔다. 그는 손에 들린 메모지를 한참이나 내려다보았다.

무감정한 갈색 눈으로 그것을 물끄러미 내려다보던 그가 이윽고 고개를 들어 우산과 시선을 마주쳤다.

"형, 나는 지금."

대답하는 목소리는 또렷했다.

"형이 무슨 소리를 하고 있는지 모르겠어."

기묘한 일주일의 첫 번째 날이었다.

*　*　*

내가 기억하기 위해 노력해야 할 유일한 사람,이라고. 우주인은 그 표현 안에 숨은 의미를 읽어 냈다.

평소에 자신은 뭔가를 기억하기 위해 노력할 필요가 없다. 세상 모든 정보는 마치 이곳이 제가 있을 집이라는 듯, 한번 머릿속으로 들어오면 다시는 나가지 않았다. 기억하기 위해 노력해야 한다? 우주인에게는 그것만큼 생소한 표현도 없었다.

그러니까 저것은 미래의 자신에게 과거의 자신이 보내는 일종의 편지인 것이다. 너는 아마 틀림없이 이 이름을 잊어버리겠지만, 그래도 찾기 위해 노력해 달라,는.

하지만 우주인은 솔직히 말해서 그 사람을 찾아낼 생각이 별로 없었다. 차라리 과거의 자신이 메모를 적어 두면서 조금이라도 필사적인 티를 덜 냈더라면, 그랬더라면 그런 선택을 하지 않았을 것이다.

그러나 '함단이'라는 사람이 과거의 자신에게 중요한 존재란 것이 필사적으로 휘갈겨 쓴 글씨에서, 메모의 양에서 너무 잘 드러나 보였다.

지금은 차라리 그 사람을 찾는 것을 미련 없이 그만둘 수 있었다. 하지만 만에 하나, 재밌어 보이는 수수께끼라고 별생각 없이 덤볐다가 그 사람에 대한 기억을 떠올리게 된다면?

그 사람을 찾는 것을 더 이상 그만둘 수 없게 된다면?

그 사람을 찾는 것이 결과적으로 가능할지 불가능할지조차 모르는데, 만약 그것이 불가능한 일이라서 자신에게 감당 못할 고통이 되기라도 한다면?

우주인은 도박을 하고 싶지 않았다. 그래서 그는 함단이란 사람에 대해 아무것도, 정말로 아무것도 하지 않기로 했다.

그럼에도 그의 사촌 형 우산이 벽을 보면서,

"그럼 저 메모지들은 다 떼서 버릴 거야? 꽤 많은데, 도와줄까?"

하고 물었을 때, 가만히 고개를 내젓고 만 것은 어째서였을까.

우산이 떠나고도 우주인은 한참이나 침대에 앉아서 메모지에는 초점을 두지 않은 채 하릴없이 빈 허공만 바라보았다. 그러나 그런 기행도 아주 잠깐, 그는 곧 메모지가 가득한 방에 익숙해졌다. 그쪽으로는 아예 시선을 두지 않으려고 노력하면서 평소처럼 책을 읽고 영화를 보거나 게임을 했다.

그렇게 기묘한 일주일의 이튿날이 지나갔다.

크리스토퍼 놀란 감독의 영화 〈메멘토〉를 보게 된 것은 어디까지나 우연이었다. 영화 속에서는 단기 기억 상실증에 걸린 남자가 아내를 죽인 범인을 찾기 위해 고군분투하고 있었다.

설마 '함단이'란 사람이 내 소중한 사람을 죽인 범인의 이름이라거나, 뭐 그런 건 아니겠지? 그런 시시한 생각이나 하면서 킥킥 웃는 것도 잠시, 서서히 표정을 가라앉힌 우주인은 채널을 돌렸다.

왠지 화면 속 남자를 바라보는 것이 유쾌하지 않았다. 기억하지도 못하는 아내를 위해 필사적으로 사방을 뛰어다니는 그가 애처로운 한편 우둔하게 느껴졌다.

아니, 정말 그것뿐일까? 정말 그것 때문에 채널을 돌렸을까? 스스로 자문하던 것도 잠시, 이윽고 흘러나온 채널을 보고 우주인은 얼굴을 구겼다.

"아."

하필이면 이번에는 사기 결혼에 대한 영화였다. 양어머니에게 제대로 당한 경험이 있는 만큼, 우주인은 이런 유의 영화에 몹시 예민하게 반응할 수밖에 없었다.

입술을 지그시 깨문 우주인이 다시 신경질적으로 리모컨 버튼을 누르는 그때였다. 문득 한 가지 사실을 깨달은 그는 움직임을 멈추었다.

"왜……."

그는 작게 중얼거리며 아래를 내려다보았다.

왜 기분이 별로 나쁘지 않지?

양어머니와 관련된 무엇을 떠올리건 간에 언제나 법정에서 그녀가 외쳤던 말들이 함께 떠오르곤 했다. 네가 얼마나 소름 끼치는 존재인지 알라는 그 말. 그러면 급격하게 기분이 나빠지면서 심장이 빨리 뛰곤 했다.

좋은 사람인 척 주변 사람들을 속이고 있다는 죄책감이 해일처럼 몰려왔다. 당장 자신과 가까운 사람들 아무나 붙잡고 나는 네가 생각하는 그런 사람이 아니라고 고해라도 하고 싶은 심정이 되었다.

그런데 지금은 전혀 그렇지 않았다.

우주인은 손을 들어 자신의 가슴에 대 보았다. 심장 박동은 자장가라도 들은 양 평온하기만 했다.

이럴 리 없는데.

기억 속에서 누군가의 목소리가 떠오른 것은 그때였다.

'난 네가 알기 쉽다고 생각해.'

리모컨을 들고 있던 그의 손이 움찔 떨렸다. 손가락 끝에서 미끄러진 리모컨이 탁 소리를 내며 거실 바닥에 부딪혔다. 하필이면 잘못 부딪힌 탓에 리모컨 뚜껑이 분리되고 건전지가 어디론가 굴러가 버렸다. 그런데도 우주인은 그것을 주울 생각조차 하지 못했다.

그는 다만 아까 떠오른 목소리를 필사적으로 되새기고

있었다. 아는 사람들 목소리와 하나하나 대조해 보며 일치하는 목소리를 찾으려 노력했다.

하지만 전혀 없었다. 기억 속에 전혀 없는 사람이었는데도 방금, 그렇듯 선명하게 떠올랐다.

우주인의 입이 스르르 열렸다.

"함단이⋯⋯."

바로 그때였다.

현관 쪽에서 벨 소리가 날아왔다. 잠시 멍해 있던 우주인은 비척비척 일어나 현관으로 향했다.

아무에게서도 온다고 연락이 온 적은 없었지만 우주인은 고민 없이 문을 열었다. 방학 때면 시도 때도 없이 쳐들어오는 사촌들 중 하나겠거니 했다.

그런데 문이 열리고, 나타난 의외의 인영에 우주인은 눈을 크게 뜨고 놀란 소리를 냈다.

"어."

"좀 들어가자."

겨울 볕 아래 은색 머리카락이 별처럼 시린 빛을 발했다.

은지호는 어쩐지 자신보다도 더 넋이 빠져 보였다. 방학인데, 잘못 지냈나? 혀를 차며 무슨 일 있었냐고 묻는 우주인에게 은지호는 다만 피곤한 듯 눈을 감으며 재촉했다.

"잠깐 네 방으로 가자. 얘기할 게 있어."

고개를 끄덕인 우주인은 대수롭지 않게 계단을 올랐다. 거실에서 얘기해도 될 텐데, 그렇게 중요한 문제인가 싶었다.

우주인이 퍼뜩 정신을 차린 것은 이미 방문을 반쯤 열고 난 뒤였다. 함단이라는 이름을 중심으로 온갖 메모들이 전부 나붙은 그 벽을 은지호가 본다면? 도대체 무슨 상상을 할지 생각도 하고 싶지 않았다.

문을 황급히 도로 닫자 뒤에서 은지호가 의아한 듯 바라보는 것이 느껴졌다.

우주인은 태연하게 말했다.

"아, 어제 사촌들 다녀가서 방이 좀 더러워. 그냥 거실에서 얘기하자. 아니면 다른 방으로 갈래?"

손님용 방도 있는데, 잘 안 쓰긴 하는데. 그렇게 말하며 은지호를 잡아끄는데, 그가 불쑥 손을 뻗어 손잡이를 잡았다.

우주인이 그의 손목을 잡았다.

"잠시만."

그러자 은지호가 다시 이쪽을 돌아보았다. 가까이서 보니 아까보다도 더욱 초췌하고 창백한 낯이었다.

은지호가 물었다.

"왜?"

"쓰레기장이라니까."

"언제 우리가 깨끗한 거 더러운 거 따졌냐."

대수롭잖게 대답한 은지호가 곧장 돌진했다. 아니, 안 된다니까. 그를 만류하던 우주인은 문득 한 가지 사실을 깨달았다.

 엄격한 가정 교육을 받고 자란 은지호는 오래 알고 지낸 친구의 집에서마저 손님 된 자의 도리를 철저히 지켰다. 그런 그가 집주인이 들어가지 말라고 하는 방에 들어가려고 할 리 없는데, 오늘은 이상하리 만치 집요하게 굴고 있었다.

 우주인이 갑자기 막던 것을 멈추자 은지호가 불퉁하게 물었다.

 "이제 포기했냐? 방에 뭘 숨겨 뒀기에 이렇게 까다롭게 굴어?"

 "너, 정말 몰라?"

 "뭐?"

 우주인이 대뜸 물은 말에 은지호의 눈썹이 구겨졌다. 그런 은지호에게 우주인이 다시 물었다.

 "내 방에 뭐가 있는지……. 너 정말 모르냐고."

 그러자 은지호는 잠시 생각하는 얼굴을 했다. 이윽고 바닥을 내려다본 그가 조용히 말했다.

 "아니."

 잠시 머뭇거리던 그가 낮게 덧붙였다.

 "아마도 아는 것 같다."

 "내가 너, 안 들여보내 준다고 하면 어떡할래?"

 우주인은 여전히 방문을 가로막고 선 채 묻는 한편, 속으로 한숨을 내쉬었다. 안색이 안 좋은 걸로 봐서 무슨 일이 있을 거라고만 생각했지, 설마 그것이 자신과 같은 일일 줄은 몰랐다.

은지호의 저 넋이 빠진 얼굴, 맹목적인 태도를 보아서 '함단이'란 사람이 은지호에게도 상당히 중요한 사람이란 것을 알 수 있었다. 하지만 그 역시 그 사람이 누군지는 전혀 기억하지 못하는 모양이었다.

애초에 자신의 기억에서조차 지워진 사람이다. 그런 사람을 은지호가 떠올려야 할 이유가 있을까? 그렇다면 그도 차라리 덮어놓고 다시는 떠올리지 않는 편이 나을지도 모르는데.

그런 생각을 하며 우주인이 은지호의 얼굴을 뚫어져라 응시하는데, 은지호가 갑자기 손을 들어 이마를 문질렀다. 그리고 짧게 한숨을 내뱉은 그가 말했다.

"네 방이니까, 안 들여보내 준다고 하면 어쩔 수 없는 거 아는데."

"그런데?"

"넌 후회 안 하겠냐?"

"……."

"난 왜, 네가 후회할 것 같지."

은지호가 여전히 바닥에 시선을 둔 채 무심하게 중얼거렸다.

그게 정답이었다. 잠시 후, 우주인은 말없이 제 손으로 방문을 열어젖혔다.

우주인도 이제 어쩔 수 없이 궁금해지기 시작했던 참이었다. 과연 자신의 머릿속에서 양어머니에 대한 기억을 깨끗이 몰아낸 '함단이'란 인물이 어떤 사람인지가.

＊　＊　＊

우주인과 은지호는 당장 벽에 붙은 메모지들부터 읽어 나가기 시작했다. 그것도 잠시, 새로운 사실을 깨달은 우주인이 얼굴을 구겼다.

은지호가 그쪽을 돌아보며 물었다.

"왜 그래?"

"메모 일부가 사라졌어."

"뭐?"

잠시 놀란 표정을 짓던 은지호가 다시 물었다.

"그사이에 방에 다녀간 사람은? 아니면 다녀갈 수 있는 사람이라거나."

우주인이 차분한 목소리로 가능성을 점쳤다.

"우리 아버지, 그리고 사촌 형 누나들. 그 외엔 없어."

듣고 있던 은지호의 눈썹이 살짝 일그러졌다.

"그 사람들이 메모를 너 모르게 떼어 버릴 가능성은……."

"전혀."

대답하고선 어깨를 으쓱한 우주인이 덧붙였다. 게다가 리혼 형이랑 나라 누나는 해외 스케줄이 있고. 그들이 유명인이란 게 의외로 이런 데서 쓸모가 있었다.

여전히 심각한 표정이던 은지호가 작게 고개를 끄덕였다. 사촌들 중에서 우주인의 방에 들어와 물건을 맘대로 손댈 사람은 기껏해야 우리나라 정도뿐. 그리고 그녀가 지금 외국에 나가 있다는 얘기인즉.

"메모가 알아서 사라졌다는 거네."

"아마도 그렇겠지."

작게 대답한 우주인이 심호흡을 하고는 메모들을 꼼꼼히 훑어보았다. 미적거리는 사이 이미 증발한 자료들은 어쩔 수 없었다. 남아 있는 자료들이라도 최대한 머릿속에 집어넣는 수밖에.

일단 읽기 시작하니 사실을 파악하는 것은 금방이었다. 우주인은 가장 객관적인 사실부터 읊어 나갔다.

"이름 함단이. 나이는 우리와 동갑. 우리와 같은 소현 고등학교 1학년 8반에 재학 중."

성적 중상위권에 교우 관계 원만이라는 정보는 일부러 읽지 않았다.

우주인은 살짝 인상을 찡그렸다. 군이 이렇게 하나하나 적을 필요 없이 생활 기록부만 한번 들춰 보면 바로 나올 정보인데도 불구하고 굳이 적어 뒀다는 것은……

은지호도 같은 생각을 한 모양이었다. 옆에서 턱을 괴고 듣던 그가 불쑥 끼어들었다.

"지금은 소현고에서 찾아볼 수 없겠지."

"아마 그 말이 맞겠지."

대답하며 우주인은 함단이의 정보에 대해 또 한 가지 사실을 추가시켰다. 소현고에서 중상위권이라고 해도 소현고 자체가 커트라인이 워낙 높았으므로, 전국구에선 상위권이었을 것이다.

그렇다고는 해도 그녀가 모범생일지 아닐지는 파악이 쉽지 않았다. 평소 행실과 성적이 따로 노는 녀석들이 워낙 많아야 말이지. 우주인은 다음 사실을 읽었다.

"우리와 처음 만난 것은 중학교 1학년 입학식 때, 반여령의 소꿉친구. 아주 어렸을 때부터 옆집에 살았다."

"야, 넌 솔직히 그게 믿기냐?"

우주인은 고개를 들었다. 정작 함단이에 대한 정보를 캐내겠다고 절박한 표정으로 자신을 찾아온 것은 은지호였는데, 가장 의심하고 있는 것도 은지호였다.

눈썹을 찡그린 우주인이 되물었다.

"무슨 말이 하고 싶은 건데?"

"아니, 함단이라는 그 애, 여자애라잖아. 맞지?"

수북이 쌓인 메모지를 향해 답답한 듯 손가락질한 은지

호가 말을 이었다.

"그래, 그 반여령이랑 어렸을 때부터 가깝게 지낸 여자애. 가깝다 정도가 아니라 아예 가족 수준으로 붙어 지냈다는데."

"그게 왜?"

"지금까지 반여령 가까이에 친구라고 붙어 있던 애들 중에 제대로 된 애들 봤냐?"

잠시 생각하던 우주인은 고개를 내저었다.

멀리 거슬러 갈 필요도 없이 가장 최근에는 반여령의 절친(이었던) 최유리가 납치극을 벌인 적이 있었다. 이유는 해괴하고도 끔찍했다. 은지호가 자기 때문에 우는 모습을 봐야겠다나 뭐라나.

무릎을 탁 친 은지호가 몸을 앞으로 내밀었다.

"그래, 내 말이 그거라니까. 그런데 반여령이랑 어렸을 때부터 소꿉친구로 지낸 애가 심지어 정상적이라니, 난 솔직히 이것부터 못 믿겠는데."

"못 믿겠다고 해도, 자료가 이것밖에 없는데……."

무심히 대답하던 우주인이 이윽고 말꼬리를 흐렸다.

손에 들린 메모지를 물끄러미 내려다보던 그가 그것을 은지호에게로 다시 건넸다.

뭐야? 그것을 읽어 본 은지호가 하, 하고 웃음을 흘렸다.

은지호가 다시 말했다.

"이걸 믿으라고."

―눈에 띄는 걸 싫어한다.
―조금만 이상한 일이 일어나도 경기를 일으키거나 창백해져서 뭔가를 빠르게 중얼거리는 모습을 다수 포착.
―아주 가끔은 모든 것을 예상했다는 듯 남들보다 태연한 반응을 보이기도.

"아니, 그럼 왜 반여령이랑은 소꿉친구를 한 거고, 왜 우리랑은 친구가 된 건데?"

어이없다는 듯 내뱉는 은지호의 말에 우주인도 이번만큼은 고개를 끄덕이고 말았다.

반여령과 자신들과 친하게 지내면서도 눈에 띄는 것을 싫어했다니, 이렇게까지 행동과 의도가 반대로 놀 수 있을까? 게다가 반여령이나 자신들이나, 누가 친해지고 싶어 한다고 해서 쉽게 친해질 수 있는 성격들이 결코 아닐 텐데.

우주인은 슬쩍 눈을 들어 은지호를 보았다.

눈앞의 은지호만 해도 사람 사귀는 걸 미술품 감정하는 것과 헷갈리고 있는지 어떤지는 몰라도 까다롭기가 무진장 까다로웠고, 오히려 겉으로는 가장 차가워 보이는 유천영 정도가 그나마 가장 가까워지기 쉬운 성격일 것이다. 그렇다고 해도 그 역시 관심 없는 사람은 무생물 보듯 해서 보통 사람과는 난이도의 차원 자체가 달랐다.

권은형? 겉으로는 성격 좋아 보일지 몰라도 까다롭기는 은지호 못지않았다.

그리고 마지막으로 자신.

우주인은 가까이에 놓인 메모지 끄트머리를 무심히 쓰다듬었다.

"흐음."

―엄마

그의 갈색 눈이 어둡게 잠겨 들었다.

설마. 우주인은 작게 중얼거렸다. 비꼬기 위한 것이었을까? 양어머니를 생각한다면 과연 '엄마'란 단어는 비꼬기에 가장 적합한 호칭이었으나, 그랬더라면 그녀에 대한 정보를 이토록 상세히 적어 뒀을 것 같진 않았다.

너는 정말로 어떤 사람이었고, 너와 우리 사이엔 무슨 일이 있었던 걸까? 우주인이 상념에서 깨어난 것은 은지호의 목소리가 들리고 나서였다.

"좋아, 좋다고. 이 정보들이 앞뒤가 얼마나 들어맞고 안 들어맞고 간에, 직접 보면 해결될 일이지. 그래서?"

우주인이 고개를 들고 옆을 바라보자 은지호가 팔짱을 낀 채 재촉하고 있었다.

"그래서 이 애는 지금 어디 있고, 어떻게 하면 찾을 수 있는 건데?"

방금까지 정보들에 대해 깊은 의심과 회의감을 드러내던 것치고는 꽤 적극적인 태도였다. 잠시 은지호를 응시하던 우주인의 시선이 도로 메모지로 돌아갔다.

메모지들을 말끄러미 내려다보던 그가 마침내 입을 열었다.

"……그 애가 사라진 건 이번이 처음이 아니야. 그러니까 '나'도 대비책을 마련해 뒀던 거겠지. 그게 이토록 쓸모없어질 줄은 상상도 못 했겠지만."

정작 메모를 적은 자신은 아예 기억을 못 했고, 오히려 그런 자신의 기억을 되새겨 준 건 '함단이'와는 일면식도 없다던 우산이었다. 그러나 그가 어떻게 그녀를 기억할 수 있었을까? 우주인은 턱을 매만졌다.

우산은 '함단이'에 대해서만은 아무것도 모른다고 했다. 우주인이 그녀에 대해선 아무것도 가르쳐 주지 않았다고, 심지어 실제로 존재하는 사람인지 아닌지조차 모른다고 했다.

그렇기 때문에 오히려 기억할 수 있었던 걸까? 우산이 알고 있는 것은 '함단이'에 대한 것이 아니라, '우주인이 작성한 메모'에 대한 것이기 때문에.

거기까지 생각하던 우주인은 가만히 고개를 내저었다. 기억이 사라지는 조건에 대해 탐구하는 것은 나중으로 미뤄도 될 일이다.

손을 움직인 그가 가장 가까이 있던 메모지를 짚었다. 은지호의 시선도 그를 따라갔다. '3월 2일'이라는 글씨가 손가락 사이로 드러나 보였다.

"원래대로라면 그 애가 사라지는 건 매해 3월 2일. '나'는, 그러니까 예선의 나는 그걸 대비해서 3월 2일 내내 그 애와 같이 있을 작정이었지."

은지호의 시선이 못 박힌 가운데, 우주인은 빠르게 말을 이었다.

"뭔지는 모르겠지만 여령이와 나, 너, 그리고 천영이와 은형이를 묶는 뭔가의 공통점이 존재해. 함단이는 그걸 알고 있고. 그리고 아마도 우리 다섯 사람이 곁에 있으면 그 애는 사라지지 않아."

거기까지 말한 우주인이 인상을 찡그렸다. 함단이만이 알고 있는 그 공통점이 무엇인지에 대해선 과거의 자신도 알아내지 못했는지 크게 물음표 표시가 쳐져 있을 뿐이었다.

"실제로 작년 3월 2일에는 우리 다섯 사람 전부가 그 옆에 있었지. 아마 '나'는 이번 해에도 이런 방식으로 일을 막을 생각이었을 거야. 하지만 이번엔……."

거기까지 말한 우주인이 낮게 한숨을 토해 냈다. 그리고 누가 먼저랄 것 없이 둘의 시선이 동시에 벽 쪽의 달력으로 향했다.

굳이 확인하지 않아도 오늘의 날짜가 2월 24일임은 알고 있었다. 기록 속의 날짜보다 일주일, 무려 일주일이나 이른 시기였다. 다시 입술을 깨무는 우주인의 옆에서 은지호가 답답한 듯 말했다.

"그 애 옆에 우리 다섯 사람이 붙어 있어야 그 애가 3월 2일에 사라지지 않는다고 했지."

우주인이 작게 고개를 끄덕이자마자 은지호의 말이 이어졌다.

"이미 사라진 애 옆에 무슨 수로 붙어 있냐?"

"……."

그렇게 생각한 것은 우주인도 마찬가지였기 때문에 할 말이 없었다.

하지만 그것도 잠시, 눈으로는 바쁘게 메모들을 훑던 우주인이 다시 입을 열었다.

"어쩌면 방법이 있을지도 몰라."

"뭐?"

"3월 2일이 아니고서도 그런 일이 일어난 적이 있어."

이윽고 메모지 사이를 헤집던 우주인이 '담력 시험'이라고 적힌 것을 끄집어냈다. 은지호는 잠자코 그 모습을 바라보았다.

"이때 '나'와 함단이는 현실에 속했다고 볼 수 없는, 아주 이상하고 신비로운 공간으로 갔다는 기록이 있어. 게다가 함단이는 과거인지 현재인지 알 수 없는 장면을 목격했다고 하고."

"그럼, 계단을 오르내리면서 계단 수라도 세야 할까?"

은지호의 표정을 보아하니 놀리려고 물은 말이 아니라 진심으로 물은 것이 분명했다.

우주인은 가만히 고개를 내저었다. 잠시 침묵하던 그가 다시 입을 떼었다.

"3월 2일에 함단이가 다시 돌아왔을 때, 장소는 우리 집 앞이었다고 했어."

"그래서?"

"담력 시험에서 함단이와 내가 원래의 폐교로 돌아왔을 때, 그 장소는 화장실이었고."

그리고 잠시 뜸 들이던 우주인이 내뱉었다.

"함단이는 '우리가 없는' 다른 세계가 있다고 했었지."

"……."

"그쪽 세계와 이쪽 세계 간의 경계가 흐려지는 부분이 있을 거란 게 내 생각이야. 통로처럼 오갈 수 있는 부분 말이야. 우리 집 앞이나 폐교에서의 화장실처럼."

그리고 우주인이 말을 맺었다.

"만약 그 장소에 함단이와 우리가 같이 있다면?"

"그럼……."

"그 애를 데리고 돌아올 수 있지 않을까?"

＊　＊　＊

　권은형은 몹시 바빴다.

　일단은 그의 아버지부터가 문제였다. 깨어난 지 얼마나
됐다고, 당장 퇴원하겠다며 생전 안 부리던 고집을 부리는
모습에 권은형은 이마를 짚으며 웃고 말았다.

　아마도 오랫동안 그만두었던 공부를 다시 시작할 수 있
다는 기대감에 그런 거겠지만, 저대로라면 일주일도 채 안
돼서 과로나 수면 부족으로 도로 병원으로 실려 올 것이
뻔했다.

　의욕 과다도 위험할 수 있으니까, 적어도 기운이 조금 빠
질 때까지는 병원에 묶어 둬야지. 겉으로는 한숨을 내쉬면
서도 권은형은 종종 즐거운 미소가 떠오르는 것을 감추지
못했다.

　여동생의 일에 있어서도 바쁘긴 마찬가지였다. 여동생
권은미와 화해한 지는 일주일이 채 안 되었는데, 그녀와는
최근 세계 일주 계획을 세우느라 정신이 없었다. 덕분에
기분상으로는 벌써 화해한 지 1년쯤 되어서 세계를 다섯
바퀴 정도 일주하고 온 것만 같았다.

　반여령 또한 여행 계획 세우는 데 동참해서, 권은형과 반
여령은 권은미의 침대맡에서 책자들을 들여다보며 밤늦게

까지 얘기를 나누곤 했다. 개학이 얼마 남지 않았으니 바쁠 텐데도 반여령은 하루도 빠지지 않고 병원에 출석 도장을 찍었다. 권은형으로선 그저 고마운 일이었다.

아버지 옆의 간이침대에서 잠들었다 깨어나니 새벽이었다. 방학이니까 조금은 늦잠을 자도 될 텐데, 몸에 밴 생활습관이 좀처럼 게으름을 허락하지 않았다.

평소처럼 뉴스를 보며 아버지, 그리고 유천영네 아버지인 회장님과 얘기를 나누고 식당에는 혼자 내려갔다. 식사를 마친 다음에는 오늘도 반여령이 오겠지 하는 생각에 뭐라도 사 둘까 하고 매점에 들렀다.

위화감을 느낀 것은 매점에서 봉투를 들고 나온 다음이었다. 봉투 안을 잠자코 들여다보던 권은형은 고개를 기우뚱 기울였다.

"왜 두 개씩 샀지?"

은미는 어렸을 때부터 엄격히 통제된 식단을 따르고 있었으므로, 설마 자신이 권은미 것까지 포함해서 두 개씩 샀을 리는 없다. 그렇다면 대체 누굴 주려고 산 걸까? 권은형은 턱을 문질렀다.

"천영이인가."

정작 유천영은 두 형에게 붙들려 병원에도 얼굴을 비추지 못하는데. 이상한 일이었다.

군이 반품할 필요는 없다 싶어서 봉투를 들고 은미의 병실로 향하면서도 몹시 기묘한 기분이었다. 중요한, 아주 중요한 뭔가를 잊어버린 듯한 느낌이 들었다.

반여령이 온 것은 오후 세 시가 조금 지나서였다. 권은형이 병실 문을 열고 들어가자 권은미와 반여령이 웃으며 반겼다.

"오빠! 여령 언니랑 나 발리 갈 거다."

"이건 여자끼리만 갈 거야."

반여령이 새치름하게 못 박는 것을 보며 조금 의외다 싶었던 권은형은 곧 깨달았다. 그렇지, 수영복 입겠구나. 여름에 워터 파크 정도는 단체로 가곤 했지만 아마 해외 휴양지와는 그 느낌이 다를 것이다.

그러다 그는 문득 고개를 내저었다. 아, 엄청나게 쓸데없는 생각할 뻔했어, 방금. 그러던 권은형을 향해 옆에서 질문이 쏟아졌다.

"뭐 해, 오빠?"

"왜 그래?"

아, 아니. 고개를 내저은 권은형이 부드럽게 말을 돌렸다.

"아무것도 아니야. 그보다, 둘이서만 가면 위험하지 않을까?"

적어도 서넛이서 가야 안전하지 않겠어? 그가 물은 말에 반여령이 눈을 동그랗게 떴다.

"둘? 아니야, 셋인데."

"응?"

"어떻게 둘이서만 가? 그 애를 빠트리고…… 아니, 잠깐 만. 갈 사람이 또 있었나?"

손사래를 치다 말고 갑자기 자문자답을 시작하는 반여령 을 보며 권은형은 눈을 휘둥그레 떴다. 한편 혼란이 온 것 은 권은미도 마찬가지였는지 반여령의 옆에서 '같이 갈 사 람이 있었던 것 같은데.' 하고 중얼거리고 있었다.

권은형은 냉장고 쪽을 바라보았다. 낮에 사 온 음료가 담 겨 있겠지. 꼭 다른 누군가가 올 것을 예상한 듯 종류별로 두 개씩 구비해 둔.

"……"

권은형의 미간에 파인 골이 깊어졌다.

기묘한 침묵에 휩싸여 있던 병실에 갑자기 벨 소리가 울 렸다. 세 사람은 일제히 일어나 주머니며 침대맡을 더듬기 시작했다.

결국 벨 소리의 주인은 권은형임이 밝혀졌다. 화면을 내 려다본 그가 눈을 휘둥그레 떴다.

반여령이 입모양으로 속닥거렸다. 누군데?

"지호."

"은지호? 걔가 왜?"

어리둥절해하는 반여령을 두고 권은형이 핸드폰을 귀에 가져갔다.

"여보세요? 지호야?"

[권은형, 너 혹시 지금 바빠?]

권은미와 반여령을 힐끗 바라보고는 굳이 그런 건 아닌데, 하고 대답하려던 권은형은 이윽고 돌아온 말에 눈을 깜빡였다.

[아니지, 바빠도 시간 좀 내주라. 아무래도 우리 둘만 알고 끝낼 문제가 아닌 것 같아서.]

우리 둘이 해결할 수 있는 문제라면 모를까, 그런 것도 아니고. 덧붙이는 말을 들으며 권은형은 가만히 인상을 썼다. 도대체 무슨 소릴 하는 거람? 그가 입을 열었다.

"우리 둘이라니, 주인이랑 너? 지금 둘이 같이 있어?"

뭘 하는데 그래. 한숨 섞인 말은 이윽고 돌아온 말에 날아갔다.

[너, 요즘 이상한 기분 든 적 없어?]

"……."

침묵에 휩싸인 권은형에게 은지호의 말이 이어졌다.

[누구를 분명히 알았던 것 같은데 자꾸만 기억이 안 나고.]

"너……."

[떠오를 것 같다가도 곧 사라지고. 당연한 사실들이 자주 떠오르지 않거나 왜곡되고.]

"어떻게 알았어?"

들려줄 수 있는 대답은 단 하나뿐이었다.

수화기 맞은편에서 하, 하고 낮은 한숨이 터졌다. 그럴 줄 알았다는 반응이었다.

권은형의 표정이 더더욱 가라앉았다. 그는 핸드폰을 쥐고 있던 손에 힘을 주었다. 자신뿐이라면 모를까, 반여령과 심지어 권은미조차 그러한 반응을 보였다. 그런데 이 타이밍에 난데없이 전화해서 하는 소리가 저것이라니? 도대체 어떻게 알고?

권은형이 다시 입을 열었다.

"너, 혹시 원인을 알아?"

[함단이.]

돌아온 것은 영 뜬금없는 단어였다. 아마도 누군가의 이름이겠지. 들어 본 적 없는 이름이란 생각이 들었다.

그런데도 권은형은 순간, 그 이름이 머릿속 어딘가를 깊숙이 긁고 지나가는 것을 느꼈다. 이마를 짚은 채 그는 그 이름을 반복해서 읊었다. 함단이.

그때, 은지호의 말이 이어졌다.

[괜찮으면 잠깐 밖에서 만나자. 유천영이랑 반여령도 거기 있나?]

"천영이는 없고, 여령이는 있어."

[유천영은……. 일단 반여령 데리고 여기 좀 올 수 있어? 여기 우주인네 집인데.]

"그래."

두말하지 않고 그렇게 대답한 권은형은 곧장 옷을 챙겼다. 왠지 그래야 할 것 같은 기분이 들었다.

이윽고 반여령을 돌아본 그가 말했다.

"여령아, 괜찮으면 지금 주인이네 집에 같이 가 줄 수 있을까?"

"뭐?"

"가면서 설명할게."

길지 않은 설명임에도 하지 않은 것은 몸이 약한 권은미를 배려해서였다. 미심쩍은 설명에도 반여령은 고개를 끄덕이고는 함께 병실을 나섰다.

빠르게 복도를 빠져나와 엘리베이터에 오르고서야 반여령이 물었다.

"무슨 일인데 그래?"

"지호 말이, 최근에 사람 하나가 계속 기억나다 말다 하지 않냐고."

"아."

짧게 신음한 반여령의 얼굴이 심각하게 굳어졌다. 권은형이 그 모습을 내려다보는데 엘리베이터 문이 열렸다.

그리고 무심코 내리려는 그때, 로비 쪽에 누군가의 모습이 보였다. 막 자동문을 빠져나가는 갈색 머리카락의 여자애. 그 순간 두 사람은 누가 먼저랄 것 없이 입을 열었다.

그러나 그 순간, 여자애의 모습이 병원 바깥으로 사라짐과 동시에 권은형과 반여령은 입을 다물었다. 이윽고 두 사람은 어색한 침묵 속에서 서로를 돌아보았다.

반여령이 먼저 말했다.

"나, 방금 뭘 말하려고 했어."

"나도 그래."

"진짜 급했는데."

그러나 무엇을 말하려고 했는지는 끝끝내 떠오르지 않았다.

생각에 잠겨 있던 두 사람은 한참이 지나서야 병원을 빠져나왔다.

* * *

3월이 가까워지면서 낮에도 돌아다닐 엄두를 못 내게 하던 겨울 날씨는 그럭저럭 얼어 죽진 않을 정도로는 풀렸다. 그에 따라 점차 늦게까지 바깥을 돌아다니는 연인들이 늘어나기 시작했다.

윤정인과 이민아도 그중의 하나였다. 입시 학원에서 방학 특강을 듣고 있는 탓에 일정이 빡빡하긴 했지만, 그렇다고 심야의 데이트를 포기할 순 없었다.

야간 자습까지 마치고 학원에서 나온 그들은 학원 차에 올라타는 대신 곧바로 카페로 빠졌다. 카페는 겨울밤의 정취를 즐겨 보려는 어린 연인들과 또래 학생들, 대학생들로 넘쳐 났다. 구석 자리에서 인근 중학교 교복을 입은 무리들이 까르르 웃는 소리가 났다.

"요즘 학원에서, 뭔가 허전한 기분 들지 않아?"

자리에 앉자마자 대뜸 그런 소리부터 내뱉는 윤정인을 향해 이민아는 살짝 눈썹만 찡그려 보였다. 영 뜬금없는 소리였지만 놀랍지도 않았다. 윤정인은 본래가 헛소리 장인으로 전교에서 유명했으니까.

다만 그녀는 심드렁하게 대꾸했다.

"무슨 소리야? 겨울인데 괴담이라도 할 건 아닐 테고."

"아니, 괴담 같은 소리 하자는 게 아니라, 정말로 그렇지 않아? 뭔가 막, 우리끼리 떠드는데 누가 옆에 있어야 할 것 같고. 맞장구 아주 잘 치는 애로 하나."

이민아가 킥킥 웃음을 터트렸다.

"게스트가 부족하다 이거야? 토크 쇼 해?"

"아니, 그런 거 아닌데."

답답해하는 윤정인의 표정에도 아랑곳 않고, 두 손을 뻗은 이민아가 윤정인의 두 볼을 잡고 문지르며 장난을 쳤다.

"아이고, 방학 길어지니까 많이 심심하시죠, 반장님? 하긴, 너처럼 떠드는 거 좋아하는 애가 또 어디 있으려고."

오래 참았네, 오래 참았어. 모처럼 다정한 이민아의 태도에도 윤정인은 입술이 댓 발 튀어나왔다.

그가 답답하다는 얼굴로 '아니, 그런 거 아니라니까? 좀 더 진지하게 생각해 봐.' 하고 말하는 찰나였다.

　문득 윤정인의 등 뒤를 내다본 이민아가 화들짝 놀랐다. 그녀가 윤정인의 팔을 콕콕 찔렀다.

　"어? 저기 봐, 저기. 네 등 뒤에."

　"뭐? 갑자기 뭔데……."

　"너무 티 나게 돌아보지 말고 살짝만."

　무슨 야생 동물 관찰하는 것도 아니고. 투덜거리면서 슬쩍 뒤를 돌아본 윤정인의 눈이 마찬가지로 커졌다. 쟤가 왜 여기 있어?

　이민아가 다시 윤정인을 콕콕 찔렀다.

　"걔 맞지, 걔."

　"그럼 설마 저 분위기에 저 기럭지가 세상에 둘이나 있을까."

　소리 낮추어 속닥거린 윤정인이 다시 뒤를 돌아보았다. 이걸 권은형한테 연락을 해야 하나 말아야 하나. 그는 고민 섞인 눈빛으로 핸드폰을 힐긋거렸다.

　둘의 시선을 한 몸에 받고 있는 그는 캡 모자를 푹 눌러쓴데다 마스크까지 쓰고 있어 얼굴이 거의 보이지 않았다.

　붓으로 그린 듯 곧고 선명한 눈매와 진한 눈썹, 냉기 어린 푸른 눈만이 빠끔 내다보였다. 그러나 그것만으로도 그의 정체를 추측하기엔 충분했다.

　짙푸른 항공 점퍼 아래로는 줄이 세 줄 쳐진 트레이닝 바지 차림. 긴 다리는 테이블 아래 다 수납하지 못해서 반대편 의자 아래까지 어정쩡하게 뻗어 있었다.

그 모습만 봐도 일반인이 아닌 것은 분명해 보였다. 그 덕분에 윤정인과 이민아뿐만 아니라 카페에 앉은 모든 이들이 한 번씩 시선을 던지고 있었다. 멀지 않은 곳에 있던 여중생 무리도 그쪽을 쳐다보며 조용해진 지 꽤 됐다.

그를 한참이나 빤히 쳐다보던 이민아가 다시 입을 떼었다.

"유천영 쟤, 모델이잖아. 안 바빠? 여기서 왜 저러고 있대?"

윤정인이 할 말이었다. 어깨를 으쓱한 그가 대답했다.

"나야 모르지. 쟤 친구인 건 내가 아니라······."

거기까지 말하고 윤정인은 살짝 눈썹을 구겼다. 어라, 내가 방금 누구 이름을 말하려고 했더라? 근래에 자주 엄습하곤 하던 그 느낌이 또다시 윤정인을 덮쳤다.

요즘은 항상 이랬다. 학원생들끼리 밥 먹으러 갈 때도 누군가를 부르려다 말고 멈칫하곤 했다. 정작 강의실은 텅비어서 부를 사람도 없는데 말이다.

인상을 쓴 윤정인은 미간을 검지로 문질렀다.

그러고 보니까, 나랑 유천영이 어떻게 알게 된 사이더라? 아무리 내가 발이 넓은 편이라지만 1반에서 8반이면 복도 끝에서 끝인 데다가, 유천영이 내 장난을 받아 줄 정도로 살가운 성격도 아닌데 말이야.

파티장에서 봤다지만 그것만으로는 부족했다. 은지호가

징검다리가 되었다고 치기에는, 은지호도 자신과 편하게 지내기 시작한 지 얼마 되지 않았고. 좀 더 그럴듯한 계기가 있을 텐데, 뭐지? 이마를 문지르던 윤정인은 이민아의 말에 다시 고개를 들었다.

"쟤, 그런데 왜 저렇게 궁상맞게 앉아 있어? 무슨 길 잃어버린 애처럼. 말 걸고 싶게."

"……."

너 지금 남친 앞에서 당당하게 바람 선언했냐? 하고 말하려고 했지만 다시 유천영의 모습을 살피니 아닌 게 아니라 정말 그랬다.

창가 자리에 앉은 유천영은 눈으로는 바깥을 지나는 행인들을 끊임없이 쫓으면서 손으로는 컵 테두리를 의미 없이 매만지고 있었다. 확실히 보호자가 두고 가서 심심해진 어린애처럼 보이긴 했다. 혹은 당장 경찰서로 데려가야 하는 가출 청소년이거나.

짧게 시선을 교환하던 두 사람은 다음 순간 자리에서 일어났다. 그들은 곧장 유천영의 테이블로 직진했다.

멍하니 창밖을 보고 있던 유천영은 갑자기 들려온 목소리에 뒤를 돌아보았다.

"야, 유천영. 간만이다."

"어……."

마스크 위로 눈만 깜빡깜빡하던 유천영이 이윽고 인사를

건넸다.

"안녕."

특별히 반가워하는 기색은 없었지만 인사를 받아 준 것만도 어디냐. 윤정인은 그것으로 만족했다.

여중생 테이블 쪽에서 뭐야, 말 걸었어. 하는 소리가 났다. 아마도 조만간 유천영에게 대시할 작정이었던 모양이었다. 차라리 이렇게 돼서 다행이지, 안도의 한숨을 내쉰 윤정인이 유천영의 테이블 맞은편을 턱짓으로 가리켰다.

유천영이 고개를 끄덕이자 이민아가 먼저 들어가 앉고, 윤정인이 다음으로 앉았다.

"겨울 방학하고 처음 얼굴 보네."

그렇게 말한 윤정인이 손을 들어 이마 근처에 대며 너스레를 떨었다.

"너 키 더 컸냐? 너는 어째 성장판이 닫히질 않냐. 난 벌써 끝난 것 같던데."

친근한 말투에도 유천영은 차분한 눈으로 윤정인을 보면서 필요한 대답만 내놓았다. 3센티미터 정도, 글쎄, 아니겠지. 대화가 툭툭 끊겼다.

혹시나 불편한 건가 싶어진 윤정인이 웃는 얼굴로 물었다.

"아니, 나는 잠깐 인사나 할까 해서. 최근에 너, 일도 있었다고 들었고."

유천영의 아버지가 교통사고 이후에 의식을 회복한 지

얼마 안 되었다는 거야 소현 고등학교 학생들뿐만 아니라 전 국민이 아는 얘기였다.

유천영의 표정이 별로 좋지 못해서 윤정인은 다음 화제로 넘어갔다.

"왜 혼자 이러고 있어? 누구, 기다리는 사람이라도?"

그러자 갑자기 고개를 든 유천영이 그 새파란 눈으로 자신을 노려보듯 바라보는 바람에 윤정인은 흠칫 놀랐다. 내가 뭐 잘못 물어봤나? 스스로의 말을 되짚어 봤지만 특별할 건 없었다. 그런데도 유천영은 새삼 출생의 비밀이라도 알아 버린 것 같은 표정이었다.

다시 시선을 떨어트린 그가 대답했다.

"올 사람은…… 없는데."

"응? 어, 어."

없는데? 윤정인이 조심스럽게 던진 물음에 아까보다 가라앉은 목소리로 대답이 돌아왔다.

"있었으면, 좋겠어."

"……."

테이블에 둘러앉은 세 사람의 어깨 위로 침묵이 내려앉았다.

이윽고 윤정인이 테이블 아래로 이민아를 쿡쿡 찔렀다. 이민아가 아래를 내려다보자 윤정인이 핸드폰을 슥 내밀었다.

[나, 얘 못 두고 갈 것 같은데, 어쩌면 좋냐.]

핸드폰을 넘겨받은 이민아가 빠르게 문자를 입력하기 시작했다.

이윽고 윤정인의 얼굴이 살짝 풀렸다.

[나도 같은 생각 중이었다.]

아니, 그러니까. 잘난 친구들은 다 어디에 버려두고 혼자서 이 궁상을 떨고 있는 거냐고.

의견 조율도 했겠다, 한숨을 푹 내쉰 윤정인은 다시 고개를 들었다.

"잠깐 여기 앉아 있어도 되겠냐."

유천영은 고개를 끄덕였다. 차가운 인상과는 달리 퍽 순종적인 태도였다.

카페가 닫히는 열한 시 반까지는 한 시간 반 정도가 남아 있었다. 세 사람은 30분 정도 잡다한 대화를 나눴다. 사실 말을 하는 사람은 대부분 윤정인과 이민아였지만, 둘 다 반에서 손꼽히는 분위기 메이커다 보니 분위기가 나쁘지 않았다.

비 맞은 강아지 같던 유천영이 점차 기운을 차리기 시작할 무렵이었다. 딸랑, 소리와 함께 카페 문이 거세게 열렸다. 평소라면 누가 들어오든 말든 신경도 안 썼을 텐데, 워낙 요란해서 시선이 갔다.

무심코 그쪽을 돌아본 윤정인이 손을 들어 올렸다.

"어, 이루다 아니야?"

여긴 어쩐 일……. 말하던 윤정인을 쌩하니 지나친 이루다가 유천영에게 대고 물었다.

"야, 거기 내 지정석인데 네가 왜 앉아 있냐?"

평소였다면, 아니, 1학기 때였다면 도저히 상상도 못 했을 이루다의 태도에 윤정인과 이민아가 입을 쩍 벌렸다.

둘이 옆구리를 찌르며 쟤 왜 저러냐, 성격 더러운 건 알고 있었는데, 저 정도였어? 하고 속닥거렸다.

그 옆에서 유천영이 냉랭하게 대답했다.

"카페에 지정석이 어디 있어. 갑자기 나타나서 웬 헛소리인데."

"몰라, 그냥 왠지 거기 앉아야 할 것 같은 기분이 들거든?"

그러니까 비켜 봐. 하도 당당하게 헛소리를 하니까 괜히 비켜야 할 것 같은 기분이 든 윤정인과 이민아가 자리에서 일어났다.

아니, 뭐, 여기가 고백 명당이나 아니면 첫사랑과의 추억이 담긴 장소, 뭐 그런 건가? 그런데 우리만 몰랐다거나. 아무튼 우리는 이 자리에 딱히 미련도 없고. 속으로 중얼중얼하며 일어나던 그들을 이루다가 말렸다.

"아니, 너희는 그냥 앉아 있고."

"아니, 그럼 대체 왜⋯⋯. 야, 이루다. 너 지금 엄청나게 깡패 같아 보이는 거 알지?"

안 그래도 표정 별로 안 좋아 보이는 애 붙잡고 무슨 짓이야. 윤정인이 중얼거리는 그때였다.

유천영을 돌아본 이루다가 대뜸 물었다.

"너 혹시, 나한테서 뭐 빌려 간 거 있어?"

"⋯⋯."

정적이 찾아왔다. 그 가운데 윤정인이 유천영을 돌아보니 머리 위에 물음표만 한 열 개쯤 떠 있었다.

아랑곳 않고 이루다가 재촉했다.

"그런 거 없어? 나한테서 뭐, 뺏어 가서 숨기고 있거나 일부러 안 보여 주는 거."

인상을 쓴 유천영이 대답했다.

"애초에 너랑 내가 평소에 물건 같은 거 빌려주고 그럴 사이는 아닌 걸로 아는데."

"아니, 내 말은, 굳이 물건이 아니더라도⋯⋯. 아 씨, 나 지금 무슨 말하고 있는 거냐."

말하다 말고 이루다는 갑자기 제 환한 금발을 벅벅 헤집었다. 그러더니 발을 쾅 구른 그가 외쳤다.

"아, 답답해 죽겠네! 뭔가 기억이 날 것도 같으면서 기억이 하나도 안 나서⋯⋯. 누구한테 무슨 말을 하려고 보면 그게 사라지고 없고. 그런데 그걸 가져가서 숨긴 사람이 있다면 너뿐이란 생각이 들잖아. 왠지 모르게."

옆에서 시큰둥한 표정으로 대화를 듣던 윤정인의 눈이 커졌다. 그가 무심코 옆에 있던 이민아를 돌아보자 이민아의 눈도 따라서 커졌다.

이민아가 속닥거렸다.

"쟤 지금 방금 너랑 똑같은 얘기하고 있는 거 아니야?"

"그치?"

그러나 윤정인이 채 말을 꺼내기도 전에 한참이나 제 머리카락을 헤집던 이루다는 바람같이 자리를 떠나 버렸다.

그 뒷모습을 지그시 노려보던 유천영이 잠시 주머니에서 핸드폰을 꺼내어 뭔가를 확인하는가 싶더니 갑자기 자리에서 일어났다. 소파가 뒤로 밀려날 만큼 갑작스러운 동작이었다.

그 모습에 놀란 윤정인이 물었다.

"야, 갑자기 왜 그래?"

"……."

옆에서 무슨 말을 해도 아무것도 들리지 않는다는 듯, 한참이나 굳은 얼굴로 핸드폰만 노려보던 유천영이 갑자기 돌아섰다.

성큼성큼 걸어 카페를 나가는 그를 윤정인은 막지 못했다.

한참이 지나고야 이민아가 중얼거렸다.

“쟤네는 왜 이런 데서 첩보물을 찍고 있냐.”

한 놈은 갑자기 나타나서 물건을 내놔라 마라, 다른 애는 갑자기 연락 받고 나가, 도대체 뭐 하자는 건데?

윤정인이 그 말에 동의하듯 조용히 고개를 끄덕였다.

그 시각, 눈발을 헤치고 걷는 유천영의 손안에서 핸드폰 불빛이 번쩍였다. 화면 위로 문장들이 선명하게 떠올라 있었다.

[보낸 사람 : 권은형
집에도 없고 연락도 안 받고 형들도 너 어디에 있는지 모른다기에 일단 문자 남겨. 하루 종일 어딜 돌아다니는 거야?]

유천영을 일으켜 세운 것은 그다음 문장이었다.

[네가 누구를 찾고 있는지 알아.
우리도 이제부터 그 사람을 찾을 거야.]

*　*　*

반여단에게 세상에 무엇보다도 중요한 것이 있다면 그것은 바로 여동생, 반여령이었다.

실제로 반여단은 자신에 대한 것보다도 여동생에 대한

것을 더 일찍 알아차렸다. 좋아하는 것도, 싫어하는 것도, 심지어 아픈 것조차도.

추운 날에 바깥에 나왔다가 반여령이 기침 한 번 작게 했다고 그녀에게 자신이 입은 코트까지 전부 둘러 준 다음, 본인은 폐렴에 걸려 입원한 적도 있었다. 자신이 진작 심한 감기에 걸려 있었고, 그 일로 폐렴까지 악화되었음은 나중에서야 알았다.

그때 반여령이 침대맡에 엎드려 우리 오빠 이제 죽느냐고 하도 서럽게 우는 바람에 그런 무모한 짓은 다신 하지 않기로 했지만, 그렇다고 그의 가치관이 바뀐 것은 아니었다.

반여단에게 무엇보다도 중요한 것은 여전히 반여령이었다. 그런 반여령에게 자신이 중요했기 때문에 반여단은 스스로도 조금쯤 돌보기로 마음먹었다.

반여단은 어렸을 때부터 호불호가 거의 없었다. 무엇을 보고 무엇을 먹고 무엇을 입든 감흥이랄 게 전혀 없었다. 그런 반여단에게 여행 같은 것은 당연히 맞지 않았다.

중학교를 졸업하고 친구들과 정동진으로 일출을 보러 간 적이 있었다. 그때도 반여단은 사진을 찍어도, 음식을 먹어도, 해 뜨는 모습을 보고도 무표정해서 친구들의 공분을 샀다.

'다시는 너 데려오나 봐라!'

친구들은 너를 데려오느니 차라리 이들을 데려오겠다면

서 자신들의 애완동물 이름을 차례로 댔다. 개, 고양이뿐만 아니라 햄스터, 애완 뱀과 애완 거북들의 이름마저 들은 반여단의 표정이 조금 흐트러졌다.

그들의 말이 끝난 뒤에 반여단이 조심스럽게 꺼낸 말은 이랬다.

'다들 같이 오고 싶은 애들이 있었는데 내가 눈치 없이 끼어들어서…… 미안해.'

말을 하지 그랬어. 조심스럽게 덧붙이는 반여단을 보며 친구들은 기어이 폭발했다. 저마다 주변의 바위나 벽을 붙잡고 주먹을 쾅쾅 내지르다가, 한 녀석이 기어이 전봇대에 이마를 박는 것을 보고 주변 행인들이 소곤거리며 핸드폰을 꺼낼 정도였다.

아무튼 반여단의 처음이자 마지막 여행은 파국으로 끝났다. 그러면서도 친구들이 지금까지도 틈나면 여행을 가자고 얘기를 꺼내는 것이 참으로 이상하다고 반여단은 생각했다.

그런 반여단이 조금이라도 좋아하는 게 있다면 방에 멍하니 앉아 자신만의 시간을 즐기는 것이었다.

예를 들어 고요 속에서 시계 초침 흘러가는 소리를 멍하니 듣는 일이나, 아무것도 없는 벽지를 빤히 보며 패턴을 찾아내는 일.

물론, 가장 좋아하는 것은 그러다 자신을 찾는 반여령의 부름을 듣고 방문을 열고 나가는 순간이었다. 어쩌면 언제든지 반여령의 부름을 들을 수 있기 때문에 방에 가만히 있는 것을 좋아하는지도 몰랐다.

반면 반여령은 좋아하는 것도, 싫어하는 것도 무척 많았다. 뿐만 아니라 표현이 확실했다. 그녀는 표정이 무척 솔직한 편이었다. 어색한 사람들 앞에서 예의를 지키느라고 어색한 미소를 짓고 있을 때를 제외하면 언제나 그랬다.

그녀가 좋아하는 것은 조심스러운 손길이나 물음, 보살핌 받고 있다는 느낌, 천둥 번개, 강아지나 고양이, 귀여운 동물들.

싫어하는 것은 자신에게로 시선이 쏠리는 것, 과한 칭찬을 받는 것, 누군가 자신을 함부로 만지려 하는 것, 사람이 아니라 물건을 품평하듯 던지는 '예쁘다'는 칭찬, 그리고 반여단이 요리하는 것.

반여령은 그런 것들을 정말 진심으로 싫어했다. 반여단은 자신의 요리를 먹어 보았으나 아무런 문제가 없다고 생각됐기에 그녀가 왜 그러는지를 몰랐다(그리고 친구들에게서 넌 사람도 아니라는 소리를 들었다).

어찌 됐든 반여단은 반여령이 자신과는 달리 호불호가 확실한 것이 좋았다. 친구들에게 그렇게나 욕을 먹어 놓고도 자신이 좋고 싫은 것이 없어서 다행이란 생각까지 했다.

반여령에게 모든 것을 맞춰 줄 수 있었으니까.

반여령이 싫어하는 것은 똑같이 싫어하고 좋아하는 것은

똑같이 좋아하면 그만이었다. 반여단은 반여령과 함께 집을 나서는 순간 또한 좋아했다.

그런데 어느 날, 그는 반여령이 일어나기도 전에 먼저 짐을 챙겨 바깥에 나와 있는 자신을 발견했다.

"……."

잠시 발아래를 내려다보던 반여단은 고개를 들어 바깥을 보았다.

아파트 난간 위로 진눈깨비들이 하늘하늘 내려앉고 있었다. 오후까지 내리면 어쩌지 하는 생각이 뒤늦게 스쳐 지나갔다.

집 안으로 들어간 반여단은 우산을 꺼내어 다시 바깥으로 나왔다. 그것도 잠시, 손안을 바라본 그가 중얼거렸다.

"왜……."

누구에게 빌려주기라도 할 것처럼 들고 나온 우산은 두 개였다. 좀처럼 이해가 되지 않는 일이었다. 아니, 지금 자신이 반여령을 내버려 두고 혼자서만 바깥에 나와 있는 것부터가 이해되지 않았다.

잠시 멍하니 있던 반여단은 이윽고 깨달음을 얻었다.

나는 어쩌면 진눈깨비가 내리는 것을 좋아하는 걸까? 그럴지도 모르겠다는 생각이 들었다. 좋아하는 것을 찾았다는 것은 긍정적인 신호였다.

반여단이 반여령에게 모든 것을 맞춰 주려고 하는 그 태도를 반여령은 싫어했다. 착한 아이니까, 누군가의 헌신에 가까운 태도를 받기만 하는 것은 불편하다는 것이었다. 그것이 아무리 가족이라고 해도.

반여령에게 부담이 된다면 반여단도 싫었다. 그는 달라지기 위해 노력했지만, 애초에 지난 십몇 년간 없이 살아왔던 취향이란 것이 노력한다고 갑자기 생겨날 리 없었다. 그런데 그러던 자신에게 드디어 좋아하는 것 하나가 나타난 것이다. 반여단은 이 사실을 반여령에게 전해야겠다고 생각했지만 곤히 자고 있을 반여령을 깨우는 것은 싫었다.

그는 조용히 걸음을 옮겨 아파트 복도를 떠났다. 우산은 두 개를 전부 챙긴 채였다. 목적지도 없으면서 반여단은 아파트 단지 아래로 뻗은 길을 밟아 내려왔다.

걸음을 옮길 때마다 얇게 언 얼음이 발아래서 뽀득뽀득 소리를 냈다. 자신이나 반여령 정도의 운동 신경을 가졌다면 모를까, 그렇지 않다면 크게 미끄러져 다칠 수도 있을 것 같았다.

그렇게 생각한 반여단은 곧바로 핸드폰을 꺼내 문자를 입력했다.

그리고 전화번호부를 보고서야 멈칫했다.

[받는 사람 :
내려가는 언덕길 조심해.]

비어 있는 받는 사람 칸에서 커서가 깜빡였다.

그러나 번호는 끝끝내 입력하지 못했다. 주머니에 핸드폰을 도로 집어넣으며 반여단은 생각의 경로를 차분히 되짚었다.

자신이나 반여령은 다칠 위험이 없다고 판단했다. 그렇다면 문자를 보내려고 했던 것은 그 외의 다른 사람이라는 얘기가 된다.

하지만 대체 누구에게? 이 길을 오르내릴 사람이 같은 아파트 주민 말고 있기나 한가?

생각에 빠져 있던 그의 눈에 문득 편의점이 들어왔다. 아파트에서 가장 가깝기 때문에 동네 주민들이 자주 이용하는 곳이었다. 실제로 아르바이트생도 같은 아파트 주민인 경우가 많았다.

이번에도 그랬다. 잔뜩 찌푸린 오늘 하늘처럼 칙칙한 표정으로 카운터를 지키고 있던 알바생이 반여단을 보고는 얼굴을 환히 폈다. 그 표정의 변화가 가히 구름이 개고 해가 드는 듯 극적이었다. 그러나 갑작스러운 일도 아니었기에 반여단은 고개를 까딱였다.

"안녕하세요."

"여단이구나! 11층에 사는, 맞지?"

그렇게 묻는 그녀는 같은 건물 3층인가에 사는 대학생이었는데, 복도식 아파트였으므로 세대 수가 워낙 많아서 딱히 알고 지내는 사이도 아니었다. 실제로 반여단은 그녀가 작년인가 대학에 입학했다는 것은 알았으나 어느 대학인지도 몰랐다. 그런데도 그녀는 반여단이 무척 반가운 모양이었다.

그녀가 밝은 얼굴로 말을 걸었다.

"너, 키 되게 많이 컸다."

반여단은 의아한 눈으로 그녀를 보았다.

키가 많이 컸다는 것은 자신을 마지막으로 보았을 때를 기준으로 두고 하는 얘기일 텐데, 반여단은 지난 2년간 키가 큰 적이 없었다.

1년에 10센티미터씩 미친 성장을 반복하던 그의 키는 고등학생이 되자 거짓말처럼 멈췄다. 거기서 더 크면 어쩌나 했다고 반여단의 어머니는 지금도 농담처럼 말하곤 했다.

그런데 많이 컸다니? 고개를 기울이던 반여단은 대답하지 않고 진열대 쪽으로 스르륵 빠졌다. 무슨 말을 해도 적절한 대답이 되기 어려울 뿐더러 아침에는 말을 많이 하고 싶지 않았다. 목덜미에 시선이 달라붙는 것 같았지만 확실치 않았다.

반여단은 유리문 너머의 음료수들을 차례로 훑었다. 사실 반여단은 먹을 것을 입에 잘 물고 있는 편이 아니었기 때문에, 자신이 왜 이곳에 왔는지도 몰랐다. 순전히 충동적인 행동이었다.

그냥, 왠지, 아무런 이유 없이.

반여단에게 좀처럼 어울리지 않는 일이 벌써 오늘만 몇 번째 일어나고 있었다.

잠시 방황하던 반여단의 손이 이윽고 음료 하나를 집었다. 계산대 위에 그것을 내려놓자 알바생이 입을 가리며 웃음을 터트렸다.

"여단이 단 거 좋아해? 되게 안 어울리는데 귀엽다."

"……네."

아마도 좋아하는 거겠지. 반여단은 생각했다. 그러지 않았다면 굳이 아침에 여기까지 들러서 초코 우유를 살 이유가 없을 것이다.

"나도 단 거 되게 좋아하는데. 별일이네."

계속 생글생글 웃으며 말을 붙이는 그녀에게 반여단은 카드 대신 지폐를 건넸다.

대화가 더 이상 길어지는 것이 꺼림칙했다. 어서 계산을 마치고 이 자리를 벗어나고 싶은 마음뿐이었다. 카드를 건네고 돌려받는 것을 기다리는 시간조차 곤혹스러울 것 같았다.

우유를 낚아챈 그가 황급히 돌아섰다.

"안녕히 계세요."

짤랑, 소리와 함께 편의점 문이 닫혔다. 뒤에서 무슨 말이 날아왔지만 종소리에 섞여 들리지 않았다.

　　　　　　　　*　*　*

　길에서 방황하던 반여단을 주워 간 것은 마침 도서관으로 공부를 하러 가던 친구들이었다. 그리고 보면 요즘은 이들의 공부를 봐주는 것이 일상이었다.

　고등학교 3학년쯤 되다 보니 보통 푸는 것은 수능 모의고사라서, 학교에서 배우지 않은 단원에서 나온 문제를 반여단더러 풀어 달라고 하는 경우도 있었다. 그럴 때마다 반여단은 잠시 시간을 달라고 말하고는 개념서를 훑었다.

　불과 몇 분도 안 되어 개념서를 덮은 그가 문제를 풀기 시작하는 것을 보고 그의 친구들이 혀를 내둘렀다.

　"미친놈일세."

　그거라면 방학 내내 수십 번은 들은 말이었다. 그래도 꽤 성심성의껏 공부를 가르쳐 주고 있는데 왜 욕을 먹어야 하는지 이해가 되지 않았다.

　살짝 눈을 찡그리고 문제집을 넘겨준 반여단이 생각했다. 그리고 보면 나는 언제부터 이들과 공부를 하기 시작했더라?

　"내가……."

　반여단이 불쑥 말머리를 꺼내자, 주변 이들이 일제히 그쪽을 돌아보았다. 그는 진지한 표정으로 말을 맺었다.

"내가…… 가르쳐 주는 걸 좋아하나?"

긴장감이 풀어지는 것은 순식간이었다. 반여단 바로 옆에 앉은 녀석이 어처구니없다는 표정으로 대꾸했다.

"그걸 우리가 어떻게 알아."

"네가 좋아하는 건데 네가 알겠지."

그런데 너, 표정 봐선 별로 좋아하는 것처럼 보이진 않는데. 아니야, 저 새끼는 원래 저래. 너, 쟤 여동생 볼 때 표정 보고도 그런 소리가 나오냐? 돌아가며 한마디씩 얹자 순식간에 테이블이 복작복작해졌다.

그렇게 갑작스럽게 주변을 혼란의 소용돌이에 던져 넣고, 정작 반여단은 턱을 괸 채 조용히 생각에 잠겼다.

내가 가르쳐 주는 것을 좋아하던가? 그러나 그런 것치고는 기분이 별로 즐겁지 않았다. 아파트 복도에 혼자 나와 있을 때와는 영 다른 기분이었다.

그렇다면 나는 좋아하지도 않는데 왜 일을 하고 있는 거지? 이상했다. 계기가 분명히 있을 텐데 생각나지 않았다.

고개를 든 반여단이 그때까지도 혼란에 빠져 있던 이들에게 불쑥 던졌다.

"내가 어쩌다 너희들 공부를 봐주게 됐더라?"

대답은 어이없을 정도로 간단하게 나왔다.

"네가 시간 때울 거리 필요하다며."

"내가?"

"그래."

시간을 때우는 건 기다리는 일이 있을 때나 필요한 일이다. 그러나 반여단에게는 기다리는 일이 딱히 없었다.

요즘 반여령의 바깥 외출이 늘기는 했다. 병원에 장기 입원해 있다는 친구네 동생과 놀기 위해서라고 했다. 하지만 그것만으로는 설명되지 않았다.

애초에 반여령이 외출하는 일이야 그것 말고도 많았는데, 단지 그것 때문에 자신이 이런 일을 시작했다고? 한참을 생각하던 반여단은 결국 자신이 사태를 너무 복잡하게 받아들이고 있음을 깨달았다.

고등학교 3학년이 공부를 하는 데 별다른 이유가 있을 필요는 없다. 그리고 보면 주변 고등학교 3학년들은 밤늦게까지 도서관에 남아 공부하는 것이 보통이었다. '보통은 이렇다', 많은 것을 설명할 수 있는 마법의 표현이었다.

그러나 밤 열 시 무렵, 반여단은 그 표현이 자신에게 통용되지 않음을 깨달았다.

달리 할 일도 없는데 뭐에 홀린 듯 짐을 챙기고 있는 스스로를 깨달은 반여단은 주변을 둘러보았다. 친구들은 그러려니 하는 얼굴로 책만 뒤적이다가 반여단과 눈이 마주치자 그제야 한마디씩 했다.

"오늘도 고마웠다. 다음에는 내가 밥 살게."

"조심히 가라. 아까 나가 보니까 밖에 비 오더라."

"맞아, 비 엄청 많이 와. 우산 있냐?"

반여단은 잠시 머뭇거리다 한 개의 우산을 꺼내 보였다. 나머지 하나는 고이 접힌 채 가방 구석에 숨어 있었다.

그것을 보고 다행이라는 듯 고개를 끄덕인 친구 녀석들이 심드렁하게 팔을 흔들었다. 가, 얼른 가. 이제 팔 아프다. 이유 모를 등쌀에 떠밀려 반여단은 도서관을 나섰다.

과연 친구들 말대로 폭우가 내리고 있었다. 쏟아지는 빗줄기가 너무 굵어서 앞이 잘 보이지도 않을 지경이었다. 이 날씨에 반여령은 어쩌고 있나 걱정이 되었다.

어디냐고 문자를 보내자 집이라는 답변이 돌아왔다. 다행이다. 안도의 한숨을 내뱉은 반여단은 걸음을 내딛었다.

빗속을 걸을수록 깨달을 수 있었다. 자신은 비 오는 날을 별로 좋아하지 않는다는 것을.

질척하게 젖어 들어가는 바지 밑단도, 운동화 끈 사이로 젖어 들어 기어이 바닥까지 적시는 빗물과 젖은 양말의 감촉, 그 모두가 안기는 감정은 명백히 불쾌감에 가까웠다.

어서 집에 돌아가야지 생각했는데도 반여단의 걸음은 엉뚱한 곳에서 멈췄다. 아파트 바로 아래의 버스 정류장이었다.

반여단은 아파트를 향해 발길을 돌리려다가 무슨 생각에선지 우산을 접고 정류장 의자 위에 털썩 앉았다. 젖은 운동화 아래로 작은 물웅덩이가 고였다.

그리고 그는 그대로 기다렸다.

정류소 안에는 적지 않은 사람들이 있었다. 버스를 기다리는 사람들도 있었지만 그냥 비를 피하는 것 같은 사람도 꽤 있었다. 버스에서 내린 몇몇이 바깥을 보고는 그대로 굳어져서 움직이지 못했다.

저마다 하늘을 보고 한마디씩 했다.

"하늘에 구멍 뚫렸나 봐."

"어쩌지, 엄마 집에 없을 텐데."

울상이 되어 핸드폰을 들여다보던 중학생이 문득 반여단 쪽을 보았다. 그녀의 시선이 자신의 우산에 닿아 있는 걸 보았지만 반여단은 그냥 무시했다. 그러자 그녀가 한 발짝 다가왔다.

"저기요."

그녀가 손가락으로 바깥을 가리켰다. 장대비 너머로 청록색 편의점 간판 불빛이 어른어른 비쳤다.

"저 우산 잠시만 빌려주시면 안 될까요? 편의점 가서 하나 사 오고 바로 돌려드릴게요."

"······."

"아, 안 훔쳐 갈게요. 아니면 같이 가 주실래요? 그러면 제가 훔쳐 가지도 못하잖아요."

자못 당당한 기색으로 말하던 그녀는 반여단이 대답이 없자 울상이 되었다. 그늘이 드리운 그녀의 얼굴을 빤히 보던 반여단이 마침내 입을 열었다.

"혹시라도."

"네?"

그녀가 이쪽으로 몸을 기울였다.

"없는 사이에 오면 어쩌지 싶어서……."

말끝을 흐린 반여단이 이윽고 입을 다물었다. 스스로가 한 말이었지만 이해가 되지 않았다.

아니, 이럴 게 아니라 당장 우산을 건네줘야 했다. 딱히 돌려주지 않아도 상관없었다. 어차피 집이 코앞인 데다 옷도 이미 엉망으로 젖었는데, 비 좀 더 맞는 게 어떻다고.

그런데도 반여단은 우산을 끝끝내 건네주지 못했다. 식은땀이 고일 정도로 꽉 쥔 손잡이를 놓지 못했다.

반여단의 굳어진 얼굴을 빤히 보던 중학생이 입을 삐죽이며 돌아섰다.

"아, 알았어요."

"……."

"누군지 몰라도 엄청 좋아하나 보네."

그렇게 말한 그녀가 휙 돌아섰다. 다행히 얼마 안 있어 도착한 버스에서 내린 남학생 하나가 그녀에게 우산을 씌워 주었다. 좁은 우산 아래로 얼굴을 가까이 붙이고 빗속으로 뛰어드는 모습이 어쩐지 그립게 느껴져서, 반여단은 눈을 가늘게 떴다.

그는 계속 앉아 있었다. 버스는 수도 없이 떠났다.

문이 열릴 때마다 사람들이 사라지고, 쏟아져 내리고, 그들 중엔 반여단의 우산을 노리는 이들도 몇몇 있었다. 아무런 이유가 없는데도 반여단은 그저 고개를 흔들었다.

버스 정류장의 사람들이 버스에 타지도, 그렇다고 떠나지도 않는 반여단을 이상하다는 듯 보기 시작할 무렵이 되어서야 그는 몸을 일으켰다.

도대체 자신이 무슨 일을 하고 있는지 알 수가 없었다. 다만 버스를 기다릴 때의 어렴풋한 불안감과 즐거움만이 머릿속에 남았다.

나는 어쩌면 버스를 기다리는 것도 좋아했던 걸까? 반여단은 고개를 기울였다. 하지만 그렇다면 지금 이 허무한 감정은 도대체 무엇 때문인지.

반여단은 잠시 편의점에 들렀다. 문을 열고 들어가는데 익숙한 목소리가 날아왔다. 그는 고개를 들었다.

"여단아, 이제 와?"

아침에 보았던 아르바이트생이었다. 이번에는 아르바이트 중이 아닌지 카운터 바깥에 있었다.

"네."

"도서관 다녀왔나 봐?"

이번에도 대답할 말이 없어 반여단은 그저 네, 하고 말았다. 그 뒤에도 질문들이 이어졌지만 반여단은 간간이 고개를 끄덕이거나 그냥 네, 하고 대답했다.

반여령이 좋아하는 아이스크림을 사서 카운터로 갔는데 진작 갔을 줄 알았던 그녀가 그를 기다리듯 서 있었다.

그녀가 뭔가를 내미는 바람에 반여단은 흠칫 놀랐다.

"선물."

"아."

"단 거 좋아한다며. 나 먹을 거 사는 김에 네 것도 샀지."

쾌활하게 웃는 그녀를 보며 반여단의 마음은 오히려 굳어졌다. 잠시 그녀를 보던 반여단은 빠르게 몸을 돌렸다. 사려고 했던 물건도 내려 둔 채였다.

"잠깐, 여단아, 어디 가?"

우산을 펴는데 손목이 붙잡혔다. 반여단이 뒤돌아보니 잔뜩 당황한 표정을 짓고 있는 그녀가 보였다.

그녀가 이해가 안 된다는 듯 물었다.

"너, 단 거 좋아한다며?"

"……안 좋아해요."

실제로 아까 샀던 초코 우유도 뜯지도 않은 채 가방에 박혀 있었다. 쓰지도 못한 한 개의 우산과 마찬가지로.

갑자기 머릿속 안개가 걷히는 기분이었다. 손목을 잡고 있던 그녀의 손을 떼어 낸 반여단이 빠르게 걸음을 옮겼다. 아파트로 향하며 그는 중얼거렸다. 자신이 좋아하는 것들을 오늘 하루 갑자기 많이 찾아냈다고 생각했는데, 어쩌면 그렇지 않을지도 모르겠다고.

아니, 그것이 분명히 정답일 것이다. 반여단이 오늘 찾아낸 좋아하는 것들 중에 실제로 자신이 좋아하는 것은 아무것도 없었다. 그럼에도 불구하고 그것들을 좋다고 생각했다면 이유는 하나였다.

그가 좋아하는 사람이 그것들을 좋아했다. 그리고 그것은 반여령이 아닌 다른 사람이었다.

하지만 왜?

우산을 쓰고 왔는데도 비바람이 하도 거세서 얼굴까지 젖고 말았다. 얼굴에 엉겨 붙은 머리카락을 훔쳐 내던 반여단이 문득 고개를 들어 앞을 보았다.

아파트 문 앞에 웅크려 앉은 반여령이 보였다. 꼭 어렸을 적 열쇠를 잃어버려서 집 앞에서 자신을 기다리던 모습이 저러했다.

그러나, 이번에 반여령이 잃어버린 건 고작 그런 게 아닐 거란 생각이 들었다.

열쇠보다도 훨씬 더 중요한 것.

"오빠, 할 얘기가 있어."

반여단은 그저 고개를 끄덕였다.

* * *

"……알고 있는 정보들을 모은다고 크게 달라지는 건 없었어.”

그렇게 말한 것은 주인이었다. 나는 무슨 말을 해야 할지 몰라 그저 조심스레 고개만 끄덕였다.

방에 앉아서 내가 없던 세계의 이야기를 듣는 것은 실로 말로 설명할 수 없이 이상한 기분이었다. 어쩔 줄 모르고 눈만 이리저리 굴리는 내 손을 옆에서 여령이가 살짝 쥐었다. 그제야 그쪽을 돌아본 내가 옅게 미소 지었다.

다시 주인이를 돌아본 나는 작게 물었다.

“그다음엔…… 어떻게 했어?”

“아무튼 모두가 이유 없이 맴돌고 있던 곳이 엄마랑 관련이 있는 장소란 추측은 가능하잖아. 그래서…….”

그리고 턱을 괸 주인이가 말을 이었다.

“버스 정류장이랑 학원을 얼른 연결시키지 못한 게 컸어.”

나는 고개를 기울였다. 갑자기 학원 얘기가 왜 나온담?

“응?”

“여단 형이 주로 앉아 있는 곳이 버스 정류장이라고 그러셨으니까, 여령이랑 같이 은미를 보러 다니는 줄 알았거든.”

“아아.”

그제야 나는 고개를 끄덕이며 작게 탄성을 내뱉었다. 학원이나 병원이나 버스가 잘 다니는 곳이다 보니 둘 다 아파트 앞에 있는 정류장을 통해서 이동이 가능했다.

주인이가 왜인지 심통이 난 듯한 기색으로 물었다.

"병원에 온 적이 있었어?"

"아, 그게. 아마 첫날인가 둘째 날에 딱 한 번."

그 뒤로는 안 갔지. 나는 어깨를 으쓱했다.

일전에 폐허가 되어 있거나 빈 공터가 되어 있는 다른 애들 집을 본 충격이 너무 큰 나머지, 그쪽은 아예 들러 볼 생각도 못했다. 그나마 용기 내서 들러 본 병원은 그 자리에 있긴 해도 이름이 달랐고. 용기 내서 확인한 결과가 그랬으니 다시 가 볼 엄두를 못 낼 수밖에.

내 말에 다시 한숨을 내쉰 주인이 머리를 헝클어트렸다.

"아, 학원만 알았어도! 그쪽에 거의 하루 종일 붙어 있다는 걸 예측했을 텐데."

"하하."

나는 그저 웃었다. 아니 뭐, 인터넷 소설의 인물들로서 성적을 올리기 위해 학원을 다니는 사람이 있다는 걸 떠올리지 못한 게 어떻게 잘못이겠니.

그러고 보니……. 문득 새로운 사실을 떠올린 내 표정이 묘해졌다. 돌아왔다는 것에 들떠서 잊고 있었는데, 내가 돌아오기 전에 확인했던 사실이 하나 있었다. 그것도 아주 중요한.

나는 나도 모르게 입술을 달싹였다.

"진짜로……."

소설이 맞았구나.

그렇게 중얼거린 나는 고개를 퍼뜩 들었다.

방 안에 앉은 모두의 시선이 나를 향하고 있었다. 반여령에 사대천왕, 그리고 여단 오빠까지.

눈을 깜빡이던 나는 곧 인상을 찡그리고 물었다.

"어, 혹시 나, 방금 소리 내서 말했어?"

"뭐가 진짜인데?"

은지호가 묻는 말에 그제야 나는 안도의 한숨을 내쉬었다. 아, 앞부분만 중얼거렸구나. 정말 다행이다.

안 그래도 방금 돌아와서 다들 예민한데, 여지는 주지 말자. 방금 그거, 소리 내서 말했으면 진짜 큰일 나는 거 아니었냐. 나는 어깨를 떨었다. 단편적인 메모들과 기억의 빈자리를 보고도 이 정도까지 추리해 낸 이들인데, 내가 소설이라느니, 책 속이라느니 하는 단서를 흘리기라도 한다면?

나는 슬그머니 눈을 들었다. 사대천왕도 사대천왕이지만 여단 오빠의 반응이 제일 걱정이었다.

나의 3월 2일에 대해 말한 지 불과 며칠도 되지 않았다. 그런데 책 속이라니, 내가 그가 책 속 인물임을 알면서도 사귀고 있는 거라니. 그럼 그는 얼마나 충격을 받을까?

나는 여단 오빠를 보며 살짝 얼굴을 흐렸다. 그때, 내 표정을 뭐라고 생각했는지 은형이가 이제야 깨달았다는 듯 말했다.

"아, 피곤하지."

"어, 응?"

"미안해, 너무 배려가 없었다. 안 그래도 내일 개학이라 준비할 거 많을 텐데, 쉬어."

그렇게 말하면서 자리에서 일어나는 그를 보며 나는 놀라 눈을 깜빡였다. 작년 3월 2일의 은형이는 밤이 늦었는데도 불구하고 우리 집에 들렀다 가도 괜찮냐고, 같이 있고 싶다고 고집을 부렸다. 그제야 나는 이들이 나와 여단 오빠를 단둘이 있게 해 주려고 한다는 사실을 깨달았다.

왠지 섭섭함과 동시에 거리감마저 느껴졌다. 따라서 자리에서 일어나며 내가 말했다.

"아니, 그래도 난 괜찮은데."

"얼굴 봤으니까 됐어. 그보다 오늘 학원은 괜찮아?"

아차, 나는 핸드폰을 슬쩍 끄집어냈다. 부재중 전화에 찍힌 번호들을 보고 나는 얼굴을 굳혔다. 망했네.

학원 번호는 그렇다 치고 엄마에 아빠 번호까지 찍혀 있었다. 학원에서 부모님께 연락한 게 분명하니, 최근에 야자 빼먹고 여기저기 쏘다닌 것까지 얘기했을 가능성이 높았다.

이마에 핸드폰을 대고 한숨을 내쉬는 나를 보며 은형이가 그럴 줄 알았다는 듯 웃었다. 그리고 여령이와 여단 오빠를 제외한 사대천왕은 나갈 채비를 하기 시작했다.

나가기 전, 은지호가 물 한 잔만 마셔도 되냐면서 부엌으로 갔다. 나는 괜히 용건도 없으면서 그를 종종걸음으로 따라갔다.

정수기에서 물을 내리고 있던 그가 나를 돌아보고 물었다.

"왜 따라왔냐."

"벌써 가?"

바쁜 일 있냐는 뜻으로 물어본 거였는데, 돌아온 대답은 영 달랐다. 컵을 들며 은지호가 심드렁하게 대꾸했다.

"그럼 네가 그렇게 뜨거운 눈빛을 보내지 말았어야지."

아니, 이건 진짜 억울하네. 내가 인상을 쓰며 되물었다.

"내가 언제?"

"너, 다른 사람 다 두고 그 형만 보던데."

"생각할 게 있어서 그런 거였거든? 그리고 막, 뜨겁고 그런 눈빛 아니었거든?"

"왜 그걸 핑계를 대냐."

싱크대에 컵을 내려놓은 은지호가 다시 나를 돌아보며 어이없다는 듯 물었다.

그가 말을 이었다.

"사귀는 사이인데 그걸 누가 뭐라고 해?"

"아니, 그래도."

안 그래도 연애 초보인 난 그런 말을 들으면 놀림 받는 것 같아서 움츠러들게 된다. 게다가 은지호를 비롯한 이들에게는 더욱더.

그렇다고 진지하게 그런 거 하지 말라고 하기에도 조금 이상한 상황이었다. 어찌 됐든 따지고 보면 이들은 나를 위해 몸소 자리를 비켜 주는 배려의 표본인데.

그런데 그때였다. 내 옆을 무심히 지나치는 은지호의 얼굴을 올려다보다 말고, 나는 그가 지금 기분이 무척 나쁘다는 것을 알아차렸다.

나는 현관으로 향하는 그를 다시 졸졸 따라갔다. 부엌에서 현관까지는 그래도 꽤 거리가 있어서 단둘이 얘기할 여유가 조금은 있었다.

내가 조심스럽게 물었다.

"너, 지금 기분 안 좋지."

"어."

대번에 불퉁하게 돌아온 대답에 나는 이마를 짚었다. 아, 역시. 그래, 그런 것 같았다.

문제는 이유를 알 수 없다는 것이었다. 아니, 짚으라면 짚이는 건 수도 없이 많았는데, 은지호는 남이 아니라 스스로에게 화났을 때도 지금같이 구는 경향이 있어서. 주인이가 괜히 은지호에게 그놈의 완벽 주의 좀 고치라고 짜증 내는 게 아니었다. 기분이 틀어졌을 때 원인을 읽기가 너무 어려우니까.

하지만 왠지 이번은 나 때문일 것 같았다. 그냥 그런 직감 같은 게 있었다. 이제 정말 시간도 별로 없는데, 조급해진 내가 빠르게 말을 던졌다.

"왜 기분 나쁜데? 내가 너무 멀쩡해 보여서?"

"내가 싸패냐? 너 멀쩡하지 말라고 빌게."

은지호는 어이없다는 듯 대답하면서도 나를 향해 시선 한 번 주지 않았다.

나는 다시 다급하게 물었다.

"우리 집에 얼마 못 있다 가게 돼서? 그런 거면 더 있어도 되는데."

"아니……."

"그럼 왜?"

가기 싫으면 안 가도 된다고, 나도 너 이렇게 보내면 찝찝하다고 말하려는데 은지호가 획 돌아섰다. 현관이 보이는 거실로 들어서기 한 발자국 전이었다. 때문에 다른 이들은 우리를 못 봤을 터였다.

갑자기 돌아선 은지호가 나를 짜증스런 검은 눈으로 쳐다보는 바람에 나는 기가 죽었다.

나는 그와 내 머리 위를 번갈아 힐끗거렸다. 우리 키가 몇 센티미터가 차이 나더라? 그래도 나도 이제 160 살짝 넘어서 그렇게 차이 안 날 텐데, 예전처럼 30센티미터 가까이는. 그런데도 대단한 위압감이었다. 나는 마른침을 삼켰다.

그때 은지호가 불쑥 입을 열었다.

"너, 왜 나한테 핑계를 대?"

"······뭐?"

생각지도 못한 물음에 나는 입을 벌렸다.

"네가 누구랑 뭘 하든 수상한 모습을 보이든 간에, 네가 그거에 대해서 변명해야 할 사람은 네 남친이거든, 내가 아니라."

"아."

"너랑 네 남친이랑 서로 쳐다본 걸 나한테 오해하지 말라고 하면, 내가 무슨 생각을 해야 하는데."

무슨 생각을 해야 하냐니. 잠시 눈살을 찌푸리던 나는 이어지는 말에 화들짝 놀랐다.

"아, 둘이 서로 별로 안 좋아하나 보구나? 내가 끼어들어도 되겠구나?"

"아니, 누가 그걸 듣고 그런 생각을 해!"

내가 기겁해서 외쳤다. 더군다나 그런 의도로 말하는 사람이 어디 있어? 내가 더듬거리며 덧붙이려는데 한숨을 쉰 은지호가 팔짱을 끼며 내 말을 잘랐다.

"알겠지? 너랑 내 그림 방금 바람피운 거 아니라고 핑계 대는 여자 친구랑 받아 주는 남자 친구 같았다고. 그러니까 그러지 마. 내가."

"내가?"

갑자기 뚝 잘린 말에 내가 미심쩍어하며 묻자, 은지호는 갑자기 손을 들어 이마를 짚더니 말이 없었다. 그리고 내가 조심스럽게, '은지호?' 하고 부르자마자 그는 씁쓸한 표정으로 중얼거렸다.

"아, 이래서 한국 드라마가 유해하다고 했구나. 아버지 말씀이 옳긴 옳네."

"뭐?"

아버지 말씀이라면 회장님이 텔레비전이 유해하다며 내셔널 지오그래피랑 이비에스 채널만 나오는 텔레비전 사주셨다는 그거 말이니? 너 그때 나랑 미친 듯이 웃었던 거 다 기억나거든.

그때, 갑자기 고개를 든 은지호가 다시 걸음을 옮겼다. 나를 스쳐 가며 내 이마를 가볍게 툭 찌른 그가 말했다.

"너, 내가 조만간 아침 드라마 작가로 데뷔하면 그런 줄 알고 있어라."

"아니, 저게……."

나는 환한 거실로 나가는 그의 등을 뒤에서 바라보며 중얼거렸다.

"저게 무슨 헛소리야."

설마, 내가 자기한테 여단 오빠와 내 사이에 대해 구구절절 핑계를 대서 화가 났다고? 고작 그런 일로 화를 내는 게 어디 있어? 어처구니없는 표정을 짓고 있던 나는 고개를 내젓고 현관으로 다가갔다.

주인이와는 여느 때처럼 포옹을 했고, 은형이와 유천영

에게는 학교에서 보자고만 말했다. 마지막으로 은지호를 보니, 은지호는 나와는 눈도 마주치지 않고 있었다.

그런 네 사람을 빤히 보던 나는 입을 열었다.

"있잖아."

이제 문을 나가기만 하면 되던 그들이 다시 몸을 돌려 나를 보았다. 그런 네 사람을 보면서, 나는 새삼 이들이 우리 집 현관에서 이러고 있는 것이 얼마나 말도 안 되는 일인지를 실감했다.

아무튼 이번 3월 2일은 새롭게 알게 된 사실들이 있다는 데서 저번과는 달랐다.

일단 하나, 가장 충격적인 사실, 이곳을 원작으로 한 책이 정말로 있다는 것. 그리고 둘, 이번에는 가장 중요한 사실, 이 세상의 내용은 고정된 것이 아니라는 것.

이미 많은 것이 바뀌었다. 반여령과 이미 3년 전 절교했어야 할 나는 대신에 화해해 버렸고, 그 뒤로 지금까지 4년을 쭉 같이 지냈다. 심지어 최유리가 반여령과 나 사이에 끼어들어, 내게 누명을 씌워 이간질할 때조차 반여령은 흔들린 적이 없었다.

반여령은 나를 믿었다. 그리고 그것으로 인해 많은 것이, 정말로 많은 것이 바뀌었다. 그러니 나는 더는 두려워할 필요가 없다. 내 모든 노력이 소용없으리란 생각 같은 것은 더는 할 필요가 없다.

원하고, 선택하여, 노력하면 되는 것이다. 이 세계의 다른 모든 사람들과 마찬가지로. 그러면 뭐든지 바꿀 수 있었다. 정해진 내용 같은 것은 상관없었다. 그리고 내가 원하고 선택하여 노력하는 것으로 원작의 내용을 바꿀 수 있는 것처럼 이들 역시 마찬가지였다.

이제야 비로소 나는 깨달았다.

이들이 나와 친구가 되는 것은 전혀 당연하지 않은 일이었지만, 그럼에도 이루어졌다. 이들이 선택하고, 원하고 노력했기 때문에.

나는 두려움 때문에 수도 없이 손을 놓았던 순간들을 생각했다. 그때조차 이들은 나를 놓지 않았다. 이번에도 그들은 나를 기억해 냈다. 이 세상에 없었던 나를.

그런 생각을 하면서 나는 네 사람의 얼굴을 차례로 깊이 들여다보았다. 그리고 나는 실없이 웃고 말았다.

"2학년 때도 잘 부탁해."

1학년 때 정말 많은 일이 있었다.

남장 여자(로 추측했던) 전학생이 왔고, 난리 법석 속에 수련회를 치렀고, 안티 카페 사건이 터졌고, 반끼리 전쟁이 벌어졌다.

그것도 모자라서 납치를 당하고, 위장해서 회사에 잠입을 하질 않나, 결국에는 내가 원하지 않았던, 겪고 싶지 않았던 모든 일들이 전부 일어나고야 말았다. 더군다나 최근

몇 달간은 거의 이들이 없이 지내기까지 했다.

그럼에도 불구하고 나는.

"2학년 때도…… 재밌게 지내자. 재밌을 거야."

그 말을 다짐처럼 반복했다.

사실 되짚어 보면 즐거운 순간보다 골치 아프거나 황당하기까지 한 순간들이 더 많았다. 때로는 이겨 낼 수 없을 거라고 여겨질 정도로 힘들던 사건들도 분명히 있었다.

그러나 서로가 있기에 버텨 낼 수 있었다. 그것을 알기에 나는 부끄러움도 없이 청했다.

다시 너희들 곁으로 돌아가는 걸 허락해 줘.

너희들이 힘들 때 내가 돕는 걸 허락해 줘.

그리고 내가 힘들 때 잠깐 기대는 걸 허락해 줘.

유천영네 아버지와 은형이네 아버지의 교통사고 건 이후로 어영부영 휩쓸리듯 함께 지냈지, 이렇게 말로써 화해를 시도한 것은 처음이었다.

나는 잠깐 숨을 크게 들이쉬었다가 내쉬었다.

그리고 대답이 돌아왔다.

"그럼 우리 없이 2학년을 보낼 생각을 했어?"

나는 퍼뜩 고개를 들었다. 아까까지도 눈도 마주치지 않던 은지호가 날 보고 웃고 있었다.

"건방지게."

그렇게 말하며 내 머리카락을 잡아당기려는 듯하던 그가,

그 직전에 여령이에게 조인트를 까이고 입을 다물었다.

그 옆에서 주인이 키득거리며 입을 열었다.

"난 사실 엄마 보러 학교 가."

"내가 먼저 말했어야 했는데. 단아, 그때 병원 와 줘서 고마웠어."

빙긋 웃은 은형이가 말을 이었다.

"네가 와서 정말 너무, 기뻤어."

그리고 모두의 시선이 일제히 유천영을 향했다. 유천영은 아랑곳 않고 문을 열 채비를 하고 있었다.

눈이 마주치자 그제야 그가 입을 열었다.

"학교에서 봐."

그리고 잠시 이마를 좁혔던 유천영이 빠르게 말했다.

"다신 어디 가지 말고."

그리고 그는 집을 휙 나가 버렸다. 잠시 후, 조용히 있던 이들이 저마다 으름장을 놓았다.

"맞아, 이제 아무 데도 가지 마라. 가려면 허락 받고 가."

그 와중에 은지호의 말이 어이가 없어서 나는 작게 웃었다.

복작복작하던 현관이 순식간에 썰렁해졌다. 잠깐 그대로 신발장 앞에 서 있던 나는 몸을 돌려 뒤를 바라보았다.

아직 거실에 서 있는 여령이와 여단 오빠가 보였다.

우리는 서로를 아무 말도 없이 마주 보았다. 갑작스럽게 찾아온 침묵이었지만, 누구도 어색해한다거나 침묵을 깨려는 노력을 하지 않았다. 한참 동안 망연히 서 있다가 나는 조심스레 걸음을 옮겨 그들에게 다가갔다.

사대천왕과 반여령, 여단 오빠를 알게 된 시기가 모두 비슷하다고는 해도, 사대천왕과 달리 이 두 사람은 내 이웃이었다. 그냥 이웃도 아니고 가족 같은 이웃. 그런 이들이 사라졌을 때의 기분은 정도가 달랐다.

아무 말도 하지 않았는데 마음이 통하기라도 한 것처럼 여령이가 손을 뻗어 나를 끌어당겼다. 이윽고 그녀가 나를 꽉 끌어안았다.

귓가에 꽉 잠긴 목소리가 흘렀다.

"단아."

"응."

"네가, 이 아파트에 없어서."

여령이가 여전히 잠긴 목소리로 하는 말에 나는 고개만 끄덕였다.

"정말 싫었어."

"나도."

담담하게 대답하는 내 등을 더욱 세게 끌어안으며 그녀가 말했다.

"이사라도 가고 싶어서 견딜 수가 없었어. 네가 이렇게 돌아올 거라고 믿었는데."

"나도 그랬어."

"이제는 어디 가지 마."

그렇게 말하며 꽉 끌어안는 여령이의 뒤에서 여단 오빠가 나를 복잡한 눈으로 보고 있었다.

나는 그에게 희미하게나마 미소를 보냈다. 그러나 그는 따라 웃는 대신에 손을 뻗어 내 머리를 토닥이기만 했다. 규칙적으로 토닥이는 손길에 나는 슬그머니 눈을 감았다. 따뜻한 온기에 감싸여 토닥임을 받고 있자니 금방이라도 잠이 들 것 같은 기분이었다.

나는 여령이에게도, 다른 이들에게도 하지 못할 말을 입 속으로 삼켰다. 이들은 떠나지 말라고 했지만 그럴 수 없을 것 같았다.

한 번만 더 다녀오면 될 것 같아.

진실을 아는 것이 두려워서 차라리 아무것도 모르는 것이 나을 거라고 생각하던 때도 있었다. 그러나 이제는 아니었다. 몇 가지 사실을 알아낸 것만으로도 나는 오랫동안 내 발목을 묶던 고민에서 벗어났다. 그리고 만약 내가 모든 진실을 알 수 있다면.

다음 3월 2일에, 나는 이 소설의 작가를 만나야겠어.

나는 다짐했다.

그 사람이 뭘 알고 있는지, 나에 대해서는 알고 있는지, 또 스스로가 무슨 일을 했는지는 알고 있는지까지 전부 캐 묻기로 했다. 직접 볼 수 있다면 좋겠지만, 어쩌면 메일을 보내는 것만으로 가능할지도 몰랐다. 틀림없이 그렇게 어렵지 않을 것이다. 나는 주먹을 움켜쥐었다.

그리고 다시 눈을 뜬 나는 여단 오빠를 바라보았다.

다시 한번 원래의 소설 내용을 떠올렸다. 여단 오빠가 자기 여동생과 절교한 애랑 사귈 사람은 아니었으므로, 지금 나와 여단 오빠가 사귀는 것 역시 본인의 의지였다.

남의 옷처럼 느껴지던 애정은, 관계는 전부 내 것이었다.

온전히 내 몫이었다.

"여단 오빠."

"응."

"전에도 말했지만."

여단 오빠가 고개를 끄덕였다. 나는 심호흡을 했다.

루카스는 넓게 보라고 말했다. 스스로가 등 떠밀려서 한 선택은 결코 선택이라고 할 수 없다고.

예전의 내게 등 떠밀리지 않았냐고 묻는다면 확답할 수 없었다. 왜냐하면 나는 꽤 오래, 누군가가 나를 좋아해 줄 수 있다면 그건 여단 오빠뿐일지도 모른다고 믿었고, 실제로도 그랬다. 그리고 사실상 내게 선택권이 없다고도 믿고 있었다. 내 모든 소망도 노력도 행동도, 전부 소용없다고.

그리고 그것이 아니란 게 밝혀진 지금, 나는 다시 말했다.

"많이 좋아해."

그러므로 이것이 내가 여단 오빠에게 건네는, 떠밀리지

않은 첫 선택이었다.

　내 말에 잠시 눈을 둥그렇게 떴던 그가 이윽고 웃음을 터
트렸다. 겨울에는 어울리지 않는, 내가 본 것 중에 가장 선
명하고 환한 미소였다.

* * *

　겨울 방학의 마지막 날이 끝났다.
　나는 2학년이 되었다.

제35조. 새 학년은 전국 서열 1위와 함께! (상)

새 학년은 전국 서열 1위와 함께! (상)

솔직히 말해서 개학 날을 좋아하는 사람은 아무도 없을 것이고, 그건 나도 마찬가지였다.

각종 만화에서 기분 좋게 집을 나서며 교문 앞에서 '아자아자 파이팅!'을 외쳐 대는 주인공들을 나는 아무리 해도 이해할 수가 없다.

세상에 방학이 끝났는데 누가 좋아해……. 게다가 나는 저혈압까지 심해서 상쾌한 아침을 맞는 일이 드물었으므로 그런 시작은 더더욱 꿈도 꿀 수 없는 일이었다.

아침에 눈을 못 뜨는 저혈압 환자는 주인공조차 될 수 없다니, 거 혈압으로 사람 차별하는 거 아닙니다. 그런 생각이나 하면서 현관문을 활짝 열어젖히자, 킥보드 대신 작은 화분 서너 개가 놓인 옆집 문 앞에 그림자 두 개가 서 있다가 일제히 이쪽을 돌아보았다.

"단아!"

"왔어?"

나는 잠깐 눈을 깜빡이다가 두 손바닥으로 눈을 가려 버렸다. 그러기가 무섭게 내 앞으로 다가온 반여령이 호들갑을 떨었다.

"왜 그래? 어디 아파?!"

"아니, 눈이……."

눈이 너무 부셔…….

비로소 돌아왔다는 게 실감이 났다.

하루 이틀 보는 것도 아닌데, 오랜만에 보는 반여령의 교복 차림이 너무 눈부셔 실명할 뻔했다. 인터넷 소설 여주인공이 제일 자주 입는 게 교복이라 그런가, 교복 진짜 잘 어울린다. 여령이와 닮은 여단 오빠의 모습이야 말할 것도 없었다.

그렇지, 지금 내가 있는 이 세계는 미모만으로 간단히 사람을 실명시킬 수 있는 이들이 수도 없이 살아가는 그런 곳이었다. 잠시 고개를 절레절레 내젓던 나는 내 뺨을 두어 번 쳤다. 여령이가 더욱 당황한 표정으로 물었다.

"단아, 왜 그래?"

"잠깐 마음을 다잡았어."

앞으로 또 1년간은 꼼짝없이 이쪽 세계에서 머물러야 할 텐데, 고작 여주인공 얼굴 한번 봤다고 눈이 멀고 그래선 안 돼! 그래선 등장인물로서의 자격이 있다고 할 수 없다.

주먹을 불끈 쥔 나는 비장하게 말했다.

"나, 이제부터 적응 훈련할 거야. 그러니까."

"응?"

여전히 당황해서 토끼 눈을 뜨고 있는 반여령에게, 나는 손을 내밀며 말했다.

"내 옆에 와서 나랑 팔짱 껴."

그러자 잠시 멍하던 그녀의 얼굴이 곧 환해졌다.

"뭐야, 팔짱 끼고 싶었으면 말을 하지!"

그렇게 외치면서 대뜸 내 팔을 낚아채는 반여령의 표정이 환했다.

다음으로 고개를 돌린 나는 그때까지도 아무 말 없이 상황을 지켜만 보고 있던 여단 오빠에게 다른 손을 내밀었다.

"오빠도 내 적응 훈련에 한 손 보태 주라."

"두 손 다 필요하면 말해."

그렇게 말하며 여단 오빠도 내 손을 잡았다.

아니, 두 손까지는 필요 없는데. 그렇게 생각하면서도 내 입에는 실없는 미소가 걸렸다.

* * *

등굣길은 몹시 산뜻했다.

아직 날이 덜 풀려서 따뜻하진 않아도 기분 좋은 바람이 불었고, 지나는 담벼락마다 아직 피지 않은 꽃망울들이 올망졸망 매달려 있어 봄날을 예고했다.

그럼에도 불구하고 내 기분은 전혀 좋지 못했다.

여령이와 여단 오빠의 손을 한 손씩 건네받고 기분이 좋아진 것도 잠시, 나는 등교하는 내내 미션 임파서블의 첩보원이라도 되는 양 경계 어린 눈빛으로 주변을 두리번거렸다. 여령이와 여단 오빠가 그런 나를 의아한 듯 쳐다보았다.

여령이가 고개를 기웃하며 물었다.

"왜 그래, 단아? 찾는 사람이라도 있어?"

"응? 아, 좀……."

찾는 사람이라고 해야 할지, 만나고 싶지 않은 사람이라고 해야 할지. 대강 대답하며 나는 다시 고개를 돌렸다. 그 덕분에 나는 여령이는 물론이고, 여단 오빠의 얼굴까지 굳어진 것을 보지 못했다.

내가 찾고 있는 것은 다름 아닌 '수상한 신입생'이었다.

솔직히 말해서 우리의 고등학교 2학년이 1학년보다 험난하면 험난했지, 덜할 것 같진 않았다. 고등학교 2학년이면 슬슬 입시에 집중해야 하는 시기지만, 인터넷 소설에 입시 배려가 어디 있어? 그런고로 나는 차라리 불안 요소를 미리 파악해 두고 가기로 결심했다.

학교로 위장 잠입한 경찰? 어쩌다 보니 교사가 된 전국 서열 0위? 안경을 써서 미모를 감춘 톱 아이돌 멤버? 그들 중에 과연 얼마나 이 속에 숨어 있을 것인가! 그렇게 생각하자 눈앞의 이 광경이 평범한 등굣길이 아니라 전쟁터처럼 보이기 시작했다.

여단 오빠가 우리를 교문 앞까지 바래다주고 돌아가고 나서도 나는 한동안 교문 앞에서 서성였다. 그런 나를 보면서 여령이가 의아한 표정을 지었다.

그녀가 물었다.

"단아, 우리 강당 안 가? 이러다 개학식 늦겠어."

상습적으로 땡땡이를 치게 되는 인터넷 소설 여주인공치고는 칭찬해 주고 싶을 정도로 모범적인 반응이었으나, 나는 칭찬하는 대신 검지를 입술에 붙였다.

여전히 학생들이 쏟아져 들어오는 교문 쪽을 보면서 내가 말했다.

"앞으로 3분, 아니, 5분만 더."

신입생 서열이 어떻게 되는 줄 아느냐.

교문 앞에서 '아자 아자 파이팅!'을 외치는 애가 2위.

도도한 표정으로 '사대천왕? 뭐야, 그게? 난 그런 거 관심 없어' 하며 갈 길 가는 애가 1위.

마지막으로 '지각이다, 지각이야!' 하며 담을 넘다가 아래에 있던 남자와 부딪쳐 키스하는 애, 그 애가 0위다!

내가 속으로 그렇게 외치던 순간, 교문 앞에 길쭉한 밴 두 대가 미끄러지듯 멈춰 섰다. 신나서 재잘대며 교문을 통과하던 학생들의 시선이 일제히 그쪽으로 향했다.

마침내 검은 밴 문이 덜컹 열리고, 그 사이로 삐져나오는 색색의 머리통이 보였다.

달리 누구겠는가, 사대천왕이었다. 모세의 기적처럼 쫙 갈라진 인파 사이로 당당히 걸음을 내딛는 그들을 보며 나는 모처럼 실감했다. 쟤네가 여기 주인공이 맞긴 맞구나.

학생들 사이에서 폭발적인 호응이 쏟아졌다.

"사대천왕이다!"

"어쩐 일로 네 분이 같이 등교하셨지?"

"지호 님, 너무 멋있어!"

"나는 누가 뭐래도 은형 님 파야!"

저 내레이션들에도 이제는 적응했는지 몹시 친숙하게 느껴졌다. 처음 들을 때는 손발이 사라질 것 같았는데, 이젠 없으면 기분이 이상할 정도다.

사대천왕이 내린 곳이 우리와는 꽤 거리가 있는 데다, 인파가 하도 많은 덕에 그들이 우리를 발견 못 한 것이 다행이었다. 2학년 때도 잘 지내자고 하긴 했으나, 그것과 별개로 주목 받는 것은 여전히 피하고 싶었다.

게다가 다른 중요한 이유가 있었으니, 사대천왕의 등장 장면은 신입생 중 요주의 인물을 파악하기에 아주 유용했다.

내 눈이 얼어붙은 인파를 다시 두리번거리기 시작했다.

저 중에 누군가 인파에 떠밀려 넘어졌는데 그 애를 사대천왕이 잡아 주지 않을까? 또는 저 중에 사대천왕의 첫사랑이 있을 수도 있지 않을까? 무심한 듯 영어 단어장을 내려다보며 '사대천왕? 난 그런 거 관심 없다니까' 하고 중얼거리는 애들도 눈여겨볼 가치는 있었다.

그런 내 뒤에서 누군가 내 어깨를 톡톡 건드렸다.

"야, 함단이. 오랜만이다."

누군지 알 것 같았지만 나는 대답하지 않았다. 그에 아랑곳 않고 목소리가 계속 떠들어 댔다.

"야, 너 방학 마지막 일주일 동안에 학원 나왔냐? 왜 나너 본 기억이 없지? 애들한테 물어보니까 다 너 나왔었다고 하고. 너 혹시 나 피했냐?"

"아, 잠깐만."

나는 뒤를 향해 손사래를 치고는 다시 교문에 집중했다. 지금 중요한 장면이니까 좀 조용히 해 줄래.

그때, 또 다른 목소리가 들려왔다.

"단아! 나 방학 동안에 너한테 하고 싶은 얘기가 무척 많았는데, 이상하게 너한테 연락이 안 되는 거야."

이번에도 누군지 알 것 같은 맑고 또랑또랑한 남자애 목소리, 그가 말을 이었다.

"아니, 연락이 안 된다기보다는 뭐랄까, 분명히 연락을 하면 되는데도 연락 자체를 할 엄두를 못 냈어. 지금 생각하면 왜 그랬는지 모르겠어. 하여간 할 얘기가 있는데…….”

“잠깐만, 나 볼 게 있어.”

나는 여전히 뒤도 돌아보지 않고 단호한 목소리로 말했다. 그러자 뒤에서 의아해하는 목소리가 날아왔다.

“볼 거? 설마 쟤들 등교하는 거? 네 친구인데 뭐 하러…….”

“쉿.”

바로 그때, 드디어 사건이 일어났다.

파도처럼 쏟아지는 사람들의 시선엔 아랑곳하지 않고, 마치 촬영장의 배우처럼 느긋하게 대화를 나누며 걸음을 옮기던 사대천왕의 앞에 흰색의 뭔가가 펄럭이며 떨어졌다. 다름 아닌 손수건이었다.

사대천왕이 잠시 걸음을 멈추고 사방이 조용해진 그때, 군중들 속에서 외침이 터져 나왔다.

“앗! 부모님이 입학 선물로 사 주신 손수건이!”

신입생 여자애로 보이는 애가 울상을 지으며 앞으로 나섰다. 그 모습을 본 나는 눈을 터질 듯 부릅떴다.

아니! 드디어 사건이!

그렇다면 저 애가 올해의 다크호스?

그럴 가능성이 다분했다. 왜냐하면 손수건이 저렇게나 앞으로 떨어진 이상 사대천왕도 그냥 무시하고 지나가긴 힘들 테고, 주워 주다 보면 자연스럽게 말을 섞게 될 터였다. ‘이 손수건 네 거니?’, ‘네, 감사합니다’ 같은.

그러고 나면 손수건을 돌려받은 쪽에서 '너무 감사해서 그러는데, 밥을 사도 될까요?' 하고 묻게 되고, 한 번 밥 먹고 두 번 밥 먹다가 어느새 평생 같이 밥 먹는 사이가 되는데…….

남녀 사이가 다 그런 거랬어. 나만 해도 여단 오빠와 내가 평생 이웃 사이로 남을 줄 알았지, 설마 사귀게 될 줄 어떻게 알았겠나? 얼굴 몇 년 보다 보면 없던 마음도 생기기 마련이라니까! 그렇게 생각하며 내가 얼굴을 딱딱하게 굳히는 그때였다.

잠시 후, 사대천왕 중의 하나가 드디어 움직였다. 붉은 머리카락에 온화한 미소로 대표 되는 사대천왕 최고의 젠틀맨, 은형이었다. 난감한 미소를 짓고 있던 그가 손을 뻗어 손수건을 막 주우려던 그때, 이변이 일어났다.

갑자기 손수건 위로 뭔가가 턱 날아와 얹혔다. 그것의 정체는 웬 금목걸이였다.

군중들 속에서 탄성이 터졌다.

"앗! 우리 엄마가 입학 선물로 사 주신 금목걸이가!"

그리고 이번엔 시계가 날아와 그들 발치로 떨어졌다.

"이런! 사촌 오빠가 입학 선물로 사 주신 시계가!"

나는 잠시 생각했다. 입학 선물들의 취급, 이대로 괜찮은가? 그것을 기점으로 사방에서 마구 쏟아지는 목걸이며, 시계며, 손수건에 가방까지. 일일이 주워 주기를 포기한 사대천왕은 조용히 발걸음을 돌렸다.

그런 은지호의 뒤통수에 가방 하나가 철썩 맞고 떨어졌다.

"앗! 우리 엄마의 사돈의 팔촌이 사 주신 가방이!"

나와 반여령은 사대천왕이 떠나는 모습을 인파 속에 숨어 복잡한 표정으로 쳐다보았다.

그런 우리의 뒤에서 누군가 말했다. 아까 내게 말을 걸던 이들 중 하나, 윤정인이었다.

"팔대천왕이 아니라서 다행이다."

"……."

"나나 김 쌍둥이랑 신서현까지 포함해서 팔대천왕이었어 봐, 우리도 개학식마다 저 꼴을……."

나는 그저 고개를 끄덕이는 수밖에 없었다.

* * *

뒤이어 나는 아까부터 내 뒤에 있던 이루다에게도 인사를 건넸다.

"안녕, 루다야. 엄청 오랜만이다."

"아, 응."

떨떠름한 표정으로 나를 보던 그가 다시 물었다.

"그런데 방금은 뭐 하고 있던 거야? 뭐 하러 저 녀석들 등교하는 모습 같은 걸."

"아니, 그냥."

나는 그냥 애매하게 웃고 말았다.

사대천왕의 등교를 틈타 신입생들 중에서 다크호스를 찾아볼 계획이었는데, 본의 아니게 '사대천왕의 불행한 개학식'이라는 제목의 다큐멘터리를 시청하게 된지라 스스로도 기분이 묘했다.

아무튼, 저 녀석들 완전히 간 거 맞지? 여기서 혹시 우리를 발견하고 아는 척이라도 해 버리면 곤란하니까. 사대천왕이 사라진 방향을 신중하게 살피던 나는, 색색의 머리통이 티끌만큼도 보이지 않는다는 걸 확인하고 나서야 걸음을 옮겼다.

그러면서 우리 네 사람, 그러니까 나와 반여령, 그리고 윤정인과 이루다는 대화를 나누기 시작했다. 반여령과 윤정인의 조합이 어떨까 했는데, 내가 빠지고도 두 사람의 대화는 수월하게 이루어지는 것 같았다.

하긴, 여러 가지 일을 통해서 윤정인은 반여령에게 뭐라고 해야 할까, 거의 은지호 같은 존재가 되고 말았다. 그러니까, 겉으로 보기에는 완벽해 보이면서 인기 많고 대인관계에도 철저해서 좀 꺼려지지만, 막상 다가가 보니 무해한 바보에 불과한……

아무튼 윤정인에게는 이민아가 있는 데다, 반여령이 싫어할 만한 행동을 하고 그럴 애도 아니니까. 나는 마음을 놓고 이루다에게로 고개를 돌렸다.

“루다야, 그러고 보니까 아까 나한테 뭐라고 하지 않았어?”

“아, 맞아. 그게 말이야, 방학 마지막 주에 너한테 연락하려고 했는데 이상하게 연락이 안 되더라니까. 아니, 그러니까 정확히는 분명히 연락을 해야겠다고 생각한 순간이 여러 번 있었는데 어느새 잊고 있는 그런…….”

“아.”

“결과적으로 연락을 한 번도 못 한 게 맞긴 한데, 진짜 이상한 일이었어.”

지금도 뭐가 뭔지 모르겠네. 그렇게 중얼거리며 고양이처럼 스스로의 머리카락을 문지르는 루다를 나는 복잡한 심경으로 바라보았다.

아무튼 사대천왕 외에도 나를 기억해 준 사람이 있기는 했구나. 그렇게 생각하니까 루다에게 조금 더 고마운 기분이 들었다.

그러고 보면 잠시 돌아가 있던 원래 세계에서, 이루다가 소설 〈해가림〉에서 어떤 역할을 하는지는 보지 못했다. 그럼에도 그가 친해질 사람으로 나를 선택하고, 끝내 나를 기억해 주었다는 것이 고맙고도 미안했다. 짊어지지 않아도 될 짐을 괜히 나 때문에 짊어지게 한 기분.

잠시 망설이다 내가 말했다.

“루다야.”

“응?”

"그럼 다음엔 내가 연락할게."

생각해 보면 언제나 먼저 연락했던 사람은 루다였던 것 같았다. 사실을 알기 전의 나는 사대천왕과 반여령뿐만 아니라 다른 모두에게도 방어적이고 소극적인 태도만 보였으니까.

내 말에 잠시 눈만 깜빡이던 루다가 이윽고 푸른 눈을 휘며 꿈처럼 웃었다. 1학년 때 자기소개에서 보였던 것보다 환하지는 않았지만, 조금 더 자연스럽고 멋들어진 미소였다.

"그래."

그런 루다를 몇몇 신입생들이 홀린 듯한 눈으로 응시했다.

이윽고 우리는 강당에 도착했다. 아직 1학년 때의 반 그대로 모여야 해서, 1학년 8반이 모인 곳으로 가자 역시나 아는 얼굴들이 한가득 있었다. 윤정인은 전 반장이니 자연스레 앞으로 나가고, 이루다는 친한 남자애들에게 불리어 갔다.

혼자 남게 된 나는 뒤를 돌아보았다. 유난히 키가 큰 김혜우의 얼굴이 인파 위로 삐죽 튀어나와 있었다. 김혜우를 찾자 김혜힐을 찾는 건 금방이었다. 늘 그렇듯 제 쌍둥이 오빠와 똑같은 냉랭한 얼굴을 하고 한 발자국 물러나 사람들을 구경하고 있었다.

"혜힐아, 김혜우!"

괜히 반가움에 소리쳐 부르자 김 쌍둥이의 시선이 이쪽

을 향했다. 이윽고 그들의 얼굴에 하나같이 놀라움이 떠올랐다. 거울처럼 똑같은 표정이었다.

"너, 왔네?"

신나서 달려간 나에게 대뜸 그렇게 물은 것은 김혜우였다. 나는 눈을 가볍게 찡그렸다.

"응? 왔다니?"

그럼 와야지, 개학식인데? 내가 자연스럽게 말을 받자마자 김혜우가 다시 대답하려 입을 열었다.

"아니, 그게 아니고……."

그렇게 말하려던 그를 가로막은 건 김혜힐이었다. 손을 내밀어 제 얼굴보다 한참 위에 있는 김혜우의 입을 가볍게 틀어막은 김혜힐이 나를 보며 말했다.

"아니야, 아무것도. 잘 왔어."

"응? 어, 응."

두 사람 사이에 흐르는 기류를 보며 나는 다만 어색하게 웃었다.

한 몸인 것처럼 손발이 척척 맞던 쌍둥이가 오늘은 어째 좀 삐걱거렸다. 둘이 비슷한 성격이다 보니 싸우긴 잘 싸워도 호흡이 안 맞는 건 못 봤는데.

고개를 기울이는 것도 잠시, 김혜힐이 알아서 잘 해결하겠거니 생각한 나는 곧바로 화제를 바꿨다.

"방학 잘 보냈어?"

"응? 아, 우리는 고향에 다녀왔어."

"고향?"

그러고 보니 김 쌍둥이는 집에서 나와서 둘이서만 살고 있다고 들은 것이 얼핏 떠올랐다.

'다른 애들이 알았다가는 우리 집이 아지트가 될 테니까 안 돼.'

그렇게 말하면서 파티 날 우연히 마주쳤을 때 귓속말로 알려 주었다. 아버지가 운영하신다는 문제의 10만 평 공장이 시골에 있기 때문에 본가는 그곳에 있고 본인들은 교육을 위해 서울로 보내졌다고.

그러고 보면 소현 고등학교 자체가 꽤 상위권인 고등학교다 보니 순전히 소현 고등학교를 위해 서울로 올라온 애들도 적지 않다고 들었다. 김 쌍둥이야 완벽한 표준어를 구사하는 데다, 소설 소나기에서라도 튀어나온 것 같은 이상적인 도시 미인들이라 듣고 나선 의외였지만.

그때, 마침 앉으라는 소리가 들려서 우리는 일렬로 놓여 있던 의자에 대충 걸터앉았다. 앞줄 의자 등받이에 손을 얹고 김혜힐이 하는 얘기를 가만히 듣고 있자니, 주변이 빠르게 채워지며 장내가 점차 정리되어 갔다.

슬슬 올해 1학년들도 다 온 모양이네. 내가 신입생 쪽을 힐끗거리는 그때, 김혜힐이 문득 떠오른 듯 물었다.

"그러고 보니까 너, 2학년 몇 반 됐어?"

"응? 그거 나왔어?"

"몰랐어? 문자로 왔잖아."

아차, 문자. 나는 허겁지겁 핸드폰을 열었다. 그러자마자 보이는 문자함의 상태를 보고 나는 기겁하고 말았다.

고개를 내밀어 내 핸드폰을 힐끗 본 김혜힐이 물었다.

"핸드폰 잃어버렸었어?"

나는 어색하게 웃을 수밖에 없었다. 아니, 그건 아닌데……. 나는 그렇게 중얼거리며 핸드폰을 다시 내려다보았다.

어딜 봐도 잃어버렸었다고밖에 볼 수 없는 상태기는 했다. 미확인 문자가 100통 가까이 쌓여 있었다. 아마 내가 사라져 있던 동안에 온 것들이 한꺼번에 쏟아진 모양인데, 자동으로 발송되도록 되어 있는 화장품 가게나 마트 문자만 받아도 이 정도란 말이지. 한숨을 내쉰 나는 문자를 쭉 읽어 나가기 시작했다. 아무튼 개학식 끝날 때까진 다 읽겠지.

그 무렵 교장 선생님이 단상 위로 올라오면서 여느 학교와 다를 것 없는 평범한 입학식이 시작되었다. 나는 그쪽에는 힐끗힐끗 시선만 주면서 몰래몰래 핸드폰을 확인했다.

3학년 선서는 모르는 사람이었고, 2학년 선서는 아니나 다를까 반여령, 마지막으로 신입생 선서는 안경을 낀 양 갈래 머리 여자애였다.

아침의 사건만 아니었어도 '저 애, 안경을 벗으면 미소녀 설정의 여주인공인가?' 같은 생각을 해 보았겠지만, 일단 너무 정신이 없어서. 내가 그쪽은 제대로 보지도 않고 문자를 확인하는 사이, 학년 대표들은 빠르게 단상 아래로 내려와 버렸다.

지루한 개학식의 마지막 순서가 될 무렵에야 드디어 반 배정 문자를 확인할 수 있었다. 내가 작게 비명을 질렀다.

"찾았어!"

그에 주변 학생들이 힐끗힐끗 이쪽을 돌아보았다. 김혜힐이 내게로 몸을 숙였다.

"몇 반인데?"

"숫자로는 안 나왔고, 2학년 B반이라고 나왔네."

"우리 학교는 잘사는 집 애들이 많으니까, 미리 알려 주면 학부모들이 복도나 교무실 위치 같은 걸로 항의할까 봐 그런 거겠지."

김혜우의 무심한 말에 나는 흠칫 놀랐다. 진짜냐, 사립 학교 무섭네. 그러고 보면 1학년 때 미리 알려 주지 않고 벽보로 안내한 것도 그런 이유였을지도 모른다.

하여간 반은 확인했고, 나는 불안한 표정으로 김 쌍둥이를 번갈아 보았다.

그때 김혜우가 갑자기 손바닥을 내밀었다. 나는 영문을 몰라 하면서도 손바닥을 내밀어 마주쳤다. 가볍게 짝, 하는 소리가 났다.

"예."

"예?"

놀라울 만큼 성의 없는 감탄사를 따라 하는데, 이어서 김혜힐이 내 옆에서 손바닥을 내밀었다. 또 어리둥절한 채로 손바닥을 내밀어 마주치고 나서야 그 의미를 깨달은 내가 중얼거렸다.

"너희 설마."

"우리도 B반이야."

2학년 때도 잘 부탁해. 높낮이가 다른 두 개의 목소리가 한 치의 어긋남도 없이 겹쳐 날아오자 나는 웃으며 고개를 끄덕였다.

* * *

개학식이 끝나자마자 의자를 겹쳐서 쌓아 올린 우리는 곧장 강당을 나서서 교실로 향했다.

김 쌍둥이와 계단을 올라가며 내가 물었다.

"애들끼리는 왜 반 얘기 안 하고 있었던 거야? 조용하기에 반 배정 아직 안 나온 줄 알았어."

어깨를 으쓱한 김혜우가 대답했다.

"그거 나온 게 개학 일주일쯤 전이었거든. 우리끼린 얘기 끝나서 다 알지, 뭐. 누구랑 같은 반이고 누구랑 다른 반인지."

그리고 고개를 기울인 김혜우가 중얼거리듯 덧붙였다.

"그러고 보면 너랑은 왜 연락이 안 됐는지 모르겠네."

그런 김혜우의 옆구리를 김혜힐이 푹 찔렀다.

"아, 왜?"

"아니."

지나치게 빠르게 대답하는 김혜힐을 보며 나 역시도 눈썹을 찡그렸다. 김혜힐의 태도에는 아까부터 미심쩍은 데가 많았다. 내가 곤란한 부분마다 시기 적절하게 김혜우의 말을 끊어 주는 것도 그렇고.

그때, 나를 돌아본 김혜힐이 말했다.

"아무튼 누구누구가 B반인지 말하자면."

"앗, 응."

그거야말로 내가 가장 필요했던 정보였기 때문에 나는 온 신경을 곤두세웠다.

"일단 '우리'는 전부 같은 반이야."

"우리?"

김 쌍둥이가 나랑 같은 반이란 건 진작 들어서 알고 있으니 그 '우리'란 게 김 쌍둥이만을 묶어서 가리킬 리 없고, 그렇다면?

아니나 다를까, 뒤에서 뻗어 나온 손이 내 등을 퍽 쳤다.

실린 힘이 적지 않아 나는 하마터면 엎어질 뻔했다. 그런 내 뒷덜미를 누군가 붙잡으며 가볍게 타박했다.

"야, 윤정인. 아무리 신나도 그렇지."

나는 뒤를 돌아보았다. 이마 위로 가지런히 내려앉은 갈색 머리카락, 유난히 날카로운 눈과 눈이 마주치자 반가웠다.

내가 웃었다.

"신서현, 안녕."

"안녕."

늘 그렇듯 차분한 목소리로 인사하는 그의 뒤에서 윤정인이 외쳤다.

"어, 미안! 야, 내가 살짝 친다는 게 너무 신나서 힘이 들어갔나 봐."

"아니, 뭐."

나는 등을 문지르면서도 웃었다. 아프지도 않았거니와, 이 모두가 전부 같은 반이라는 데서 오는 기쁨이 더 컸다.

내 뒤에서 김혜우가 중얼거렸다.

"신서현도 같은 반이라서 망정이지, 아니었으면 큰일 날 뻔했지 뭐냐."

"야, 너 그거 무슨 뜻이냐."

"몰라서 물어?"

"너 계속 그러면 올해엔 반장 안 해 준다!"

윤정인이 허리에 손을 얹으며 당당하게 내뱉은 말에 신

서현이 중얼거렸다.

"제발 좀 그래라……."

그들 사이에 둘러싸여 나는 키득거리며 웃었다.

역시나 윤정인은 이번 해에도 반장 자리를 노릴 계획인 거군. 그리고 윤정인이 또다시 반장이 된다면 누구보다도 고생하는 사람은 다름 아닌 신서현이 될 것이 틀림없었다.

그럼에도 불구하고 윤정인이 또다시 반장이 된 2학년 학교생활이 기대되는 것은 왜일까. 나는 속으로만 작게, '신서현 미안.' 하고 중얼거리고 말았다.

그리고 한 덩어리가 되어 다투기 시작한 남자애들을 내버려 두고, 김혜힐과 앞서가며 내가 물었다.

"또 다른 애들 중에 같은 반 된 애들은 누구누구 있어?"

"응? 아, 그러고 보니까 되게 좋은 게……."

좋은 게? 내가 묻기도 전에 불쑥 2학년 복도가 나타났다.

우리는 잠시 떠들던 것도 멈추고 흩어져서 B반 교실을 찾기 시작했다. 당연한 말이지만 알파벳 순서대로가 아니라 랜덤으로 흩어진 구조라서 찾는 데 생각보다 시간이 걸렸다.

혼자서 거의 복도 끝까지 온 뒤에야 명패 위에 '2—B'라고 인쇄된 A4 용지가 나붙은 교실이 보였다. 아마도 일반적인 구조를 생각했을 때, 여기가 8반인 모양이었다.

그 사실을 깨달은 내 표정이 묘해졌다. 1학년 때에 이어서 이번에도 8반인가, 그렇다면 사대천왕과 반여령은 이번엔 2학년 1반이려나?

아무튼 교실도 찾았으니 다른 애들을 불러오는 게 좋겠다고 생각하며 돌아서던 그때, 등 뒤에서 교실 문이 벌컥 열렸다.

하도 소리가 요란해서 반사적으로 그쪽을 돌아본 나는 그대로 얼어붙었다. 별로 특이한 외모도 아니었지만 첫 만남이 너무 인상적이었던 탓에 차마 잊을 수가 없었다.

그 정도로 악연이었다. 저 사람과 나는.

나를 알아본 그의 얼굴이 대번에 일그러졌다. 두 손을 바지 주머니에 쑤셔 넣고 걸어 나오던 그가 한 손을 빼내더니 이쪽을 가리키며 외쳤다.

"아, 너! 함단이인가 뭔가!"

일그러진 얼굴로 그렇게 외치는 이는 다름 아닌 황시우.

지금은 벌써 까마득한 옛날 일이 돼 버렸지만, 약 1년 전쯤에, 그러니까 우리가 입학하고 얼마 되지 않아서 반여령에게 화려하게 차인 경력이 있었다.

사실 그 무렵 반여령에게 차인 남학생이야 한 다스도 넘었으나, 내가 황시우를 기억하고 있는 이유는 간단하다. 반여령의 거절에 대한 그의 대응이 무식할 정도로 폭력적이었기 때문이었다.

아니, 그보다도. 나는 위를 힐끗거렸다. 여기 2학년 복도 아니었어? 틀림없이 붙어 있는데, 2—B라고. 이 사람은 작년에 이미 2학년이었으니까 지금 3학년이어야 하는데, 어째서 여기 있는 거야?

묻고 싶은 건 나인데도 도리어 황시우 쪽이 눈을 부라리며 물었다.

"너, 이 반이었어?!"

"네, 그런데요……. 아니, 그보다 황…… 선배는 왜 여기에?"

차마 선배란 호칭도 붙여 주기는 싫었지만 일단 꿀꺽 삼킨 내가 물었다. 오늘 한번 얼굴 보고 말 거라면 그냥 불편해도 참겠다는 생각에서였다.

그런데 상상도 못 한 대답이 돌아왔다.

"유급했다."

"……네?"

"출석 일수가 부족해서 유급했다고. 아니, 그보다 너."

유급이라니, 인터넷 소설에 유급이란 게 있어도 되는 거야? 그랬다가는 전국 서열인지 뭔지 그거 소속돼 있는 애들은 전부 유급하는 거 아니야?

고민에 잠길 새도 없이 순식간에 황시우에게 팔이 붙힌 나는 그대로 교실로 끌려 들어갔다. 하마터면 문턱에 걸려 넘어질 뻔하고서야 나는 가까스로 균형을 되찾고 고개를 들었다.

황시우에게 붙들린 그 순간만 해도 무척 겁먹었는데, 막상 들어온 교실 안은 너무 환해서 도무지 어떤 일이 일어날 것 같지는 않았다. 그러니까 괜찮겠지? 설마 여기서 나를 때린다든가. 그렇다고는 해도 두려운 건 여전했다.

내가 바짝 굳어서 황시우를 올려다보는 가운데, 나를 형형한 눈으로 노려보던 그가 대뜸 말했다.

"너, 너 말이다, 살짝 귀띔이라도 해 줬으면 됐잖아."

"예, 예?"

저건 또 무슨 소리야? 내가 말을 더듬자 황시우는 도리어 목소리를 키웠다.

"너 건드리면 죽는다고, 서열 0위한테 뒈진다고. 그렇게 귀띔이라도 해 줬으면 됐을 거 아니야! 그러면 우리가 미쳤다고 널 건드리겠냐? 어?!"

"아니, 지금 무슨 말씀하시는 건지 모르겠는데요."

차분하게 대답하는 한편, 나는 교실 안을 둘러보았다. 아무리 개방된 복도가 아니라 교실이라고는 하지만, 정말 너무할 정도로 아무도 도와주지 않고 있었다.

그야 유급한 선배가 미쳐 날뛰고 있으면 두려운 것이 당연하지만, 그래도 선생님을 불러오는 것도 해 줄 수 없는 거냐.

유일하게 움직임을 보인 것은 맨 뒷줄 구석 자리에 앉은 단 한 사람뿐이었다. 구원의 손길을 찾아 그쪽을 본 나는 일순 눈을 크게 떴다.

어깨를 공처럼 웅크렸어도 단단한 체격은 감추지 못했다. 덥수룩한 검은 머리칼 아래서 붉은 눈이 초조하게 이쪽을 향하고 있었다. 그의 큰 손이 책상 위에서 쥐락펴락하고 있었다.

눈을 크게 떴던 것도 잠시, 나는 고개를 가로저었다. 아니, 다른 애들은 도와줘도 되지만 넌 안 되지. 반휘혈, 넌 서열들을 피해서 몸을 숨기고 있는 입장 아니냐? 그런데 개학식 날부터 유급한 선배를 괴롭혔다가 눈에 띄면 어쩌려고!

내가 그쪽을 향해 황급히 눈빛을 보내는 그때였다. 황시우가 다시 소리를 높였다. 내 눈이 다시 그를 향했다.

"아니, 진짜 생각할수록 어이가 없네. 너 알고 우리 물 먹였냐? 어? 알고 일부러 우리 물 먹인 거 아니냐고!"

그러자 반휘혈이 마침내 몸을 일으켰다. 의자가 끼긱 소리를 내며 뒤로 밀려나는 것을 본 나는 황급히 고개를 돌렸다.

일단 황시우에게서 빠져나가야겠다 싶었다. 그에게 잡힌 손을 비틀며 내가 외쳤다.

"아니, 무슨 말인지를 정확히 해 주셔야 알죠! 지금 하나도 모르겠거든요!"

그와 내가 마주쳤던 것은 그가 반여령에게 차이던 그때 딱 한 번뿐인데 도대체 어디서 날 봤다고 이러는 건지, 원.

그러자 나를 어이없다는 듯 본 황시우가 입을 크게 벌렸다.

"그러니까 내 말은!"

그때, 그의 눈이 내 뒤를 향했다. 그러자마자 그의 표정이 변했다.

나사 하나 빠진 듯 멍한 표정이 된 그가 중얼거렸다.

"말은…… 말 달리는 소리는…… 다그닥 다그닥."

"네?"

내가 눈살을 찌푸리며 되묻는데도 그는 아무 말도 없이 한동안 턱을 삐거덕거리며 여닫기만 했다. 왜 저래? 그의 시선을 쫓아 뒤를 돌아본 나는, 어느새 문이 다시 열려 있다는 것을 깨달았다.

황시우가 나를 끌고 들어오면서 굳게 닫혔던 문이었다. 아니, 그보다 황시우 걸쇠까지 잠그지 않았나? 나는 문 뒤로 시선을 옮겼다.

오늘따라 화사한 금발이 봄바람에 흔들렸다. 눈이 마주치자 그가 꽃 피는 것보다도 화사하게 웃었다.

"아침에 보고 또 보네, 단아."

"으, 응. 그러게."

"우리 또 같은 반인가 봐. 너무 좋다."

너무 좋다고 덧붙이는 그의 미소가 너무 환해서, 나도 이 상황에서조차 따라 웃을 수밖에 없었다. 내가 순순히 고개를 끄덕이자 이루다의 푸른 눈이 내 뒤를 향했다.

여전히 얼굴에서 화사한 미소를 지우지 않은 그가 말했다.

"선배, 선배 맞지요? 얼굴이 늙었는데."

정면에서 대단한 디스를 당했는데도, 황시우는 어째선지 넋을 잃고 고개를 끄덕이기만 했다.

"응? 어, 어……."

"잠깐 따라오시겠어요?"

그렇게 말한 이루다가 손에 들고 있던 무언가를 콱 구겼다.

이루다와 황시우가 복도로 떠나고도 잠시 시간이 흐른 뒤에야 나는 그게 종이, 심지어 음료수 캔도 아니라 우리 교실 문 손잡이였다는 것을 깨달았다.

잠시 멍하니 서 있다가, 반쯤 뒤로 빠진 의자와 책상 사이에 엉거주춤하게 끼어 있던 반휘혈에게 눈인사를 보내며 나는 중얼거렸다.

내 학교생활은 2학년 때도 별로 순탄치 못할 모양이라고.

* * *

뒤따라 문을 열고 들어온 이들이 내 얘기를 듣고는 한마디씩 했다.

"과연, 미국이 수출하고 우리 1학년 8반이 함께 기른 성격 파탄."

"역시 무기는 미제지."

윤정인에 이어 김혜우가 내뱉은 말에 내 표정이 괴상해졌다. 성격 파탄에 무기라니, 설마 이루다 말이냐.

이루다 취급이 언제 이렇게 너무해졌는지 모를 일이다. 한때는 우리 반 미소 천사였는데 말이야. 새삼 추억에 잠기는 내 옆에서 김혜힐이 톡 쏘아붙였다.

"새 학기부터 무슨 헛소리야."

그에 어깨를 으쓱한 윤정인이 천연덕스럽게 대꾸했다.

"새 학기부터 선배를 바깥으로 끌고 나간 녀석도 있는데 왜 우리한테 그래?"

"그거야 끌고 나갈 만해서 끌고 나간 거고."

김혜힐과 윤정인이 아웅다웅 다투기 시작한 틈을 타 나는 주변을 둘러보았다.

계단에서 김혜힐이 말했던 '우리'란 다름 아닌 석봉중 사대천왕을 말한 거였는지, 윤정인과 신서현, 김 쌍둥이 모두가 이 교실 안에 있었다.

그리고 이민아 또한 같은 반이었다. 그녀는 여느 때처럼 책상 위에 턱을 괴고 앉아 우리 말에 귀 기울이며 간간이 크게 웃고 있었다.

민아와도 같은 반이 돼서 새삼 다행이란 생각이 들었다. 반의 분위기도 분위기지만, 그보다도 피구나 각종 경기에서 민아의 반대편이 되는 일만큼은 피하고 싶었다.

왜 있잖은가, 체육 시간 때 반끼리 경기하게 되면 쟤가 우리 팀이어서 다행이다, 하고 생각하게 되는 애. 그녀가 경기하는 모습을 떠올리며 잠시 어깨를 떨던 그때, 김혜힐이 불쑥 불렀다.

"아, 맞다. 아까 계단에서 말이야."

"응?"

"아까 계단에서 내가 되게 좋다고 했던 거."

아. 나는 고개를 끄덕였다. 그러고 보니 아까 교실 찾느라고 갑자기 대화가 끊겼었지?

김혜일이 모여 앉은 이들 쪽을 눈짓했다.

"일단 우리 네 명도 네 명인데, 민아랑 루다가 같은 반이 돼서 좋더라."

왜? 고개를 기울이는 내게 그녀가 반쪽을 턱짓해 보였다.

"분위기 정리가 될 테니까."

"아."

나는 동의의 뜻으로 고개를 끄덕였다.

그건 그랬다. 왜인지는 모르겠지만, 이미 끌려 나간 황시우 외에도 이 교실에는 흉흉한 기세의 녀석들이 꽤 많았다.

소현 고등학교는 엄연히 이 일대에서 커트라인이 가장 높은 사립 고등학교인데, 어째서 그냥 센 정도가 아니라 아예 깡패처럼 보이는 녀석들이 섞여 들어왔는지 모를 일이었다. 아무리 성적과 싸움 실력이 반비례하지 않는다고는 하지만.

김혜힐이 낮은 목소리로 덧붙였다.

"그렇다고는 해도 이번 년도에는 아무래도…… 반 애들과 다 같이 친하게 지내는 건 힘들 것 같네."

나도 고개를 끄덕였다. 1학년 때는 정말 다들 친해서 재밌었는데, 아쉽게 됐다.

그때 교실 문이 벌컥 열리면서 기다리던 사람들이 일제히 등장했다. 앞문으로는 출석부를 옆구리에 낀 젊은 선생님이, 뒷문으로는 이루다와 황시우가 들어왔다.

교탁 앞에 서서 그쪽을 바라본 선생님이 말했다.

"앞으로는 일찍일찍 다녀라."

"네."

황시우와 이루다 둘 다 별말 않고 고개를 숙였다.

이윽고 주변을 두리번거리던 이루다가 이쪽으로 다가왔다. 그는 내 대각선 뒷자리에 앉았다.

목을 뒤로 뺀 내가 소곤거렸다.

"아까는 도와줘서 고마워. 그런데 나가서 둘이 뭘 한 거야?"

황시우를 보아하니 치고받지는 않은 듯 얼굴에는 상한 데가 하나도 없었는데, 대신에 안색이 저승사자라도 만나고 온 것처럼 푸르죽죽했다.

턱을 괴며 심술궂은 소년처럼 웃은 이루다가 대꾸했다.

"인생의 맛을 가르쳐 줬지."

아니, 엄연히 그가 너보다 1년이나마 인생 선배인데…….

나는 그렇게 말하는 대신 그냥 고개를 돌렸다.

마침 담임 선생님이 말하고 있었다.

"……그래서 선생님이 너희한테 바라는 건 별로 없고, 뭐 선생님이 너희한테 반 평균 1등을 바라겠니, 뭘 바라겠니."

그러더니 그는 손가락을 들어 바로 옆 반을 가켰다. 여기 옆 반이면, 7반인가?

담임 선생님이 말을 이었다.

"그리고 내가 보니까 2학년 1등 학급은 이미 정해진 것 같더라고. 너희 바로 옆 반, 7반 있지? 거기에 지금 전교 1등이랑 2등이 다 몰렸어."

아아. 나는 알 것 같다는 표정이 되어 고개를 끄덕였다. 반여령과 은지호를 말하는 것이 틀림없었다.

그래도 이번에는 바로 옆 반이군. 이동 수업 때나 체육 시간에 잠깐씩 얼굴 볼 수는 있겠다. 그렇게 생각하는데 선생님이 학생들 가까이로 성큼 다가왔다.

그리고 그가 어깨를 으쓱이며 쾌활하게 말했다.

"자, 그러니까 이 선생님은 우리 반이 건강하기만 해 주면 더 바랄 것이 없다, 이 얘기다. 그럼 질문."

그리고 잠시 조용해진 틈을 타 나는 선생님을 관찰했다.

여단 오빠와 사귀면서 눈높이가 대기권을 뚫고 나가서 몰랐는데, 자세히 보니 담임 선생님은 바깥에서는 꽤 인기 있을 법한 인상적인 미남이었다. 차분한 검은 머리카락은 잘 정돈되어 이마를 가리고 있었고, 은테 안경이 지적인 인상을 주었다.

반휘혈도 두꺼운 뿔테 말고 저런 걸 썼으면 존재감이 사라지지 않았을지도 모르는데. 나는 잠시 아쉬움을 느끼며 그를 마저 관찰했다.

야외 활동을 안 할 것 같은 인상은 아닌데도 피부는 그을린 데 하나 없이 흰색 일색이었고, 반면에 걷어붙인 소매 아래로는 팔 힘줄이 돋보였다. 단정한 편인 얼굴 위로는 시종일관 옅은 미소가 걸려 있었다.

나는 칠판을 확인했다. 심지어 이름까지 잘생겼다. 노민찬이라니. 음, 정말 꽤 인기 있겠는데? 배우 누구 닮았다는 소리 꽤 들었을 법한데, 누굴 닮았더라?

생각하는 그때, 마침 여학생들 쪽에서 질문이 나왔다.

"쌤, 여친 있으세요?"

"아니?"

그가 상큼하게 웃으며 들려준 대답에 비명이 터졌다. 어떡해, 너무 좋아! 나는 그쪽을 불안 섞인 눈빛으로 바라보았다. 우리 나이 때 젊은 미남 선생님을 동경하는 것은 흔한 일이지만, 저 반응은 동경과도 조금 거리가 있어 보였다.

나는 1학년 초, 사대천왕과 친하냐고 집요하게 캐묻던 몇몇 여자애들을 떠올렸다.

아니야, 섣부른 판단은 하지 말자. 내가 고개를 가로젓는 그때, 선생님이 상황을 정리했다.

"그럼 내 소개는 이걸로 됐고, 반장이랑 부반장 하고 싶은 애들 나와 볼래? 오늘 오전 시간 동안에 빠르게 뽑아 버리고 교과서 가져오고 하게."

의자 끄는 소리가 꽤 여러 번 들릴 줄 알았는데 영 조용했다. 돌아보니 이민아와 윤정인 외에는 일어나 있는 애들이 없었다. 선생님의 표정이 묘해졌다.

"뭐야, 두 사람밖에 없어? 각각 어디 지원이야."

윤정인이 담담하게 대답했다.

"제가 반장이고, 쟤가 부반장이요."

"그래? 그럼 일단 교과서 가져오게 따라와 봐."

"네."

잠시 눈을 맞추고 시선을 교환한 윤정인과 이민아가 곧장 교실을 빠져나갔다. 잠시 그쪽을 응시하던 나는 문득 들려온 수군거림에 얼굴을 굳혔다.

"그깟 내신 좀 따겠다고……."

그깟 내신이라니? 중학생도 아니고 고등학생, 그것도 2학년인데 내신 관리하는 게 어때서. 옆을 돌아보니 황시우 못지않게 불량해 보이는 녀석들이었다.

그때 또다시 속삭임이 들렸다.

"나는 저렇게 열심히 나서서 하고 그러는 거 보면 재수 없더라."

"그러니까, 굳이 대충해도 될 걸 열심히 하자고 하고. 귀찮게."

이번에는 아까 담임, 그러니까 노민찬 선생님에게 열광적인 반응을 보이던 여자애들 무리들 쪽에서였다.

도대체 반 분위기 왜 이래?

나는 어이없다는 표정을 짓고 있다가 옆을 돌아보았다. 김혜힐도 어이없는 표정을 짓고 있기는 마찬가지였다.

윤정인의 빈자리 옆에 앉아 있던 김혜우가 우리 쪽을 보고는 속닥거렸다.

"야, 올해 장난 아닐 것 같지."

나는 무겁게 고개를 끄덕였다.

* * *

반 분위기와는 상관없이 교과서 배부나 수업들은 순조롭게 진행되었다. 수업 참여율도 전만큼은 아니었지만 그럭저럭 괜찮았고, 특히 김 쌍둥이에 대한 소문이 위 학년까지 나 있었는지, 2학년 선생님들이 계속 김 쌍둥이에게만 문제 풀이며 발표를 시켰다. 덕분에 우리 반 평균 수준이 몹시 높아진 것처럼 보였다.

으음, 모든 학생들이 김 쌍둥이 같을 거라고 착각하시면 안 되는데. 평균 깎아 먹을 사람으로서 나는 상당히 걱정이 되었다.

또 하나 걱정되는 것은 다름 아닌 반휘혈의 존재였다.

어느 바보가 저런 덩치를 건드릴까 했지만, 전에 골목에서 본 바로는 아닌 게 아니라 이 세계에는 그런 바보가 꽤 있는 것이 분명했다.

수업 중은 물론이고 쉬는 시간마다 걱정을 담아 반휘혈이 앉은 뒷자리 쪽을 힐끗거렸는데, 다행인지 불행인지 아직까지는 별다른 움직임이 없었다. 물론, 오늘이 고작 새 학기 첫날이니 방심은 금물이겠지만.

한 가지 마음에 걸리는 거라면 반휘혈이 급식실에 나타나지 않은 것 정도인데, 시간이 엇갈렸거나 매점에서 대충 때웠을 거라고 생각하기로 했다.

그런저런 걱정 속에서 마침내 종례가 찾아왔다.

"감사합니다!!"

오늘 내내 단합이 안 되던 우리 반도 이때만큼은 우렁찼다. 마침 옆 반인 7반 쪽에서도 똑같이 '감사합니다!' 하고 우렁차게 외치는 소리가 들렸다.

진작 챙겨 뒀던 가방을 들쳐 멘 나는 급하게 인사를 건넸다.

"안녕, 안녕, 안녕, 다들 안녕!!"

"팬 서비스하냐?"

비웃는 윤정인에게 가운뎃손가락을 들어 보인 나는 후다닥 돌아서며 루다의 가방 끈을 당겼다.

"루다야, 얼른 가자!"

"아, 그래."

순순히 대답하고 나를 따라나서는 루다의 뒤로 윤정인의 '뭐야, 너희 왜 같이 가는데?!' 하는 외침이 뒤따랐다.

그에 대답하지 않고 곧장 교실을 나온 나는, 마침 앞문을 빠져나오던 사대천왕과 맞닥트렸다. 루다와 함께 있는 나를 본 유천영의 눈썹이 곧장 위로 꺾였다. 그가 낮은 목소리로 물었다.

"왜 둘이 그러고……."

"집끼리 저녁 먹기로 해서!"

"아."

곧장 말이 없어진 유천영의 뒤에서 반여령이 긴 머리를 흩날리며 뛰쳐나왔다.

"단아, 가자!"

"응."

나와 반여령은 팔짱을 끼고 앞장서서 걷기 시작했다.

루다의 경우에는 사대천왕과 면식이 있다뿐이지 친하다고는 할 수 없어서, 내 옆에서 떠나지 않도록 가방끈을 놓지 않고 있었는데 얼마 안 가 멋대로 대화를 나누기 시작했다. 그것도 루다 쪽에서 먼저 시작한 것이었다.

사대천왕 쪽을 돌아보며 루다가 말했다.

"너희, 오늘 우리 뭐 먹는지 알아?"

"야, 관심 없어. 너만 쟤네 가족이랑 밥 먹은 줄 아냐."

당장 까칠하게 대답하는 은지호의 옆에서 주인이도 말했다.

"맞아, 우리도 엄마네랑 소고기 먹었어. 그래도 귀여우니까 자랑 계속하려면 해, 형."

그렇게 말하면서 생글생글 웃는데, 어째 친구한테 말한다기보다는 재롱부리는 강아지 보는 것 같지. 나와 같은 느낌을 받았는지, 주인이를 향하는 루다의 눈빛이 금세 날카로워졌다.

너희 싸우는 거 아니지? 불안한 표정으로 내가 그쪽을 힐긋거리는 그때, 은형이가 갑자기 우리 쪽으로 상체를 숙였다.

그가 웃는 낯으로 속삭이듯 말했다.

"여령아, 단이야, 우리 아버지 퇴원하시면 아버지랑도 식사할래?"

잠깐 서로를 돌아보았던 여령이와 나는 다급히 고개를 끄덕였다. 그럼, 물론이지! 만장일치로 돌아온 대답에 은형이는 만족스럽게 웃더니 나와 여령이의 머리를 한 번씩 쓰다듬고 제자리로 돌아갔다.

나는 그런 은형이를 보다가 다시 루다를 힐긋 보았다. 설마, 견제한다거나 그런 건 아니었겠지? 하지만 타이밍이 너무 절묘했는데.

교문 밖으로 나오자마자 인파가 잔뜩 깔려 있었다. 나는 눈을 크게 떴다. 단순히 하교하는 사람이 많아서라기엔 멈춰 서 있는 사람들이 많은데, 설마 여단 오빠라도 교문에 기대 있는 건가? 모여 있는 사람 대부분이 여자인 것을 보아 그럴 가능성도 있을 것 같았다.

잠시 서로를 돌아본 나와 여령이는 인파를 헤치고 거침없이 중심으로 나아갔다. 그런데 인파 중심에 있던 건 전혀 의외의 인물이었다.

검은 면바지에 짙은 회색 티셔츠를 입고, 그 위에 빳빳한 소재의 흰 남방을 걸쳐서 마치 교복처럼 차려입은 루카스가 교문에 기대 있다가 이쪽을 보고 손을 흔들었다.

그는 우리 쪽은 보이지도 않는 듯, 루다를 보면서 눈이 휘어지도록 미소 지었다.

"어, 루다야!"

그러나 루다의 반응은 냉담했다.

"네가 왜 여기 있어!"

이루다, 루카스한테 반말 쓰는 건 여전하구나. 생각하는 내 앞에서 루카스가 천연덕스런 표정으로 대꾸했다.

"왜 여기 있냐니, 이제 우리 형제잖아. 형이 동생 데리러 오는 게 뭐 어때서."

"그러니까 왜?"

"가족끼리 식사하는 거니까 나도 따라가는 게 당연하잖아."

루카스의 말에 루다가 입을 다물었다. 그러고 보니 그도 그랬다. 우리 쪽도 여단 오빠 데려가는걸, 뭐.

할 말을 잃은 듯 잠시 씨근덕거리던 루다가 이윽고 입술을 깨물더니 외쳤다.

"그래도 그렇지 왜 교문까지 데리러 오고 난리야! 난…… 난 눈에 띄는 거 딱 질색이라고!"

이제는 내 표정이 묘해질 차례였다.

나는 루다를 게슴츠레한 눈으로 쳐다보았다. 너, 눈에 띄기 싫다는 사람의 행동이란 게 작년 이날에는 2층에서 뛰어내리고, 올해 이날에는 선배를 끌고 나간 거였니? 내 시선을 알아챈 루다가 곧장 얼굴을 붉히며 드물게 '왜! 뭐! 왜!' 하고 외쳐 댔다.

그런데 그때였다.

우리로부터 한 발자국 떨어져서 모든 사태를 관망하던 사대천왕을 발견한 루카스가 눈을 크게 뜨며 그쪽으로 다가갔다. 손을 들어 그가 가리킨 상대는 다름 아닌 유천영이었다.

"어! 너!"

돌연 지목 받은 유천영의 눈이 커졌다. 나와 루다도 휙 고개를 돌려 그쪽을 돌아보았다.

"너 잘 만났다. 너희 형이 우리 루다 괴롭혔다며."

"……네?"

망연히 반문하는 유천영의 모습을 보며, 나는 그제야 과거 유건과 이루다가 대화하던 장면을 떠올렸다. 그래, 그랬지! 그때 두 사람, 오래 안 것처럼 보이는 걸로도 모자라 무척 사이 안 좋아 보였다.

아니, 그렇다고 해도 유천영한테 저럴 건 뭐야? 보아하니 유건이 유천영한테 자기가 누구누구를 괴롭히고 다니는지 일일이 말할 성격 같지도 않던데.

실제로 유천영은 전혀 감도 못 잡겠다는 표정이었다. 그런 루카스의 팔을 붙든 루다가 기겁해서 외쳤다.

"왜 갑자기 얘한테 시비를 걸고 난리야! 아니, 나도 별로 좋아하지 않는 놈이기는 해도!"

"놔 봐, 루다야. 너도 이제 형이 있다. 옆집 형한테 맞고 왔다고 울지만 말고 형한테 말하면 형이 다 알아서 해 줄게."

"그러니까 뭘 알아서 해 줘!"

"한국 드라마 보니까 동생이 맞고 오면 형이 나서서 때려 주고, 아들이 잘못하면 부모가 나서서 막 빌고 그러던데?"

그리고 늠름하게 루다의 어깨를 토닥이며 '형이 다 알아서 해 줄게.' 하고 말하는 루카스의 모습에 루다가 기어이 폭발했다.

"제니도 그렇고 너도 그렇고 그놈의 한국 드라마! 내가 진짜 집에 가서 텔레비전 선을 다 뽑든가 해야지!"

루카스가 어리둥절한 얼굴로 대답했다.

"아니, 그 재밌는 걸 왜 뽑아?"

"아오, 진짜!"

머리를 쥐어뜯는 루다를 보며 나와 반여령은 어색하게 웃었다. 전에 이제니가 돈 봉투 주던 것도 그렇고, 루다네 가족이 한국에 적응하려면 아무래도 시간이 걸릴 것 같았다.

나와 여령이가 루다를 뜯어말린 끝에, 우리는 루카스가 모는 차를 타고 출발했다.

목적지는 우리가 1년 전에 마주쳤던 시청역 앞, 중국집이었다.

* * *

"아이고, 오셨습니까. 오랜만에 뵙습니다."

"아따, 전에 못 본 나머지 아들도 인물이 훤칠한 게 피는 못 속이는구만요. 식당에 들어오는데 다들 배우인 줄 알았네."

여령이네 아버지와 우리 아빠의 열렬한 환대에 이안 씨는 유창한 한국어로 답했다.

"저야말로 다시 뵙게 되어 기쁩니다. 이쪽은 제 아내이자 사업 파트너, 제니 리입니다. 그리고 여기는 제 아들들."

"안녕하세요!"

곧게 선 이제니의 뒤에서 루카스가 말끔히 웃는 낯으로 인사를 건넸다. 그 모습만 봐서는 교문에서 난동을 피우던 사람과 동일인이라고는 도저히 믿기 힘들었다.

희한한 머리 색은 꽤나 보고 사셨을 터인 여령이네 아버지와 우리 아버지도 루카스의 머리카락에선 한동안 시선을 떼지 못했다. 붉은색 가득한 중국집 안에서 루카스의 머리카락은 유독 강렬한 존재감을 자랑했다.

어른들이 시작부터 청주를 시키는 바람에 곧장 어른들 테이블과 학생들 테이블이 나뉘었다. 나와 여령이, 여단 오빠와 루다가 한 테이블이었다.

잠시 루카스는 안 오나 기다리던 나는, 이윽고 루카스가 술잔을 받는 것을 보고는 깨달았다. 맞다, 저 사람 올해로 스물다섯이었지. 정말 언제 봐도 놀라운 동안이라니까. 중얼거리며 나는 다시 테이블로 고개를 돌렸다.

메뉴는 1년 전에 시켰던 것과 똑같이 양장피, 유산슬에 쟁반 자장이었다.

장소는 물론, 모인 사람들마저 똑같으니 일순 시간이 멈춘 듯한 기분이 들었다. 1년 전의 이날로부터 지금까지 일분일초도 흐르지 않은 듯한 기분. 내게 현실감을 주는 것은 단 하나, 테이블 아래로 겹쳐진 손뿐이었다. 그래서 나는 1년 전의 오늘과는 다른 날이란 것을 간신히 실감할 수 있었다.

음식이 나오고 나서야 여단 오빠와 나는 수상하게 보이지 않기 위해 손을 놓았다. 그런 우리를 보며 루다가 눈꼴

시리다는 표정을 지었다.

젓가락으로 튀김을 집으며 여령이가 입을 떼었다.

"오빠는 오늘 학교 어땠어? 이제 고3이잖아. 지금까지와는 엄청 다를 것 같은데."

과연 인터넷 소설 여주인공이 생각하기에도 고등학교 3학년이 되는 것은 보통 일이 아닌 것은 틀림없었다. 모처럼 평범한 질문을 했네, 반여령. 나는 조금 놀란 표정을 지었다.

그러나 여단 오빠의 대답은 한결같았다.

"그냥 그랬어."

나와 여령이는 그럴 줄 알았다는 얼굴을 했다. 역시, 여단 오빠에게서 무슨 일이 있었다는 말이 나오는 건 지구 멸망하는 날 정도가 아니고는 어렵겠지.

내가 생각하던 그때, 여단 오빠가 되물었다.

"너는."

"아? 응, 나."

그렇게 말하며 여령이가 젓가락으로 입술 끝을 짚었다. 나도 그녀의 말에 귀를 기울였다. 그녀의 맑은 목소리가 음식점 안의 번잡한 소음들과 섞였다.

"나는 또 그 네 사람이랑 같은 반인데, 왜 그런지 모르겠어. 게다가 이번에도 단이는 빼고! 계속 이렇게 되니까 슬슬 우연이 아니라 무슨 이유가 있지 싶다니까."

"아하, 하⋯⋯."

내가 그만 반사적으로 웃어 버리자 의아한 시선들이 쏟아졌다. 고개를 내저은 나는 곧장 접시에 코를 처박고 작가를 욕했다. 그러게 둔한 반여령마저 눈치챌 정도로 한 반에 몰아넣으면 안 되지!

요리를 무심히 집적거리며 반여령이 말을 이었다.

"응, 그 외에는 별일 없었어. 애들도 다 착하고 곧 친해질 수 있을 것 같고⋯⋯. 아, 옆자리 애도 착한 것 같았다?"

그때 옆에서 이루다가 끼어들었다. 그가 심드렁한 태도로 말했다.

"넌 대체 나쁘게 보이는 사람이 있기나 하냐? 판단할 눈이 없는 것도 아니면서, 무턱대고 좋게 보는 것 좀 고쳐라. 너한테는 최유리도 첫인상 좋았지?"

"야!"

"루다야!"

반여령과 내가 기겁해서 외치자, 잠시 어리둥절해하던 그는 곧바로 아차 하는 표정을 지었다. 그러고 보니 최유리와의 일을 가족들에게 비밀로 했다는 것을 루다에게 말하지 않았었다.

루다는 곧바로 수습에 나섰다.

"그리고 첫인상 그대로였지."

"⋯⋯."

"마지막까지 진실한 친구로 남았지……. 하하, 하."

어색하게 웃는 이루다를 보며 나는 이마를 짚었다. 여단 오빠가 옆에서 진작부터 수상하다는 눈빛으로 루다를 쳐다보고 있었다.

루다, 작정하고 하는 게 아닌 거짓말은 잘 못하는구나. 한숨을 내쉰 나는 화제를 돌리기로 결심했다. 마침 얘기할 거리도 있었다.

"루다야, 네 생각엔 우리 반, 앞으로 어떻게 될 것 같아?"

그렇게 물은 나는 눈을 찌푸리며 조심스레 덧붙였다.

"내가 보기엔 좀 걱정되는 애들이 섞여 있는 것 같던데."

"아, 아아, 그거?"

다행히 통했다. 어른들 쪽 테이블을 슬쩍 건너다본 루다가 목소리를 낮춰 말했다.

"어쩌면, 사건 하나가 일어나야 싹 정리될지도 몰라."

내가 되물었다.

"사건?"

그러면서 나는 어깨를 살짝 떨었다. 학교에서의 사건이라니, 기껏해야 소지품 검사 정도일 것이 분명한데도 루다의 입에서 나오니 심상찮게 들렸다.

루다가 여전히 낮은 목소리로 속삭였다. 덕분에 나와 여령이, 여단 오빠 우리 세 사람은 이루다를 향해 일제히 몸을 낮춰야 했다.

"우리 학년에 기부 입학이 꽤 많은 거, 알아?"

"기부 입학?"

잠시 서로를 쳐다본 나와 반여령이 동시에 내뱉었다.

"은지호?"

기부 입학이라고 하면 아무래도 그밖에는 떠오르지 않았다. 그의 친척 중 누가 이사장이라고 했던 걸 들은 적이 있는 데다, 본인 집안 자체도 만만치 않고.

그러자 루다가 대번에 어이없다는 표정을 지었다.

"내가 그 녀석 친구는 아니다만, 그 녀석 꽤 많이 억울하겠다. 그 실력에 설마 기부 입학을 하겠어?"

"아, 그건 그러네."

나는 곧바로 수긍했다. 모의고사 전국 2등을 할 만한 그의 성적이라면 우리 학교가 아니라 다른 어디라도 프리 패스겠지. 집안 배경에 가려 당연한 사실을 잊고 있었네.

그러자 다음으로 떠오른 사람은 당연히 집안 좋고 공부하는 모습은 통 본 적이 없는 녀석이었다.

반여령이 물었다.

"설마 유천영?"

"걔, 공부 못해?"

루다의 눈이 건수 잡았다는 듯 반짝였다. 잠시 생각하던 나와 반여령은 일제히 고개를 가로저었다.

"음, 아니겠다."

반여령에 이어 나도 대답했다.

"그러게, 생각해 보니까 걔도 잘해."

모델 일을 다니지 않던 중학교 때는 나와 성적이 비슷했고, 지금도 딱히 중상위권 아래로 떨어진 것 같지는 않다. 애초에 사대천왕이라는 지위에 걸맞게 공부를 하지 않고 학교 수업만 적당히 들어도 그 정도 성적을 내는 녀석이었으니까.

그러자 쳇 하고 가볍게 혀를 찬 루다는 몸을 앞으로 기울였다. 그가 아까보다 낮아진 목소리로 속삭였다.

"그 둘이야 기부 입학이 아니라고는 해도, 기부 입학이 증가한 원인이 되긴 했을걸."

"뭐?"

나와 반여령은 눈을 크게 떴다. 도대체 저게 무슨 소리야.

"한울 그룹 후계자와 발해 그룹 금지옥엽 막내, 친해져서 나쁠 건 없잖아."

"아아."

"아마 우리 학년 중에 기부 입학자가 제일 많을 거야. 그러니까 공부는 했을까 싶은 수상쩍은 녀석들이 많이 보이는 건 어쩔 수 없지. 이번에 그 녀석들이 대부분 우리 반으로 몰린 거고."

이루다의 말을 들으며 나는 생각했다. 그러는 너도 공부는 했을까 싶은 인상인 건 마찬가지인데…… 같은 얘기는 하지 않는 게 좋겠지.

조용히 턱을 괴는 내 귀로 이루다의 말이 이어졌다.

"아무튼 그 녀석들 중에 목적 달성한 놈들은 아무도 없는 게 다행이지. 은지호나 유천영 하는 거 보면 절대 특별히 가까운 애들 안 만들잖아. 어렸을 때부터 친했던 권은형이랑 이중인격, 아니 우주인 빼고는."

"아, 그러고 보니."

내가 조용히 동의했다.

확실히 내가 학년이 올라갈 때마다 새 친구들을 사귀던 것과는 달리, 사대천왕은 도대체 쟤들 반 갈라지면 어쩌려고 저러나 싶을 정도로 새 친구를 사귀지 않는데.

나는 그냥 저들 성격이 까다롭고 마음에 맞는 사람이 안 나타나서려니 하고 있었다. 그런데 그게 아니었단 말이야?

젓가락을 앞으로 휙 내밀며 이루다가 말했다.

"그래, 그놈들 그렇게 구는 거! 그게 다 주변에 파벌 생기는 거 막으려고 그러는 걸 걸?"

"파벌?"

"그 녀석들이랑 친해진 사람들과 그러지 못한 사람들로 파벌이 나뉠 테니까. 카스트 제도처럼."

"설마 그렇게까지 되려고."

반여령이 눈살을 찌푸리며 말했다.

나도 같은 생각이었다. 아무리 이곳이 인터넷 소설 속이고 그들이 사대천왕이라지만 그렇게까지 될까?

이루다가 음식을 우물거리며 말을 이었다.

"뭐, 일어나지 않은 일 가지고 이랬을 거다 저랬을 거다 말하는 건 우습긴 하지. 무의미한 짓이고."

그러더니 별안간 목소리를 낮춘 그가 덧붙였다.

"그리고 내가 보기에는, 멀리 볼 필요 없이 우리 반에서도 일이 생길 것 같거든. 그것도 적어도 한 달 내로."

"뭐?"

눈을 크게 뜬 내가 그의 팔을 흔들었다.

"무슨 소리야? 우리 반에서도, 라니?"

그러자 이루다가 어이없다는 얼굴로 대답했다.

"설마 교실 안에 권력 구도나 파벌이 형성되는 게 사대천왕이 있어서라고 생각하는 건 아니지? 권력 추구는 인간의 본능이야. 특출한 놈 하나가 없으면 고만고만한 놈들끼리라도 싸우게 돼 있다고."

이루다가 낮은 목소리로 덧붙인 말에도 나는 그저 눈만 찌푸렸다.

속 편한 소리인지는 몰라도 이곳에 살면서 딱히 누가 권력의 정점에 올라서고 싶어 한다거나 하는 느낌을 받아 본 적은 없었다. 이루다 말마따나 편먹고 편 가르기 하는 것은 인간 본성에 가깝다고는 하지만. 내가 중학교 1학년 때 나를 자기 무리에 넣고 싶어 하던 백여민을 생각해도 그렇고.

하지만 반여령은 나와 떨어진다고 해서 딱히 소외될 이유가 없었다. 그녀에게는 사대천왕이 있었고, 사대천왕과 친해지고 싶어서 접근하는 여자애들이 있었으니까. 교실 안에서 그녀의 지위는 변함없이 유지되었다.

턱을 매만지던 내가 문득 천천히 손을 내렸다. 아, 하지만…….

이루다가 다시 말했다.

"교실에서 누구는 크게 웃어도 되고 누구는 크게 웃으면 안 된다는 느낌, 그럴 수 있는 사람들과 그럴 수 없는 사람들이 나뉘어 있다는 느낌, 받아 본 적 없어?"

"어……. 있어."

한 번 있었다. 반여령과 사대천왕과 떨어져 다른 반이 되고, 한 학기도 안 되어 반여령 안티 카페 사건이 터졌던 그때. 중학교 때 가끔, 처음 보는 애들이 내 눈치를 본다는 느낌을 받을 때가 있었다.

이유야 알 만했다. 내가 사대천왕과 반여령과 친하기 때문에. 그들과 모르는 사이인 것으로 알려지고 나니 과연, 고등학교에서는 그런 느낌을 주는 애들이 한 명도 없었다.

처음에는 좋다고 생각했다. 비로소 평범한 고등학교 생활이 시작될 것만 같았다. 조심스러움으로 포장되지 않은 적의가 얼마나 맹렬하고 날카로운지, 나는 전혀 모르고 있었다.

그러고 보면 그것도 일종의 파벌이었다고 할 수 있구나. 사대천왕과 반여령과 내가 친했던 것 말이다.

　그 파벌에 속해 있을 때, 나는 감히 공격의 대상이 되지 못했지만 고등학교 때는 달랐다. 복도에 나가도 급식실에 가도 온통 수군거림이 쏟아졌다. 무슨 소리들을 하고 있는지 알면서도 반박도 할 수 없었다.

　가장 분통이 터졌던 건, 그런 그들을 제지해 주는 사람이 아무도 없다는 것이었다. 나는 누군가 나서서 내 입장을 대변해 주는 데 너무 익숙해져 있었다.

　교실에서도 똑같았다. 남자애들이 만들어 낸 어수선한 소란 속에서 여자애들은 두 부류로 갈려 있었다. 김혜힐과 이민아를 비롯한 우리는 조용히 얘기를 나누었고, 나를 싫어하는 애들은 유난히 소리 높여 웃었다.

　'미친 거 아니야?' 하는 큰 소리가 들려서 흠칫 놀란 내가 그쪽을 돌아보면 '눈 마주쳤어.' 하는 소리가 어김없이 따라붙었다.

　참다못한 김혜힐이 그녀들에게 한마디 던졌다.

　'너희, 그만 안 해?'

　그래도 그들은 그저 웃으며 대답했다.

'뭘? 우린 그냥 우리끼리 얘기하면서 웃고 있었던 건데? 왜? 우리가 누구 얘기하고 있었을 것 같은데?'

찔리는 거 있나 봐? 즐거운 기색으로 그렇게 묻는 그녀에게 김혜힐은 대답하는 대신 입술을 짓씹었다. 그러자 그녀들은 고개를 돌리며 또 크게 웃음을 터트렸다.

결국 그녀들이 조용해진 것은 진상이 밝혀지고 나서였다. 아니, 오히려 진상이 밝혀지고 그녀들은 교실에서 크게 웃지조차 못했다. 회의 때 의견을 내지도 않고, 있는 듯 없는 듯하다가 쉬는 시간만 되면 복도로 사라졌다.

그때를 떠올리자 가슴이 갑갑하고 명치 부근이 아파 왔다. 비로소 이루다의 표현이 이해가 되었다.

'교실 안의 서열'이란 이루다 말대로 사대천왕이나 반여령 같은 이들이 존재해야만 생겨나는 건 아니다. 그것이 너무나 자연스럽게 생성되기 때문에 이미 안정된 위치를 차지한 사람들은 잘 느끼지 못할 뿐이다. 그것을 통해 얻는 이득도, 손해도.

내 표정을 본 이루다가 내가 무슨 생각을 하고 있는지 알아챈 듯, 조금 미안한 기색이 되었다.

목소리를 낮춘 그가 나직이 말을 이었다.

"……1학년 8반 당시에 피라미드의 맨 위에 있던 사람은 아마 윤정인이었겠지."

"윤정인이?"

옆에서 반여령이 의외라는 듯 고개를 기울였다. 나도 그 말만큼은 의외였다. 윤정인은 오히려 조용히 있는 애들 챙기기를 잘하는데.

"윤정인이 화났을 때, 다들 그 녀석 눈치 보느라 교실 안이 조용했다며?"

그러고 보니 그건 그랬다. 다시 생각에 잠긴 내게 이루다가 쐐기를 박았다.

"막말로 윤정인이 화난다고 책상 엎고 소리 지르고 교실 나가 버려도, 누가 뭐라고 욕했을 것 같아? 다들 걔 달랜답시고 따라 나갔겠지."

"아아."

"그렇지? 그런데 만약에 다른 녀석이 그랬다면? 미쳤냐든가 왜 저러냐든가, 욕 안 먹고 배기겠어?"

나는 고개를 끄덕였다. 비로소 나는 이루다가 하고자 했던 말들을 완전히 깨달았다.

테이블이 조용해진 가운데, 이루다가 말을 이었다.

"사대천왕도 그렇고 윤정인이나 다른 녀석들도 그렇고, 지금까지 네가 겪어 온 반의 중심들이란 게 대체로 내세우기 싫어하고 혼자 있는 사람 챙기기 좋아하는 녀석들이었 잖아. 그래서 제대로 못 느껴 본 거고. 운이 좋았지."

"……."

"그런데 이번에 우리 반에 온 녀석들은 말하자면 폭군인 거지. 일단 우위를 차지하고 나면 자기 지위를 휘둘러서 무슨 이득이든 얻고 말 녀석들."

이루다가 남 일이라는 듯 무심한 얼굴로 덧붙였다.

"두고 봐, 조만간 교실에서 한 번 이상 사건이 있을 테니까."

"아……."

"그리고 그 희생자는 일주일이 지나도 혼자 있는 녀석이 될 거야."

이루다의 그 말은, 앞으로 다가올 어떤 사건을 예고하는 것처럼 들렸다.

*　*　*

우리 아버지와 여령이네 아버지의 마수에 걸린 사람들이 흔히 그렇듯, 리드 부부도 2차의 유혹에서 벗어나지 못했다. 적어도 새벽 두 시는 되어야 자리가 파하겠구나 싶어진 우리는 지하철을 타고 집에 가기 위해 먼저 중국집을 빠져나왔다.

루다는 시청역에 있는 리드 본사 건물에서 지내겠지 했는데, 의외의 말이 돌아왔다.

"아, 우리 최근에 신도림으로 이사 갔는데 놀러 와."

내가 고개를 기울이며 물었다.

"신도림?"

"응, 그쪽에서 역으로 바로 연결되는 아파트를 얻었거든. 식구도 늘었고 하다 보니까 아무래도 집을 새로 구하는 편이 낫겠다 싶어서."

"앗, 그러고 보니까 주인이도 신도림 쪽에 살아."

내 말에 이루다가 당장 윽, 소리를 내며 질색을 했다.

하하, 웃은 내가 말했다.

"집들이할 거면, 하는 김에 주인이네 집에도 같이 놀러가고 그러면 재밌겠다. 주인이한테 집 비는 날 물어봐서 날짜 맞출까?"

"아니, 됐어……. 그놈한테는 나 신도림 산다는 거 말하지 마. 절대 안 돼, 절대."

'절대'를 유난히 강조하는 이루다의 태도가 웃겨서 나는 킥킥 웃었다. 옆에서 반여령도 크게 웃음을 터트리더니 말했다.

"주인이한테 꼭 말해야지~."

아무래도 그녀는 아직 루다, 그리고 루카스에 대한 악감정을 완전히 떨쳐 내지 못한 모양이었다. 하기는, 루다라면 모를까 루카스의 경우엔 확실히 그럴 만도 했다.

그러자 이루다가 질색하며 대답했다.

"아, 하지 마라. 하지 말라고."

"하면 어쩔 건데, 어쩔 건데."

이내 투닥투닥 장난을 치다가 먼저 역 안으로 향하는 계단을 내려가는 두 사람을 나는 묘한 눈빛으로 보았다.

반여령은 윤정인에 이어 이루다와도 장난치는 사이가 됐구나. 반여령이 편하게 장난칠 수 있는 남자애들을 이렇게 많이 사귀다니, 새삼 작년 한 해가 참 대단하긴 했다는 생각이 들었다.

그러다 문득 시선이 느껴져서 옆을 돌아보자, 이제는 나와 단둘이 남은 여단 오빠가 날 물끄러미 보고 있었다.

그의 손을 잡아끌며 내가 말했다.

"미안, 오빠. 우리끼리만 아는 얘기해서 재미없었지?"

내가 이끄는 대로 순순히 따라오며 여단 오빠는 작게 고개를 내저었다.

"괜찮아. 네가 어떻게 지내는지도 덕분에 알았고."

그리고 그는 조금 낮아진 목소리로 물었다.

"이번에 반에 이상한 애들이 많나 봐."

"응? 아니, 이상하다까지는 아닌데, 일단 첫날이니까 아직 서로 잘 모르기도 하고."

그리고 나는 잠시 생각하다가 다시 말을 이었다.

"그런데……. 좀 걱정되기는 해. 나야 작년에 같은 반이던 애들이 이번 반에 꽤 많아서 괜찮을 것 같은데, 혼자 올라온 애들은 자칫 잘못하면 휘말릴 것 같아서."

말하던 내 머릿속에 문득 스치고 지나가는 장면이 있었

다. 맨 뒷자리에 앉아, 마치 사람들 시선을 불편해하는 서커스단의 맹수처럼 몸을 한껏 웅크리고 있던 반휘혈의 모습이었다.

그렇게 웅크리고 있던 덕에 첫날에는 다른 녀석들 눈에 띄지 않은 것 같지만, 내일부터는 정말 본격적인 한 학기의 시작일 텐데. 괜찮을까?

그러다 나는 또 고개를 내저었다. 내가 걱정하긴 누굴 걱정해, 따지고 보면 반휘혈은 엄연히 전국 서열 1위인데 설마 누구한테 맞고 다니고 그러겠어? 오히려 내가 더 걱정이지.

그러던 나는 여단 오빠의 말에 다시 고개를 들었다.

"그 애들 말이야."

"응? 응."

나는 조심스럽게 대답하며 여단 오빠의 얼굴을 살폈다. 오늘 중에 제일 진지한데, 무슨 얘기를 하려고 그러지.

그때 그가 말을 이었다.

"내 친구들보다 더 이상해?"

"……"

잠시 후, 나는 침착하게 웃는 얼굴로 대답했다.

"아니."

"그럼 괜찮을 거야."

"나도 그렇게 생각해."

아까보다 배는 차분한 목소리로 그렇게 말한 나는 여단 오빠의 손을 조금 더 힘주어 잡았다. 내가 갑자기 몹시 편안한 표정을 짓는 것이 여단 오빠는 의아한 모양이었다. 하지만 차마 솔직한 이유를 말할 수는 없는걸.

여단 오빠의 처지를 생각하니, 내가 앞으로 이겨 내야 할 시련따위은 아무것도 아닌 것처럼 느껴진다고.

이제는 여령이와 루다의 모습이 완전히 사라져 버린 지하철 계단을 내려가며 내가 말했다.

"오빠, 요즘 친구분들이랑은 무슨 일이 있었어?"

"아, 최근에는 자판기에서 음료를 뽑는데……."

우리는 도란도란 얘기를 나누며 걸음을 옮겼다.

* * *

새 학년이 되면 으레 겪곤 하는 절차들이 빠르게 진행되었다. 가까운 자리 애들과 친해진다든가, 그룹을 만든다든가, 또는 같이 급식 먹을 애들을 만든다든가.

나는 첫날 윤정인과 신서현, 김 쌍둥이에 이민아까지 껴서 여섯 명이서 먹었다. 상당한 대인원이다 보니 자리 잡는 것도 고역이라 김 쌍둥이와 나, 셋만 빠질까 고민도 해 봤는데 신서현이 붙잡았다.

"그럴 거면 나도 데려가. 커플들 사이에 껴서 체하라고?"

"야, 신서현. 너 나 버릴 거야?"

멀리서도 그 말을 귀신처럼 듣고 나타난 윤정인이 징징거리자 신서현의 얼굴이 일그러졌다.

이어서 윤정인이 우리가 무슨 사이냐, 이런 일 저런 일도 다 하지 않았냐 하며 추억 대백과를 펼치기 시작하자 신서현은 귀를 막으며 진절머리를 냈다.

"아, 하지 마! 하지 말라고!"

"그럼 나랑 먹는 거다?"

"아, 내가 왜 쟤들을 두고 너랑 먹어야 하는데."

그러자 윤정인이 나와 김 쌍둥이를 애절하다 못해 뜨거운 눈빛으로 보는 탓에, 결국 그룹 나누기는 무산되었다.

한편으로는 루다도 우리 쪽에 끼지 않으려나 생각했는데, 그는 급식 시간이 되자 자리에서 일어나며 말했다.

"나는 7반에 친구들이 있어서, 걔네랑."

"아, 그렇구나. 맛있게 먹어."

내가 대답하고 손을 흔드는데, 복도로 나가기 전에 잠깐 망설이던 루다가 다시 내게로 다가왔다.

고개를 살짝 숙인 그가 내게만 들릴 크기로 작게 말했다.

"황시우가 나한테 같이 먹자고 하더라."

"응? 어……."

이걸 왜 나한테 말하는 거지? 내가 생각하는데, 이루다는 작게 웃더니 '그냥 그렇다고.' 하고는 교실을 나가 버렸다.

삼시 볼을 긁적이던 나는 김 씽둥이가 부르는 소리에 고개를 돌렸다.

"뭐 해, 얼른 가자!"

"응, 지금 가!"

* * *

급식실로 향하는 내내 반휘혈을 찾아보았지만 급식 줄은 물론이고 급식실로 들어가고 나서도 코빼기도 보이지 않았다.

그 존재감이 어디 가려질 것도 아니고 말이야. 매점파라서 아예 급식실엔 오질 않나? 결국 반휘혈을 찾는 것을 포기한 나는 식판을 들고 대충 자리에 앉았다.

자리에 앉자마자 내가 말했다.

"루다 말이야."

"이루다가 왜?"

윤정인이 눈을 휘둥그레 뜨며 묻는 말에 나는 두리번거리며 좌우를 살폈다. 익숙한 얼굴이 아예 보이지 않는 것을 확인한 나는 다시 앞을 보고 말했다.

"황시우가 루다한테 밥 같이 먹자고 했었대."

"아."

나는 황시우가 첫날부터 루다에게 잔뜩 깨졌다고 알고 있어서 그 말을 듣고 놀랐는데, 의외로 윤정인은 아무렇지 않은 모양이었다.

그가 시시하다는 듯 심드렁한 표정을 지으며 도로 젓가락을 움직이는 것을 보고 내가 물었다.

"왜? 이유 알 것 같아? 나는 잘 모르겠던데. 황시우가 이루다 싫어해야 하는 거 아니야?"

"글쎄, 뭐 조폭 영화에서 나오는 거랑 비슷한 이유 아닐까?"

그렇게 말한 것은 의외로 김혜힐이었다.

내가 되물었다.

"조폭 영화?"

"거기 보면 진 사람이 이긴 사람을 형님으로 모시잖아. 갑자기 존경심을 보이고 말이야, 수발들고."

"그거 맞을걸. 친해지자는 거겠지."

옆에서 밥 먹는 데 열중하던 김혜우가 말을 받았다.

젓가락을 허공에 휘저으며 그가 말을 이었다.

"솔직히 이루다가 보통내기는 아니잖냐. 뭐, 우리야 사람이랑 싸우는 모습을 못 봐서 모른다만, 평소에 체육 하는 모습만 봐도 장난 아니겠던데."

나는 작게 고개를 끄덕였다.

"으응."

나야 이루다가 사람과 싸우는 모습을 실제로 봤고, 그건 정말 예술적이라고밖에 달리 표현할 말이 없었다. 내가 사람 싸우는 모습을 두고 '폭력적'도 아니고 '예술적'이라는 둥의 표현을 쓰게 될 줄은 정말 몰랐는데.

김혜우가 말했다.

"그러니까 황시우 입장에서는 이루다랑 척지는 것보다 친해지는 게 백배는 이득이지. 편먹으면 같이 싸워 줘, 선배들한테 데려가면 예쁨 받아. 잘하면 세트로 묶여서 여자애들한테 인기도 올라갈 수도 있고. '아, 2학년 8반에 그 선배들?' 하면서. 손해 볼 게 뭐가 있어?"

그리고 그가 물었다. 그래서 이루다는 어떻게 한다던? 어깨를 으쓱한 나는 방금 봐 둔 방향을 턱짓으로 가리켰다. 이루다가 그의 7반 친구들과 앉아 있는 방향이었다.

그 모습을 확인한 김혜우가 말했다.

"아, 저 녀석 지금 간 보고 있네."

내가 다시 물었다.

"간 봐?"

"우리랑 황시우네랑 분위기 좀 이상하니까, 어디 낄지 고민하는 거 아니냐."

엥? 그거야말로 정말 의외의 말이었다. 물론 그의 말대로 황시우네와 윤정인네의 분위기가 이상한 것은 사실이었다.

나의 경우 사대천왕 때문이건, 이루다의 경고가 있었건 해서 건드리지 않기로 한 모양이었지만 윤정인네는 달랐다. 발표를 하건 뭘 하건 사사건건 시비에 학급 일은 도와주지도 않고, 회의에도 협조적이지 않아서 윤정인과 이민아가 애를 먹고 있었다.

그런데 이루다가 우리 쪽에 끼는 대신 간을 본다고? 젓가락을 물고 미간을 찌푸리는 내게 신서현이 조용히 말하는 목소리가 들렸다.

"요즘 이루다가 우리 쪽에 말을 잘 안 걸긴 했지. 필요할 때 빼고는 말이야. 거의 7반에 가 있고."

"아, 그러고 보니 진짜! 진짜네!"

화들짝 놀라며 동의한 이민아가 윤정인을 돌아보았다.

"너, 눈치채고 있었어?"

그러자 윤정인에게로 테이블 모두의 시선이 쏠렸다. 우리의 시선을 받은 윤정인은 드물게 머쓱한 미소를 지어 보였다.

턱을 긁적이며 그가 말했다.

"아니, 뭐. 골치 아픈 일에 끼기 싫다는 걸 누가 뭐라고 하겠냐. 게다가 이루다는 집안일 때문에 얼마 전까지만 해도 복잡했다며."

"아……."

"그리고 이루다 보면 거의 언제나 깊이 관여하기 싫어하고, 중립 지키던데. 예전에 너랑 이수연 싸울 때도 이루다, 가만히 있지 않았냐?"

별안간 화살 끝이 내게 돌아오자 잠시 흠칫한 나는, 이윽고 선선히 고개를 끄덕였다.

그렇지, 나와 1학년 학기 초에 사사건건 대립하고 반여령 안티 카페 때 나에 대해 부정적인 분위기를 주도했던 애 이름이 이수연이었다. 나는 이름도 까먹고 있었는데 윤정인은 잘도 기억하고 있었구나. 새삼 반에도, 사람에도 참 관심이 많다 싶었다.

어깨를 으쓱한 윤정인이 다시 말을 이었다.

"내가 보기엔 쟤 성향이 그런 것 같아. 그건 어쩔 수 없지. 편 안 들어줬다고 서운해할 일도 아니고."

"으응......"

"그리고 아마 쟤 성격에 황시우네 끼지도 않을걸?"

나는 다시 고개를 끄덕였다. 황시우네 패거리와 어울려 서열을 과시하고 다니는 이루다라니, 그런 거 정말 상상도 안 간다. 코웃음 치고 말면 말았지. 애초에 후계자 싸움이라는 진짜 전쟁을 겪어 본 이루다에게는 그런 건 전부 애들 장난처럼 느껴질 테고.

하지만 이루다가 그런 이유로 최근 우리를 피하고 있었다는 사실 자체를 깨달은 것만은 조금 충격이었다. 화제가 다른 것으로 넘어간 뒤에도 나는 한동안 멍하니 음식만 깨작였다.

이루다는 확실히 언제나 중립을 지키긴 했었다. 하지만 그것은 어디까지나 1학년 때의 일로, 그때 그는 그의 말에 따르면 '연기'를 하고 있었다고 했다. 반에 쉽게 동화되기 위한 연기. 어디서든 편하게 지내기 위해 그가 그의 어머니에게 배웠던 것.

하지만 지금의 그는 그때와는 달랐다.

무엇보다 그에게는 스스로를 숨길 이유가 전혀 없으며, 실제로 더는 거짓된 태도로 애들을 대하지 않겠다고 선언하기도 하지 않았던가? 그런데 그가 황시우와 싸우는 것이 두려워 우리와 어울리는 것을 피하고 있다고? 뭔가 이상했다.

아니, 하지만 이루다가 골치 아픈 일에 휘말리고 싶지 않다는데 윤정인 말마따나 별수 있나. '왜 우리 편 안 들어줘?' 하면서 화낼 일도 아니고. 정말로 어쩔 수 없는 문제지.

에휴. 작게 한숨을 내쉰 나는 이루다가 앉은 쪽을 바라보았다.

작년에도 같은 반이었던 친구들과 웃고 떠들고, 장난치고 있는 이루다는 퍽 즐거워 보였다. 조금 더 직설적인 성격이 되고 나서도 이루다는 변함없이 인기가 많았고, 무엇보다 축구 실력 때문에라도 신과 다름없는 취급을 받았다.

멍하니 그쪽을 바라보는 그때, 이루다와 눈이 마주쳤다. 사람들이 꽤 많은데도 어려움 없이 나를 알아본 그가 씩 웃고는 손을 들어 올렸다.

그러나 잠시 후, 다른 곳을 본 그가 들어 올렸던 손을 말없이 내렸다. 이어 알 듯 말듯한 미소를 보내더니 다시 친구들을 향해 고개를 돌리는 그를 보던 나는, 문득 멀리서 이루다를 보고 있는 누군가를 발견했다.

황시우였다.

그는 자기들 패거리, 아마도 우리 반 남자애들 다섯 명 정도와 대화하며 간간이 이루다를 향해 시선을 보내고 있었다. 그가 나를 발견하기 전에 나는 황급히 고개를 돌렸다.

김혜힐이 물었다.

"왜 그래?"

나는 가슴께를 두드리며 대답했다.

"황시우랑 눈 마주칠 뻔했어."

"뭐? 그쪽을 왜 봤어?"

"그러게, 거길 왜 봐, 소화 안 되게."

김혜힐에 이어 금세 장난스럽게 응수하는 김혜우의 모습에 나는 킥킥대고 웃었다. 사람에게 드러내 놓고 적의를 보이는 일이 잘 없는 김 쌍둥이마저 황시우는 벌써부터 싫어하고 있었다.

그리고 고개를 흔든 나는 다시 숟가락을 쥐었다. 미소를 되찾은 것과는 별개로 가슴은 아직도 불안하게 뛰고 있었다.

* * *

점심시간 이후 5교시는 바로 체육이었다. 시간 촉박하게 나가는 걸 싫어하는 김 쌍둥이가 미리 옷을 갈아입고 매점 들러서 뭐라도 사서 물고 운동장이나 산책하자고 제안했다.

"그럴까?"

나는 그렇게 말하고 사물함에서 체육복을 챙겼다.

남자 화장실과 여자 화장실 간에 거리가 꽤 있어서, 김 혜우와는 중앙 현관에서 만나기로 약속하고 김혜힐과 나는 교실을 나갔다.

교실을 나오기 전, 내 눈이 또 한 번 습관적으로 반휘힐의 자리를 확인했다. 그의 자리는 텅 비어 있었다.

그때, 조심성 없이 교실을 온통 뛰어다니던 한 녀석이 마침 반휘힐의 책상 다리에 걸려 넘어지고 말았다. 엇, 하는 새 책상과 의자가 우당탕 소리를 내며 바닥을 굴렀고, 책상 서랍에 있던 것이 먼지투성이 바닥으로 쏟아졌다. 책상 옆에 얌전히 걸려 있던 가방도 휙 날아가 조금 먼 곳에 안착했다.

넘어졌던 남학생이 콜록거리며 고개를 들었다. 그가 책상을 가리키며 물었다.

"으, 여기 누구 자리야?"

그러자 곧바로 증언들이 쏟아져 나왔다.

"몰라. 어떤 음침한 녀석 있는데, 맨날 안경 쓰고 조용히 다니는 주제에 덩치는 엄청 크고."

"아, 걔? 걔 쉬는 시간에 아무것도 안 하고 가만히 앉아

만 있던데. 내가 뭐 하나 궁금해서 보니까 책상 위엔 아무것도 없고. 그렇다고 MP3를 듣고 있지도 않던데."

"아, 진짜? 걔 뭐냐?"

그렇게 대답하며 일어나서 주섬주섬 바닥에 흩어진 교과서들을 대충 책상 서랍에 쑤셔 박고. 멀리 날아간 반휘혈의 가방을 들어 올린 남학생이 문득 고개를 기울였다.

"왜 그래?"

"아니, 가방 졸라 가벼워. 이거 아무것도 안 든 거 아냐?"

"뭐? 미친, 설마. 딱 봐도 범생이 아니면 오타쿠처럼 생겼던데."

그 말들을 듣던 나는 바짝 긴장했다. 다행히도 그들은 자리에 없는 사람 가방을 열어 보는 미친 짓까지는 하지 않았다.

그들이 얌전히 반휘혈의 가방을 책상 옆에 걸어 놓는 것을 보고, 그제야 안도의 한숨을 내쉰 나는 교실을 나섰다.

나란히 복도를 걷는데 김혜힐이 불쑥 물었다.

"혹시 반휘혈, 걔랑 아는 사이야?"

그러더니 갑자기 고개를 돌린 그녀는 자괴감 어린 표정으로 '걔는 이름이 왜 그런다니…….' 하고 중얼거렸다.

그러고 보면 비교적 일반인에 가까운 감각을 가진 김혜힐의 입장에서는 반휘혈의 이름만으로도 뭔가 심상치 않음을 알아챘는지도 모르겠다.

어색하게 웃은 내가 입을 열었다.

"티 많이 나나 봐?"

"티 많이 나는 정도가 아닐걸? 수업 시간에도 쉬는 시간에도 그 자리 맨날 보잖아."

"아."

"이거 나한테 말해 준 거, 김혜우가 먼저였다."

김혜힐이 못 박는 소리를 듣고 나는 이마를 짚었다. 그 말은, 아마도 김 쌍둥이 외에도 거의 다 나와 반휘혈 간의 연결 고리를 눈치채고 있다는 얘기로군.

결국 나는 어깨를 으쓱하곤 대답했다.

"전에 체육 창고에서 우연히 마주쳐서 몇 번 애기했는데…… 아니다, 그 전에 아파트 앞에서 마주쳤었다. 그러고 보면 우리 집 근처 사나 봐."

"점심시간에 여기저기 두리번거린 것도 걔 찾던 거지?"

김혜힐의 물음에 나는 고개를 끄덕였다. 정말 다 티 났나 보네.

그러자 눈을 내리깐 김혜힐이 말했다.

"확실히 나도 네가 하는 거 보고 찾아봤는데……. 개학하고 한 번도 급식실에 안 오는 것 같더라."

"앗, 정말?"

내 얼굴이 창백해졌다. 단순히 내 착각이겠거니 넘겼는데, 나보다 기억력과 관찰력이 수배는 좋은 김혜힐이 단언

한다면 틀림없을 것이다. 맙소사, 대체 점심시간마다 어디서 뭘 하는 거지?

김혜힐이 다시 말했다.

"하루쯤 있을 만한 곳 같이 찾아보는 것 정도는 해 줄 수 있으니까, 찾고 싶으면 말해. 그런데 너."

"응?"

눈을 가늘게 뜬 그녀가 핀잔주듯 말했다.

"넌 어떻게 된 애가 사연 있는 애들만 귀신같이 찾아다니더라."

"아."

"반휘혈도 그렇고, 이루다도 그렇고. 이 정도면 무슨 레이더 달린 거 아니야?"

아, 하하. 나는 또 한참을 어색하게 웃어 댔다. 아니, 하지만 걔들이 '나 인터넷 소설 주인공이요' 하고 이마에 써 붙이고 나타나는 걸 어떡해.

"너 또 이상한 상황에 처하면 스트레스는 받을 대로 받으면서 정작 네가 네 무덤 파고 돌아다니는 거 알아, 몰라."

"알 것 같습니다, 김혜힐 님."

"조심할 거야, 안 할 거야."

"앞으로 조심하겠습니다."

그러자 키도 비슷하면서 내 머리카락을 누르듯 헝클어 뜨린 김혜힐이 화장실 다른 칸으로 들어가 버렸다. 그 모습을 잠시 바라보던 나도 곧 옷을 갈아입으러 화장실 칸 안으로 들어갔다.

문고리에 블라우스를 걸쳐 놓으면서 나는 중얼거렸다.

그러고 보면 이루다 때는 다행히도 대부분의 일이 방학에, 그것도 학교 바깥에서 벌어진 덕에 반 애들이 휘말리지 않을 수 있었다. 하지만 만약 반휘혈을 중심으로 뭔가가 일어난다면 그땐 다르겠지. 그 무대는 학교 안, 그것도 우리 반이 될 가능성이 높으니까.

애초에 내가 반휘혈을 염려하고 신경 쓴다고 해서 달라질 뭔가가 존재할까? 나는 고개를 기울였다. 딱히 그럴 것 같지도 않았다. 예전에 한번 했던 생각대로 걱정해야 할 것은 나인 것 같은데. 흰 반팔 티셔츠에 머리를 쑤셔 넣으면서 나는 중얼거렸다.

괜한 오지랖 부리지 말고 신경 끄자. 내가 일을 벌인다고 해도 감당하는 것은 김 쌍둥이와 이민아, 그리고 윤정인과 신서현 전체가 될 것이다. 책임지지 못할 일은 벌이지를 말자.

바지를 입고 마지막으로 체육복 후드를 걸친 나는, 문을 열고 칸 밖으로 나왔다.

* * *

그러면서도 나는 또 매점에서 어김없이 반휘혈의 모습을

찾았다.

그러나 반휘혈은 보이지 않았고, 우리 반에서 봤던 무서운 녀석들 몇몇이 무슨 작당이라도 모의하듯 구석에 모여 앉아 있기에 눈이 마주치기 전에 얼른 바깥으로 나왔다.

두 손을 주머니에 쑤셔 넣고 나오면서 내가 말했다.

"이런 분위기 진짜 싫다. 얼른 정리되면 좋겠는데."

"그러게."

김혜힐이 동의했다. 핫바를 하나씩 문 우리는 운동장을 천천히 돌기 시작했다.

두어 바퀴쯤 돌았을 때, 종이 울리면서 한 무리의 학생들이 운동장으로 우르르 쏟아져 나왔다. 가까이 다가가 보니 예상한 대로 우리 반이었다.

슬슬 우리 반 애들이 전부 나왔을 즈음, 윤정인이 박수를 치며 외쳤다.

"체조하게 줄 맞춰서 서!"

반장으로서의 당연한 일이었지만, 역시나 이번에도 비협조적인 녀석들은 서로 쳐다만 볼 뿐 줄조차 제대로 서려고 하지 않았다.

하지만 윤정인은 분한 기색조차 내비치지 않았다. 그럴 줄 알았다는 듯 가볍게 한숨을 내쉰 그가, 놀고 있는 녀석들은 내버려 두고 우리들만 갖고 줄을 대충 맞추기 시작했다.

윤정인이 맨 앞에서 하는 양을 보며 따라서 헛둘헛둘 체조를 하고 있는데, 앞뒤 쪽에서 수군거리는 소리가 들렸다.

"어, 이 시간에 우리 반만 운동장 쓰는 거 아닌가 본데? 저기 몇 반이지? 우리 학년 아니야?"

"미친, 7반이다. 반여령 있는 반이야."

몸을 앞으로 쭉쭉 늘이다가 문득 고개를 들어 바라보니 과연 그랬다. 무심히 뒷짐을 지고 있던 반여령이 이쪽을 보고 금세 얼굴이 밝아져서 손을 흔들었다.

그에 앞뒤 쪽에서 한차례 싸움이 났다.

"야, 방금 나 보고 손 흔든 거지?"

"아니거든, 나거든 미친아. 댈 걸 대라."

"내기할래?"

둘 다 틀렸거든, 나거든.

다음 동작으로 넘어가기 전에 내가 슬쩍 손을 흔들자, 반여령은 손을 들어 입을 가리며 열렬한 반응을 해 보였다.

"어떡해, 인사했어!"

아니, 반여령. 우리 어젯밤에도 보고 오늘 아침에도 봤는데 그 아이돌 팬이 아이돌 본 것 같은 반응은 뭐냐. 그러자마자 여기저기서 따가운 시선이 느껴졌다. 설마 이런 걸로 따돌림을 당한다거나 하게 되지는 않겠지? 나는 조금 불안해졌다.

나는 반여령의 좌우를 살폈다. 같은 반이니 당연한 일이겠지만, 역시 사대천왕이 같이 있었다. 마침 반여령이 인사하는 것을 봤는지 그들의 시선이 이쪽을 향하기에 인사를 하려는데 하필 다음 동작이 몸을 굽히고 땅에 손을 짚는 것이었다.

내가 유연성이 좋은 편은 아니라서 손을 최대한 길게 뻗었는데도 땅에 손끝도 스치지 않았다. 나 진짜 나이 들면 어떻게 될까 걱정이네. 마른 한숨을 토해 내며 허리를 펴자마자 눈에 유천영과 은지호가 얘기를 나누는 모습이 들어왔다.

무슨 얘길 하는 거지? 왠지 불안한 기분에 살짝 눈썹을 찡그리는 그때, 은지호의 외침이 날아왔다.

"야! 함단이!"

아는 척해도 된다고 한 건 나였지만, 설마 이렇게 각 반 친구들이 모두 모여 있는 상황에서 대대적으로 아는 척을 할 줄은 몰라서 나는 잠깐 기침을 했다.

아니, 물론 우리뿐만 아니라 꽤 많은 녀석들이 체조하는 와중에도 7반과 거리낌 없이 대화를 나누고 있었지만, 심지어 권은형과 윤정인조차 그러고 있었지만.

얼마 전 이루다에게서 사대천왕의 위상을 들은지라 은지호의 이런 관심이 더욱 달갑지 않았다. 아니나 다를까, 주위를 살피자 두 반 모두의 시선이 내게 박혀 있었다.

씨이. 나는 잠깐 울상을 지었지만 모르는 척하기도 이미 틀린 듯했다. 나는 윤정인의 다음 동작을 따라 하며 소리쳤다.

"왜!!"

그러자마자 돌아오는 대답에 나는 또 기침을 해 댔다.

"유천영이 너 아직도 유연성 마이너스냐고 걱정하는데!!"

"대체 그딴 걸 왜 그렇게 크게 말해?!"

마침 체조도 끝났겠다, 당장 날 듯이 7반으로 달려간 나는 은지호의 정강이에 킥을 먹였다. 그러면서 내가 외쳤다.

"그딴 걸, 어? 그딴 걸 대체, 왜, 크게, 말하냐고!"

쪽팔려 죽겠어, 진짜!

내가 외치면서 틈틈이 시도한 공격은 단 하나도 맞지 않았다. 심지어 은지호는 저지 주머니에 손을 집어넣은 멋없는 자세로 공격들을 전부 피했다.

무슨 무림 고수냐고! 씩씩대며 어깨를 들썩이는 내게 은지호가 유천영을 가리켜 보였다.

"야, 왜 나한테만 그러냐? 처음에 말 꺼낸 건 유천영인데?"

"맞아. 말 나온 김에 너도 좀 보지, 유천영."

그러자 옆에서 멀뚱히 주머니에 손을 집어넣은 채 우리 하는 양을 구경하던 유천영이 이쪽을 보았다. 놀랄 정도로 파르스름한 눈동자에 어깨를 움찔하는 것도 잠시, 나는 걸음을 척척 옮겨 그쪽으로 다가갔다.

잠시 눈을 굴리며 다른 쪽을 살핀 내가 작은 목소리로 추궁했다.

"너는 그게 중학교 3학년 때인데 언제까지 기억하고 있을 거야……!"

그러나 내가 목소리를 줄인 보람도 없게, 내 말을 들은 유천영은 눈썹을 살짝 찌푸리는가 싶더니 진지한 목소리로 말했다.

"그건 그런데, 유연성 마이너스 20센티미터는 너무 인상적이라서 도무지……."

"야, 목소리! 목소리!"

"아."

작게 내뱉은 유천영이 입을 다물었지만, 이미 유천영의 말은 그 목소리가 명료하게 퍼져 나가고 난 뒤였다.

주변에서 소곤거리는 소리가 들렸다.

"유연성 20이래……."

"아냐, 마이너스랬어."

"마이너스?!"

나는 또다시 울상을 지었다. 대체 나는 왜 이런 것으로 옆 반 학생들에게 깊은 첫인상을 남겨야 하는가. 고개를 푹 숙인 나는 무기력하게 팔만 뻗어 유천영의 팔이며 배를 툭툭 쳤다.

유천영이 말했다.

"미안."

"미안하면 배에 근육 좀 빼고 와……."

그러지 유천영이 알 수 없다는 표정을 지었다.

나는 속으로 쓴물만 들이켰다. 어차피 힘도 하나도 안 실었으니 만큼 때리려고 한 건 아니었지만, 너 배 근육 때문에 단단해서 때리는 느낌 하나도 안 나……. 그러던 차에 나는 유천영이 말하는 소리에 고개를 들었다.

"내가 다니는 곳에 말해서 유연성 집중 트레이닝이라도……."

"아니, 됐거든."

유천영이 다니는 곳이면 틀림없이 모델이며 연예인들도 많이 다니는 곳일 텐데 뭘 그렇게까지.

부루퉁하게 대답하다 말고 나는 그만 킥 웃고 말았다. 유천영의 농담과 진담을 구분 못 하는 면모를 보았던 것이 얼마 만인지 싶어서였다.

그러고 보니 이렇게 장난친 것도 꽤 오랜만이네 싶어 고개를 든 나는, 마침 유천영의 손이 내 머리에서 5센티미터 정도 떠 있는 것을 보고 눈을 크게 떴다.

"어?"

"아, 이 정돈……."

잠시 머뭇거리던 그가 여전히 손을 멈춘 채로 말을 이었다.

"이 정돈, 아직…… 괜찮아?"

뭐가, 하고 물으려던 나는 문득 깨달았다.

여단 오빠와 사귀고 나서 유천영과 이 정도로 가까운 거리에 있는 것은 처음이었다. 유천영도 나도, 새롭게 획득한 거리감을 어떻게 해야 할지 전혀 모르고 있었다. 심지어 어느 정도의 거리가 적절한지도.

새삼 그와 티격태격하고 장난치던 일이 아주 먼 옛날처럼, 아니, 그보다도 멀어서 마치 아예 없었던 일처럼 느껴졌다. 어쩌면 꿈속의 일이거나.

내가 그런 생각을 하는 동안에도 유천영의 눈은 내게서 꿈쩍을 안 했다. 눈을 몇 번 깜빡이고 정신을 차린 내가 대답하려던 찰나, 뒤에서 나타난 누군가가 내 어깨를 휙 잡아챘다.

"엄마!"

밝은 목소리와 함께 나를 돌려세운 주인이가 내 두 손을 마주 잡고 강강술래 하듯 빙글빙글 돌았다.

금세 어지러워지는 와중에도 나는 깨달았다. 주인이 역시 예전이라면 덥석 껴안고 보았을 텐데 그러지 않았다는 것을.

주인이는 날 잡고 한참이나 뱅글뱅글 돌다가 8반으로 돌려보내 주었다. 반에 합류하여 줄을 맞춰 설 때까지도 어지러웠다. 비틀거리는 내 팔을 양쪽에서 잡아 부축하며 김쌍둥이가 말했다.

"쟤네 인사 한번 요란하게 한다."

"늘 저러니?"

내가 고개를 끄덕이자, 그들은 격려를 담아 내 등을 토닥여 주었다.

김 쌍둥이의 달래는 건지 놀리는 건지 모를 손길에 이리 저리 치여 휘청대고 있을 때쯤, 체육 선생님이 나타났다.

호루라기를 불어서 우리를 한 곳에 불러 모은 체육 선생님이 말씀하셨다.

"이번 주에는 축구 드리블 수행 평가를 할 거다. 저기 깔아 둔 콘 보이지?"

그가 이쪽에서 얼마 떨어지지 않은 운동장에 약 1미터 간격으로 대여섯 개가 길게 나열된 칼라 콘을 가리켰다.

"축구공을 드리블해서 저 사이를 지그재그로 오가면서 한 번 왕복하면 된다. 각 반 반장 있지? 시범 보여 봐라."

앉았던 자리에서 일어난 윤정인이 바지를 털며 7반 쪽을 보았다. 7반 쪽에서는 은형이가 천천히 일어나 체육 선생님을 곧은 눈으로 응시했다.

두 사람이 각자 출발점에 나란히 섰다.

휘이이익! 체육 선생님의 호루라기 소리가 허공을 가르기가 무섭게 두 사람이 땅을 박차고 나갔다. 체육 선생님의 의도는 분명 단순 시범이었을 텐데, 어쩌다 보니 경기처럼 돼서 두 반의 분위기가 후끈 달아올랐다.

"권은형! 권은형!"

7반은 벌써 응원까지 하고 있었다.

역시나 은형이, 아직 새 학기 시작한 지 일주일도 안 됐는데 반 모두의 마음을 사로잡아 버린 모양이었다. 우리도

질 세라 응원을 했지만 그 수가 조금 적었다.

두 사람이 거의 비슷한 순간에 흙먼지를 일으키며 코너를 돌았다. 응원의 힘인지 어쩐 건지, 은형이가 윤정인보다 간발의 차로 앞섰다. 그 차는 점점 벌어졌다.

은형이가 마지막 콘을 통과하고 출발점으로 돌아올 때쯤, 윤정인은 마지막 콘을 돌고 있었다. 은형이는 공 위에 한 발을 얹고 기다리다가 윤정인이 돌아오자 손바닥을 내밀었다.

"수고했어."

"수고는 무슨."

그렇게 말하면서도 손을 내민 윤정인이 손바닥을 짝 맞부딪쳤다.

그 모습을 지켜보던 체육 선생님이 고개를 기울이더니 작게 중얼거렸다.

"이상하네, 저게 저렇게 쉽게 되는 게 아닐 텐데 금방 하네."

그러더니 그가 우리를 돌아보며 말했다.

"너희도 저렇게 쉽고 간단하게 될 거라고 생각하고 대충대충 연습하다간 피 본다. 저거 그렇게 쉬운 거 아니야."

선생님은 알쏭달쏭한 표정으로 고개를 계속 갸웃거리며 허, 참. 저게 저렇게 쉽게 되지가 않는데, 이상하다. 계속 중얼거렸다. 심지어 가까이 앉아 있던 학생을 붙잡고 물어보기까지 했다.

"쟤네 혹시 중학교 축구 선수 출신, 뭐 그런 거니?"

"아니요. 아니라고 알고 있는데요."

"거참, 이상하다."

아무튼 연습하라고 말한 뒤에 뒷머리를 긁적이며 사라지는 체육 선생님을 보며 나는 허허 웃었다. 선생님, 앞으로 2학년 체육 수업을 맡으시면서 저것보다 더 놀라운 장면도 자주 보게 될 겁니다. 제가 장담하지요.

그리고 고개를 돌리자 윤정인과 은형이는 아직도 대화를 나누고 있었다.

윤정인이 은형이를 가리키며 말했다.

"으, 안 춥냐. 난 지금 위에 걸치고도 덜덜 떨리는데."

윤정인 말대로 3월 초인데도 날이 꽤 추웠다. 그나마 따뜻하던 건 개학식 날 잠깐이었고, 조만간 눈이 내린단 소식까지 들리고 있었다.

그러고 보니 은형이는 반팔 차림이었다. 검은 반팔 티셔츠 아래로 드러난 하얀 팔이 햇살을 튕겨 내며 빛났다.

어깨를 가볍게 으쓱한 은형이가 대꾸했다.

"몸에 열이 많아서. 내 웃옷 아까 구령대 쪽에 걸쳐 놓고 왔는데, 갖다 줄까?"

"아, 권은형 또 설렌다, 또! 그거 하지 말라고."

"뭐래."

눈을 선하게 휘며 그렇게 말하는 은형이의 모습은 전보

다도 격의 없어 보였다. 그러다 정말로 웃옷을 갖고 오기로 했는지 어쨌는지, 나란히 구령대 쪽으로 향하면서 그들이 말하는 것이 내 귀에 희미하게 닿았다.

"애들 연습 잘된 것 같으면 체육 시간 끝나기 15분 전쯤에 선생님한테 말해서 반 대항 축구 뛸래?"

"오, 좋아. 야, 권은형, 너 내가 진심으로 뛰면 어떻게 되는지 모르지. 아까는 봐준 거야."

"그랬어? 그건 몰랐네."

두 사람이 멀어지는 모습을 보던 나는 아무런 얘기도 들리지 않게 될 즈음에야 고개를 돌렸다. 옆을 보자 김 쌍둥이도 그쪽을 보며 감탄한 듯한 표정을 짓고 있었다.

"윤정인 쟤는 진짜 난 놈은 난 놈이다……."

"권은형 입에서 '뭐래' 소리가 나오는 걸 들어 볼 줄이야. 너한테도 저렇게 대해?"

김혜힐의 물음에 잠시 생각하던 나는 고개를 내저었다. 아니, 나한테는 저것보다 따뜻하게, 꼭 나이 차이 많이 나는 사촌 오빠처럼 대하지.

"은지호 대하는 건 저거랑 좀 비슷해. 좀, 숨겨 왔던 나의 모든 막말을 네게 줄게, 하는 느낌으로."

"이야, 그럼 진짜 친해졌다는 거잖아. 윤정인 신났네, 신났어."

그렇게 말한 김혜우가 축구공 나눠 준다는 소리에 공 가지고 오겠다며 돌아섰다. 아, 그렇지. 연습해야지. 몸을 돌리던 나는 문득 황시우의 표정을 보고는 어깨를 떨었다.

멀어지는 윤정인과 권은형을 바라보는 그의 눈이 놀라울 정도로 일그러져 있었다.

* * *

"으악."

흰색으로 그어 놓은 라인 바깥으로 튕겨 나가 한참을 굴러가는 공을 보며 내가 비명을 질렀다. 공을 쫓아 허겁지겁 달려가는데, 다행히 그쪽 그늘에 모여 앉아 있던 애들이 공을 받아 이쪽으로 차 주었다.

"자!"

"고마워!"

기세 좋게 대답한 것까지는 좋았는데, 공은 그런 내 옆을 휙 스쳐 지나가더니 데굴데굴 굴러가 버리고 말았다. 아악! 머리를 부여잡은 나는 또 그쪽으로 헐레벌떡 뛰었다. 결국에는 보다 못한 체육 선생님이 나를 따로 부르셨다.

선생님은 내 앞에서 발로 공을 걷어차는 시범을 보이면서 설명하셨다.

"알겠지? 너무 힘주지 말고, 그리고 발의 어느 부분에 공이 부딪치는지를 더 신경 쓰고."

“네.”

“한번 해 봐.”

나는 체육 선생님이 땅에 모처럼 정성스럽게 놓아 둔 공을 노려보다가 발을 움직였다. 그 결과는 화려하게 아웃이었다. 체육 선생님이 머리를 긁적이곤 내 어깨를 두드리며, ‘뭐, 발야구 할 때는 좋겠네.’ 하는 말에 내 표정이 더욱 구겨졌다.

어깨를 축 늘어트리고 원래의 라인으로 돌아오던 나를 그늘에 앉아 있던 김 쌍둥이가 불렀다.

“선생님께서 뭐래!”

“많이 혼났어?”

즐거운 기색인 김혜우에 비해 자못 조심스럽게 묻는 김혜힐에게 나는 고개를 절레절레 내저었다.

공을 안고 그들 옆에 풀썩 앉은 내가 대답했다.

“힘이 좋아서 발야구 할 땐 좋겠대.”

“내가 보기엔 너 대놓고 디스당한 거야.”

“오빠.”

김혜힐이 나를 놀리는 김혜우의 팔을 약하게 때렸다. 눈을 가늘게 뜨고 김혜우를 노려보던 나는 자리에서 일어났다.

김혜힐이 그런 나를 놀란 눈으로 올려다보았다.

“어디 가? 오빠가 놀려서 그래?”

“아니, 연습 더 하려고. 지금 우리 반에서 나 빼고 거의 다 할 수 있는 것 같은데."

옹기종기 그늘에 모여 앉은 애들을 가리킨 나는, 내 처지를 상기하곤 작게 한숨을 내쉬었다.

"나 때문에 우리 반이랑 7반 축구 못 하면 어떡해. 자유 시간 달라고 하면 그 전에 검사하실 텐데."

"으음."

"다녀올게."

차마 부정은 못 하는 김 쌍둥이를 울적한 눈으로 일별한 나는 다시 양지로 나갔다.

윤정인이 김혜우의 운동 신경을 갖고 놀리는 일이 종종 있긴 하지만, 그건 엄밀히 말하자면 근력의 문제고 기술적인 부분에선 아무런 문제가 없었다.

김 쌍둥이는 진작 드리블을 마스터했고, 이루다나 윤정인, 이민아는 말할 것도 없고, 의외로 제일 늦게까지 남은 게 신서현이었다. 달리기를 포함해서 이런 종류의 운동에는 별로라고.

내가 다녀온 잠깐 새, 그도 어딘가로 사라지고 없었다. 쉬러 갔나? 잠시 두리번거리던 나는 얼마 안 가 그를 발견할 수 있었다. 마침 내가 아는 얼굴들과 함께였다.

신서현이 윤정인의 등을 쿡쿡 찌르며 말하고 있었다.

"얘한테 너무 잘해 주지 마. 너한테 길들여지면 결국 뒷감당하는 건 우리니까."

"맞아. 으, 솔직히 지금도 감당 안 되는데……."

질색하며 그렇게 말한 것은 이민아였다. 그들 앞에서 입을 손등으로 가리고 작게 웃고 있는 은형이가 보였다.

그가 웃음기 완연한 눈으로 윤정인을 보며 말했다.

"윤정인, 너 평소에 어쩌고 다니면 애들이 나한테 이래."

"은형아, 너 나 못 믿어? 우리 사이의 신뢰가 이 정도밖에 안 돼?"

금세 버럭 하는 윤정인에게 신서현의 질책 어린 말이 이어졌다.

"인마, 너는. 네가 평소에 한 걸 생각하면 권은형이 널 못 믿는다고 실망할 게 아니라, 널 믿는다는 데 죄책감을 느껴야 돼……."

아니, 왜? 하는 윤정인의 뻔뻔스런 반응을 보며 키득대던 내 머릿속에 문득 얼마 전에 보았던 영상이 재생되었다.

권은형과 윤정인을 보던 황시우의 놀랍도록 일그러진 눈빛. 뜻대로 돌아가지 않는 뭔가를 마주한 사람의 독기와 낭패감 깃든 그 눈빛.

잠시 멍해졌던 나를 깨운 것은 체육 선생님의 외침이었다. 팔을 쭉쭉 뻗으며 운동장으로 걸어 나온 그가 호루라기를 불며 외쳤다.

"다들 모여! 이번에 검사해서 통과한 사람들은 20분간 자유 시간을 가져도 좋다."

윤정인과 은형이의 얼굴에 곧장 화색이 도는 게 보였다. 예스, 하며 주먹을 맞부딪친 그들이 각자의 반으로 달려갔다.

가장 먼저 시험을 치르려던 그들을 체육 선생님이 말렸다.

"너희는 되는 거 아니까 뒤로 빠져 있어라. 시간 낭비다."

그에 권은형과 윤정인이 머쓱한 표정으로 물러나고 다른 애들이 나섰다.

언제나 그렇듯 자신 있는 애들이 먼저 하려고 해서, 다음으로 시험을 치르게 된 사람은 반여령과 이루다였다. 두 사람이 가뿐히 공을 다루며 거침없이 치고 나가는 것을 보면서 체육 선생님의 표정이 이상해졌다.

그가 우리 쪽을 향해 조심스런 목소리로 물었다.

"쟤네도 중학교 때 축구 선수나 그런 거 했었니?"

"아니요."

"거참, 진짜 이상하다……."

또다시 시작된 체육 선생님의 고민을 뒤로하고 반여령과 이루다가 결승선을 통과했다. 그 뒤로 사대천왕과 이민아, 김 쌍둥이가 깔끔하게 성공함으로써 또다시 탄성이 이어졌다.

이렇게 사람들 기대감이 점점 높아지면 안 되는데. 나는 긴장감에 어깨를 움츠렸다. 내 순서는 열 번째 정도였다. 제발, 제발, 제발! 나는 속으로 기도하며 공을 걷어찼다.

어떻게 마지막 콘까지는 실수 없이 도착했다 싶었는데, 콘을 돌리는 순간 내 발에 잘못 맞고 튕겨 나간 공이 운동장 멀리 사라졌다.

"아악!"

비명을 지르며 공을 쫓아가는 내 뒤에서 웃음이 터졌다. 아니, 너무하네! 엑스트라 인권도 보호해 주라, 좀.

그런 헛생각이나 하며 운동장 끝까지 넘어간 공을 주워 와 결승선을 통과할 즈음엔 이미 내 정신은 너덜너덜해져 있었다.

김혜힐이 내 등을 토닥였다.

"수고했어. 어렵더라."

"너희 하나도 안 어렵게 하는 거 다 봤거든."

내가 울먹울먹 꺼낸 말에 김혜힐이 어색하게 웃는 그때, 옆에서 누군가 우리를 툭툭 쳤다. 돌아보니 김혜우였다.

"저기 봐."

"누군데 그래?"

무심히 대답하며 고개를 돌렸던 김혜힐이 이윽고 침묵했다. 나 역시 조용해지긴 마찬가지였다.

황시우가 공을 들고 앞으로 나서고 있었다. 그들 패거리가 요란하게 인사를 해 댔다.

"선배님, 화이팅입니다!"

"야, 선배님은 잘하셔서 너 같은 놈 응원 필요 없거든."

대놓고 아부하는 말에도 기분 좋게 웃은 황시우가 팔을 몇 번 빙빙 돌리고는 출발선에 섰다. 모두의 시선이 모인

가운데 그가 출발했다.

시작은 순조로웠다. 그러나 채 콘 세 개도 통과하지 못하고 문제가 발생했다. 그의 발에 맞고 멀리 튕겨 나간 공을 보며 황시우가 욕을 했다.

"아, 씨……!"

까지 말하고 멀지 않은 곳에 선 체육 선생님을 힐끗 바라본 그가 공을 줍기 위해 달려 나갔다. 공을 주워 온 그가 드리블을 계속했지만 결과는 좋지 않았다. 연신 튕겨 나가는 공을 주워 오는 그의 표정이 점점 일그러졌다.

그가 결승선에 들어온 것은 그로부터 한참이 지나서였다. 그때 이미 황시우의 표정은 썩을 대로 썩어 있었다.

그 모습을 보던 김혜우가 조용히 말했다.

"별로 안 좋은데."

"뭐가?"

"쟤 다음으로 하는 사람이 잘하면 곤란해져."

"아."

그의 말뜻을 깨달은 내가 작게 탄성을 토해 냈다. 아니, 하지만 자기가 연습 안 한 주제에 고작 저런 거 못했다고 자존심이 상한단 말이야? 내가 작게 속삭였다.

"고작 저런 거 갖고?"

"우리 아직 고2야. 유치해도 될 나이라고."

김혜우의 대답을 들은 내 표정이 희한해졌다. 아니, 꼭 너는 고2 아닌 것처럼 말하고 있네.

그때, 다음 사람이 천천히 일어나 출발선에 섰다. 그 모습을 보고 나는 눈을 크게 떴다.

"어?"

반휘혈이었다.

옆에서 김혜우가 미간의 주름을 더욱 깊게 하며 중얼거렸다.

"이거 진짜, 별로 안 좋은데."

그의 말이 남긴 묘한 긴장감 속에서 반휘혈이 출발했다.

황시우 때와는 달리 어떤 응원도, 환호성도 없었다. 다만 어항 속 물고기를 관찰하듯 차갑고 무심한 시선 수십 개가 그를 난도질하듯 지켜보고 있었다.

그 가운데 반휘혈은 너무, 잘했다.

나는 다시 작게 한숨을 토해 냈다.

"아······."

"망했네."

김혜우가 중얼거리며 이마를 짚었다.

황시우 패거리가 그쪽을 죽일 듯이 노려보는 가운데, 반휘혈은 숨 한 번 돌리지 않고 윤정인처럼, 혹은 그보다도 빠르게 결승선을 통과하고 들어왔다.

이 반의 누구보다도 잘했음에도 아무도 칭찬하지 않았다. 남은 것은 황시우 패거리가 불러온 빽빽한 긴장감뿐이었다.

그 가운데 기록하던 체육 선생님이 놀라서 물었다.

"너, 이름이 뭐라고?"

"반휘혈입니다."

"반휘혈? 너 1학년 때도 이 학교 있었니?"

반휘혈이 여전히 무뚝뚝한 얼굴로 대답했다.

"네."

"이상하네, 내가 너 같은 애를 왜 몰랐지? 너 혹시 체육 대회 같은 데 한 번도 나온 적 없냐."

"네."

"아이고, 왜 이 운동 신경을 썩혀, 아깝게!"

그러더니 체육 선생님은 시험 보는 것도 잊고, 반휘혈의 손을 잡으며 '부 활동 하는 거 있냐? 너, 팔 근육도 잡아 보니까 장난 아닌데, 평소에 운동 뭐 하냐.'며 열렬히 묻기 시작했다.

체육 선생님이 다시 시험을 개시한 것은 그러고 한참이 지나서였다. 이미 황시우 패거리의 시선은 물론이고, 우리 반이며 7반 아이들의 시선까지 쏠릴 대로 쏠리고 난 뒤였다.

주변이 온통 들썩였다.

"저런 애가 우리 반에 있었어?"

"몰랐어? 맨 뒷자리에 앉는 애잖아. 쉬는 시간마다 엎드려서 자고. 귀에 이어폰도 안 꽂고 있던데."

"아, 맞네. 발표하는 건 한 번도 못 봤는데 체육은 엄청 잘하네? 뭐 하는 애야?"

"나도 몰라."

"키 엄청 클 것 같은데 허리를 너무 구부리고 다녀서 모르겠어. 얼굴도 제대로 안 보이잖아."

"봐 봤자 좋을 거 있겠냐?"

"으, 그건 그래."

저에 대해 오가는 말들을 아는지 모르는지, 체육 선생님과의 면담을 끝내고 돌아온 반휘혈은 맨 뒤 구석 자리에 다리를 끌어안고 앉았다.

그 모습을 보던 나는 황시우의 날카로운 목소리를 듣고 고개를 돌렸다.

"야, 쟤 지금 나 봤냐?"

나는 눈썹을 찡그렸다.

무슨 소리야, 저게? 반휘혈은 그쪽에 조금도 관심이 없는데. 관심이 없었으니 그렇게나 잘해 버린 거겠지만. 내가 한숨을 내쉬는 가운데, 주위 아이들이 화들짝 놀라며 되물었다.

"네?!"

"네, 선배님?! 아니요, 아닙니다."

"아니야, 쟤 방금 나 봤는데? 완전 나 대놓고 스캔 하고 가지 않았냐?"

"……."

침묵이 찾아왔다.

잠시 서로 간에 눈을 맞추며 의견을 교환하는 듯하던 그들이 이윽고 일제히 동조했다. 네, 맞아요! 맞는 것 같습니다. 그 모습을 보며 나와 김 쌍둥이는 이마를 짚었다.

내가 먼저 말했다.

"이거 일 났네. 어떡하냐."

"설마, 쟤들도 머리가 있는데 무슨 짓을 하진 않겠지."

"윤정인한테 일단 말해 놓기는 할 텐데, 걔도 구체적인 증거가 없는 이상 뭐 움직이질 못해서. 이런 건 당사자 신고가 들어가야 하는데, 쟤가 그만큼 패기 있는 성격도 아니어 보이고."

김혜우의 마지막 말에는 반박을 하고 싶었지만, 나는 한숨만 푹 쉬고 말았다.

세상에 전국 서열 1위가 패기가 없으면 도대체 누가 패기가 있겠냐 싶지만, 나는 일전에 반휘혈이 별거 없는 동네 양아치들에게 맞는 모습을 목격한 적이 있었다.

아마 동생에게 받았다는 지갑을 뺏기지 않았더라면 끝까지 반항하지 않았을 것이 분명하다. 그런 그에게 황시우 패거리의 괴롭힘에 저항할 힘은 고사하고, 의지라도 존재할까?

작게 한숨을 내쉬며 고개를 돌리는 그때, 희한한 모습이 포착되었다. 권은형과 반여령이 반휘혈 쪽을 보며 뭐라고 귀엣말을 주고받고 있었다.

그런 두 사람을 향해 남녀 할 것 없이 부러움 내지는 질투 어린 시선들을 보내고 있었지만, 전혀 신경 쓰는 기색이 아닌 걸 보니 중요한 얘기를 하는 모양이었다.

반휘혈에 대해 중요한 얘기라고? 두 사람, 설마 반휘혈에 대해 뭔가를 알고 있는 걸까? 그 직후 자유 시간이 시작되고, 남학생들이 축구를 하러 빠지는 바람에 자세한 말을 물을 수가 없었다.

김 쌍둥이를 그늘로 보내고, 나는 시험에 통과하지 못했으므로 연습을 계속했다. 간간이 나는 남학생들이 축구를 하고 있는 운동장으로 시선을 주었다.

그럴 때마다 가장 먼저 눈에 들어오는 것은 이루다의 찬란한 금발이었다. 본색을 드러내고부터 반 행사에는 귀찮다는 기색을 가감 없이 드러내는 루다도 축구만큼은 좋아했다. 심지어 황시우 패거리마저 그에게 열렬한 응원을 보내고 있었다.

확실히 축구할 때의 이루다는 누구라도 응원하고 싶게 만드는 그런 모습이기는 했다. 찬란히 빛나는 그를 잠시 보던 나는 이윽고 고개를 돌려 그늘 쪽을 보았다.

전에 보았던 것과 똑같이, 알처럼 몸을 둥글게 말고 다리를 감싼 채로 앉아 있는 반휘혈을 본 내 표정이 복잡해졌다.

이루다가 빛이라면 반휘혈은 그림자 같았다.

작게 한숨을 내쉰 내가 중얼거렸다.

"반휘혈 너는 도대체."

남부럽지 않을 외모에 싸움 실력, 영향력까지 갖춘 그가 도대체 무슨 생각으로, 무슨 이유에서 평범한 학생인 것처럼, 혹은 그보다도 못한 것처럼 위장하고 몸을 숨기는지. 도대체 너를 그렇게 행동하게 만드는 이유가 뭔지 나는 너무도 궁금했다.

이루다의 맹활약으로 축구 경기의 승자는 우리 반이 되었다. 밝은 분위기로 저마다 어깨를 두드리거나 웃음을 터트리는 아이들 속에 섞여 운동화를 벗고 계단을 올라가는데, 권은형의 목소리가 들렸다.

"저기, 잠깐만!"

나는 뒤를 돌아보았다. 하지만 내게 말한 것이 아니었다.

"휘혈이라고 했지? 잠깐만 얘기 좀 할 수 있을까?"

반휘혈의 팔을 붙든 은형이가 어쩐지 다급해 보이는 얼굴로 말하고 있었다.

반휘혈은 여느 때와 같이 반응이 느린 곰처럼 은형이를 멀뚱히 쳐다만 보았다.

그러다 이어진 은형이의 말에 반휘혈의 표정이 변했다.

"기억날지 모르겠지만, 우리 저번 주에 병원에서……. 아."

권은형이 붙들고 있던 팔을 휙 뿌리친 반휘혈이 빠르게

계단을 올랐다. 계단을 세 칸씩 성큼성큼 올라간 그는 금세 시야에서 사라져 버렸다.

그 모습을 보며 나는 입을 크게 벌렸다.

"저렇게 빨리 움직이는 모습 처음 봤어……."

멍하니 중얼거리는 것도 잠시, 나는 얼른 돌아서서 은형이를 붙잡았다.

"은형아! 잠깐만 얘기 좀 해."

"응?"

나를 돌아본 은형이가 의아한 얼굴을 했다.

목소리를 낮춘 내가 물었다.

"방금 그거, 무슨 얘기였어?"

혹시 반휘혈에 대해 아는 거라도 있어? 내가 덧붙인 말에 은형이의 낯빛이 흐려졌다.

＊　＊　＊

"저번 주 금요일이었을 거야. 여령이가 은미를 보러 왔던 날, 너도 기억나지?"

은형이가 머뭇머뭇 꺼낸 말에 나는 고개를 끄덕였다.

2학년 올라와서 처음으로 치르는 전국 모의고사를 불과 일주일을 남겨 둔 시점이었다. 아무리 방학 동안에 학원을 다녔다고는 해도 시간 뺄 엄두가 차마 안 나던 나는 빠지고, 반여령과 은형이만 병원으로 향했다.

"은미랑 여령이랑 나, 이렇게 셋이서 병원 안을 산책했었거든. 둘이서만 할 얘기가 있다기에 나는 조금 거리를 두고 뒤에서 따라가고 있었는데, 옥상에 먼저 들어갔던 두 사람이 비명을 지르는 소리에 급히 따라 들어갔어."

"비명?"

납치당했다는 걸 깨닫고도 비명은커녕 눈물 한 방울도 안 흘리던 반여령이 비명이라고? 도대체 뭘 봤기에?

은형이가 굳은 얼굴로 말을 이었다.

"그 애가 난간 밖에 걸터앉아 있었어."

"그 애라니?"

"반휘혈 말이야."

순간 눈앞이 하얘지면서 숨이 턱 막혀 왔다.

은형이가 말한 그날의 상황이 눈앞에 그린 것처럼 생생히 떠올랐다.

탁 트인 하늘 아래에 가로 놓인 가느다란 철제 난간, 헐렁한 티셔츠 자락을 바람에 흩날리는 채로 멍하니 걸터앉아 이쪽은 돌아보지도 않는 반휘혈의 모습. 넓고 푸른 하늘은 오히려 그 광활함만큼이나 엄청난 무게로 그의 어깨를 짓누르는 듯 보였다.

은형이가 말을 이었다.

"은미는 새하얗게 질린 얼굴로 내 소매를 붙잡고 꼼짝을 못 하고, 여령이는 어떡하냐고 저 사람을 부르냐고 마냐고 그러다가 놀라서 떨어지면 어쩌냐고 패닉이 왔고, 나도 이런 상황은 처음이라서 어쩔 줄을 모르고 가만히 있는데 그 애가 이쪽을 돌아봤어."

"그리고?"

"그러고는……."

그 대목에서 은형이는 갑자기 붉은 눈썹을 살짝 찡그리며 이해가 안 된다는 듯 고개를 작게 털어 냈다.

"……아무렇지도 않게 등을 돌려서 우리 쪽으로 탁 내려오더라. 표정을 살피려고 했는데, 헝클어진 머리카락이 눈 대부분을 가리고 있는 데다 고개까지 푹 숙여서 도저히 읽을 수가 없었어."

"그래서 어떻게 됐어?"

은형이는 어깨를 으쓱했다.

"우리 쪽을 그냥 지나치려고 하다가, 은미가 그때까지도 내 소매를 잡고 떨고 있었거든. 게다가 은미가 자기 나이보다도 훨씬 어려 보이는 편이니까. 은미를 보고는 잠깐 멈춰 서서 놀라게 해서 미안하다고 하더니 가더라. 그게 끝이었어."

반휘혈이 사라진 계단 위쪽을 힐긋 바라본 내가 말을 이었다.

"그럼 방금 체육 시간엔……."

"아무래도 그런 일이 있었는데 잊어버리긴 힘드니까. 게다가 장소가 병원이었으니까 더더욱 이런저런 생각이 들고."

그렇게 말하면서 곤혹스러운 듯 제 머리카락을 스스로 헝클어뜨리는 은형이를 보며 나 역시도 복잡한 심정으로 고개를 끄덕였다.

방금 본 바로는 이루다 정도의 운동 신경을 가졌다고 생각되는 그에게 난간 바깥에 앉아 있는 것쯤은 사실 묘기 축에도 못 드는 일이겠지만, 그런 사정을 모르는 은형이로서는 이런저런 생각이 드는 게 당연했다.

게다가 장소가 마침 병원이었다는 것도 걸리고 말이지. 나는 턱을 매만졌다.

동네 병원 말고는 갈 일이 거의 없는 나는 드라마에나 나올 법한 규모의 병원은 이번에 처음 가 봐서 알게 된 건데, 은미가 입원 중인 발해 병원은 대형 병원에 속하는 3차 병원이라서 진단을 받으려면 1차 기관 진료 의뢰서인지 뭔지가 필요하다고 했다.

애초에 동네 병원에서 감당이 안 되겠다 싶으면 종합 병원으로 가 보라고 진료 의뢰서를 써 주는 것이니, 반휘혈이 종합 병원에서 서성이고 있었다면 가능성은 두 가지 정도였다.

하나는 반휘혈이 수술이 필요할 정도의 심각한 병을 앓고 있다거나, 그도 아니면 은형이처럼 병원에 아는 환자가 입원해 있다거나.

역시 동생 쪽인가? 일전에 듣게 되었던 전국 서열 1위가 실종된 내막을 떠올린 나는 눈을 내리깔았다. 동생이 혼수 상태로 입원 중이라고 했지.

그럼 반휘혈의 동생도 발해 병원에 입원 중인 건가? 그때 은형이가 불쑥 나를 불렀다.

"아 참, 단아. 그러고 보니까 아까 나 부를 때."

"응?"

"반휘혈에 대해 아는 거 있냐고 했었지."

"아, 응. 그런데 아까 네가 붙잡았던 그 애 이름이 반휘혈이거든."

어차피 옆 반이니 이 정도는 곧 알게 되겠지 싶어 망설이지 않고 말하자 은형이의 표정이 전보다도 심각해졌다. 반휘혈이 떠난 자리를 힐긋 본 그가 중얼거렸다.

"병원……. 이름……. 아니야, 아니겠지. 키나 체격도, 외모도 전혀……."

은형이가 말하는 것을 보아 그도 곧 반휘혈의 정체를 깨닫게 될 모양이었다. 그러다 문득 정신을 차린 그가 나를 보며 말했다.

"아, 그냥 신경 쓰여서 물어봤어. 별거 아니야. 그보다, 우리 늦겠다."

은형이의 태도를 보아하니 그는 여전히 이런 사건들에서

우리를 떼어 놓고 싶은 것이 분명했다. 불현 듯 최근 반휘혈을 찾아 급식실이며 매점을 마구 헤집고 다녔던 것이 떠오른 나는 어색하게 웃었다.

아, 역시 그쪽엔 신경을 끄는 게 은형이의 노력을 봐서라도 좋겠지. 새삼 결심을 다진 나는 황급히 그들과 함께 계단을 올랐다.

예전과 달리 옆 반이기 때문에 거의 끝까지 가서야 헤어지게 되었다. 내가 막 교실로 들어가려는 그때, 마찬가지로 7반 앞문을 열어젖히던 은형이가 문득 나를 돌아보더니 웃으며 물었다.

"단아, 이번 금요일에 전국 모의고사 있는 거 알지."

"응, 알지."

은형이가 왜 이런 얘기를 하는지 알 수 없어 나는 조금 어리둥절해지는 한편 씁쓸해졌다. 차라리 공부를 안 했으면 괜찮았을 텐데, 괜히 안 다니던 학원에 다니질 않나 별 난리를 쳤더니 성과를 보여야 한다는 생각에 배는 긴장이 됐다.

그런 내게 은형이가 여전히 웃는 얼굴로 말했다.

"얼른 그날이 왔으면 좋겠다."

"뭐?"

나는 이번에야말로 눈을 크게 뜨고 말았다. 전국 모의고사 보는 날이 얼른 왔으면 좋겠다니, 은형이 나름의 자신

감의 표현인가?

하지만 그렇다기엔 은형이는 딱히 성적 잘 나오는 데 크게 의미 두고 그런 성격이 아닌데. 게다가 은형이의 성적 곡선은 은형이의 감정 곡선만큼이나 평탄함을 자랑하는 편이고.

대체 뭐지? 혼란에 휩싸여 있던 나는, 예비 종이 울리고서야 허겁지겁 교실로 뛰어 들어갔다.

* * *

쉬는 시간이 부족해서 나 혼자만 교복으로 갈아입지 못하는 바람에, 선생님께 한번 복장 지적받은 것을 제외하면 그럭저럭 그날 하루는 평탄하게 마무리되었다.

그 뒤로 화요일, 수요일도 평탄한 나날들의 연속이었다.

솔직히 나로서는 조금 의외였다.

물론, 하루하루가 평탄하게 마무리된다면 나야 더 바랄 것이 없지만, 고등학생으로서 가장 간절한 소원이 고작 이거라니 조금 슬프군.

하여간 나야 나쁠 게 없지만, 그날 체육 시간의 분위기로 보아 조만간 일이 나도 큰일이 나겠거니 생각했던 것이다.

개학 날 이루다가 식사 자리에서 했던 말도 걱정에 한몫했다.

'두고 봐, 조만간 교실에서 한 번 이상 사건이 있을 테니까.'

'그리고 그 희생자는 일주일이 지나도 혼자 있는 녀석이 될 거야.'

일주일이 지나도 혼자 있는 녀석, 과연 반휘혈이 그랬다.

그는 황시우에게 있어 가장 손쉬운 먹잇감이 된 데다, 심지어 황시우의 심사를 제대로 건드리기까지 했다. 그런데도 아무런 일이 없다니, 폭풍 전의 고요처럼 느껴지는 건 왜일까.

그리고 마침내 목요일이 되었다.

전국 모의고사가 불과 하루 남은 이 시점에서 나는 평소보다 한 시간 일찍 등교하기로 마음먹었다. 아홉 시까지 그럭저럭 한 시간 반 정도는 자습할 수 있기 때문이었다. 교실이 조용할 테니 공부도 더 잘될 테고.

여단 오빠와 여령이까지 일찍 깨우는 건 미안해서 오늘만 혼자 가겠다고 했더니, 어차피 아침잠도 별로 없으니 따라가겠다던 두 사람은 오늘 하루뿐이란 말에 수락했다. 시험 당일 날엔 오히려 수면이 중요하니까 정상 등교할 거고.

그렇게 해서 나는 평소보다 이른 시각 학교에 홀로 도착하게 되었다.

개미 한 마리 얼씬하지 않는 조용한 교정은 거닐기에 민망할 정도였지만, 그렇게 무섭거나 이질적이지는 않았다. 하기는, 무섭고 이질적인 거라면 이미 저번의 폐교 체험으로 단단히 면역이 생겼다.

망설임 없이 계단을 올라 교실 문을 열자 아이들이 빼곡히 차 있을 때는 도저히 상상할 수 없던 정적이 나를 반겼다.

음, 자습은 잘되겠어. 문제집까지 세팅하고 공부할 채비를 마친 다음, 괜히 무대를 준비하는 배우라도 된 듯한 기분으로 빈 교실을 천천히 거닐었다. 창턱에 한 손을 얹고 운동장을 내려다보니 운동장 또한 마찬가지로 비어 있었다.

이만하면 됐다는 기분으로 내 자리로 돌아가려는데, 가까이 있는 자리에 가방이 걸려 있는 게 보였다.

나는 눈을 크게 떴다. 누군가 나보다도 일찍 공부하러 나온 건가?

잠시 살피던 나는 깨달았다. 반휘혈의 자리였다.

내 표정이 한층 더 심각해졌다.

미안한 말이지만 내 이름조차 헷갈려 하는 데다, 심지어 반 아이들이 놀랄 정도로 교과서 하나 갖고 다니지 않는 반휘혈이 공부하러 학교에 일찍 왔을 리는 없다.

그러면 왜?

초조하게 턱을 매만지던 나는 문득 떠오르는 바가 있어 고개를 퍼뜩 들었다. 잠시 망설이던 나는 그대로 교실을 뛰쳐나왔다.

복도에 서서 주위를 두리번거리며 잠시 방향을 가늠해 본 나는 곧바로 여자 화장실로 뛰어갔다. 내가 알고 있는 학교 구조에 따르면 여자 화장실 창문 바로 아래가 쓰레기장이었다.

여자 화장실 문을 열어젖히자 악취는 전혀 없이 아침 특유의 차가운 공기가 나를 반겼다. 세면대 옆의 창문을 올려다본 나는, 곧장 옆에 엎어져 있던 플라스틱 양동이를 창문 앞에 끌어다 놓고 발을 올렸다.

플라스틱 양동이는 얇았지만 내 몸 하나 지탱하지 못할 정도는 아니었다. 잠시 뒤뚱거리다가, 간신히 균형을 잡고 아래를 내려다본 내 입에서 즉시 비명에 가까운 탄성이 터졌다.

"아."

황시우를 필두로 한 우리 반 패거리가 반휘혈을 둥글게 감싸고 있었다.

정작 일을 주도한 것으로 보이는 황시우는 벽에 기대어 담배를 피우고 있고, 아래인 것 같은 녀석들이 반휘혈의 머리를 툭툭 때리는 게 일진의 표본이라고 할 만했다.

내 얼굴이 창백해졌다. 반휘혈이 학교에 일찍 나온 이유는 아마 분명히 저들이 반휘혈을 불러냈기 때문이리라.

확실히 방과 후에는 고등학교 3학년들이나 다른 사람들에게 들킬 여지가 많아지니까. 하지만 설마 등교 시간 전에 이렇게 일을 칠 거라곤 상상도 못 했다.

아악, 어쩌지? 어쩐담? 나는 고뇌하며 내 머리를 쥐어

뜬다. 그러는 동안 반휘혈을 향하는 폭력의 수위는 점점 높아지고 있었다. 반휘혈의 머리를 손가락으로 툭툭 치다 못해 한 녀석이 기어이 그의 멱살을 붙잡았다. 침을 꼴깍 삼킨 나는 시선을 옮겼다.

반휘혈로 말하자면, 그는 교실에서와 마찬가지로 고개를 푹 숙인 채 반항의 기미도 없이 흔드는 대로 흔들리고만 있었다. 그러나 키도 덩치도 반휘혈 쪽이 월등해서, 그의 멱살을 붙잡고 있던 남자애의 얼굴 위에 서서히 지친 기색이 떠오르는 것이 보였다.

그러다 그가 기어코 반휘혈을 내동댕이치더니 갑자기 발을 들어 올렸다.

"악!!"

결국 내 입에서 다시 짧게 비명이 터졌다.

반휘혈의 교복이 금세 흙먼지로 더러워지고 있었다. 게다가 벽에 기대 있던 황시우도 곧 가세할 기미였다.

안절부절못하던 내 눈이 내 발아래 있던 양동이로 향했다. 우리 엄마보다도 노심초사하는 은형이 때문에 손 떼려고 했는데, 이번만은 안 되겠다.

곧장 양동이를 집어 들고 대걸레를 빠는 용도의 수도꼭지를 틀자 콸콸 소리와 함께 거세게 쏟아진 물이 나에게까지 튀었다.

양동이의 반 이상을 채우고 나서야 수도꼭지를 잠근 나

는, 양동이를 힘겹게 안고 창가로 이동했다. 양동이를 든 두 팔을 태양신에게 제물이라도 바치듯 번쩍 들어 올리며 까치발을 했다.

촤아아악!

양동이에서 쏟아진 물이 곧장 쓰레기장으로 떨어졌다. 아래에서 큰 소리가 났다.

"아악! 미친! 뭐야, 무슨 일이야!"

"이거 물 누가 쏟았어? 누구야, 뭐야!"

"옥상 청소하는 거 아니야?"

"그럴 리가 있냐! 몇 층에서 쏟아진 거야, 이거!"

그들이 소곤거리는 소리를 들으며 나는 재빨리 양동이를 회수하려 했다.

각 층마다 여자 화장실이 있는 위치는 동일하고 우리 학교 건물은 총 5층. 즉, 저들이 나를 찾으려면 최소 다섯 개의 화장실을 뒤져 봐야 한다는 뜻이었다. 그 정도 시간이면 내가 안전한 곳까지 대피하고도 남았다.

그러나 예상치 못한 곳에서 문제가 발생했다.

"아."

창 안으로 회수하려던 양동이가 창틀에 걸리고 만 것이었다. 엇 하는 새 양동이가 바깥으로 추락했다.

곧이어 큰 소리가 났다.

"시우 선배!!"

"어떡해!!"

그 외침을 듣고 나는 곧바로 알았다. 음, 양동이를 뒤집어쓰는 비극의 주인공은 그가 된 것 같군.

그때 다시 외치는 소리가 들렸다.

"내가 다 봤어! 3층 여자 화장실이었어!"

"3층이면 우리 학년 아니야?!"

"잡히면 죽었어, 진짜!"

여자 화장실이니까 혹시나 후퇴해 주지 않을까 헛된 희망을 가져 보려던 나는, 개중에 여자 목소리가 끼어 있는 것을 듣고 희망을 버렸다.

젠장, 이래서 일은 함부로 치는 게 아닌데. 나는 머리를 헤집으며 숨을 구석을 찾기 시작했다.

화장실 칸에 숨어? 100퍼센트 걸리는 것도 모자라 문을 굳게 걸어 잠근다고 해도 그들은 내가 나오기만을 기다릴 텐데, 그렇게 되면 내가 나가든 안 나가든 큰 문제가 된다.

나가면 당연히 잡히니까 문제고, 안 나가자니 수업 시간이 되면 내가 없는 것을 보고 같은 반인 황시우가 내 정체를 눈치채게 될 터였다.

악, 이래서 일을 칠 때는 두 번 생각해야 한다니까! 아니, 하지만 망설일 틈이나 있었냐고!

괜히 그런 생각을 하다가 시간을 더 까먹었다. 초조해진 나는 입술을 깨물었다. 전속력으로 달렸다면 지금쯤 1, 2

층에는 도착해 있을 시간이었다. 나는 일단 화장실 문을 열어젖혔다. 역시나 아래층에서 시끄러운 소리가 들려오고 있었다.

그들이 올라오기 전에 나는 계단으로 향했다. 간발의 차로 내가 계단 모퉁이를 돌아 올라가자마자 쏟아져 나온 인영들이 3층 화장실로 우르르 들어가는 것이 보였다.

"휴. 장하다, 나."

그 모습을 어둠 속에 파묻혀 지켜보던 내가 낮게 중얼거렸다.

2학년 화장실을 이용하고 있었다면 당연히 2학년일 테니까, 화장실을 뒤진 다음에는 2학년 교실부터 뒤지기 시작하겠지. 사실은 되는 대로 향한 것뿐이었는데 탁월한 선택이었다. 나!

고개를 주억거리며 나는 상황을 계속 지켜보았다. 아니나 다를까, 여자 화장실에서 아무것도 발견하지 못한 그들이 돌아서며 외쳤다.

"망할, 교실 다 뒤져!"

휴, 역시나 생각대로 굴러가는군. 다시 한번 내 판단에 찬사를 보내던 나는, 곧 떠오른 생각에 굳어 버리고 말았다.

아니, 잠깐만. 내가 중얼거렸다. 나, 교실에 내 가방 놓고 왔는데. 게다가 공부할 의지가 충만한 듯 책상 위에 문제집까지 보란 듯이 올려 둔 채였다. 당연히 그들 눈에 띄고도 남았다.

악. 나는 머리를 감싸 쥐었다. 아니야, 이렇게 들킬 순 없어! 안 돼! 내가 비명을 지르던 그때였다.

교실 안에서 발작인 비명이 터졌다.

"뭐야! 귀, 귀신이야!!"

"아니야, 자세히 봐!"

그리고 너무나 의외의 말이 이어졌다.

"반휘혈이잖아!!"

"뭐?! 방금까지 쓰러져 있던 놈이 어떻게 우리보다 빨리 도착해!"

"이런 미친, 기분 잡쳤네! 야, 가자! 다른 곳부터 찾아!"

그리고 황시우 무리가 와르르 흩어졌다.

그 모양을 보던 내 입에서 가느다란 한숨이 흘러나왔다. 이윽고 나는 계단 손잡이를 꾹 쥔 채로 바닥에 스르르 무너졌다.

"살았다."

그렇게 중얼거리며 내 가슴께를 짚어 보자, 심장이 아직도 미친 듯이 쿵쾅대고 있었다. 나는 진이 잔뜩 빠져서 중얼거렸다. 이러니까 조연 심장으로 주연 같은 일을 하면 안 돼.

나는 한동안 그대로 움직이지 않은 채 황시우 무리가 하는 양을 지켜보았다. 사실 움직이지 않았다기보다는 움직일 기운조차 없다는 쪽이 보다 정확했다. 다리가 후들거려서 도무지 도망칠 엄두가 나지 않았다.

다행히도 교실을 이쪽에서 저쪽 끝까지 뒤져 본 그들은 반휘혈 외엔 아무도 찾지 못한 모양이었다. 급기야 그들은 물이 쏟아지고 양동이가 쏟아진 일을 반휘혈 분신의 소행으로 몰기 시작했다.

"숨겨진 쌍둥이 동생이 있는 거 아니야? 그래서 하나는 쓰레기장에 우리랑 있었고, 하나는 화장실에서 물을 붓고 교실에 돌아와 앉은 거지."

"미친아, 말이 되는 소리를 해라. 게다가 교실에서 본 그놈도 쫄딱 젖어 있었거든. 다른 사람일 리 있냐."

쫄딱 젖어? 잠시 생각하던 나는 깨달았다. 아차, 반휘혈과 저들이 가깝게 붙어 있었으니 저들에게 쏟은 물을 반휘혈도 맞은 모양이었다.

그건 미안하게 됐군. 나는 속으로나마 사과했다. 날이 쌀쌀해서 감기라도 걸리면 큰일인데, 체육복 가져왔겠지? 설마 안 가져오진 않았겠지? 나는 그런 생각들을 하며 불안하게 교실을 응시했다.

교실엔 더 이상 아무도 들어가지도 나오지도 않았다. 웅크려 앉은 채로 시간만 흘려보내다가, 결국 여덟 시 10분 정도가 되고 등교해도 이상하지 않을 시간이 돼서야 나는 교실로 향했다.

바로 들어가지 않고 벽에 바싹 붙어서 뒷문 근처에 붙은 거울로 교실 안을 비춰 보니 반사되는 형상은 반휘혈의 단단한 뒷모습밖에 없었다.

안도의 한숨을 내쉰 나는 주춤주춤 교실로 들어갔다.

인기척을 느끼고 곧바로 이쪽을 돌아보는 반휘혈에게 나는 머쓱하게 한쪽 손을 들어 보였다.

"어, 안녕."

인사하면서도 솔직히 좀 조마조마했다. 왜 가방이 없냐는 당연한 사실을 그가 혹시나 지적할까 봐서.

어차피 은혜를 베풀겠다거나 그런 생각에서 한 일도 아니었고, 그러니만큼 당연히 그가 알아주길 바라지도 않았다. 아니, 오히려 내가 그를 도와주기 위해 한 일이 맞을지라도 그가 몰랐으면 했다. 황시우와 그 무리들의 성격을 생각했을 때, 내 정체를 아는 사람이 아무도 없는 편이 좋으니까.

한편으론 반휘혈은 당연히 모르겠지 하는 생각도 들었다. 애초에 내 이름을 잊어버릴 정도로 내게는 관심을 두지 않는 그니까. 고작 가방이 있는지 없는지 따위를 신경 쓸 리가.

과연, 나를 빤히 보던 반휘혈이 한참 만에 툭 내뱉은 것은 더도 덜도 아닌 평범한 인사였다.

"안녕."

"⋯⋯저기, 내 이름 까먹어서 안 부르는 건 아니지?"

반휘혈은 대답이 없었다. 괜히 긴장이 풀려서 낮게 웃은 나는 곧장 내 자리로 향했다.

어쨌거나 반휘혈이 쫄딱 젖은 몰골로 교실에 유령처럼 앉아 있던 덕에 시선 강탈이 돼선지 어째선지, 황시우 무리가 내 가방의 존재조차 눈치채지 못해서 다행이었다. 그러니 내가 아까 펼쳐 놓은 문제집을 풀기만 하면 완전 범죄 성립이지, 암.

그런데 의외의 일이 일어났다.

내 책상 위는 텅 비어 있었다. 책상 옆에 걸려 있던 가방도 사라지고 없었다. 그러니까, 황시우 무리가 내 가방을 발견하지 못한 것은 반휘혈에게 시선을 뺏겨서가 아니라 정말로 없었기 때문이란 뜻이다.

아마도 누군가가 내 가방을 그 전에 미리 가져갔기 때문에.

그런 생각을 하며 굳어 있던 나는 뒤에서 부르는 소리에 몸을 돌렸다.

"가방은 여기 있어."

단정한 아침 빛 속에서, 반휘혈이 그렇게 말하며 내게 익숙한 가방을 내밀었다.

젖어서 이마에 착 달라붙은 검은 머리카락 사이로 선명한 붉은 눈 한 쌍이 나를 똑바로 보고 있었다. 그 눈에 영혼을 뺏기기라도 한 것처럼 멍하니 가방을 받은 나는, 그러고도 한참을 가만히 있었다.

그런 내 귀에 그의 다음 말이 따라붙었다.

"신세 졌다. 함단이."

문득, 그에게서 내 이름을 제대로 불려 본 것이 개학하고 처음이란 생각이 들었다.

잠시 망설이던 나는 천천히 입을 열었다.

"왜……."

반항 안 하고 맞고만 있던 거야? 저번에도 그렇고, 이번에도.

내가 물으려던 그때, 교실 앞문이 벌컥 열리며 누군가 등장했다.

"안녕."

놀란 듯 잠시 멈춰 섰던 신서현이 이윽고 교실 안으로 스스럼없이 들어오며 말했다. 나도 고개를 끄덕이며 대답했다.

"일찍 왔네? 양궁부 아침 연습할 시간 아니야?"

"내일이 모의고사니까 공부하라고 일찍 보내 주셨어. 그래 봐야 30분 빠르긴 한데."

그렇게 말하며 신서현이 자기 자리로 향했다. 그가 지나기 편하도록 옆으로 바짝 비켜서는 한편, 내 심장은 불온하게 뛰기 시작했다.

나는 반휘혈 쪽을 힐끗거렸다. 분명히 우리 둘이 얘기하는 것을 봤을 텐데, 타이밍상 안 봤을 리가 없는데도 신서현은 그것에 대해 묻지 않았다. 이상한 일이네. 내가 생각하는 그때 신서현이 갑자기 뒤를 돌아보았다.

지레 움찔하며 겁을 먹는 것도 잠시, 나는 신서현의 시선이 향한 곳이 내가 아니라 내 등 뒤란 것을 깨달았다.

"체육복 빌려줄까?"

아무렇지도 않게 흘러나온 그 말에 반휘혈은 한참 있다가 고개를 들었다. 제게 하는 말이라고는 상상도 못 한 눈치였다.

"나 어차피 양궁부에서 입는 옷은 따로 있어서. 너 지금 교복 엉망인데."

신서현의 말대로 반휘혈의 교복은 여전히 조금도 마르지 않은 데다, 심지어 흙 발자국이 물에 녹아 바지 아래는 갈색으로 얼룩덜룩했다.

신서현을 빤히 보던 반휘혈이 이윽고 고개를 내저었다.

"……아니, 됐어, 나는."

"그리고 수업 듣게? 어차피 선생님이 옷 갈아입고 오라고 하실 텐데."

"……."

"눈에 띄기 싫은 거, 아니야?"

신서현이 무심히 내놓은 말이 아픈 구석을 찌른 듯 반휘혈의 붉은 눈이 잠시 커졌다. 빈 책상 위로 두 주먹만 꼭 쥐고 있던 그가 이윽고 천천히 몸을 일으켰다.

바로 사물함에서 체육복을 꺼내 건네주며 신서현이 말했다.

"너한테 다시 말 안 걸 테니까 걱정하지 말고."

"……."

"내 체육복은 지금처럼 사람 별로 없을 때 다시 내 사물함에 넣어 두든가 해. 다음 체육 시간 전까지만."

반휘혈이 또다시 고개를 끄덕였다. 사람 말을 잊어버린 곰 같은 그 행태에 한마디 지적할 법도 한데, 신서현은 그러는 대신 어서 나가 보라는 듯 문 쪽을 턱짓했다.

신서현의 체육복을 안고 뒷문으로 나가던 반휘혈을 내가 불렀다.

"아, 저, 저기."

반휘혈이 고개를 돌려 뭐냐는 듯 날 빤히 보았다.

"갈아입고 교복은 나한테 줄래? 내가 어떻게…… 세탁해 볼게."

내 나름의 신세 갚기였다.

"됐어."

그러나 조금의 고민도 없이 거절의 말이 흘러나왔다. 그리고 반휘혈은 곧장 복도로 나가서 문을 탁 닫아 버렸다. 닫힌 문 너머로 터벅터벅 발소리만 들려왔다.

잠시 멍해 있던 나는 부르는 소리에 고개를 돌렸다. 신서현이 흥미 어린 눈으로 묻고 있었다.

"친해?"

"응? 그렇게는, 음……. 그런데 어쩌면 우리 학교 안에서는 내가 제일 가까운 사람일지도."

우리 학교 안에서 다른 사람이랑 말하는 걸 본 적은 한 번도 없으니까. 점심시간에 어디서 뭘 하는지 본 적은 없지만. 그때도 누굴 만나거나 하진 않으리란 확신이 있었다.

"그래? 어쩌다?"

되묻는 신서현의 얼굴에 비난이나 혐오의 기색은 없었다. '어쩌다 그렇게 됐어?'나, '왜 그랬어?' 같은. 그래서 나도 순순히 대답할 수 있었다.

"처음에는 시한폭탄 같은 건 줄 알고, 인명 보호 차원에서 차마 그냥 지나치질 못했는데……."

"인명 보호?"

신서현의 얼굴이 해괴한 표정으로 변하는 것을 애써 못 본 척한 내가 황급히 말을 이었다.

"그런데 지금은 비 맞는 떠돌이 강아지, 아니, 곰 같아서 그냥 지나칠 수가 없고."

동네 떠돌이 강아지조차 쫄쫄 굶고 다니고 애들에게 돌 맞고 괴롭힘당하고 있으면 달려가서 도와주고 싶어지는 게 당연지사인데, 하물며 사람이라고 다를 리가.

아니, 하지만. 나는 돌연 떠오르는 생각에 이마를 짚었다. 역시 전국 서열 1위를 전투력이라곤 조금도 없는 내가 지켜 줘야 한다는 이 상황은 정말 이상해도 너무 이상하잖아……. 명색이 전국 서열 1위라면 '기다려, 내 심장아'라고 씩씩하게 내뱉고 17대 1로 싸워서 여주인공을 구출하는 정도의 용맹함은 보이라고.

그러다 나는 문득 또 다른 가능성을 떠올렸다.

그러고 보면 나는 반휘혈이 제대로 싸우는 모습을 한 번도 본 적이 없었다. 반휘혈이 곧 사람을 죽일 거라 생각했던 적이야 많지만, 그건 어디까지나 눈빛뿐이었고.

체육 시간에 놀라운 운동 신경을 확인했다고 해도 체육이랑 싸움은 꽤 다르다. 황시우의 경우를 보았듯이.

내 표정이 심각해졌다. 어라, 그러면 설마 정말로 싸움 못하나? 전국 서열 1위 같은 건, 아버지가 전국 서열 1위였어서 그냥 물려받았을 뿐이라거나? 왕위도 세습제인데 서열이라고 세습제가 아닐 게 뭐냐.

아니면 생각할 수 있는 마지막 가능성으로, 설마 반휘혈이 전국 서열 1위가 아니라면?

그날 병원은 그냥 다른 일로 간 거였고.

"……."

아, 잠깐.

나는 휘청거리며 이마를 짚었다.

안 돼. 그렇다면 정말로 나는, 지금까지 싸움은 조금도 못 하고 성격은 양처럼 순하기 짝이 없어서 때리는 대로 맞고 사는 불쌍한 애를 데려다가 눈 색이랑 생김새만 보고 오해했다는 거야?

그러고 보면 불과 몇 달 전에도 나는 이루다가 단지 예쁘게 생겼고 목젖이 없으며 배경이 수상해 보인다는 등의 이유만으로 여자라고 오해한 적이 있었다. 그것도 거의 반년 동안이나.

"으……."

거기까지 떠올리자 반휘혈이 민간인일지도 모른다는 생각은 확신으로 변했다.

함단이, 좀 잘하자! 나는 내 이마를 찰싹 때렸다. 진짜 전에도 무고한 남자를 남장 여자로 몰더니, 이번에는 이름 좀 똑같고 좀 잘생겼기로서니 불쌍한 민간인을 전국 서열 1위로 몰아?

그러다 나는 부르는 소리에 퍼뜩 고개를 들었다.

"너, 뭐 하냐?"

신서현이 뭐라 형용할 수 없는 눈빛으로 나를 보고 있었다. 나는 하, 하하, 어색하게 웃고는 스르르 자리로 돌아가서 앉았다.

샤프를 잡고 문제를 풀기 시작한 지 얼마 안 있어서 뒤에서 문이 열리는 소리와 함께 발소리가 들려왔다. 물에 젖은 슬리퍼가 질퍽거리는 소리만 들어도 반휘혈임을 알 수 있었다. 나는 샤프를 쥔 손으로 머리를 짚으며 작게 한숨을 내뱉었다.

솔직히 말해서 집중이 하나도 안 됐다. 반휘혈의 얼굴을 보자니 지난날들의 과오가 떠올라 너무 부끄러웠고, 또 안 보자니 안 보는 대로 제멋대로 오해한 날들에 대한 죄책감이 무겁게 가슴을 눌러 왔다.

결국 일찍 온 보람도 없이 샤프를 쥐고 끙끙거리는 사이, 시간은 물처럼 흘러 아이들이 속속 등교하는가 싶더니 어느새 조례 시간이 되고 말았다. 황시우는 조례 직전에야 들어오더니 체육복으로 갈아입은 반휘혈을 비웃는 듯한 눈으로 보고 제자리로 돌아갔다.

이윽고 담임 선생님이 문을 열고 들어왔다.

그가 들어오자마자 말했다.

"너희 내일 2학년 올라오고 첫 모의고사 있는 거 알지."

"네에에."

노민찬 선생님의 미모도 이때만은 효과가 없는지 대답하는 아이들의 목소리가 하나같이 길게 늘어졌다.

아랑곳 않고 선생님이 말을 이었다.

"이번 모의고사 점수 기준으로 수학이랑 영어 상하 반 나눈다고 하니까, 다들 평소 실력 발휘 못 하는 일 없이 잘들 하고."

작년에도 그랬듯이 이번에도 내신 상관없이 모의고사로 상하 반을 나누는군. 나는 고개를 끄덕였다. 우리 학교는 각 과목마다 괴물들이 1등급을 찢어 먹는 탓에 내신 따기는 지옥에 가까우니까.

"그럼, 선생님은 자습 방해 그만하고 이만 간다."

"잠시만요, 선생님!"

그때, 새된 목소리가 나가려던 선생님을 불러 세웠다. 나는 들을 것을 다 들었기 때문에 이미 귀에 이어폰을 끼우고 난 뒤였다.

그런데도 질문하는 여학생의 목소리가 워낙 커서 음악 소리를 뚫고 드문드문 들리긴 했다.

"반……. 수업……. 어떻게……."

"당연히……. 옆 반……. 열심히……."

대답하는 선생님의 말도 끊겨 들리기는 마찬가지였다.

음. 나는 잠시 고개를 기울였다. 조금 신경 쓰이기는 했지만 이렇게까지 조각나서 들리면 해석이 안 된다.

나중에 물어보지 뭐. 그렇게 생각한 나는 다시 자습 시간에 낭비한 공부 시간을 보충하는 데 집중했다.

* * *

점심시간 종이 울리자마자 나는 곧바로 반휘혈의 자리를 돌아보았다.

그런데 아뿔싸. 반휘혈은 이미 사라지고 없었다. 내 표정이 빠르게 식었다. 아니, 대체 어떻게 하면 종 치자마자 뒤를 돌아봤는데 없을 수가 있어? 축지법이라도 쓴 거야, 뭐야?

잠시 서성이던 나를 김혜우와 이민아가 불렀다.

"뭐 해, 얼른 가자. 오늘 급식 경쟁 좀 세."

"맞아, 오늘 후식으로 닭꼬치 나와."

"어, 있잖아……."

나는 말하다 말고 반휘혈의 빈자리를 힐긋거렸다. 그때 아까부터 나를 묘한 시선으로 응시하던 김혜힐이 물었다.

"'그 애' 찾으러 가 보게?"

이 자리에 사람이 많은 것을 신경 써서 '그 애'라고 뭉뚱그려 준 배려가 고마웠다.

나는 곧바로 고개를 끄덕였다.

"응. 너무 신경이 쓰여서……."

반휘혈이 정말로 싸움을 못해서 맞고 있던 일반 학생일 가능성을 떠올리고 나자 도저히 그를 그냥 내버려 둘 수 없어졌다.

김혜힐이 다시 물었다.

"도와줄까? 하루 정도는 같이 돌아다녀 줄 수 있다고 했잖아."

"아니야, 괜찮아. 짚이는 데가 있어."

"그래."

김혜힐이 기다리고 있는 이들에게 다가가서 뭐라고 말했

는지는 몰라도, 그들은 금세 고개를 끄덕이더니 급식실 쪽으로 향했다.

인파 사이에서 손을 번쩍 든 김혜우가 말했다.

"피자 빵이면 되겠냐!"

"응, 고마워!"

손나팔까지 만들어 외쳤는데, 그새 내 대답은 들리지 않을 거리까지 멀어져 있었다. 가볍게 숨을 들이쉰 나는 마음 단단히 먹고 발걸음을 돌렸다.

김혜힐에게 말했던 것처럼 갈 곳은 이미 정해져 있었다. 계단을 급히 내려오던 학생들이 이쪽을 어리둥절한 눈으로 보는 것도 아랑곳 않고, 연어처럼 인파를 빠르게 거스른 나는 마침내 철문 앞에 도달했다.

옥상.

문을 열기 전에 나는 잠시 심호흡을 했다.

인터넷 소설의 법칙 31조, 학교 옥상에서는 무슨 일이든지 일어날 수 있다.

말 그대로 무슨 일이든지.

일진들에게 돈을 뜯기는 것부터 시작해서 패싸움에 치정 싸움, 그리고 별 보다가 외계인에게 납치당하는 것까지. 학교 옥상은 무한한 가능성을 품고 있다. 그리고 대부분은 내가 원치 않는 가능성이다. 그래서 나는 최대한 옥상에 가는 것을 피했고.

내가 옥상에 마지막으로 왔던 때가 최유리가 불러냈을 때였다. 음, 별로 좋은 추억은 아니군. 잠시 회상에 잠겨 있던 나는 이윽고 천천히 문을 밀었다.

끼이익, 녹슨 쇠 마찰음과 함께 녹색 페인트칠을 한 바닥과 광활한 하늘이 한눈에 들어왔다. 그리고 난간에 기대어 하늘을 보고 있던 사람이 이쪽을 돌아보았다.

나는 잠시 주변을 둘러보았지만 다행히 옥상엔 내가 찾던 사람 한 명뿐이었다. 그제야 안심한 나는 웃는 얼굴로 인사를 건넸다.

"반휘혈, 안녕."

내 인사를 받은 반휘혈은 반갑다는 기색을 내비치기는커녕 굴을 침범당한 곰이라도 되는 것처럼. 아니, 나 정말 곰 비유 너무 많이 쓰네. 하지만 곰 외의 동물은 생각이 안 나는 걸 어떡해? 아무튼 경계심 어린 눈빛으로 나를 바라봤다.

나는 문득 그의 입가에 붉은기가 내비치는 것을 보고 기겁해서 외쳤다.

"어? 뭐야, 너 피 나?"

"아, 아니, 이건 그게 아니라……."

"너 방금 맞았어? 그래서 이렇게 된 거야?!"

당황하는 반휘혈의 모습에도 아랑곳 않고 나는 그의 얼굴을 자세히 살폈다. 그런데 입고 있는 체육복은 여전히 깨끗한 데다, 가까이 갈수록 풍기는 건…….

나는 아래를 내려다보았다.

내 시선이 빵 봉지에 닿자 반휘혈이 머쓱한 표정으로 빵을 자기 등 뒤로 숨겼다. 입에 묻어 있던 건 케첩이었군. 오늘 민망할 일 여러 번 생기네. 잠시 이마를 짚고 있던 내가 다시 입을 떼었다.

"너 설마 맨날 빵으로 점심 때워?"

"응."

"우리 학교는 급식비 의무 납부잖아. 급식비 아깝게 왜?"

그러자 잠시 복잡 미묘한 표정을 지었던 반휘혈이 대답했다.

"급식실은 사람이 많아서……."

"많아서? 그래서 긴장돼?"

"그건 아니고, 내 옆자리에 가끔 사람이 앉는데……."

"앉는데?"

"……그 사람이 나 때문에 끌려갈까 봐."

"세상에."

나는 이마를 짚었다. 아니, 정말로 그런 이유에서 지금까지 급식실에서 밥을 안 먹고 피자 버거로 때웠다고? 나는 피자 버거를 너무 좋아한다, 이것만 먹고 살 수 있다, 뭐 그런 이유가 아니라?

어떻게 이렇게 착할 수가……. 두 손을 들어 얼굴을 가린 나는 않는 소리를 냈다.

"내가 이런 애를 지금까지……."

오해한 거야?

부끄러워서 말도 나오지 않았다.

내가 그대로 아무 말이 없자 반휘혈이 안절부절못하는 게 느껴졌다. 곰 같은 덩치로 그러니 눈을 가리고 있어도 눈치 못 챌 수가 없었다.

확실히 이건 운다고 오해할 만한 모습이긴 하군. 한숨을 쉬며 손을 내린 내가 다시 물었다.

"얼마나 됐어?"

"어?"

갑자기 표정을 심드렁하게 바꿔 건조하게 묻는 나에게 반휘혈은 또 당황한 기색이었다. 아랑곳 않고 내가 되물었다.

"얼마나 됐어, 급식실 안 간 지."

"……."

"이번 학기부터? 아니면 작년부터? 세 달 전? 반년 전? 언제."

"……1학년."

"응."

"한 달 지나고부터."

나는 번쩍 고개를 들었다. 내가 외쳤다.

"야, 너 그러다 영양실조 걸려!"

"괜찮……."

우물쭈물하는 반휘혈의 말을 자르고 내가 말했다.

"안 되겠다. 너, 그냥 지금 나랑 급식실 가자."

손목시계를 보니 내가 옥상에 올라오고 흐른 시간은 10분 남짓, 서둘러 뛰어가면 2학년 먹는 시간에 아슬아슬하게 갈 수 있었다.

그의 손목은 차마 잡지 못하고 소매를 대신 움켜쥔 내가 문 쪽으로 당기며 재촉했다.

"아, 얼른."

"잠깐."

그때 반휘혈이 내 손을 뿌리쳤다. 목소리 또한 이제까지 들어 본 것 중에 가장 낮아서 나는 잠시 당황했다.

반휘혈이 무거운 표정으로 말했다.

"그 전에 알아 둬야겠어."

"뭘?"

"날 이렇게까지 돕는 이유."

"……."

그가 나를 차갑게 노려보며 말을 이었다.

"처음 내가 골목길에서 맞고 있었을 때도 나섰었지. 그땐 혼자였는데 말이야. 그리고 체육 창고에서 두 번째로 봤을 때, 갑자기 친구가 되자고 하질 않나."

"아."

"그리고 같은 반이 됐으면 내 위치를 알 만도 한데 꼬박 꼬박 인사에, 아까는 황시우한테 물을 붓기까지."

"야, 너……."

반휘혈이 잠시 의아한 눈으로 바라보기에 나는 고개를 내저었다. 아니, 나는 그냥, 너 기억력 안 좋은 건 사람 이름에 한해서구나 싶어서……. 잠깐 감탄했었어.

그가 말을 맺었다.

"나를 계속해서 도와주는 이유가 뭐지? 대가 없이."

"음, 그게."

잠시 고민하던 나는 간단히 결정했다. 에라, 그냥 진실 박치기 하자.

"난 사실 네가 행방불명된 전국 서열 1위인 줄 알았어."

"……뭐?"

갑자기 반휘혈의 붉은 두 눈이 쌍심지 켜지듯 화르르 불 타오르는 것을 보고 나는 나도 모르게 움찔 뒤로 물러났다.

아니, 이제 쟤가 그렇게 나쁜 애가 아니란 걸 아는데도, 나쁜 애는커녕 호구란 걸 아는데도 심장이 막 떨어지네. 진짜 저 눈빛은 좀 사기다. 게임으로 치면 캐시 2천 원짜 리 '마왕의 붉은 눈' 뭐 그런 거 아니야?

나는 항복의 뜻으로 냉큼 두 손을 들어 올렸다.

"아니! 나는! 네 인상이 나빠 보인다는 게 아니고!"

사실 나빠 보인다.

"그 뭐냐, 이름도 똑같고, 그리고 너 눈 빨간색이잖아. 그거 렌즈 아니지? 내 생각엔 네가 렌즈를 끼는 게 좋을 것 같아! 빨간 눈이 흔하고 그런 건 아니잖아, 솔직히. 그리고!"

반휘혈은 다시 침착한 눈으로 돌아와 내 말을 경청했다.

"그리고 또, 너 키랑 덩치도 보통 아니고, 뭣보다 그 말투 있잖아, 말투, 왜!"

그때였다. 나를 석상처럼 가만히 노려보던 반휘혈이 드디어 입을 뗐다.

"……내가 널, 잘못 봤다, 함단이."

"그래, 이거! 이거야! 이 말투!"

내가 박수를 치며 반휘혈을 가리키자 반휘혈이 금방이라도 내 손가락을 잘라 버릴 것 같은 눈빛으로 나를 쳐다보았다. 나는 잽싸게 손을 내리고는 황급히 말을 이었다.

"너 나 처음 만났을 때 했던 말 기억나? '기억했다, 함단이'."

목소리를 낮춘 내가 그의 표정까지 따라 하자 반휘혈의 얼굴이 조금 풀렸다.

나는 더욱 열렬하게 연기를 이어 나갔다.

"방금도 교실에서, 어? 봐, '신세 졌다, 함단이'. 솔직히 대한민국 고등학생 말투가 이렇진 않잖아! 그러니까 내가 너 오해했던 거 이해하지? 응?"

마지막엔 사뭇 간절한 목소리로 변해 매달리는 나를 보며 반휘혈의 눈썹 끝이 위로 구부러졌다.

"오해?"

"응. 아니, 나는 네가 정체를 숨긴 서열 1위라서, 맞으면서도 속으로는 '사실 네 공격 패턴은 이미 파악했다. 강강약 중강약약' ……뭐 이러고 있는 줄 알았지."

"……."

"그래서 네가 수틀리면 알아서 싹 정리할 힘이 있을 줄 알았는데 그게 아닌 것 같아서."

그리고 그의 소매를 다시 당기며 내가 말했다.

"잘못한 것도 없는데 왜 손해 보고, 당하고 사냐. 억울하게 살지 마."

"……."

"봐주잖아? 그럼 더 나대. 진상을 파헤쳐서 밟아 버려."

언젠가 반여령에게서 들었던 말을 내가 직접 하게 될 줄은 몰랐다. 그러고 보면 지금 내가 반휘혈을 가만두지 못하는 것도 결국은 그때의 기억이 떠올라서인지도 몰랐다.

그리고 내가 반휘혈의 얼굴을 살피니, 그는 평소의 순한 양 같은 표정으로 돌아와 있었다.

잠시 망설인 그가 대답했다.

"잘못…… 안 한 건 아니야."

"황시우한테? 너 걔 올해 처음 본 거 아니야?"

반휘혈이 창백한 표정으로 천천히 우물거렸다.

"황시우한테는 아니지만…… 다른 사람들한테."

"그럼 그 사람들한테 사과해. 여기서 이러고 있지 말고.

여기서 네가 속죄한다고 이래 봐야 그 사람들 몰라."

그러자 반휘혈은 다시 멍한 얼굴이 되었다.

내가 그를 당기며 외쳤다.

"아! 그보다 우리 이제 2학년 급식 시간 몇 분 안 남았어. 얼른!"

"잠깐만……."

여전히 할 말이 남은 듯한 반휘혈을 문득 돌아본 내가 말했다.

"아, 그리고 나는 너랑 급식 같이 먹어도 돼. 힘은 없어도 백은 많거든."

나는 이번 한번만 내 백이란 것을 알차게 활용해 보기로 다짐했다. 본의 아니게 인터넷 소설의 세계에서 살게 됐는데, 이 정도 특권은 휘둘러도 된다고 생각한다.

반휘혈의 소매를 잡아끌고 급식실로 들어가며, 나는 무대에 처음 등장하는 주연 배우라도 된 듯한 기분을 느꼈다. 그야말로 온갖 곳의 시선이 내게로 쏟아지고 있었다.

휙 고개를 돌리자 눈을 크게 뜨고 이쪽을 보고 있는 사대천왕과 반여령이, 다시 고개를 휙 돌리자 이번에는 어쩐지 그럴 줄 알았다는 듯 자못 뿌듯한 기색으로 나를 바라보는 8반 친구들이 보였다.

그리고 마지막으로 고개를 돌리자 지옥의 업화가 활활 타는 눈으로 이쪽을 노려보는 황시우 패거리가 보였다. 주춤하며 한 발 물러서는 것도 잠시, 나는 두근거리는 가슴께를 두어 번 두드리고는 기세 좋게 걸음을 옮겼다.

내가 결국 반휘혈을 무시 못 하고 끌고 오기는 했어도, 안 그래도 황시우와의 세력 다툼으로 골머리를 썩고 있는 친구들에게까지 짐을 지워 줄 생각은 없었다. 그래서 일부러 그들과 한참 떨어진 자리에 앉았는데, 오히려 그들이 식판을 들고 내 쪽으로 옮겨 왔다.

"야, 서운하다. 왜 우리 본 체도 안 하냐."

윤정인이 수저로 식판 모서리를 챙챙 두드리며 하는 말에 나는 어색하게 웃었다. 아니, 그야 그런 짓을 했다가 황시우 눈에 띄면 너만 곤란해질까 봐서였지.

그런데 독심술이라도 쓰는 건지, 심드렁하니 한숨을 내쉰 윤정인이 말했다.

"야, 냅둬라, 냅둬. 제 출석 일수 관리도 못 해서 유급할 정도로 계획성 없는 놈 하나 무서워서 우리가 너를 떨구겠냐."

나는 그런 윤정인을 새삼스레 바라보았다. 너 간 큰 건 알고 있었지만 진짜 대단하다.

그리고 나는 옆을 힐긋 돌아보았다. 억지로 엄마 반상회 자리에 끌려 나온 아들이라도 된 양, 내 옆에 앉아 눈치를 보고 있던 반휘혈이 시선을 떨어트리며 작게 한숨을 내쉬는 것을 본 것도 같았다.

윤정인과 다른 아이들은 식판을 이미 거의 다 비운 상태였다. 그런데도 그들은 자리에서 일어나지 않고 내 곁을 지키며 떠들었다.

윤정인이 반휘혈을 돌아보며 물었다.

"아침에 무슨 일 있었다며."

"아."

나직이 신음한 반휘혈이 신서현을 돌아보았다. 시선을 받은 그는 차분하게 어깨만 으쓱했다.

"우리 반 반장인데 알기는 해야 할 것 같았어. 미리 말 못 한 건 미안."

"도와줄 일은 없어?"

신서현의 차분한 사과에 이어 윤정인이 물은 말에 반휘혈은 고개만 내저었다.

그리고 그가 안경 아래로 콧잔등을 찡그리며 복잡한 표정을 짓는데, 그건 꼭 태어나서 처음 선물을 받은 어린아이 같은 낯선 표정이었다. 또 그러면서도 한참 어린 조카들에게 배려 받은 삼촌처럼 한 줌의 민망함이 섞여 있기도 했고.

도대체 왜 저런 표정을 짓는 거지? 나는 의아함에 고개를 갸웃하면서도 그의 대답을 기다렸다.

솔직히 여기서 내가 생각할 수 있는 가장 좋은 방향은, 기왕 이렇게 된 김에 반휘혈이 윤정인과 다른 애들에게 적극적으로 협조를 요청해서 빠른 시일 안에 황시우의 표적에서 벗어나는 것이었다.

만약 내가 반휘혈의 입장이었다면 어땠을까. 나는 잠시 생각해 보았다.

나는 내가 내 입장을 대변하는 것보다는 영향력을 가진 다른 누군가가 나서 주는 편이 조금 더 설득력이 있다고 생각해서 잘 나서지 않는 편이다. 어찌 보면 비겁하다고도 할 수 있겠지만.

그런 비겁함 반, 계산속 반에서 생각해 볼 때, 내가 반휘혈의 입장이었다면 역시 윤정인에게 도움을 요청하지 않았을까? 별로 친하지 않은 사람을 위해서도 기꺼이 나서 줄 수 있을 정도로 오지랖 넓고 정의감 있으면서도 인내심 있는 상대. 도움을 구하기에 딱 좋다.

사실 내가 반휘혈의 처지였다면, 나로서는 누구에게 폐 끼치는 것이 두려워 아무와도 친해지지 않고, 급식실에 밥을 먹으러 가지도 않는 일 같은 건 절대로 할 수 없었을 것이다. 내 외로움이 먼저고, 내 배고픔이 먼저니까.

그러니 만큼 알고서는 더욱 그냥 내버려 둘 수 없다고 생각했다. 비록 내가 어디까지 책임질 수 있을지는 몰라도.

거기까지 생각한 나는 다시 눈을 들었다. 이들이 기분 나쁜 기색이 전혀 아니어서 다행이었다. 솔직히 사람인 이상, 아무리 올곧은 성품이라도 여론을 조금도 신경 쓰지 않기란 어려우니까.

우리의 시선을 잔뜩 받고 있던 반휘혈이 정적 속에서 고개만 내저었다. 도움이 필요하지 않느냐는 윤정인의 말에 대한 대답이었다.

윤정인은 전혀 기분 상하지 않은 기색으로 잽싸게 되물었다.

"그래? 그래도 우리랑 같이 밥 먹는 건 괜찮지?"

"어?"

"일곱 명이면 사람이 너무 많긴 해서, 갈라져야 할 것 같긴 하고."

"우리가 갈래."

김 쌍둥이가 손을 번쩍 치켜들었다. 그들을 확인한 윤정인이 반휘혈을 돌아보며 눈으로 동의를 구했다.

잠시 망설이는 듯하던 반휘혈이 짧게 고개를 끄덕이자, 김 쌍둥이가 두 손을 짝 소리 나게 부딪쳤다. 언제 봐도 신묘한 호흡이었다.

"드디어 안녕이다, 윤정인의 개소리에 체하던 나날들."

"안녕, 양호실. 안녕, 소화제."

"야, 너희 진짜."

윤정인이 눈썹을 팍 찡그리는 것을 보면서도 나는 쉽게 웃지 못했다. 그러기에는 김혜우는 물론이고, 본래 차분한 편인 김혜힐조차 과장되게 반응하고 있다는 것을 느꼈기 때문이었다.

아마도 내 부담을 덜어 주려고 일부러 더 신나는 척하는 거겠지. 마음 한구석에 모닥불을 지핀 듯 따뜻한 기운이 번졌다.

그때, 지금까지 팔짱을 끼고 잠자코 관전하던 신서현이 퍼뜩 손을 들었다.

그가 말했다.

"나도 갈……."

"어허, 어딜 가시나."

윤정인이 신서현의 목을 덥석 끌어안았다. 신서현이 당장 질색하며 윤정인의 팔을 쳐 냈다.

"나도 체하는 나날이랑 이제 그만 안녕하고 싶거든. 너, 나 운동선수인 거 알고는 있냐. 몸이 재산이라고."

"나는 너한테 내 재산 전부 털어 줄 수 있는데, 너는 못 털어 줘? 야, 섭하다, 진짜."

"너 어제 용돈 다 떨어졌다고 매점에서 나한테 천 원 빌렸거든?"

한동안 용쓰고도 윤정인에게서 빠져나오지 못한 신서현이 이를 득득 갈며 하는 소리에 나는 결국 웃음이 터졌다.

다 먹은 식판을 반납하고 이동하는 짧은 틈을 타서 김 쌍둥이는 반휘혈과 인사를 나누었다.

"안녕. 나는 김혜우고, 저쪽이 김혜힐. 쌍둥이기는 한데, 일단은 내가 오빠고 저쪽이 동생이야."

"일단 감사 인사부터 할게. 네가 윤정인과 스트레스성 소화 불량으로부터 우리를 구했어."

"맞아, 너는 우리 영웅이야."

마왕을 무찌르러 온 용사와 납치당했던 공주, 아니, 공주와 왕자? 하여튼 그 비슷한 대화를 나누는 세 사람을 보며 나는 잠시 심란한 기분에 빠졌다. 아까는 나 부담 갖지 않게끔 일부러 과장되게 기뻐하는 건줄 알았는데, 저걸 보면 진심이었던 것 같기도 하고……

그때, 누군가 내 쪽을 향해 가까이 다가오는 것을 보고 나는 어깨를 움츠렸다. 힉, 황시우다.

아까 같은 무시무시한 눈빛을 한 그가 빠른 걸음으로 이쪽을 향해 일직선상으로 다가오고 있었다. 나는 잠시 주변을 살펴봤지만, 다가오는 방향을 보았을 때 그 끝에 있는 건 아무리 봐도 우리였다.

잠깐. 설마 이렇게나 빨리, 그것도 공개적인 장소에서 시비를 걸어오는 거야? 정말, 마음의 준비를 할 시간 정도는 있을 줄 알았는데! 나는 눈을 질끈 감았다.

그때, 거짓말처럼 황시우의 이동 경로가 갑자기 바뀌었다. 그는 모퉁이를 도는 레이싱 카처럼 빠르게 방향을 바꾸어 걸어갔다.

뚜벅뚜벅. 이상하리 만치 경직된 자세로 내게서 멀어져 가는 그를 보다가 나는 슬그머니 뒤를 돌아보았다. 왜인지

지옥의 수문장처럼 무시무시한 표정으로 이쪽을 보고 나란히 서 있는 권은형과 이루다가 보였다.

나와 눈이 마주치자 마법처럼 표정을 바꾼 그들이 생긋 웃으며 손을 흔들었다. 그런데 너희 포크는 왜 거꾸로 들고 있니.

나는 작게 중얼거렸다.

"……괜찮으려나."

내 멋대로 백 삼아 버린 건 조금 미안하긴 했지만, 아무래도 한동안은 안심하고 있어도 괜찮을 것 같았다.

다시 뒤를 돌아보자 김 쌍둥이가 반휘혈을 둘러싸고 웃고 있었다. 안도하는 것도 잠시, 그 대화 내용에 나는 가만히 이마를 짚었다.

"너 방금 우리를 뭐라고 부른 거야?"

"김해후. 김…… 하이힐?"

"앞으로 잘 부탁한다, 김하이힐."

"꺼져, 오빠."

야, 반휘혈…….

차마 그들을 더 보고 있을 수 없었던 나는, 김 쌍둥이부터 얼른 잡아끌었다. 그런데도 그들은 계속 반휘혈에게 자기 이름을 물어보며 자기들 이름이 매번 새로워지는 데 즐거워했다. 내가 못살아, 진짜.

그렇게 간신히 교실로 들어가는 참인데, 교실에 들어가

기 전 반휘혈이 마지막으로 들어가던 나를 붙잡았다.

"잠깐만, 함단이."

"응?"

"아까 네가 얘기했던 거, 내가 잘못을 저지른 당사자들에게 용서를 구하라고."

"아, 응."

고개를 끄덕이면서 나는 새삼 내가 얼마나 주제넘은 소리를 한 건지 깨달았다.

사실 사과를 제때 하기란 무척 어려운 일이다. 심지어 나이를 먹어서까지도. 그러지 않았다면 성인들을 대상으로 한 드라마에서조차 오해나 때를 놓친 사과가 주 갈등 원인이지는 않겠지.

나도 자신 없는 소리를 조언이라고 당당히 하고 앉았다니. 부끄러움에 고개를 내저은 내가 입을 열었다.

"아, 그건 솔직히 내가 좀 오지랖 부린 것 같아. 미……."

"사과는 필요 없다. 그보다."

얘 또 '뭐뭐 했다' 말투 쓰네. 사극 드라마 좋아하나. 잠깐 생각하던 내가 되물었다.

"그보다?"

"사과하는 방법을 가르쳐 줄 수 있을까."

그가 내가 지금까지 본 것 중에 가장 진지해 보이는 얼굴로 말했다.

사과하는 방법이라니. 내가 고개를 기울이며 물었다.

"너, 한 번도 사과해 본 적 없어? 그러니까, '미안'으로 끝나는 사과 말고, 좀 더 진지한 사과……."

그가 고개를 순순히 끄덕이는 바람에 나는 놀랐다. 너 혹시 국무총리 아들이니?

잠시 망설이던 그가 짧게 덧붙였다.

"단 한 번, 이미 듣지 못할 사람에게만."

"아, 아니, 갑자기 사연이 튀어나올 것 같은 분위기 만들지 말아 줘."

기겁한 내가 단숨에 대꾸하자, 반휘혈이 의아한 눈으로 나를 내려다보았다. 하지만 나는 입을 딱 다물고 그의 그런 시선을 외면했다.

솔직히 이루다 때랑 똑같은 짓을 하고 있다는 것 정도는 나도 안다. 완전히 외면할 수 있을 정도로 냉정하지 않으면서도 서로를 깊이 알고 엮어 드는 것 또한 거부하는 일.

하지만 나는 반휘혈이 언젠가 진짜 친구를 사귀길 바랐다. 그러니까 나처럼 어쭙잖은 의무감에 나선, 심지어 그가 선택하지도 않은 친구 말고.

정말로 그가 친구가 되고 싶다고 생각해서 직접 선택한 상대, 비밀을 털어놓고 고민을 털어놓아도 된다고 생각한 진짜 친구 말이다.

물론 그가 먼저 얘기를 꺼낸다면 나야 듣기는 듣겠지만,

누군가에게 가야 할 보물을 선수 쳐서 훔쳐 내는 것 같은 죄책감이 들었다. 반휘혈에게 내가 특별한 존재인 게 아니라, 단지 그에게 그럴 만한 사람이 지금으로선 나밖에 없는 것뿐이니까.

아무튼 한숨을 내쉰 나는 천천히 사과문 작성 요령을 대해 알려 주었다.

"네가 잘못한 일을 말하고, 이때 절대로 축소하거나 얼버무리면 안 돼. 그리고 네가 반성하고 있다는 것을 알리고, 마지막으로 앞으로 다시는 안 그러겠다는 말과 함께 그 각오를 몸소 증명하기 위해 어떻게 행동할지를 얘기해."

"알려 줘서 고맙다."

"그래."

반휘혈은 그 자리에 멈춰 선 채 머릿속으로 사과할 말들을 고르느라 정신이 없는 것 같아서 나는 혼자서 교실로 들어갔다.

그러자마자 당장 따가운 시선들이 박혔다. 뱀처럼 날카로운 속삭임들이 귀를 간질였다.

"쟤 뭐야? 왜 놀아 줘?"

"혼자서만 착한 척이야? 재수 없네, 진짜."

"아침에 그것도 쟤 아니야?"

그런 속삭임들을 무시한 채 나는 자리에 앉았다. 새삼 내가 많이 달라졌음을 느꼈다. 나를 아는 사람들만 나를 알

아주면 돼. 그런 생각을 하며 나는 친구들과 천천히 시선을 마주쳤고, 웃었다.

다음 수업 교과서를 꺼내며 나는 다시 생각에 잠겼다.

반휘혈은 아마도 착하고, 사람 이름은 잘 기억 못 하지만, 무엇보다 자기보다도 남들을 먼저 생각하는 희생정신이 있다. 어찌 보면 지나친 배려심이라고도 할 수 있는 그것에서 나는 반여령을 떠올렸고, 도와주고 싶었다.

반여령이 지금 만인에게 사랑받는 것처럼 반휘혈도 언젠가는 만인에게 그 진가를 인정받을 것이다. 그때가 되면 그는 더는 저런 소리를 들을 필요가 없을 것이고, 오히려 저들조차 반휘혈에게 잘 보이려고 안달일지도 모른다. 그때가 되면 반휘혈에게 나는 유일한 친구가 아닐 것이고, 어쩌면 친구보다도 못한 존재가 될지도 모른다.

그래도 괜찮다.

나는 시한부의 우정을, 조금 씁쓸하면서도 기쁜 마음으로 누리기로 했다.

＊　＊　＊

급식실 건물을 빠르게 빠져나가는 황시우를 그의 패거리들이 뒤따랐다. 평소라면 재깍재깍 따라오지 못하냐고 성을 낼 텐데, 그러는 대신에 황시우는 뒤를 향해 신경질적으로 손을 내저었다.

"분위기 못 읽냐! 내가 꼭 꺼지라고 말을 해야겠어?"

"죄, 죄송합니다."

당황한 목소리와 함께 발소리들이 일제히 멀어졌다. 그 사이에서 얼핏 세모꼴로 치켜뜬 눈들을 본 것도 같아 황시우는 입술을 짓씹으며 칫, 소리를 냈다.

뭐, 상관없었다. 저딴 피라미 같은 새끼들은 날을 잡아서 한 번만 손봐 줘도 꼼짝 못 하고 사그라질 것이다.

그보다도 그가 걱정해야 하는 것은 상어였다. 파도를 몰고 와서 모든 것을 휩쓸어 버릴지도 모르는 거대하고도 잔인한 백상아리.

황시우는 다급한 동작으로 핸드폰을 꺼냈다. 버튼을 누르는 그의 손이 덜덜 떨렸다. 신호음 세 번 만에 상대방이 전화를 받았다.

마른침을 삼킨 황시우가 입을 떼었다.

"아, 안녕하십니까. 전해 드릴 것이 있어 연락드렸습니다."

수화기 너머에서 흘러나오는 목소리는 나른하고 짜증이 배어 있었다.

[시차 적응 중이라고 말했을 텐데. 작년에도 제멋대로 멍청한 일을 벌여서 제대로 망신을 당했다고 들었는데, 과연 머리가 안 굴러가긴 하나 봐.]

"하지만 정요한 님, 아까도 말씀드렸다시피 중요한 보고

사항이 있어서."

[어디 얘기해 봐. 단, 중요하지 않으면 그땐…….]

그의 말을 자른 황시우는 다급하게 외쳤다.

"여자애 하나가 우리 계획을 방해하고 있습니다!"

잠시 찾아온 침묵 속에 그는 침을 꼴깍 삼켰다.

황시우는 정요한이 당장 여자애의 정체에 대한 것부터 캐물어 오리라고 예상했다. 그런데 흘러나온 말은 전혀 뜻밖의 것이었다.

[누가 '우리'야?]

"죄, 죄송합니다!"

[됐고, 그 여자애에 대한 거나 말해 봐.]

"네! 말 그대로 모든 것이 평범하다는 표현에서 더 나을 것이 없는 여자애인데, 무슨 오지랖인지 반휘혈을 갑자기 자기 무리에 끼워 넣질 않나, 아마 평소에도 알게 모르게 접촉한 모양입니다."

[평범한 애 하나 떼어 내는 게 뭐가 어려워서? 말로만 협박해도 금방 떨어져 나갈 텐데.]

"……그게, 그렇게 쉽지가 않습니다."

침을 꼴깍 삼킨 황시우가 핸드폰을 더욱 공손하게 고쳐 쥐었다.

"뒷배들이 있습니다. 그런데 그 뒷배들이 하나같이 대단히 골치 아파서……."

[누군데.]

"일단 크게 봤을 때는 한울 그룹 후계자와 발해 그룹 막내 녀석들이 있습니다."

[뭐?]

수화기 너머에서 신경질적인 웃음이 터졌다.

[어떻게 그게 그렇게 모여?]

"저, 저도 잘……. 아마 잘난 놈들끼리 어떻게 평소에 교류를…….."

[그 여자애는 어디 굴지의 재벌 외동딸이라도 돼?]

"아니요, 아닙니다, 전혀."

[그럼 그것도 아니잖아. 뭐가 어떻게 된 건데?]

말을 더듬던 황시우가 재빨리 화제를 돌렸다.

"아, 아무튼 확실한 건 법적 대응은 그들 선에서 가능할 테니, 대부분의 방법은 쓸 수 없습니다."

[은밀한 방법이 얼마든지 있잖아.]

"그게…… 실질적인 전투가 가능한 조력자들이…….."

[또 있단 말이야?]

정요한의 목소리가 더더욱 날카로워졌다. 그에 어깨를 부르르 떤 황시우가 대답했다.

"네, 이루다와 권은형이라는 녀석들인데……. 수십 명을 동원해도 이들 둘을 뚫고 들어갈 자신이 없습니다."

[뭐?]

“솔직히 어디서 온 녀석들인지 모르겠어요. 다른 행성 생물들 같아요.”

[헛소리는 집어치워!]

“아, 아무튼 그 여자애를 처리하는 건 제 선에서 힘들 것 같습니다. 아무래도 정요한 님이 직접⋯⋯.”

[그래, 그래야지. 내가 가서 직접 한다.]

그에 안도의 한숨을 내쉬던 황시우는 다음 말에 화들짝 놀랐다.

[그리고 내가 직접 가면 너는 어떻게 될지, 알고 있겠지.]

“자, 잠시만요! 하지만 이건 제 능력 밖의⋯⋯.”

하지만 황시우가 뭐라 더 말할 새도 없이 전화가 끊겼다. 조용해진 핸드폰을 망연히 내려다보던 황시우는 이윽고 머리를 쥐어뜯었다.

“아, 작년에도⋯⋯.”

제기랄. 발을 구르는 그의 입에서 연신 욕설이 터졌다. 자욱한 흙먼지 사이로 분노에 찬 고함이 터졌다.

“망할 놈의 함단이!”

＊　＊　＊

한 청년이 침대에 비스듬히 기댄 채 창문을 향해 돌아누워 있었다.

벽 전면을 차지한 유리창 너머로 도시의 풍경이 반짝거렸다. 환한 햇살이 그의 머리카락을 황토색으로 물들였다.

잿빛이 한 줌 섞인 탁하고도 부드러운 색깔이었다. 그 아래에는 부드러운 머리카락 색에 어울리는 듯 어울리지 않는 단정하고도 비정한 낯이 있었다.

아무런 표정 없이 바깥 풍경만 한참이나 내려다보던 청년, 정요한은 문득 진동을 느끼고는 핸드폰을 집어 들었다. 화면을 확인한 그의 얼굴에 실소가 번졌다.

"하."

[보낸 사람 : 알 수 없음
내용 :
때려서 미안하다.
반성하고 있다.
다시는 안 그러겠다.
나도 맞겠다.]

"무슨 시도 아니고, 어떤 할 짓 없는 새끼가 이딴 장난질을."

차갑게 씹어뱉은 정요한은 곧장 어딘가로 전화를 걸었다.

"방금 내가 받은 문자 보낸 녀석, 번호 추적해."

[네, 알겠습니다.]

전화를 마치고 다시 서울 시내의전경을 내려다보는 정요
한의 눈은 여전히 차갑고 비정했다.

제36조. 새 학년은 전국 서열 1위와 함께! (중)

새 학년은 전국 서열 1위와 함께! (중)

드디어 3월 전국 모의고사 날, 나는 여느 때처럼 집 앞에서 마주친 여단 오빠에게 물었다.

"오빠, 오늘 모의고사 끝나고 시간 있어?"

물어보면서도 나는 조금 민망한 표정을 지었다.

원래는 어제 물어봤어야 하는 건데, 방학 동안에 모의고사 날이 얼마나 중요한지를 까맣게 잊고 있었네.

모의고사 날은 학교가 다른 여단 오빠와 내가 거의 비슷한 시간에 하교할 수 있는 유일한 날이다. 즉, 방과 후 데이트하기에 가장 좋은 날이다. 한동안은 시험이 없으니 마음의 부담이 없는 것도 한몫하고.

그런데 여단 오빠는 잠깐 생각하는 듯하더니 얼굴을 살짝 찌푸리며 말했다.

"확실한 건 아닌데, 고3은 야자 한다는 얘기가 있어."

"아, 그래?"

나는 아직 여단 오빠가 고3이란 사실에 익숙지 않은 것이 분명하군. 나는 속으로만 작게 한숨을 내쉬었다.

고3이랑 연애하는 거 꽤 어렵구나. 안 그래도 연애가 처음이라 얼마만큼 같이 있어야 서로에게 질리지 않고, 또 서로에게 아쉽지 않은지조차 가늠이 안 되는데 말이야.

그러다 여단 오빠와 시선이 마주치자, 나는 얼른 고개를 끄덕였다. 아무튼 야자 때문에 못 온다는 고3에게 부담 주고 싶진 않았다.

"알았어. 어떻게 될지 끝나고 봐서 문자만 해 줘."

잠깐 망설이다 나는 다시 덧붙였다.

"나는 다른 애들 있으니까 신경 쓰지 말고."

말하면서도 여단 오빠가 내 말을 어떻게 느끼는지 신경 쓰여서 슬쩍 눈치를 살폈는데, 여단 오빠는 별다른 표정의 변화가 없었다.

그는 다만 가라앉은 얼굴로 눈을 내리깔고 대답했다.

"그래."

잠시 머뭇거리던 내가 다시 말했다.

"응, 나 진짜 괜찮으니까 신경 쓰지 마."

여단 오빠가 다시 고개를 끄덕이던 그때, 웬일로 늑장을 부린 여령이가 문 밖으로 뛰쳐나옴으로써 얘기는 거기에서 끝났다.

물론 원한다면 그 주제로 더 얘기할 수는 있었겠지만, 나도 여령이 앞에서 여단 오빠랑만 데이트를 주제로 얘기하는 건 미안하고, 여단 오빠도 마찬가지일 터였다.

그런데도 뭐가 이렇게 맘에 걸리는지.

여령이와 평소처럼 얘기하면서도 나는 자꾸만 여단 오빠를 곁눈질로 살폈다. 여단 오빠는 평소처럼 대부분 말을 하지 않은 채, 그러나 주의 깊게 듣고 있다는 뜻으로 간간이 고개를 끄덕이며 우리의 옆을 걷고 있었다.

다시 고개를 돌린 나는 괜히 명치께를 꾹꾹 누르며 작게 중얼거렸다.

"왜 이러지."

* * *

모의고사 아침이라면 응당 수식 한 줄, 영어 단어 하나라도 더 외우고 있어야 맞지만 별로 그럴 마음이 들지 않았다. 아마도 학원에서 마지막으로 봤던 모의고사의 처참한 점수 덕분에 내 마음에 면역이 생겨 버린 것 같았다.

다른 말로 말하자면, 좀 내려놨다. 거기까지 생각한 나는 샤프 끝으로 내 머리를 툭 때렸다.

"아니, 아니, 무슨 소리야. 내려놓으면 안 되지."

게다가 이번 모의고사는 수학과 영어 상하 반 배치가 걸려 있으니 만큼 평소보다 신경 쓰라고 담임 선생님께서도 강조하셨단 말이야.

생각하며 억지로 단어장을 펼쳐 봤지만 역시나 집중이 되지 않았다. 결국 몇 분 안 가 책장을 덮어 버린 나는, 고개를 돌리고 교실 안을 살폈다.

교실 안은 공부하는 애들 반, 놀고 있는 애들 반이었다. 공부에 전념하는 윤정인과 김혜힐을 보고 고개를 끄덕인 나는, 두 팔에 얼굴을 묻고 잠에 빠진 이루다와 반휘혈을 보고 살짝 웃었다.

역시 내가 봤을 때는 이루다와 반휘혈, 본질적인 성격은 비슷할 것 같은데 말이야. 다만 이루다는 남의 손을 빌려 해결할 수 있는 일은 최대한 남의 손을 빌리자는 주의고, 반휘혈은 결벽증에 가까워 보일 정도로 남의 손을 빌리지 않으려 한다는 점이 다를 뿐이지.

마지막으로 고개를 돌린 내 눈에 혀를 빼문 채 정신없이 게임기를 연타하는 김혜우와, 그 옆에서 훈수를 두고 있는 이민아의 모습이 비쳤다.

자리에서 일어난 나는 그쪽으로 다가갔다. 손을 내밀어 팔꿈치를 툭툭 두드리자 민아가 나를 돌아보았다.

"응? 왜?"

"민아야, 나 혹시 상담 좀 해 줄 수 있어?"

"당연하지. 뭔데, 뭔데?"

흔쾌히 대답하는 민아를 이끌고 나는 인적이 제일 드문 교실 맨 뒷자리로 이동했다.

청소 용구함과 가까워서 대걸레 냄새가 약간 곤혹스럽기는 했지만, 맨 뒷자리에 엎드려 있는 반휘혈을 제외하면 이곳에는 아무도 없었다.

내가 조심스레 말을 고르는데, 민아가 먼저 물었다.

"연애 얘기야?"

"헉, 어떻게 알았어?"

"네가 굳이 김혜우 빼고 나만 데려왔으면 뻔하지, 뭐."

낄낄 웃던 민아가 윤정인의 뒤통수를 슬쩍 턱짓했다.

"그런데 도움이 될지 모르겠어. 내가 사귀는 놈 상태가 저렇다 보니까, 요즘은 내 기준이 맞는지 아닌지도 헷갈리더라고."

"으응…….."

"그래도 괜찮으면 뭐든 물어봐. 뭔데 그래?"

숨을 한번 들이쉰 다음 나는 아침에 있었던 일에 대해, 여단 오빠와 나누었던 대화에 대해 털어놓았다.

거의 토씨 하나 빼먹지 않고 설명한 것 같았다. 이거 기억하는 데 내 기억력과 집중력을 다 써서 지금 머리에 아무것도 안 들어오나?

말을 마치고 그런 생각을 하며 어이가 없어서 살짝 웃는 내 앞에서 이민아는 눈썹을 찡그리며 생각에 잠겼다.

"흠."

"그냥 마음에 계속 걸리거든? 그런데 뭐가 걸리는지 나도 잘 모르겠어. 못 나온다는 거야 어쩔 수 없잖아, 야자 한다는데. 게다가 고3이고."

그러자 턱을 매만지던 손을 내려놓은 민아가 검지를 치켜들며 물었다.

"그 뒤가 문제였던 거 아니야?"

"뭐?"

"네가 다른 놀 사람 있으니까 신경 쓰지 말라는 말에, 별다른 말없이 그래, 하고 대답한 부분."

"그게 왜?"

"야, 내 여자 친구가 나 없어도 만날 사람 많다는데 '그래'가 아니지. 그 만날 사람들이 누구누군지 정도는 물어봐야 하는 거 아니야?"

그런가? 눈을 한 바퀴 굴린 내가 조심스럽게 대답했다.

"아니, 그런데 사실 나도 여단 오빠 신경 쓰이게 하기 싫어서 그렇게 말한 거였고, 사실 만나 줄 사람 있을지도 잘 몰라서 그렇게 물어보면 곤란했을 걸. 그리고 또…… 여단 오빠도 내가 자기 미안하게 하기 싫어서 그렇게 말한 거 알고 그런 거 아닐까?"

"야, 아니지. 그게 아니지."

민아가 손가락을 좌우로 까딱였다. 그 움직임을 눈으로 따라가던 내가 되물었다.

"그럼?"

"너 봐. 지금 너는 그 오빠 입장에서 생각해서 그 오빠가 해야 할 변명까지 대신해 주고 있잖아."

나는 고개를 끄덕였다. 그러자 민아가 바로 옆의 사물함 위를 작게 탕, 쳤다.

"그러면 그 오빠도 네 입장에서 자기 반응을 네가 어떻게 받아들일지 생각했어야지. 자, 봐. 그 오빠가 널 배려해서 그렇게 말한 거라고 해도, 그걸 들은 너는 무슨 생각이 드는데?"

별생각은 안 떠오르는데 괜히 기분이 가라앉아서 물어본 건데. 내가 고뇌하며 미간을 좁히는 그때, 민아가 다시 말했다.

"거기서 얘기가 끝나 버리면 너는 '뭐야, 그럼 내가 다른 만날 사람이 있으니까 나랑 안 만나도 괜찮다는 얘기야? 평소에는 내가 혼자 있게 하기 미안해서 만나 주는 거야? 사실은 나만 만나고 싶어 하고, 나만 아쉬운 거 아니야?' 이런 생각 들어, 안 들어."

"아."

나는 눈을 크게 떴다. 그런 생각은 전혀 하지 않았다고 생각했는데, 막상 들으니 아예 아니었던 것도 아닌 것 같았다.

아니, 내 머릿속 한구석에서 일제히 박수 치는 소리가 나는 것으로 보아, 내 뇌의 부정적인 인격이 저런 의문을 끝없이 떠올리고 있었을 것이 분명했다.

내 반응에 민아는 신나 하며 말을 이었다.

"그치? 아니, 하다못해 서운한 티 한 번이라도 내 줬어야지. 네가 신경 쓰지 말라고 한 게 미안해하지 말라고 한 거지, 서운한 티 내지 말라고 한 게 아니잖아."

"그, 그런가?"

"하다못해 '만나는 애들 중에 남자 있어?' 그런 말 한번 못 물어봐? 억지로 단속해 달라는 게 아니라, 너한테 관심은 그대로라는 티라도 내 달라 이거지."

"허어."

나는 한숨을 내쉬었다.

별것도 아닌 일로 이러다니 내가 모의고사 때문에 어지간히 신경 날카로워졌구나 했는데, 민아 말을 들으니까 그럴 만해서 그런 것 같기도 하고. 그런데 또 남자와 여자 입장이 다르거니와, 여단 오빠는 특히 더⋯⋯.

눈썹을 찡그리는 내게 민아가 슬쩍 몸을 숙이더니 물어왔다.

"그 오빠, 어지간히 표현 안 하나 봐."

"안 하고 못 하지."

작게 한숨을 내쉰 내가 덧붙였다.

"뭐, 하도 어렸을 때부터 봐서 저 사람은 원래 태어나길 저랬구나 하고, 거의 이해하고 있다고 생각했거든. 그런데 사귀니까 다른가 봐."

"야, 다르지 그럼. 달라야지. 그래서."

"응?"

몸을 젖히며 사물함에 두 팔꿈치를 올리고 등을 기댄 민아가 물었다.

"어떻게 할 거야? 오빠한테 말할 거야?"

"응? 어, 글쎄……. 모르겠는데."

나는 턱을 짚은 채 천장을 보며 말을 이었다.

"그래도 역시 고3인데 신경 쓰게 하기는 싫고, 아까 말마따나 여단 오빠 원래 성격인데 내가 이해 못 할 것도 아니고……. 그리고 기본적으로는 다정한 사람이거든."

"그래? 하기는, 그거야 네 맘이지. 그래도 조심해. 그거 안 쌓일 것 같아도 의외로 차곡차곡 쌓인다."

"쌓여?"

"오빠 배려한답시고 네 기분은 생각 안 하다가 갑자기 훅 간다고. 네 마음이 네 생각보다 넓지 않을 수가 있어."

나는 잠시 멍해진 채 그녀의 말을 되짚어 보았다. 내 마음이 내 생각보다 넓지 않을 수 있다,고.

제 머리칼을 짜증스레 헤집던 민아가 말을 이었다.

"뭐, 윤정인 걔는 평소에 막 신나서 떠들다가도 갑자기 내 눈치 보면서 '화났어?' 이러거든? 진짜 화날 이유가 하나도 없는 상황인데 그냥 내가 말 좀 없으면 뜬금없이."

"응? 응."

"아, 그래서 내가 아니라고 해도 하나도 안 믿고 갑자기 화 풀라 그러고, 내 기분 풀어 준다고 되도 않는 개그 하고. 그럴 땐 좀 짱 나는데…… 그래도 얘가 나 안 좋아하나? 하고 불안하게 하는 그런 건 없더라."

민아가 말하는 윤정인의 모습이 눈앞에 그려지는 것 같았다. 나는 살짝 웃음을 터트렸다.

하기는, 윤정인 사귀는 상대 살뜰하게 챙길 것 같았지. 게다가 보기와는 달리 은근히 소심해서 사람 눈치 보는 것도 맞고, 특히 좋아하는 상대라면 더욱 그렇겠지.

그리고 나는 다시 민아를 보았다. 민아가 고개를 흔들고 있었다.

"표현이 없어도 문제, 넘쳐도 문제……. 피곤하다, 피곤해."

그러더니 갑자기 고개를 퍼뜩 든 그녀가 눈을 빛내며 물었다.

"야, 우리 오늘 모의고사 끝나고 여자들끼리만 뭉칠까? 너도 어차피 시험 끝나고 일 없다며."

"응?"

"김혜힐까지 합쳐서 셋이 얘기나 신나게 해 보자. 평소에 남자애들이랑 있을 때 못 하는 그런 얘기."

"뭘 못 해?"

갑자기 불쑥 끼어드는 목소리에 화들짝 놀라 고개를 돌렸던 나는 이윽고 한숨을 내쉬었다. 윤정인이 천연덕스런 표정을 하고 민아의 옆으로 빼꼼 고개를 내밀고 있었다.

그 모습을 확인한 민아가 성질을 터트렸다.

"아, 윤정인!"

"어떻게 날 두고 어디 갈 생각을 하냐? 우리 오늘 모처럼 학교 일찍 끝나는 날인데. 너무 서운하다, 진짜."

눈을 내리깔고 칭얼거림 반, 진담 반으로 말하는 윤정인을 보며 나는 슬쩍 한 걸음 물러났다.

민아도 윤정인의 목소리에서 진담인 기색을 읽었는지 조금 당황하고 있었다. 아니 나는, 어쩌고 하며 변명하는 소리가 들리기에 나는 얼른 발을 뺐다.

아무튼 커플 사이에 껴서 봉변당하고 싶진 않고, 알아서들 하겠지. 자리로 돌아온 나는 공부하는 대신 턱을 괴고 다시 생각에 잠겼다.

"표현……."

솔직히 여단 오빠에게 표현 같은 걸 기대했던 적은 없었다. 여단 오빠가 어떤 사람인지는 알고 있으니까.

또, 여단 오빠가 아무런 표현이 없어도 나는 여단 오빠를 믿을 수 있었다. 왜냐하면 그는 결코 싫어하는 사람과 만남을 계속할 만한 위인이 아니니까.

믿을 수 있어야 한다고 생각했다.

그런데 어째서…….

"자꾸 속이 울렁이지."

작게 중얼거린 나는, 빈 주머니를 불만스럽게 매만졌다.

핸드폰을 이미 제출했다는 사실이 오늘따라 원망스러웠다. 사실 핸드폰이 손안에 있었다고 해도 새로운 문자가 와 있을 거라는 보장은 어디에도 없는데도.

속이 울렁거리는 가운데, 마침내 1교시 선생님이 출석부 대신 갈색 종이봉투를 안고 들어오셨다. 모의고사가 시작되었다.

나는 심호흡을 하고는 시험지 위로 코를 박았다.

* * *

점심시간에 만난 반휘혈의 얼굴을 보고, 나는 그날 중에 제일 크게 빵 터졌다. 김 쌍둥이도 반휘혈의 볼을 보더니 뒤집어졌다.

김혜우가 낄낄 웃으며 말했다.

"너 볼에 2π 묻었어."

"2π?"

"수학 주관식 9번."

아니나 다를까, 반휘혈의 볼에는 수학 주관식 9번에 나왔던 성대한 모양의 그래프가 선명하게 찍혀 있었다. 어쩜 저렇게 깔끔하게 찍히냐고, 김 쌍둥이는 계속 웃어 댔다.

그들을 따라 정신없이 웃어 젖히던 나는, 이윽고 깨달았다. 잠깐, 그거 답 2π였냐? 나, 틀렸잖아. 아무튼 나를 혼란에 빠트리고도 김 쌍둥이의 놀림은 계속되었다.

그런 김 쌍둥이가 짜증 날 법도 한데, 반휘혈은 김 쌍둥이에게 화를 내기는커녕 무심한 표정으로 제 얼굴만 문질렀다.

그 모습은 마치 깊은 산속 옹달샘에서 세수하는 곰……. 아니야, 이 비유 쓰지 않기로 했잖아. 나는 고개를 내저었다.

그때, 마침내 웃음을 그친 김 쌍둥이가 나를 돌아보았다.

"아 참, 아까 윤정인이 우리 모의고사 끝나고 시내 가자던데?"

"어?"

"너도 오늘 일정 비었다며."

"어……. 그렇긴 한데."

나는 말끝을 살짝 흐렸다.

사실 모의고사 끝난 날은 전통적으로는 언제나 반여령과 사대천왕의 차지였다. 다만 내가 여단 오빠와 사귀게 되면서 그게 한동안 여단 오빠의 차지가 되었을 뿐이지.

그들이 내게 방과 후에 뭐 하냐고 물어보지 않은 건, 여단 오빠와 데이트할 거라고 생각해서일 것이다. 그런데 다른 애들과 논다는 게 밝혀지면 많이 서운해할 텐데.

그리고 나는 김 쌍둥이의 표정을 살폈다.

그들 눈에 가득 담긴 기대감을 보니 마음이 흔들렸다. 게다가 아무튼, 벌써 2년씩이나 같은 반이 된 사이기도 한데.

결국 나는 고개를 끄덕였다.

"그래, 좋아."

"와, 진짜? 웬일이야?"

갑자기 표정을 바꾸어 놀란 눈으로 되묻는 김혜우의 팔을 내가 툭 쳤다.

"뭐야, 네가 오라며."

"아니, 나는 네가 평소에는 가자고 해도 잘 안 가니까. 물어보긴 했는데 진짜 오케이 할 거라고는 상상도 못 했지."

그러더니 갑자기 표정을 바꾼 그가 진지하게 말했다.

"이거 약간 그 기분이다. 그……."

나는 어리둥절해졌다. 그?

"평소에 엄청 비싸서 엄두도 못 내던 레스토랑에 큰맘 먹고 전 재산 들고 가서 메뉴판 봤더니 90퍼센트 세일해서 햄버거보다 싼 거야."

"야, 너 나 쉽다고 깐 거지."

그렇게 말하면서 김혜우의 무릎 뒤를 살짝만 걷어찼더니 그가 과장되게 폴짝 뛰었다.

김혜힐이 그런 김혜우를 꼴좋다는 듯 흘겼다. 그러더니

그녀는 문득 떠오른 듯 반휘혈에게 시선을 주었다.

아차. 그제야 나도 정신을 차렸다. 반휘혈도 엄연히 우리 식사 멤버인데 말이야.

김혜힐이 반휘혈을 보며 물었다.

"방과 후에 우리랑 놀래? 시내에서 놀 거거든."

김혜힐의 말투는 사뭇 조심스러웠다.

하기는, 그러고 보면 반휘혈은 이 무리에 받아들여진 것 자체만으로도 상당한 부채감을 느끼고 있을 것이다. 특히 나한테. 그런 와중에 그에게 같이 놀겠냐고 물어보는 것이 독이 될지 약이 될지 알 수 없었다.

그가 더한 부담감을 느껴 역시 안 되겠다고 우리를 떠나 버리면 안 될 텐데. 윤정인과 이민아 덕분에 그가 낀다고 해서 노는 자리가 불편해지거나 할 걱정은 전혀 없으니까.

다행히 반휘혈은 우려했던 부분에 대해서는 신경 쓰지 않는 것 같았다. 고개를 내저은 그가 짧게 대답했다.

"난 알바 있어."

"그래? 평일인데?"

"금, 토, 일 저녁에 일해."

반휘혈의 대답에 김 쌍둥이는 물론 나도 놀라서 눈을 크게 떴다. 그도 그럴 게 학생 신분에 알바를 하는 이들은 별로 많지 않기 때문이었다.

아무튼 덕분에 까다로운 문제를 어색하지 않게 넘어갈

수 있어서 다행이었다.

　우리는 대화를 나누느라 잠시 멈춰 있던 발걸음을 다시 옮겼다. 그러면서 나는 아침의 찝찝했던 기분도 잊어버리고 새삼 설레기 시작했다.

　반 친구들과 방과 후에 놀러 가는 것은 이번이 처음이었다.

＊　＊　＊

　노래방에서는 윤정인이 블락비의 '로맨틱하게'로 첫 곡을 열었다.

　오, 진짜 의외다. 나는 반주가 흘러나올 때부터 김혜힐의 어깨에 파묻히다시피 해서 계속 웃어 댔다.

　그가 잔잔한 노래를 할 거라고는 상상도 못 해서. 그에겐 '로맨틱하게'보다는 '난리 나'가 어울리지 않나? 그런 내 웃음은 윤정인이 노래를 시작할 때부터 서서히 잦아들다가 종래에는 완전히 사그라들었다.

　어느새 나는 화면 불빛과 조명 불빛을 받는 윤정인의 옆모습을 넋을 빼놓고 쳐다보고 있었다. 내가 멍하니 중얼거렸다.

　"노래 실력도 노래 실력인데, 목소리 진짜 좋다."

　그러고 보면 평소의 모습 때문에 거의 잊어버리는데, 윤정인은 안 하는 게 없고 못 하는 게 없는 녀석이었다.

윤정인에게 붙들려 한 손은 그의 허리를 뒤로 감싸고 다른 손으로는 탬버린을 흔들고 있던 이민아가 나와 눈이 마주치자 조금 머쓱한 표정을 지었다. 그녀는 민망했는지 윤정인에게 잡혀 있던 손을 빼내려 했지만 윤정인이 놔주지 않았다.

도리어 그는 이민아 쪽을 돌아보더니, 아주 가까이서 눈을 맞추고 노래를 부르기 시작했다.

"으아……."

얼굴이 빨개져서는 이곳저곳을 보며 어쩔 줄 몰라 하던 민아는 결국 도망치지는 못하고 고개를 푹 숙여 버렸다. 그 모습을 보며 나와 김혜힐은 킥킥 웃었다.

내가 김혜힐의 귀에 입을 가까이 하고 속삭였다.

"민아, 되게 귀엽다. 난 쟤가 저럴 줄 몰랐어."

"그러니까. 솔직히 윤정인이 잡혀 살 줄 알았거든. 윤정인이 뭐랄까, 세진 않잖아."

"맞아, 맞아."

나는 연신 동의하며 두 사람의 모습을 살폈다.

얼굴이 터질 듯이 붉어져서 어쩔 줄 모르는 민아라니, 정말 인생에 두 번 구경을 할까 싶은 희귀한 광경이었다. 그녀의 손을 잡고 여유롭게 빙글빙글 웃으며 노래하는 윤정인이야 말할 것도 없고.

그때, 보다 못한 김혜우가 그쪽을 향해 외쳤다.

"야, 윤정인. 너 프러포즈 하라고 노래방 온 거 아닙니다, 우리."

그러자 윤정인은 노래를 끊지 않고 웃기만 하더니, 그대로 몸을 일으켜 김혜우에게로 다가갔다. 윤정인이 가까이 올수록 김혜우의 표정이 불안하게 변했다.

그가 빠르게 말했다.

"야, 잠깐, 아니지? 아니야, 아닐 거야."

그런 김혜우에게 얼굴을 바싹 붙이며 윤정인이 노래했다.

"아주 로맨틱하게~ 말할 거야~."

"아, 진짜!"

천장에라도 닿을 듯이 펄쩍 뛴 김혜우가 급기야는 신발을 벗고 소파 위로 올라갔다. 그 모습을 보고 김혜힐과 내가 한바탕 뒤집어졌다.

"으하하!"

"오빠, 이쪽으로 오지 마. 오지 말라니까! 나한테도 윤정인 묻는다고!"

우리 사이에 한바탕 난리가 난 사이 한 곡이 끝났고, 윤정인에게서 마이크를 돌려받지 못한 신서현이 다른 마이크를 빼 들고는 담담히 발라드를 부르기 시작했다.

그 무렵에 윤정인이 다시 자리로 돌아가고, 나는 웃느라 아픈 배를 쓰다듬며 거친 숨을 터트렸다.

"으하, 하, 너무 웃었어……. 아, 윤정인 묻는대."

내 말에 김혜힐이 새초롬한 표정으로 대꾸했다.

"급해서 말이 헛나왔어."

"무슨, 야, 너 그때 완전 진담이었어."

옆에서 끼어드는 김혜우를 김혜힐이 탬버린으로 한 대 때렸다. 그 모습을 웃으며 보고 있던 나는, 자리로 돌아간 윤정인이 그 즉시 이민아의 팔을 다시 제 등에 두르는 것을 보고 웃음을 지웠다.

조금 망설이다가 나는 주머니에서 핸드폰을 꺼냈다. 화면을 본 내 표정이 어두워졌다.

현재 시각 20:18.

모의고사는 진작 끝나고 야간 자율 학습이 시작되었을 시간이었다. 그런데도 아직까지 연락 한 통이 없다니. 나는 머리카락을 쓸어 넘겼다.

아니, 하지만 사실 상식적으로 생각해 보면 이럴 수밖에 없는 게, 여단 오빠네 고등학교는 야자까지 끝나고 나서야 핸드폰을 돌려주었다. 그러니 만약 오늘 야자를 하게 되었다면 아직 핸드폰도 돌려받지 못했을 테니 문자고 뭐고 할 수 있을 리 없지.

나는 가만히 한숨을 내쉬었다.

그때, 웅성거리는 소리가 들렸다. 나는 고개를 들었다.

"어, 뭐야? '오리 날다' 이거 누가 했어. 윤정인 너냐?"

"나 아닌데? 야, 천천히 시동 걸어야지 시작부터 이거

하면 죽어."

"그거 나야."

소란을 뚫고 조용히 말하자 모두의 시선이 내게로 모였다. 음소거 된 것처럼 순식간에 조용해진 분위기에 나는 고개를 기울었다.

"왜 그래?"

"너 내일 말 안 하게?"

이민아의 물음에 나는 작게 웃음을 터트렸다. 이 와중에 속이 읽힌 기분이라 마음이 조금 찔렸다.

그게 오늘 늦게가 되든 내일 아침이 되든 간에, 여단 오빠를 보았을 때 여단 오빠의 입에서 나오는 첫마디가 '목소리 왜 그래?'였으면 좋을 것 같았다.

그렇게 해서 그가 나를 걱정하는 모습이라도 본다면 조금이라도 마음이 풀릴 것 같아서.

＊　＊　＊

일정의 마무리는 늘 그렇듯 카페에서였다. 내가 연달아 선곡한 음이 높은 곡들 때문에 진이 다 빠져 버린 우리는 소파에 기대어 음료만 쪽쪽 빨았다. 심지어 그 말 많은 윤정인조차 천장을 본 채 아무 말이 없을 정도였다.

그러다 간신히 기력이 회복되자마자 튀어나온 이야기는

이루다에 대한 것이었다.

"아, 아무래도 이루다 못 데리고 온 게 제일 아쉽다."

윤정인의 말에 나도 고개를 끄덕였다.

"그러게. 루다랑 이번에 놀 수 있을 줄 알았는데."

"아, 맞네. 너 아직 이루다랑 놀아 본 적 없지."

윤정인이 하는 말에 나는 고개를 끄덕였다. 그러자 목을 젖힌 윤정인이 아, 하고 한숨을 내쉬더니 분한 목소리로 말했다.

"아! 함단이로 꼬시면 올 줄 알았는데. 왜 안 왔지?"

"에이, 그 정돈 아니야."

"아니긴 뭐가 아니야, 맞아."

"맞기는 뭐가, 결국 안 왔잖아."

내 말에 윤정인은 어이없다는 표정을 지으며 자리에서 벌떡 일어나는가 싶더니 할 말이 없어졌는지 도로 앉았다.

한편 단호하게 아니라고 해 놓고 멋쩍어진 것은 나도 마찬가지였다. 나는 작게 한숨을 내쉬고는 의자에 몸을 기댔다. 윤정인의 말 정도는 아니었지만 그래도 루다랑 나랑 꽤 친하다고 생각한 건 사실이라서, 이런저런 일도 많았었고. 그래서 당연히 와 줄 거라고 생각했는데 단호히 거절당할 줄은 몰랐다.

'아, 나는 다른 애들이랑 선약 있다. 미안.'

'어? 어, 아니야. 재밌게 놀아.'

조금 당황해서 그렇게 대답하는 내 뒤에서 갑자기 나타난 김 쌍둥이가 내 어깨를 척 잡고 '단이가 가는데?', '맞아, 단이가 가는데?' 해도 이루다는 끄떡도 안 했다. 가소롭다는 듯 피식 웃은 그가 우리를 지나쳐 뒷문으로 나가 버렸다.

그런 일이 있었지……. 나는 턱을 괴었다.

어쩐지 평소랑 태도가 다르기는 했다. 콕 꼬집어서 말은 못 하겠는데, 안절부절못하는 것 같기도 했고, 지나치게 서두르는 것도 같은, 마치 누군가의 눈치를 보는 것처럼…….

그때 윤정인이 불쑥 말했다.

"황시우 때문인가?"

"어?"

"황시우랑 우리 간의 내전. 그거 아직 해결 안 됐잖아. 그것 때문인가."

그런가, 그럴지도. 어쩐지 맥이 빠진 대꾸가 이들 사이에서 흘러나왔다. 윤정인은 답답한 듯 머리를 헤집으며 중얼거렸다.

"아, 답답하다. 그냥 얼른 다 끝났으면 좋겠네. 저쪽이 덤비든지 우리가 덤비든지 해서."

나도 동감이었다. 나는 빨대로 음료를 쪽 빨고는 소파에 눕다시피 한 채 천장을 올려다보았다. 해결은 안 되고 답답하게 맴돌기만 하는 지금 사태가 꼭 내 마음인 것 같아서 한숨이 나왔다.

열 시 반 무렵, 우리는 짐을 챙겨 자리에서 일어났다. 내일이 토요일이니 좀 더 있어도 괜찮지 않을까 생각했는데, 내일 자습이 있다는 것을 깜빡한 게 문제였다.

"으, 주말인데 자습이라니, 진짜 말이 되냐."

"아, 미친. 죽여 줘."

윤정인과 김혜우가 얼굴을 감싸 안고 끙끙거리다 자리에서 일어나 짐을 챙겼다.

카페 밖으로 나온 우리는 서로의 방향을 확인했다. 나와 김 쌍둥이만 이곳에서 걸어갈 수 있는 거리에 살고 나머지는 지하철 행이었다. 그렇다고 해도 김 쌍둥이도 나와 방향이 반대라서 나는 자리에 남아 손을 흔들었다.

"혼자 가도 괜찮겠어?"

신서현이 물은 말에 나는 고민 없이 고개를 끄덕였다.

"나는 아는 사람 만나서 같이 들어가려고. 괜찮아, 혼자 안 가."

"그럼 다행이고."

"응. 민아랑 혜힐이는?"

내가 물은 말에 민아가 그녀 옆에 충견처럼 붙어 있던 윤정인을 가리켰다.

"나는 얘가 데려다준다고 하고, 쟤네는 뭐, 가족인데."

"알았어, 조심히 들어가!"

고개를 끄덕인 나는 잠깐 핸드폰 시간을 보고는 그럼, 하고 허둥지둥 돌아섰다. 등 뒤로 신서현의 외침이 번졌다.

"어두운 곳으로 가지 말고!"

그 무렵 나는 이미 뛰고 있었다. 나는 방금 핸드폰 시계로 확인한 시간을 떠올렸다.

열 시 48분. 인사하느라 미적거리며 시간을 생각보다 많이 쓴 모양이었다. 여단 오빠네 야자가 끝나는 것은 열한 시. 그전에 연락이 오면 좋겠지만, 만약을 대비해 내가 학교 앞에서 기다리고 있는 것도 괜찮을 것 같았다.

웬만하면 눈에 띄는 일은 잘 하지 않으려 드는 나였지만 오늘만은 어쩔 수 없었다.

그도 그럴 게 오늘 하루 내내 연락이 없었다. 이건 아무래도 좀 이상하다. 혹시나 내가 못 만나는 여단 오빠 대신에 다른 사람들과 놀겠다고 해서 기분이 상한 걸까?

나는 고개를 내저었다. 아니, 그건 아닐 터였다. 그렇다고 해도 직접 말했지 이렇게 연락 한 번 없이 서운한 티를 내고 그럴 사람은 아니었다.

달리다 말고 다시 시간을 확인한 나는 거친 숨을 내뱉었다.

"헉, 어떡해."

이대로라면 엇갈릴지도 모른다. 입술을 살짝 깨문 나는 결국 급히 방향을 꺾었다. 어려서부터 살아온 동네인 데다, 다녔던 초중고가 다 이 근처이니 만큼 지리는 꿰고 있었다.

어두운 길로 가지 말라고 했지만, 어쩔 수 없지. 나는 골목을 향해 후다닥 뛰어갔다. 여단 오빠의 고등학교로 향하는 지름길이었다.

단 하나 문제는, 이 길에 술집이 많다는 건데. 아무래도 2호선인 데다 유명 대학이 인근에 있어서. 골목 안으로 뛰어드니 아니나 다를까 온통 술집 뒷문에서 흘러나온 소음으로 시끌벅적했다.

간간이 어둠 속에 파묻힌 담배 불빛들이 보일 때마다 나는 숨을 흡 참고 그 앞을 주파했다. 그러다 방향을 한 번 더 꺾자 아까보다도 좁고 어두운 골목이 나를 반겼다.

그래도 이 길만 통과하면. 나는 숨을 내쉬었다. 이 길만 통과하면 곧바로 남계고등학교 정문이었다.

심호흡을 한 나는 마침내 가방끈을 움켜쥐고 그 안으로 뛰어들었다. 하지만 채 다섯 걸음도 못 가서 등 뒤에서 날아온 목소리에 나는 걸음을 멈췄다.

"함단이?"

아주 상냥하고 친근한 부름이었다. 이 급한 판국에도 결코 무시할 수 없게 하는, 내 기억에 없는 목소리인데도 내가 기억하지 못할 뿐 친한 사이가 아닐까 하는 착각마저 불러일으키는.

나는 멍하니 뒤를 돌아보았다.

내가 방금 들어왔던 골목 입구에 사람이 하나 서 있었다.

키가 훌쩍 컸고, 손 하나는 주머니에 넣고 있었다. 체격이나 목소리나 어딜 봐도 남자였다.

나는 눈을 비볐다. 우리 반? 같은 고등학교 학생? 아니면…….

골목 안으로 바깥의 빛이 새어 들기는 했지만 회갈색 머리카락과 살짝 휘어진 눈이 보일 뿐, 그 아래는 확인할 수가 없었다. 그러다 얼핏 비친 회색 교복 재킷을 보고 나는 눈을 크게 떴다. 어라, 저건 우리 학교에서 얼마 떨어지지 않은 성운 과학고 교복 아니야? 맞는 것 같은데.

그런데 나는 그쪽으로 진학한 애들 중에서는 친한 애가 한 명도 없었다. 그러면 아는 사이는 절대로 아닐 텐데, 왜 아는 척을 한 거지? 저 친근한 부름은 대체 뭐야?

그때, 한 손을 주머니에 찔러 넣은 남자애가 여전히 사근사근한 목소리로 말했다.

"반가워. 너는 나를 모를 텐데, 너무 반가운 마음에 괜히 먼저 아는 척을 하게 됐네. 놀랐어?"

"네? 아니, 네, 좀…….."

예의상 아니라고 말하려다가, 그건 좀 아닌 것 같아서 솔직하게 말하자 상대방이 작게 웃는 소리를 냈다. 아니, 하지만 사람 얼굴도 안 보이는 어두운 골목에서 이러는 건 좀 문제가 있다고 생각하는데.

그때 남자애가 다시 말했다.

"하하, 당돌하네. 애가 겁이 없어."

나는 눈썹을 찡그렸다. 방금까지는 친구 대하듯이 하더

니, 이제는 아주 어린 동생 대하는 것처럼 저 깔보는 태도는 뭐람? 게다가 정체도 밝히지 않고서.

내가 누구시냐고 물으려는 그때였다.

"나는 겁이 많은 사람이 좋은데."

"네?"

"왜냐하면, 겁이 없다는 건 절대로 좋은 게 아니거든. 그건 진화를 덜한 거야. 알겠어?"

갑자기 웬 진화 얘기가 튀어나오는 건지 알 수가 없었다. 더군다나 모르는 문제를 가르쳐 주는 선생님이나 되는 것처럼 친절한 말투로 내뱉은 말이라 더더욱.

한참 만에 그 말뜻을 파악한 나는 얼굴을 구겼다. 방금 날더러 겁이 없다며, 그러니까 결론적으로는 내가 진화를 덜했다는 거지?

진짜 뭐 하는 사람이야? 내가 그를 어이없어하며 바라보는 와중에도 그의 말은 계속되었다.

"그러니까 내 말은, 두려움은 위험한 것들로부터 인류를 보호하기 위한 장치란 거지. 그게 없으면 금방 죽어."

나는 대답 않고 그를 빤히 보기만 했다. 머리 색부터 대뜸 말하는 투까지 영 심상치 않았다. 조금만 시간이 있었더라면 내 머릿속에서는 곧장 인터넷 소설의 법칙들을 기반으로 한 조사가 이루어졌을 것이다.

그러나 시간이 너무 없는 게 문제였다. 바빠 죽겠는데 무슨 소리야. 나는 고개를 꾸벅 숙이곤 말했다.

"안 사요. 안 믿어요. 안 가입해요."

"뭐?"

아랑곳 않고 속으로 주먹을 쥐어 올린 내가 외쳤다. 많이 컸다, 나! 그리고 내가 그만 갈게요, 하고 말하면서 가방끈을 쥐고 돌아선 그 순간이었다.

남학생에게서 안타까워하는 듯한 목소리가 흘러나왔다.

"이것 봐, 꼭 잘못된 선택지를 고르지. 내가 시간을 들여서 설명까지 해 줬는데."

그러더니 덧붙이는 목소리가 급격히 서늘해졌다.

"겁 없으면 금방 죽는다고."

"예?"

굳이 그럴 필요는 없었지만, 괜히 뒷목을 덮쳐 오는 서늘한 예감에 나는 다시 뒤를 돌아보았다. 그리고 그 순간, 거짓말처럼 남학생의 자그만 인영 뒤로 두 개의 거대한 인영이 모습을 드러냈다.

하나는 여자, 하나는 남자였는데 어딜 봐도 싸움 좀 해 본 듯한 생김새였다. 아니, 어떻게 저 덩치들이 저 조그마한 사람 뒤에 숨어 있을 수가 있는 거야! 물론 아주 마른 편은 아니고 호리호리한 정도에 불과하지만!

내가 어이없어하는 사이, 장르 잘못 찾은 매드 사이언티스트가 아닌가 싶던 남학생은 천천히 내게서 등을 돌렸다.

그가 얄미울 정도로 여유로운 목소리로 인사했다.

"오스트랄로피테쿠스의 동굴에선 네안데르탈인의 두개 골이 나왔어. 구인류는 신인류에 의해 도태되기 마련이지."

그 순간 나는 참지 못하고 외칠 수밖에 없었다.

"아니, 저기요! 장르 잘못 찾으셨어요! 여긴 댁이 있을 곳이 아니에요!"

이게 무슨 SF소설도 아닐 텐데, 내가 어째서 인류 진화 의 과정 따위에 대해 듣고 있어야 하는 건데! 쟤 무슨 사이 비 종교같은 데서 나온 거 아냐?!

내가 진저리 치는 사이, 남학생의 매끈하던 이마가 급격 히 일그러졌다.

그가 말했다.

"내가 여기 있을 자격이 없다고?"

"예?"

그의 심상치 않은 기세에 나는 나도 모르게 한 발자국 물 러섰다. 아랑곳 않고 남학생이 이글거리는 눈으로 말을 이 었다.

"나같이 약한 녀석은 이런 곳에 있어선 안 된다는 거야?"

"예, 예……?"

"아무리 강해져도 태생적인 약함을 이길 수는 없단 말인 가? 그게 네가 하고 싶은 말이라면, 좋아. 증명할 기회를 주지."

여전히 무슨 말을 하고 있는 건진 모르겠지만, 나는 일단 한 발자국 물러났다. 본능적인 예감에 의해서였다. 그리고 과연 기다렸다는 것처럼 한 쌍의 덩치들이 내게로 다가오며 소매를 걷어붙였다.

남학생의 싸늘한 목소리가 따라붙었다.

"제대로 혼내 줘. 다시는 오지랖 같은 건 부릴 수도 없게."

"넵! 잡아!"

그 말이 들린 순간 나는 발에 불이 나게 질주하기 시작했다. 그러나 과연 두 덩치들은 내 뒤를 어렵지 않게 따라붙었다. 젖 먹던 힘까지 쥐어짜면서 나는 속으로 탄식했다. 아니, 일진이 안 좋아도 정도가 있지! 여단 오빠한테 바람맞아, 웬 진화론 신봉자만나 갑자기 쫓기기까지!

마침 기다렸다는 것처럼 바로 그 진화론 신봉자 목소리가 날아왔다.

"역시 별 볼 일 없는 애였군. 너 같은 애가 내 일을 꼬아 놓을 뻔했다니, 자존심이 상해야 할지 다행이라고 해야 할지. 고민한 지 일주일도 안 돼서 해결이 되잖아."

"아니, 진짜 아까부터 무슨 소리세요!"

나는 다시 한번 외칠 수밖에 없었다. 지나가는 사람 붙잡고 진화가 덜됐다고 한 걸로도 모자라 이번에는 내가 자기 일을 꼬아 놓았다니, 애먼 사람 착각한 거 아니야?

"앞으로도 적이 나타날 거라면 너 같은 애들만 나타났으면 좋겠다. 그럼 이만."

아랑곳 않고 제 할 말만 나불댄 그가 어깨를 으쓱하곤 골목을 나가 버렸다. 이제 나는 사람 하나 없는 골목에서 두 사람을 피해 달아나는 처지가 되었다.

달리면서 나는 외쳤다.

"혹시 진화가 덜된 인류를 잡아다가 연구하는 비밀 단체의 일원이세요?!"

"무슨 개소리야!"

돌아오는 대답을 들으며 나는 차분하게 생각했다. 아닌가 보군.

내가 다시 외쳤다.

"그럼 그냥 외계인인가요?! 지금 이대로 돌아가면 나사에 알리진 않을게요!"

"지금 닥치면 아프게 때리진 않을게!"

그 말을 듣고 나는 마침내 체념했다. 회갈색 머리칼의 그 남학생과 달리 이 사람들은 진화론과는 조금도 연관이 없는 평범한 사람들이 분명한데, 어째서 그의 명령을 듣고 있는 걸까?

그러나 나는 의문을 해소할 기회도 없이 이대로 끝장날 모양이었다. 뒤에서 튀어나온 손에 가방끈을 붙잡힌 내가 크게 휘청댔다.

황급히 가방끈에서 빠져나가려고 했지만, 발버둥 치는

와중에 오히려 제 풀에 걸려 넘어지고 말았다. 악! 요란한 소리와 함께 나는 손으로 땅을 짚었다.

"으으……."

비련의 여주인공처럼 주저앉은 포즈로 거친 숨을 내뱉던 내가 마침내 절망하여 고개를 떨구는 그 순간이었다. 거짓말처럼 쏟아진 빛 한 줄기가 나를 비추었다.

나는 느리게 그쪽을 돌아보았다. 내 앞의 덩치들 역시 어리둥절한 얼굴로 그쪽을 응시했다. 작게 열린 문틈 새로 한 남자의 인영이 보였다.

구세주라기엔 너무 평범한 모습이었다. 콧대 위로 두꺼운 안경을 걸쳐서 눈은 잘 보이지도 않고, 얼마 안 보이는 눈마저 덥수룩한 검은 머리카락에 덮여 있었다. 그것도 모자라 어깨와 등은 잔뜩 구부린 자세에 손에는 쓰레기봉투를 들고 있었다.

흰 와이셔츠와 검은 바지 차림. 어른스러운 복장을 보아하니 홀에서 서빙을 하는 술집이나 치킨집 알바생 같았다. 성인이라고는 해도, 그는 이들이 눈을 부라리며 욕 한 번만 해도 물리칠 수 있을 정도로 약해 보였다.

내 얼굴이 절망으로 흐려지고, 둘의 얼굴 위로는 '그럼 그렇지' 하는 표정이 떠올랐다. 그들은 심지어 방금 나타난 남자에게 의기양양하게 묻기까지 했다.

"야, 구경 다했냐? 그럼 구경값은 내셔야지?"

그때까지도 우리의 존재를 인지조차 하지 못하고 있던 듯한 그가 어리둥절한 얼굴로 이쪽을 보았다.

그의 코 위에 걸린 두꺼운 뿔테 안경을 보고 나는 짐작했다. 아이고, 눈이 어지간히 안 좋은 모양이군. 공부 많이 한 사람인가 봐.

그때 고개를 돌려 나를 본 남자의 태도가 갑자기 변했다. 방금까지 남 일이라도 되는 양 제가 들고 있는 쓰레기 봉투에만 신경 쓰던 그가 갑자기 봉투를 내려놓더니 계단에서 내려왔다.

덩치들이 당황한 사이, 척척 걸어온 그는 선뜻 내 앞으로 손을 내밀었다.

나는 그 손을 잡는 대신에 멍하니 그를 올려다보았다. 흐린 빛 사이로 보이는 얼굴이 일순 선명해지자 나는 그제야 비명을 내질렀다.

"아! 너 설마, 반휘혈이야?"

그가 고개를 끄덕이는 것을 보고 나는 입을 떡 벌렸다.

맙소사. 이 타이밍에 사대천왕도 루다도 아닌 반휘혈이라니. 전력적으로 도움이 되긴커녕 같이 얻어맞을 게 분명한 사람이 나타나 버렸다.

나는 그의 손을 잡는 대신 입모양으로 뻐끔거렸다. 가, 그냥 가서 경찰이나 불러. 그러나 그는 내 말을 듣긴커녕 손을 내민 채로 꿋꿋이 기다렸다. 내가 일어나기 전까지는 절대로 비키지 않을 기세였다.

결국 나는 한숨을 내쉬며 그의 손을 잡고 일어났다. 그러자마자 앞에서 왁자한 비웃음이 터졌다.

"하, 모범 시민이다 이거야? 양심이 아파서 도저히 그냥 지나가진 못하시겠다?"

반휘혈은 그런 덩치들을 멀뚱히 보다가 나를 돌아보며 물었다.

"친구들?"

"친구들이겠냐."

내가 질린 듯 말하기가 무섭게 낭랑한 목소리가 골목길을 가르고 날아왔다. 나와 반휘혈은 동시에 고개를 돌려 그쪽을 보았다.

"이봐, 거기 너. 어쩔 거야?"

독기 어린 표정을 지은 덩치가 손가락 하나를 천천히 접었다.

"하나, 여기서 저 애랑 같이 맞는다."

"……."

반휘혈은 말없이 눈썹만 못마땅한 듯 꺾었다.

덩치가 손가락 하나를 더 접으며 낭랑하게 말했다.

"둘, 당장 저 문으로 도로 들어가서 방금 봤던 모든 것을 잊는다."

아까보다 훨씬 부드러워진 목소리를 들으며 나는 확신했다.

이것은 사실상 고르라고 내민 선택지가 아니다. '네가 바보가 아니라면 우리가 봐주겠다는데, 설마 맞는 쪽을 택하지는 않겠지?' 그들의 우월감 어린 눈빛이 그렇게 말하고 있었다.

그리고 나는 숨을 삼켰다. 그렇다면 애초에 목적이 무작위로 누군가를 때리는 것이 아니라 내게 있었다는 건데, 어째서? 나는 맹세코 아까 그 진화론 신봉자를 전에 본 적이 없었다. 봤다면 머리 색 때문에라도 몹시 경계했을 테고, 기억에 남았을 텐데.

아무튼 그건 그렇고, 나는 반휘혈을 옆으로 밀어냈다. 덩치가 무색하게 손쉽게 밀려난 반휘혈이 멀뚱거리며 나를 내려다보았다.

내가 한숨을 푹 내쉬며 말했다.

"보내 준다잖아. 그냥 가라."

나도 솔직히 말해서 이런 소설 주인공 같은 대사는 하기 싫다. 그런데 상황이 이렇게 되니까 아무래도 '혼자 맞으면 쓸쓸하니까 같이 맞아 줄래?' 같은 말은 할 수가 없다. 그게 뭐야, '같이 PC방 갈래?'도 아니고.

그러다 아차 싶어진 나는 황급히 말했다.

"아니다. 옆에서 지켜보고 있다가 내 부상이 심각해진다 싶으면 119를 호출하는 쪽으로……."

우리를 지켜보고 있던 덩치가 기다렸다는 듯 말했다.

"가든 같이 맞든 둘 중에 하나만 해라."

"안 된대. 잘 가."

나는 기다렸다는 듯 냉큼 대답했다. 그러자 나를 내려다보는 반휘혈의 얼굴이 한층 복잡해졌다.

침묵이 길어지자 기다리다 못한 덩치 중 하나가 짝다리를 짚으며 말했다.

"이봐요. 솔직히 말해서 우리라고 연상으로 보이는 사람까지 패고 싶진 않거든? 우리가 연장자를 공경하게 도와줍시다, 예?"

그때 마침내 반휘혈이 입을 열었다.

"나는……."

나는, 뭐? 나는 불안하게 반휘혈의 얼굴을 응시했다. 애초에 그는 고민할 필요도 없는 것을 지나치게 길게 고민하고 있었다. 상식적으로 두 사람이 맞는 것보단 한 사람만 맞는 게 낫지. 그런데 그는 그렇다기엔 뭔가를 결심한 것처럼 지나치게 비장한 표정을 하고 있었다.

잠깐, 설마? 지금껏 잊고 있던 가설이 슬그머니 머릿속에서 고개를 든 것은 그때였다.

그래, 반휘혈이 전국 서열 1위가 꼭 아니란 법도 없어, 그렇지? 무엇보다도 저 이름에 저 외모에 붉은 눈동자가 흔하겠냐고.

그렇게 생각하며 나는 눈을 굴려 반휘혈을 위아래로 잽

싸게 스캔했다. 굽어 있던 등과 어깨를 편 반휘혈은 그것만으로도 위협적인 기세를 뿜어내고 있었다.

키 190센티미터의 장신에 어깨가 넓고 탄탄한 몸. 놀랍도록 강건한 체구가 존재감을 드러내자 덩치들은 처음으로 겁을 집어먹은 것처럼 보였다.

설마? 그런 불안이 담긴 눈빛으로 그들이 반휘혈과 나를 번갈아 응시했다. 그들 중 하나가 애써 씩씩하게 내뱉었다.

"뭐야, 지금? 설마…… 우리랑 싸워 보기라도 하겠다는 거야? 응?!"

그러나 목소리 끝이 떨리고 있어 오히려 그들이 겁먹었다는 사실을 드러낼 뿐이었다.

한편 그들만큼이나 떨고 있는 것은 나 역시도 마찬가지였다.

심상찮은 안광을 뿜어내는 반휘혈의 붉은 눈을 보며 나는 어깨를 떨었다. 역시 진짜인가?

순간 지금까지 내가 반휘혈에게 저지른 온갖 만행과 오지랖이 머릿속을 스쳐 지나갔지만, 아무튼 이 상황을 무사히 넘길 수 있다면 별 상관 없을 것 같았다.

심장이 거세게 퍼덕이기 시작했다.

쿵, 쿵, 북소리처럼 요란하게 울려 대는 심장 고동 속에서 마침내 긴장이 팽팽하게 부풀어 곧 터질 것만 같던 그 순간.

반휘혈이 갑자기 두 팔을 앞으로 짚으며 털썩 무릎을 꿇었다.

"……."

골목 안엔 한동안 싸늘한 침묵만이 흘렀다.

나도, 심지어 덩치들도, 모두 이 사태에 어찌해야 할지 갈피를 못 잡는 표정들이었다. '쟤 그럼 폼은 왜 그렇게 잡은 거야?', '나도 몰라.' 덩치들이 그런 귓속말이나 주고받는 동안 나는 기대가 배신당해 참담한 얼굴로 반휘혈을 내려다보았다. 야…….

도무지 일어날 생각이 없어 보이는 그의 어깨를 붙든 내가 속삭였다.

"뭐 하는 거야?"

그러자 비장한 목소리로 대답이 돌아왔다.

"나를 때려라."

"뭐?"

내가 당황하는 사이 덩치들도 반휘혈의 그 말을 들은 모양이었다. 운 나쁘게도. 그들은 건수 잡은 것처럼 잔뜩 신나서 물었다.

"하하! 무슨 소리야? 드라마를 너무 많이 봤네. 대신 맞겠다고 하면 우리가 그러마, 하고 네 친구는 보내 줄 줄 알았어? 세상이 그렇게 쉽게 굴러갈 줄 알았어?"

"이제 너도 같이 맞는 거야! 원망하지 마라, 우린 분명 기회 줬다?"

그러더니 주먹을 뚜둑뚜둑 꺾으며 다가오는 그들 앞을 내가 황급히 가로막았다.

나는 다급해진 얼굴로 외쳤다.

"아니, 드물게 착한 사람을 만났으니 감동의 뜻으로 보내 주는 건 어떨까요? 이거야말로 인류가 도달할 수 있는 최고의 진화인 열반이 아닐까요?"

그러나 덩치들은 전혀 아랑곳하지 않았다. 그들이 당장 어처구니없다는 얼굴로 받아쳤다.

"무슨 개소리야, 너 아까부터 왜 자꾸 진화 진화 난리야? 미친 과학자도 아니고, 그만 비켜."

"아니, 그거야 댁들 보스가……."

내가 채 말할 새도 없이 호기롭게 튀어나간 덩치의 주먹이 곧장 반휘혈의 배에 박혔다.

"악!"

내가 절규했다. 내가 맞은 것이 아니었음에도 불구하고 몸이 반사적으로 움츠러들었다. 앞으로 다가올 고통을 예감해서이기도 했다.

눈을 질끈 감으며 나는 중얼거렸다. 반휘혈, 미안하다. 정말 미안. 내가 나름대로 최선을 다하긴 했는데.

열심히 속으로 변명하다 말고 반휘혈이 바닥을 구르는 모습을 본 나는 다시 외쳤다.

"아니, 나랑 아무 상관 없는 사람한테 왜들 그래?! 차라리 날 때리라고, 날!"

그렇게 말하며 나는 속으로 머리를 쥐어뜯었다. 무슨 영화도 아니고, 내가 '차라리 날 때려!' 하고 외치는 상황 같은 게 올 거라곤 정말이지 생각도 못 했네! 이게 다 반휘혈이 너무 정의로워서, 내가 상대적으로 너무 쓰레기같이 느껴지니까…….

그때 나를 돌아보며 한껏 비웃는 표정을 지은 덩치가 말했다.

"너 대신 때리는 거 아니니까, 아쉬워 말고 얌전히 기다리고 있어. 신고 같은 짓 했다가는 알지?"

따라붙는 말에 나는 흠칫하며 핸드폰을 등 뒤로 숨겼다. 젠장, 신고 버튼 누르고 있는 거 어떻게 알았지. 그러자마자 눈썹을 휙 꺾은 그가 성큼성큼 다가와 내 손을 등 뒤에서 빼냈다.

엇 소리를 낼 새도 없이 핸드폰을 뺏어 간 그가 그것을 두 동강 내 바닥에 떨어트렸다. 투둑, 소리가 나며 구른 파편들이 바닥에 흩어졌다.

그것을 보며 나는 그저 탄식만 흘렸다.

"아…….'

경찰은 고사하고 여단 오빠에게도 교문 앞에서 기다린다는 둥의 연락 같은 거 못 했는데.

내가 멍해진 사이, 동강 난 핸드폰 기체를 발로 꾹꾹 밟기까지 한 그가 그것을 차서 벽 쪽으로 굴리고는 다시 반휘혈에게로 돌아섰다.

"구경이나 하라고."

그제야 나는 부서진 핸드폰이나 걱정하고 있을 때가 아님을 깨달았다. 역시 시대가 바뀌긴 했어도 물건보다 걱정할 것은 사람, 아니, 나 진짜 아까부터 왜 이래. 반휘혈한테 감화되기라도 했나.

인상을 쓰며 이마를 짚고 있던 내가 다시 외쳤다.

"잠깐만!"

"또 뭐야?"

짜증스레 내 쪽을 돌아보는 그들에게, 침을 꼴깍 삼킨 내가 회심의 일격을 날렸다.

"너희, 안경 쓴 사람 때리면 살인 미수다!"

그건 몰랐지? 의기양양하게 물으려던 나는 곧장 이어진 그들의 행동에 미간을 파삭 구겼다. 당장 반휘혈에게로 손을 뻗은 그들이 반휘혈의 콧잔등에 올라탄 안경을 벗겨 냈다.

이제까지 한 번도 소리를 내지 않던 반휘혈이 이번만은 신음했다.

"아, 잠깐."

아랑곳 않고 망설임 없이 두 손으로 안경다리를 잡은 그들이 망설임 없이 그것을 두 동강 냈다. 핸드폰과 똑같은 방식으로 잔해를 바닥에 떨어뜨리고 밟고는 킬킬 웃었다.

"안경이 두꺼워서 밟는 맛이 괜찮네."

"와, 나 이렇게 두꺼운 유리 처음 봤어. 눈이 얼마나 나쁜 거야?"

그들이 하는 말을 듣고서 나는 깨달았다. 그래, 지금 핸드폰과 안경의 죽음에 슬퍼할 때가 아니다. 용기 있게 그쪽으로 다가가 반휘혈의 어깨를 잡은 내가 걱정스레 물었다.

"반휘혈, 너 괜찮아? 어떡해, 아무것도 안 보이지."

워낙 안경이 발달해서 대부분 모르고 지내지만, 근시란 생각보다 심각한 문제다. 옛날에 심한 근시 친구가 실수로 안경을 깨 먹었을 때, 우리는 그 애를 양옆에서 부축해서 계단을 내려와야만 했다. 아무것도 안 보인다는 것은 그 자체로 대단히 불편하고, 또 불안한 일이다.

과연 반휘혈의 상태는 심각했다.

방금까지 대신 맞겠다느니 어쩌느니 하는 소리를 기세 좋게 외치던 그가 심상치 않게 굳어진 얼굴로 바닥만 보고 있었다. 바닥을 노려보는 눈 안은 싸늘한 북풍이 휘몰아치고 있었다.

아니, 그런데……. 지금 반휘혈, 눈에 초점 잘 맞지 않나?

그러나 나는 곧장 그것을 착각으로 치부하기로 했다. 저렇게나 두꺼운 안경을 쓰고 있었는데 무슨 놈의 초점은 초점.

그리고 나는 다급하게 그의 어깨를 흔들었다.

"반휘혈, 정신 좀 차려 봐. 반휘혈."

"……."

그때 그의 입술이 안경이 부러지고 처음으로 달싹였다.

나는 제대로 듣기 위해 그의 입 가까이에 귀를 가져갔다.

"뭐라고?"

그리고 곧장 내 귀를 파고드는 싸늘한 목소리에 나는 어깨를 흠칫 떨었다. 뭐야, 내가 잘못 들은 거지?

"비키라고."

방금까지만 해도 눈물겨운 우정을 보여 주던 반휘혈이 다른 누구도 아니고 내게 저런 말을 할 리가…….

하지만 주변을 둘러본 결과, 덩치들과 반휘혈, 나 외에 이 골목 안에는 아무도 없었다.

그렇다면 역시 정답은 귀신인가. 이마에 손을 얹고 현실 도피를 시작한 내게 대뜸 솥뚜껑처럼 큰 손이 다가왔다. 그 손이 밀치는 바람에 옆으로 넘어진 나는 엉덩방아를 찧고 말았다.

"아야."

작게 비명을 지른 나는 고개를 들며 입을 열었다. 반휘혈, 너 갑자기 왜 그래? 그러나 그 말을 채 하기도 전에 반휘혈과 눈이 마주친 나는 그대로 입을 다물었다.

나를 다소 거칠게 치워 낸 반휘혈이 천천히 몸을 일으켰다.

그 기세가 아까와는 사뭇 달랐다. 아니, 다른 정도가 아니라 그냥 아예 다른 사람이 된 것 같았다. 손에 잡힐 것처럼 선명한 흉흉한 기운이 그의 온몸을 온통 휘감고 있었다.

반휘혈이 고개를 들자, 나는 물론이고 덩치들마저 움찔했다. 그중 여자 쪽의 얼굴은 일순 멍해지기까지 했다.

그도 그럴 것이, 눈이 작아질 정도로 두꺼운 안경을 벗어던진 반휘혈의 얼굴은 그야말로 빛이 났다. 혼혈처럼 생긴 뚜렷한 이목구비가 그의 큰 눈과 어우러져 광채를 발했다.

잠시 뺨이 붉어졌던 그녀는 이윽고 성질을 터트렸다.

"이익, 그래서 뭐 어쩌겠다는 거야! 정말 해 보겠다는 거야?!"

그러던 그녀가 발로 아직 남아 있던 안경의 잔해를 밟았다. 발밑에서 나는 잘그락 소리에 그녀는 만족한 듯 미소 지으며 반휘혈을 보았다.

그 와중에도 나는 안경값을 계산하고 있었다. 얼마지, 내가 반휘혈에게 물어 줘야 할 돈이. 일단 5만 원은 넘을 텐데…….

솔직히 말해서 나는 반휘혈의 달라진 모습에 별다른 기대를 갖지 않고 있었다. 물론 놀라기야 했지만 그것은 잘생겨서고, 사람이 화가 난다고 갑자기 없던 싸움 실력이 생기는 일 따위 현실엔 없으니까. 단지 반휘혈의 기세가 워낙 흉흉하고 체구가 탄탄해서 괜히 사람을 겁나게 할 뿐이지.

전에도 그는 조직 보스라고 해도 믿을 것 같은 저런 모습을 하고서 고작해야 고등학생 깡패들에게 잔뜩 얻어맞았다. 그렇기 때문에 나는 앞으로의 일을 기대하는 대신에,

반휘혈의 방금 행동에 대해서만 고민했다.

"나한테도 화났나……."

하긴, 나 때문에 아르바이트하다가 휘말려 난데없는 날벼락을 맞았으니 그럴 만도 했다. 하지만 가란 말까지 했는데 안 가고 대신 때리라던 게 누구인데. 그러더니 비키라고 밀쳐 내기까지 하다니. 사람이 한 입으로 이렇게까지 두말하기냐?

내가 투덜거리던 그때, 반휘혈과 자신의 거리를 한참 가늠하던 두 덩치들이 마침내 동시에 달려들었다. 이제 곧 일어날 대참사를 예감한 나는 두 눈을 질끈 감았다.

반휘혈, 차라리 지금이라도 당장 돌아서서 도망쳐라! 내가 속으로 기도하던 그때였다. 퍼억 소리에 반사적으로 눈을 뜬 나는 눈앞에 펼쳐진 광경을 보고 할 말을 잃었다.

날아가서 쌓여 있던 쓰레기봉투에 처박힌 것은 반휘혈이 아니라 달려들었던 이들 쪽이었다. 내 쪽에는 시선도 주지 않고, 너무 커서 위협적으로 보이는 손을 허공에서 쥐었다 편 그가 그들을 돌아보며 낮게 물었다.

"뭐 해, 안 일어나고."

"으윽……."

"주먹 맛 제대로 보여 주겠다며."

그 신랄한 빈정거림을 본 나는 입을 떡 벌렸다.

이윽고 내가 허무하게 중얼거렸다.

"그런 거였냐, 너……."

안경을 벗으면 미모가 아니라 전투력이 올라가는 타입이었냐?

내가 사람이 아니라 무슨 가로등이라도 되는 것처럼 아무것도 않고 제자리에 못 박힌 듯 서 있는 사이, 반휘혈은 그야말로 거침없이 주먹을 휘둘렀다.

두 사람은 정신없이 털렸고, 그럴 때마다 내 어이도 함께 털렸다.

"아니, 무슨……."

안경이 부적도 아니고, 벗었는데 미모도 아니고 전투력이 올라가긴 왜 올라가냐. 그러다 체육 시간 때의 반휘혈의 행동을 떠올린 나는 표정을 바꿨다.

어, 있어 봐. 그러고 보면 체육 시간에 보았던 안경 쓴 반휘혈의 움직임은 아주 좋았다. 거의 루다만큼이나.

그 말인즉, 반휘혈의 전투력은 사실 안경과는 아무런 관련이 없는 걸까? 그렇다면 도대체 왜 여태까지는 몸 사리다가 이제야 거침없이 실력 행사에 나서는 건데?

그나마 반휘혈의 방식이 공격성이 거의 없는 타입이라 다행이었다. 말한 것과 달리 반휘혈은 두 사람이 달려들기를 가만히 기다리다가, 달려들면 그대로 팔이든 다리든 붙잡아서 도로 던져 버렸다.

그렇게 해서 던져진 곳은 쓰레기봉투가 잔뜩 쌓여 있는

벽이라 상대방의 몸에 큰 손상도 없었다. 물론, 체력 소모는 꽤 있을 테지만. 덕분에 나는 반휘혈을 말릴 걱정을 하는 대신 내 생각에만 조금 더 집중할 수 있었다.

그러다 문득 소리가 멈춘다 싶어 고개를 들자, 두 사람을 쓰레기봉투 무더기 위에 가볍게 휙 던져 버린 반휘혈이 이쪽을 돌아보고 있었다.

선홍색 눈과 시선이 마주치자 나는 어깨를 움찔 떨었다. 그것도 잠시, 이윽고 들려온 소리에 나는 절로 입이 벌어졌다.

"너는 왜 그렇게 사람 말을 못 알아들어?"

예?

반휘혈이 무시무시한 얼굴로 말을 이었다.

"사람이 대신 맞아 주겠다는데도 왜 안 꺼지고 난리야."

너 정말 대체 누구세요? 나는 다시 한번 속으로만 묻고 말았다.

얘가 소현 고등학교 2학년 8반 반휘혈이라고 하면 세상에 믿을 사람이 도대체 얼마나 될까? 그 침착한 김 쌍둥이조차 최소 기절한다는 데 천 원도 걸 수 있었다.

반휘혈이 무시무시한 표정으로 말을 이었다.

"네가 쓸데없이 안경 소리를 해 버리는 바람에 저 자식들이 안경을 뺏어 가서, 내가 어쩔 수 없이 주먹을 휘두른 거 아니야. 어?"

그것만은 내 탓이 맞는 것도 같아서 어깨가 움찔 떨렸다. 아니, 하지만 어쩔 수 없이 주먹을 휘둘렀다니? 그것만큼은 동의할 수 없었다.

나는 뻗어 있는 두 사람 쪽을 힐끗 쳐다보았다. 너, 주먹 휘두르는 동안 무지 신나 보이던데.

반휘혈은 엉망이 된 손을 털어 내며 다시 투덜거렸다.

"젠장, 조금만 더 있었으면 300일 달성하는 거였는데……."

300일이라니, 저건 또 무슨 소리야? 고민하던 나는 곧 깨달았다. 혹시 그 300일이란 게, 사람을 때리지 않고 견딘 날짜를 말하는 건가?

나는 눈을 크게 뜨고 반휘혈을 바라보았다. 그럼 나 때문에 괜히 사람을 때리게 됐다고 투덜거리던 것도, 책임 전가하려던 게 아니라 진심이었다고?

그러기가 무섭게 반휘혈이 다시 투덜거렸다.

"아, 안경은 어디 있어?"

그렇게 말하며 신경질적으로 머리카락을 헝클어트린 반휘혈이 사방을 두리번거리기 시작했다. 그와는 달리 상황을 지켜보는 입장이었던지라 비교적 그 위치를 잘 기억하고 있던 내가 외쳤다.

"아, 그거라면 내가 찾아다 줄게!"

그러자 반휘혈은 입을 일자로 다문 채 나를 부루퉁한 눈으로 예의 주시하기 시작했다.

혹시나 뭔가 밟을까 싶어 바닥을 조심스레 살피던 나는, 얼마 안 가 형편없이 다리가 부러지고 꺾인 안경을 찾을 수 있었다. 안경알은 생각만큼 심각하진 않았으나 가운데에 크게 금이 가 있었다.

내 핸드폰의 잔해도 거기 함께 있었다. 깔끔하게 두 동강 난 핸드폰을 본 나는 하 한숨을 내쉬고 그것들을 주워 들었다.

내가 그것들을 들고 반휘혈에게로 돌아가자 안경의 모양새를 본 반휘혈의 눈썹이 위로 꺾였다.

내가 말했다.

"미안. 괜찮으면 같이……."

사러 갈래, 하고 말하기도 전에 반휘혈이 내 손에서 탁 소리 나게 안경을 낚아채더니 콧잔등 위에 올렸다.

다리가 부러진 안경은 제대로 걸쳐지지도 못하고 조금 미끄러지더니 삐뚜름하게 멈추고 말았다. 그러나 그 순간, 나는 안경 너머로 보이는 반휘혈의 붉은 눈이 침착하게 가라앉는 것을 목격했다.

나를 돌아본 그가 몰라보게 차분한 얼굴로 말했다.

"됐어."

나는 나도 모르게 하아, 하고 안도의 한숨을 내쉬었다.

안경이 도대체 그에게 무슨 작용을 하는 건지는 모르겠지만, 반휘혈의 목소리에서 내비치던 날카롭던 공격성이 세

탁기에 한 번 돌리기라도 한 것처럼 깨끗이 사라져 버렸다.

내가 알고 있던 평소의 반휘혈이었다. 덕분에 말하기는 한결 쉬워졌다.

내가 조심스럽게 말했다.

"아니야, 너 그거 안경 제대로 쓸 수도 없잖아."

반휘혈이 무뚝뚝하게 대답했다.

"어차피 시력 때문에 쓰는 건 아니라서 상관없어."

"그럼 왜 쓰고 다니는 건데?"

내 물음에 반휘혈이 잠시 고민하듯 눈썹을 찡그리는 그때, 뒤에서 문이 벌컥 소리를 내며 열리더니 목소리가 날아왔다.

"야, 휘혈아! 너 왜 이렇게 안 들어와."

쓰레기를 버리는 게 아니라 만들러 갔니? 싱거운 말을 덧붙이던 그가 골목길 안에 덩그러니 서 있는 나와 반휘혈을 보고는 입을 동그랗게 벌렸다.

그의 시선이 우리의 등 뒤를 향해 있는 것을 본 나는 고개를 돌렸다. 아차, 반휘혈에 의해 담벼락에 날아가 처박혔던 두 사람이 아직도 일어나지 못하고 끙끙대고 있었다.

그들을 본 남자가 곧바로 반휘혈을 돌아보더니 외쳤다.

"이게 뭐야! 반휘혈, 너 혹시 안경 벗었어?"

당연한 듯 튀어나오는 그 말에 나는 몹시 놀랐다. 반휘혈이 우물거리며 대답했다.

"건우 형……. 내가 벗으려고 벗은 건 아닌데……."

"건우가 아니라 견우야! 아니, 이게 아니고, 그러지 않았으면 사람들이 어떻게 이렇게 돼? 잠깐, 너 지금 혹시 안경 망가졌어? 그래?"

반휘혈의 콧잔등에 삐뚤게 걸쳐진 안경테를 발견했는지, 건우라고 불린 남자의 얼굴이 하얗게 질렸다.

이윽고 주변을 다급하게 두리번거리던 그가 벽에 기대어 있던 걸레 자루를 들더니 비장하게 말했다.

"좋아, 덤벼. 나는 준비가 됐어."

반휘혈이 조금 두통이 느껴지는 목소리로 말했다.

"아니, 건우 형."

"어, 저기요."

내가 조심스럽게 나서자, 두 사람의 시선이 일제히 내게로 꽂혔다. 내가 여자애라선지 아니면 교복 차림이라선지 얼어붙어 있던 남자의 얼굴이 조금 풀어졌다.

그때를 틈타 내가 말했다.

"죄송합니다, 휘혈이 탓이 아니라 제 탓이에요. 제가 깡패들한테 걸려서 쫓기고 있던 걸 도와줬거든요."

내 말을 들은 남자의 얼굴이 조금 더 풀렸다. 걸레 자루를 놓으며 그가 물었다.

"아, 그래……?"

"네, 안경도 일부러 벗은 게 아니라 쟤들이 벗겼어요.

그, 아무튼 지금은 원래대로 돌아온 것 같은데……."

그러자 잠시 생각에 잠겨 있던 남자가 이윽고 반휘혈을 돌아보았다.

"휘혈아, 너 그런데 그 안경 쓰고 일은 할 수 있겠냐."

"……."

"일하다 안경이 도중에 한 번이라도 안 벗겨진다는 보장 있어?"

반휘혈의 얼굴이 어두워지는 것을 본 내 표정도 따라서 어두워졌다.

남자가 말을 이었다.

"너도 알겠지만, 네가 도중에 안경이 한 번이라도 벗겨지면 맹견이 목줄 풀리는 거랑 비슷한 수준의 사고가 일어나는 거야. 너 합의 비용이 알바 비용 안 넘을 자신 있냐."

"그건……."

반휘혈의 표정이 급격하게 어두워지는 것을 보며 나도 따라서 표정이 심각해졌다. 아니, 반휘혈 너, 그 정도였냐……. 안경이 없으면 당장 그날의 합의 비용을 걱정해야 하는 정도였냐고.

한편, 반휘혈만큼이나 내 마음도 무거워졌다.

학생인데 아르바이트를 한다고 했을 때부터 무슨 사정이 있겠거니 싶긴 했는데, 표정을 보아하니 아무래도 돈이 여간 급한 게 아닌 모양이었다.

그런데 그런 사람을 도와주진 못할망정 이렇게 만들다니.

한숨을 내쉰 나는 손을 들어 올렸다.

"저기, 혹시 괜찮으시면……."

남자와 반휘혈이 동시에 이쪽을 돌아보았다. 나는 말을 이었다.

"저기 역 쪽에 안경점 아직 안 닫힌 곳 있을지도 모르니까, 휘혈이 데리고 잠깐 다녀와도 될까요?"

"아, 그럴래?"

남자와 반휘혈의 표정이 동시에 밝아지는 것을 확인한 나는 안도의 한숨을 내쉬었다. 그나마 뒷수습할 방법을 찾아서 다행이다. 나는 힐끗 시계를 내려다보았다.

벌써 시간은 열한 시 20분경. 이래서야 열려 있는 안경점이 있을 가능성은 전혀 없지만, 뭣하면 노점상에서라도 안경테를 사는 걸로 해결할 수 있을 테지.

고개를 꾸벅 숙이고는 반휘혈의 팔을 잡아채어 빠른 걸음으로 그 자리를 벗어나던 나는 문득 깨달았다.

"아, 맞다!"

반휘혈이 나를 돌아보는 가운데, 나는 머리를 쥐어뜯었다. 내가 위험도 감수하고 이 골목으로 뛰어든 원인을 깜빡 잊다니! 초조한 눈으로 골목 반대편을 보던 내가 반휘혈을 돌아보며 물었다.

"혹시 괜찮으면 남계 고등학교 앞에 잠깐 들러도 될까?"

안경을 다시 써서인지, 반휘혈은 싫은 기색 하나 없이 평소의 온순한 태도로 고개를 끄덕였다.

나는 그 즉시 급한 걸음으로 반휘혈을 이끌고 남계 고등학교 정문으로 향했지만, 이미 하교 시간으로부터 25분이나 지났으므로 결과가 어떨지는 알고 있었다. 내가 갈 테니 기다리라고 문자를 남겨 놓은 것도 아닌 데다, 여단 오빠 본인이 교문 앞이나 학교에서 굳이 시간을 죽이거나 하는 성격도 아니었다.

과연 남계 고등학교 교문 앞은 썰렁하다 못해 텅 비어 있었다. 잠시 그 모습을 보던 나는 반휘혈을 향해 조심스럽게 물었다.

"잠깐 핸드폰 좀 빌려줄래?"

두 동강 난 내 핸드폰을 본 반휘혈은 두말없이 자신의 핸드폰을 넘겨주었다.

잠시 망설이던 나는 문자를 보냈다.

[받는 사람 : 010-xxxx-xxxx
엄마 나 단이인데 핸드폰이 고장 나서 친구한테 잠깐 빌렸어ㅜㅜ 곧 집에 가.]

그리고 잠시 망설이던 나는 그대로 반휘혈에게 핸드폰을 돌려주고 다시 걸음을 옮겼다.

* * *

　아직 학기 초인 데다 대학가라 그런지 지하철로 향하는 길은 환하고 북적였다.

　북적거리는 소음 사이로 나는 아까 던졌던 물음을 반복했다.

　"눈도 안 나쁜데 안경은 왜 쓰고 다니는 거야?"

　아무래도 안경과 전투력의 상관관계가 신기해서 견딜 수가 없었다.

　반휘혈은 의외로 이번에는 순순히 대답해 주었다. 그가 엉성하게 이어 붙인 안경테를 매만지며 말했다.

　"이걸 쓰고 있으면…… 참을성이 생겨."

　"참을성?"

　그렇군. 나는 고개를 끄덕였다.

　하기는, 사람이 안경을 쓰고 벗고에 따라 운동 신경이 달라질 리 없지. 과연 참을성 문제였구나.

　목소리를 낮춘 내가 조심스럽게 물었다.

　"행방불명됐다는 전국 서열 1위, 너 맞지?"

　반휘혈은 부정하지도 않고 고개를 끄덕였다. 그러더니 그가 나를 돌아보며 말했다.

　"그래서 나는 네가 날 이용하려고 접근한 줄 알았어."

"아."

옥상에서의 대화를 떠올린 나는 어색하게 웃었다. 반휘혈의 입장에서는 내가 자기 정체를 알고 있다고 그토록 당당하게 선언했으니 얼마나 어이가 없었을까.

눈을 내리깐 반휘혈이 조금 우울하게 말을 이었다.

"더는 사람을 때리고 싶지 않은데…… 어떻게 해도 불같은 성미가 안 고쳐져서."

"응."

"이대로라면 달라질 수 없겠다고 생각해서, 거의 포기하던 차에 안경을 썼더니……."

왠지 긴장감에 가슴이 두근거렸다.

내가 되물었다.

"썼더니?"

반휘혈은 평소의 온순하기 짝이 없는 표정으로 대답했다.

"멍청한 면상들이 안 보여서."

"……."

나는 마치 곰돌이 푸가 사실은 지구상에서 가장 강한 육식 동물 중에 하나란 사실을 알아 버린, 동심 파괴당한 어린이 같은 심정이 되어 반휘혈을 빤히 보았다.

내가 이런 애를 그토록 걱정하고 심지어 지켜 줄 생각을 했다니……. 반휘혈 눈에는 내가 흑염룡을 걱정하는 흑염소처럼 보였겠군.

그렇게 생각하기가 무섭게 반휘혈이 나를 돌아보았다.

"너."

"응?"

어깨를 움찔한 내가 다급하게 대답했다. 마치 내 생각을 읽은 것처럼 반휘혈이 물었다.

"너는 그렇게……."

"그렇게?"

"존나……."

말하다 말고 고개를 내저은 반휘혈이 조심스럽게 말했다.

"아니, 내 말은 그러니까, 엄청나게……."

"……."

"마치 장구벌레처럼……."

"아니, 야, 잠깐만."

이마를 짚은 내가 그의 말을 끊었다. 그만, 그만해 봐. 무슨 소리를 하고 싶은지 대충 알 것 같으니까.

그런 가운데 반휘혈이 마치 갓 태어난 뭔가를 보듯, 조심스럽고도 상냥한 눈빛으로 물었다.

"……그렇게 약한 주제에 어떻게 다른 사람을 걱정할 수 있지?"

반휘혈은 왜인지 존경심마저 섞인 눈빛으로 나를 보고 있었지만, 나는 괜히 근처 하수구에라도 숨고 싶은 기분이 들었다.

반휘혈의 눈빛은 아무리 봐도 혼자 심부름을 다녀오는 데 성공한 일곱 살 어린애를 보는 부모님의 눈빛이었다.

아니, 대신 맞아 준다는 사람한테 '좋아! 부탁하지! 고마워!' 하고 후다닥 도망치는 쪽이야말로 좀 이상한 거 아니냐? 그건 양심이 없는 정도가 아니라 그냥 쓰레기잖아!

나는 단지 일개 시민으로서의 양심을 지켰을 뿐인데 어째서 저런 눈빛을 받아야 하는 건지 알 수가 없었다. 그의 눈빛에는 내가 이렇게나 착하다며 뿌듯해하기보다, 내가 얼마나 하찮은 사람인지 깨닫게 하는 뭔가가 있었다.

내가 그에게 그런 눈빛 좀 하지 말라고 부탁하려던 그때, 마침 우리는 역 앞 상가에 도착했다. 쏘아붙이려던 걸 미룬 나는 작게 한숨을 내쉬고는 주변을 살폈다.

알고 있는 몇 안 되는 안경점들을 눈대중으로 훑어보니, 아니나 다를까 거의 다 닫혀 있었다. 시계를 본 나는 작게 한숨을 내쉬었다.

"그럼 그렇지."

그리고 우리는 역 앞 노점상으로 향했다. 테이블 위에 가지런히 펼쳐진 수십 개의 안경테를 본 내가 반휘혈의 팔을 잡아끌었다.

"가자, 안경은 다음에 내가 고쳐서 갖다 줄게. 일단은 뭐가 잘 안 보이기만 하면 되는 거지?"

"어? 어……."

떨떠름하게 대답하는 반휘혈을 데리고 노점상 앞에 서자, 무료하게 앉아 있던 남자가 자리에서 일어났다.

쾌활하게 웃으며 막 말을 꺼내려던 그에게 내가 외쳤다.

"저기요! 혹시 여기서 제일 안 보이는 안경이 뭐예요?"

내 질문에 어리둥절한 표정을 지은 남자가 대답했다.

"네? 선글라스 찾으세요?"

"아니, 선글라스 말고……."

"안 보이는 안경이요? 오래돼서 안경알이 뿌옇고, 뭐 그런 걸 말씀하시는 건가?"

"정확해요!"

내가 단호하게 외치자, 순간 남자의 표정이 흐트러지며 뭐 그런 걸 찾는담, 하는 눈빛을 했다.

그러나 장사는 장사. 그는 금세 표정을 다잡고는 친절한 태도로 안경 이것저것을 들어 보였다.

"이것도 오래됐고요, 이것도, 아, 이것도요."

그 무렵 나는 불안한 얼굴로 옆의 반휘혈을 돌아보았다. 아무리 흠 나고 오랫동안 닦지 않아서 뿌옇다고는 해도 실제로 도수가 있는 안경을 쓰는 것과는 비교가 안 될 텐데, 이걸로 괜찮을까?

다시 남자를 본 내가 조심스럽게 물었다.

"한번 써 봐도 될까요?"

"아이고, 네, 그럼요."

흔쾌하게 떨어진 대답에 나는 안도하며 반휘혈을 돌아보았다.

한편 반휘혈은 허락이 떨어진 그 순간 오히려 딱딱하게 굳어서는 어쩔 줄을 몰라 했다. 왜 그래? 내가 묻자, 그는 덥수룩한 앞머리를 매만지며 중얼거렸다.

"진짜 괜찮을까. 지금, 길거리인데⋯⋯."

"아."

"안경을 벗으면 지나가는 사람들이⋯⋯ 또, 저 아저씨도."

아저씨? 지목 받은 남자의 눈썹이 조금 꿈틀했지만 그것에 신경 쓸 여유가 없었다.

나는 턱을 매만지며 반휘혈과 같은 고민에 빠졌다. 반휘혈이 시비를 걸고 다니는 모습을 직접 본 적은 없지만, 아까 견우인가 건우인가 하는 사람이 말하는 내용을 보면 꽤 심각한 것은 분명했다.

나는 주변을 두리번거렸다. 평일이라 아직 지하철이 끊기지도 않아서, 역 앞은 여전히 대학생들과 퇴근한 회사원 무리들로 복작거렸다. 만약 이곳에서 개인도 아니고 단체로 시비가 붙기라도 한다면? 나는 어깨를 떨었다.

그러나 안경을 써 보지도 않고 살 순 없는 노릇이었다. 내내 고민하던 나는, 마침내 고개를 들고 말했다.

"저기, 너 아까."

"응."

"나는 때릴 마음 안 들었지?"

그러자 반휘혈이 주저 없이 고개를 끄덕였다.

그거면 됐다. 나는 당장 옆을 돌아본 다음, 매대 위에 놓인 안경 중에 가장 세련된 디자인의 안경을 집어 들었다.

내가 손을 뻗어 안경을 벗기자 반휘혈이 흠칫하고 놀라더니 반사적으로 옆을 돌아보았다. 그의 고개를 다시 앞으로 돌려놓으며 내가 말했다.

"어디 보지 말고 여기만 봐, 나만. 알았지?"

"왜 이래라저래라야."

"……."

안경을 벗자마자 험한 소리가 튀어나오는 반휘혈의 모습에 나는 속으로 하하 웃었다.

아무튼 말은 그렇게 했어도 반휘혈은 내게서 눈을 떼지 않고 얌전히 있었다. 길이 좁아서 사람들이 그에게 툭툭 부딪칠 때마다 미간이 큰 폭으로 일그러지긴 했지만, 용하게 주먹이 나가는 것은 참고 있는 모양이었다.

그 틈을 타 그에게 급히 안경을 씌운 내가 물었다.

"어때?"

"어떻기는, 안경이 다 같지 뭐가 어쩌고……."

"아니, 말투만 봐도 실패인 거 알겠다. 가만있어 봐."

다시 고개를 돌린 나는, 다음 안경에 손을 뻗었다.

안경을 가져오며 힐끗 시선을 돌리자, 노점상 주인은 반휘혈의 모습에 다중 인격자라도 본 듯 창백한 얼굴을 하고 있었다.

하하, 어색하게 고개를 돌리고 다른 안경을 씌운 내가 다시 물었다.

"어때, 이건?"

"짜증 나게 하지 말고 당장 제일 더러운 것부터……."

"미안. 이번엔 제대로 찾을게."

고개를 돌리며 나는 칫 하고 혀를 찼다.

사실 반휘혈 본인은 전혀 관심이 없겠지만, 내 딴에는 반휘혈의 두껍고 촌스러운 안경이 괜히 아쉬운 나머지 이참에 세련되고 예쁜 안경으로 바꿔 주고 싶은 마음이 있었는데, 역시나 그런 건 관리가 잘되어 있어선지 먹혀 들지 않았다.

어쩔 수 없이 얼마 안 남은 투박하고 유행이 지난 안경들로 손을 뻗으며 내가 물었다.

"그러고 보니까, 반휘혈."

"왜."

내뱉는 목소리가 여전히 까칠한 걸 보고 나는 고개를 주억거렸다. 음, 이것도 아닌가 보군. 그리고 그에게서 안경을 빼내며 내가 물었다.

"너 왜 나는 때리고 싶은 생각이 안 들어?"

아까 거침없던 걸 봐선 딱히 여자라고 봐주는 성격도 아닌 것 같고, 그냥 말 그대로 상대를 가리지 않고 물어뜯는 투견에 가까운 것 같던데. 짐작 가는 이유가 아주 없는 건 아니지만.

나는 중얼거렸다. 역시 처음 사귄 친구라서인가?

흠, 나는 고개를 살짝 기울였다. '너는 내 첫 친구니까' 같은 대사, 드라마에서 나오면 오글거린다고 싫어하겠지만, 막상 특별 취급당하는 상황이 되니까 기분은 별로 나쁘지 않은데?

기분 좋은 긴장감 속에서 나는 반휘혈의 대답을 기다리며 다음 안경을 들어 올렸다.

그런데 막상 안경을 씌워 주려고 마주친 반휘혈의 표정이 아주 미묘했다.

내가 물었다.

"왜 그래? 내가 뭐 그렇게 이상한 질문했어?"

"아니, 너는……."

그리고 한참을 말이 없는 반휘혈의 모습에 나는 불안해졌다. 나를 내려다보며 마치 물가에서 노는 어린애를 보는 듯한 표정을 짓는 반휘혈을 보던 내가 말했다.

"아. 야, 잠깐만."

"……."

"너 뭐, 곧 죽을 것 같아서라거나, 소 잡을 칼로 쥐 잡는 격이라서라거나, 장구벌레처럼 약해서 그런다고 할 거면 차라리 아무 말도 하지 마라."

그러나 역시나 안경 벗은 반휘혈은 고분고분하지 않았다.

당장 인상을 쓴 그가 큰소리로 말했다.

"물어봐 놓고 왜 대답하려니까 대답도 하지 말라고 해. 네가 뭔데? 내가 너희 집 개냐?"

"아니, 그게 아니라! 야이씨, 나는 그땐 대답이 그건 줄 모르고……."

"대답을 예상했으면 뭐 하러 물어봤는데? 지금 나 똥개 훈련시키냐? 어?"

젠장. 나는 이마를 짚으며 작게 휘청거렸다. 말투는 더러운데 의외로 찌르는 말은 전부 정론이라서 제대로 반박을 할 수가 없었다.

그러게, 내가 대답을 예상했으면 그냥 그대로 믿고 넘어갈 일이지 왜 너한테 군이 대답을 들어서 확인하려고 했을까! 두 손을 들어 얼굴을 가린 나는 힐끗 주변을 둘러보았다. 얼이 빠진 노점상 주인과 눈이 마주치자 속으로만 비명을 질렀다. 어떡해, 장구벌레 어쩌고 하는 거 들었나 봐! 쪽팔려!

나는 내친 김에 다른 곳으로도 고개를 돌렸다. 설마 또 들은 사람 있진 않겠지?

그때, 여기서 얼마 떨어지지 않은 곳에 멍하니 서 있던 사람과 눈이 마주쳤다. 어른스러운 실루엣에 처음엔 대학생이라고 생각했는데, 자세히 보니 인근 학교 교복을 입고 있었다.

붉고 탐스러운 머리카락은 크게 굽이치며 허리까지 내려왔고, 어른스러운 이목구비는 화장을 해서 더욱 진하고 선명하게 보였다. 어디선가 저 비슷한 얼굴을 본 것도 같았다. 중화권 여배우였는데, 판빙빙이던가? 하여간 무심코 돌아보았다가 헉 하고 숨을 들이키게 될 정도로 예쁘고 화려한 얼굴이었다.

그러나 내가 놀란 이유는 따로 있었다.

그때 거기서 본 사람이잖아! 고개를 휙 소리 나게 돌린 나는 비명처럼 외쳤다. 클럽에서! 파피용인가 하는, 루다 구출 작전 때문에 루카스와 잠입해야 했던 회원제 클럽의 2층에서 분명히 본 적이 있었다.

너무 정신이 없었던 데다 조명이 어두웠던 탓에 한눈에 알아보지 못했지만, 이렇게 길바닥에서 마주치고 나니 미모가 남다르긴 남달랐다. 당시 남학생들이 성인으로 착각했어도 무리는 없겠다 싶었다.

아니, 그보다 왜 저렇게 이쪽을 보는 거람? 시선이 따끔거리다 못해 볼이 뚫릴 지경이었다. 손바닥으로 얼굴을 가린 나는 손가락 틈새로 그녀를 살폈다.

자세히 보니 그녀의 시선은 내가 아니라 나를 통과해서 내 앞, 그러니까 반휘혈에게 못 박힌 듯 꽂혀 있었다.

반휘혈이 투덜거리는 소리가 들렸다.

"갑자기 사람 가만히 세워 놓고 뭐 하냐."

"아니, 잠깐 있어 봐."

"아까 너 쫓던 녀석들 또 있어? 내가 혼내 줘?"

반휘혈, 위풍당당하니 멋있긴 한데 아무래도 이번에 쫓기는 건 내가 아니라 너 같은데!

뒤에서 발소리가 들렸다. 이쪽을 멍하니 보고 있던 붉은 머리 여학생이 어느새 우리의 바로 뒤까지 다가와 있었다.

초조한 듯 시계와 우리를 번갈아 보고 있던 노점상 주인이 무심코 그쪽을 보고는 입을 헤 벌렸다. 반여령을 처음 본 남자들과 거의 똑같은 반응이었다.

사뭇 조심스러운 목소리가 내 등 뒤에서 흘러나왔다.

"반휘혈? 말도 안 돼, 너 반휘혈이야? 진짜?"

신경질적으로 손가락을 퉁긴 반휘혈이 심드렁히 대답했다.

"너는 뭔데 처음 보는 사람한테 진짜 가짜를 따져. 내가 핸드백이냐? 엉?"

아이고, 반휘혈. 나는 이마를 짚었다. 제발 좀!

고개를 휙 돌린 나는 가장 더러운 안경을 급히 찾기 시작했다.

나는 그렇다 치고, 다른 사람이랑 멀쩡하게 대화하게 하려면 안경 하나를 얼른 찾아서 씌워 줘야 할 것 같은데.

내가 가판대 위를 급히 뒤지는 와중에도 대화는 계속되었다.

반휘혈의 그런 대답에도 여자애는 전혀 놀란 기색이 아니었다. 오히려 감격스럽다는 듯 손을 들어 얼굴을 가린 그녀가 외쳤다.

"너⋯⋯! 그 익숙한 싸가지! 진짜 반휘혈 맞구나!"

"뭐?"

"어머, 세상에! 매일 들을 땐 거지 같던 그 말투도 오랜만에 들으니까 반가울 때가 오네! 세상 오래 살고 볼 일이다, 진짜."

"뭐, 거지 같아? 오래 살았으면 그만 살게 해 줘?"

두 사람의 환상적으로 맞물리지 않는 대화를 듣던 나는 조용히 고개를 돌리고 안경을 찾는 데 열중했다.

음, 보아하니 저 여자애도 반휘혈과임이 틀림없다. 내가 끼어들 여지는 없겠군.

그러다 초조한 노점상 주인의 얼굴을 본 내가 가장 더러운 안경 하나를 급히 낚아챘다.

"저, 이걸로 살게요! 너무 늦어서 죄송합니다."

"아니, 뭐⋯⋯."

머쓱히 뒤통수를 긁적이는 노점상 주인에게 황급히 지폐를 건넨 내가 다시 옆을 돌아보았다.

주변에 정상적인 사람이라곤 거의 없는 나조차도 태어나서 한 번도 못 들어 본 기이한 대화가 이어지고 있었다.

반휘혈을 유심히 들여다보던 여자애가 신기한 듯 말했다.

"와, 말투는 그대론데 얼굴은 왜 이렇게 변했어? 너 머리를 왜 그러고 다녀? 혹시 원시인 콘셉트야? 너, 약간 개 닮았다. 박물관은 살아 있다에 나오는, 오스트랄로피테쿠스라고……."

"뭐? 그거 공룡 아니냐? 공룡한테 머리털이 어딨는데, 장난하냐."

"어머머, 맞아 맞아. 이랬었지, 너. 이름 하나는 진짜 못 외웠었지. 너 혹시 내 이름 뭔지 알아?"

"대리석 아니냐."

"뒈진다, 진짜. 모나리자라고 부르는 놈들도 참아 넘기겠는데 넌 아니야, 넌."

"너야말로 티라노사우루스라고 부른 대가를 치러라."

"오스트랄로피테쿠스거든, 미친놈아?"

그래 어디, 오늘부터 서열 1위 내가 한번 해 보자. 그런 소리를 하며 분연히 달려들던 여자애를 향해 내가 조심스럽게 말을 꺼냈다.

"저기요……."

그러자마자 여자애는 물론이고 반휘혈도 휙 소리 나게 이쪽을 돌아보았다.

그들이 일제히 신경질적인 목소리로 외쳤다.

"뭐!!"

"왜!!"

"빈틈!"

빠르게 외친 나는 후다닥 달려가 반휘혈에게 방금 획득한 안경을 씌웠다.

나는 잔뜩 긴장한 얼굴로 반휘혈의 변화를 살폈다. 두꺼운 검은 안경테 너머로 번득이던 안광이, 이윽고 전원이 꺼진 손전등처럼 서서히 사그라지는 것을 본 나는 안도의 한숨을 내쉬었다. 휴우.

그때 옆에서 뻣뻣한 물음이 날아왔다.

"방금 뭐 한 거야?"

"네?"

"혹시, 네가 새로운 서열 1위?"

나는 다급히 고개를 내저었다. 무슨 소리야, 그럴 리가 없잖아!

하지만 확실히 그녀 입장에서는 내가 간단한 행동 하나로 반휘혈의 분노를 잠재운 듯 보일 테니 오해할 만도 했다.

안경과 반휘혈 사이의 관계를 어떻게 설명해야 하나. 내가 인상을 쓰고 있는데, 의외로 그 말에 대답한 것은 반휘혈이었다.

그가 차분한 목소리로 말했다.

"장구벌레의 세계에선 1위일 수 있어."

"야."

하여간 말투만 달라질 뿐, 하는 생각은 여전해 가지고.

인상을 찌푸린 내가 반휘혈의 무릎 뒤를 살짝 찍었다. 반휘혈은 아무런 대답도 없이 아야, 하며 살짝 눈썹을 찡그릴 뿐이었다.

그리고 다시 고개를 들자, 여자애는 마치 세계 멸망이라도 목격한 듯한 표정으로 나를 보고 있었다.

그녀가 믿을 수 없다는 듯한 얼굴로 물었다.

"……방금, 정말로 뭐 한 거야?"

고개를 긁적이다 말고 옆의 반휘혈을 돌아본 나는 작게 한숨을 내쉬었다.

* * *

"흐음."

벤치에 나란히 앉은 그녀는 반휘혈에게서 안경을 쏙 빼냈다. 그런 즉시 반휘혈의 미간이 일그러지며 험한 소리가 흘러나왔다.

"죽을……."

그녀는 다시 안경을 씌웠다.

"지금 뭐 하는……."

다시 안경을 벗겼다.

"진짜 죽는……."

다시 안경을 씌웠다.

"하지……."

보다 못한 내가 조심스럽게 불렀다.

"저기요."

그제야 겨우 내 존재를 알아차린 듯 화들짝 놀란 그녀가 이윽고 손등으로 입을 가리더니 웃으며 말했다.

"아, 미안. 너무 재밌어서. 왜 그, 스위치 누르면 움직이는 인형 껐다 켰다 하는 느낌? 배 누르면 말하는 인형 배 계속 누르는 느낌? 뭔지 알지? 인형 계속 누르면 '사랑해' 하다가 '사사사사……' 하면서 버퍼링 되는 거."

"아, 네……."

"사랑의 메시지를 죽음의 경고로 바꿔 버리다니, 짜릿하잖아."

그렇게 말하면서 주먹을 불끈 쥐는 그녀를 보며 나는 생각했다. 아무튼 이 사람도 정상은 아냐…….

혹시 서열들은 다 이런 걸까? 나는 전에 보았던 황시우와 우산을 떠올렸다. 그리고 방금 들은 그녀의 정체를 생각했다.

전국 서열 11위, 대리자. 직책이 대리자란 게 아니라 성이 대, 이름이 리자였다. 전국 서열 5위인 강한과 이복 남매이며 부모님들이 각각 살림을 차린 덕에 성씨는 달라졌지만 끈끈한 우애를 유지하고 있다고 했다.

아무래도 이름이든 사연이든 정말 소설 같구만. 나는 혁를 찼다. 어쩌면 대리자도 내가 모르는 다른 소설의 주인공일지도 모르겠다. 외모를 포함해서.

다시 반휘혈에게 안경을 씌워 준 그녀가 선선히 말했다.

"아무튼 정말 놀랐지 뭐야. 1년 동안 깨끗이 사라져 있던 애가 다른 곳도 아니고 서울 한복판 전철역 앞에 떡하니 나타나 있으니까. 환상을 보는 줄 알고 몇 번이나 눈을 비볐는데, 말투하며 목소리까지 똑같잖아. 머리 스타일 때문에 하마터면 못 알아보고 지나갈 뻔했는데."

"아……."

힐끗 고개를 돌려 벤치 끝에 앉은 반휘혈을 본 그녀가 말을 이었다.

"저 성질머리에 오래 숨어 있을 순 없을 거라고 생각했거든. 하루에 한 번 일을 치느라 바쁜 성격이니 어디서라도 곧 소식이 들려올 거라고. 그런데 정말 아무런 소식이 없잖아? 설마 안경을 쓰면 성격을 죽일 수 있을 줄은 몰랐어."

"하하……."

나는 어색하게 웃었다. 역시 안경을 쓴다고 성질이 죽는 것은 소설 주인공을 모아 둔 것 같은 전국 서열들 사이에서도 상식 밖의 일임은 분명했다.

그때, 그녀가 말을 이었다.

"혹시 너 원래 쓴다던 안경은 네 동생 거야? '그 사건' 이후로 다들 걱정했어, 네가……."

"대리석."

그러자 그녀의 어깨가 움찔 굳었다. '대리자다, 미친놈아.' 하고 한마디 할 법도 한데, 그러는 대신에 그녀는 입술을 꾹 깨물더니 낮은 목소리로 말했다.

"미안해, 내가 너무 무심했어."

"……."

"나도 오빠가 있으니까, 네가 어떤 기분일지 아예 짐작이 안 가는 건 아니야. 정말 미안해."

그렇게 말하며 시선을 떨어트린 그녀가 무릎 위에 올려놓은 손을 꼼지락거렸다. 그 모습을 보며 나는 또 한 번 숨이 턱 막혀 오는 것을 느꼈다.

전 같으면 무슨 말인지 몰라 고개만 기웃거렸겠지만 반휘혈의 정체가 밝혀진 지금, '그 사건'이 무엇인지, 또 반휘혈이 동생의 안경을 쓰고 다닌다는 것이 무엇을 의미하는지 모를 수는 없었다.

은형이만큼이나 소설의 필연성에 의해 고통 받은 사람이 여기에도 또 하나 있었다. 하지만 이번에도 안다고 해서 내가 어떻게 해 줄 수 있는 일이 아니었다. 나는 그들에게서 고개를 돌리고 슬그머니 한 칸 떨어져 앉았다.

그때, 마침 대리자가 입을 열었다.

"너 말이야, 서열전 소식이라고는 하나도 모르지? 아예 몸만 숨긴 게 아니라 의도적으로 이쪽 소식은 전부 끊고

산 거지?"

"……."

반휘혈이 대답하지 않는 것을 보며 나는 그의 침묵이 긍정임을 깨달았다.

그러자 한숨을 내쉰 대리자가 말을 이었다.

"네가 없는 사이 많은 일이 있었어."

"듣고 싶지 않다."

단호하게 대답한 반휘혈이 휙 몸을 일으키는 그때, 날카로운 외침이 터져 나왔다. 나도 반휘혈도 흠칫 놀라 그쪽을 돌아보았다.

"들어! 이번만큼은 너도 알아야 해. 정말, 정말 중요한 문제란 말이야. 게다가!"

잠시 몸을 푹 숙이고 숨을 고른 그녀가 말을 이었다.

"너랑, 그 사건도 연관되어 있어."

비로소 눈을 크게 뜬 반휘혈이 그쪽을 돌아보았다.

입술을 작게 깨문 그녀가 말을 이었다.

"네가 서열 1위를 누구에게도 넘겨주지 않고 행방불명이 된 데다, 올해는 공하루마저 졸업했어. 이게 무슨 뜻인지 알지? 서열 1, 2위가 전부 공석이 돼 버렸단 얘기야."

"그래서?"

"가장 중요한 서열 1, 2위가 없는 이상, 아래 서열들이 무슨 소용이란 말이야? 해서 이번 서열전에서는 모든 순위를 전부 리셋 하고 다시 시작하기로 했어. 알겠어? 네 서열을 누가 대신 차지해 버릴 수도 있다는 얘기야!"

그 말을 잠자코 듣고 있던 나는 반휘혈에게로 고개를 돌렸다. 그는 그게 뭐 어땠냐는 둥의 뚱한 표정을 짓고 있을 뿐이었다. 정말 그 자리엔 아무런 미련도 없는 건가? 나는 다시 대리자를 돌아보았다.

그녀는 돌연 날카롭게 눈을 치뜨더니 쏘아붙였다.

"만에 하나 황시우 같은 녀석이 서열 1위가 돼 버리면 어떡할래?"

"상관없어."

여전히 미련 없는 그의 말투에 나는 눈을 깜빡이며 그를 올려다보았다. 아니, 나 같은 평범한 학생이야 누가 서열 1위가 되든 말든 알 바는 아니지만, 황시우가 돼 버려도 상관없다고? 그건 좀 아니지 않나. 더군다나 반휘혈은 황시우에게 괴롭힘당한 전력까지 있는데. 나는 침을 꼴깍 삼켰다.

반휘혈의 대답을 들은 대리자가 답답한 듯 외쳤다.

"상관이 없기는 왜 없어! 황시우 같은 녀석들이 서열 1위가 돼 버리면 어떤 일이 일어날지 몰라?! 그런 녀석들이 나머지 서열들을 조직적으로 움직여서 자기 마음에 안 드는 녀석들을 쓸어 버리고 다니면 어쩔 건데? 그러면 우리조차 어떻게 해 볼 수가 없단 말이야!"

뭐라고? 그거야말로 끔찍한 소리였다.

내가 눈을 부릅뜨고 침만 꼴깍 삼키는 그때, 우리 둘을 번갈아 보던 대리자가 한숨을 깊이 내쉬며 벤치에 등을 기댔다.

한풀 꺾인 목소리가 이어졌다.

"지금까지는 우리가 그럭저럭 핸들을 잡고 제어할 수 있었어. 그건 어디까지나 네 자리를 대신한 게 공허루였고, 서열 1위 자리가 비어 있었기 때문에 가능했던 거지. 하지만 만약, 이번에 이상한 녀석이 나타나서 서열회를 엉뚱한 방향으로 이끈다면…… 우리가 막을 수 있을 거란 보장이 없어."

그리고 그녀는 반휘혈에게 손을 내밀었다.

"차라리 돌아와, 서열전이 열리기 전에. 그러면 우리는 다른 사람을 서열 1위로 맞이하지 않아도 돼."

잠시 침묵이 흘렀다. 괜히 긴장되는 기분에 나는 힐끗거리며 두 사람의 눈치를 살폈다.

어쩌다 내가 끼게 되었을 뿐, 만약 이 소설이 반휘혈의 일대기를 다룬 소설이었다면 지금 이 일이 주요 장면 중하나였으리란 사실 정도는 알겠다. 두 사람의 모습에는 마치 은둔하는 왕과 왕의 귀환을 청하는 기사 같은 엄숙미가 있었다.

나는 잔뜩 긴장한 채 반휘혈을 바라보았다. 그는 아무런 표정도 짓지 않고 대리자가 내민 손을 무심하게 바라볼 뿐이었다.

한참의 시간이 흐르고 나서야 마침내 그의 입이 열렸다.

"난…… 더는 아무도 때리지 않아. 누구의 위에 서지도 않을 거고. 그래서는 그놈들과 똑같아질 뿐이니까."

비로소 우리를 둘러싸고 있던 무거운 공기가 사라졌다. 나는 고개를 돌리며 참고 있던 숨을 터트렸고, 대리자는 포기한 듯 고개를 떨구었다.

그런 그녀를 보고 있는데, 반휘혈이 내게로 손을 까닥했다. 설마 나? 내가 손을 들어 나를 가리키자 반휘혈이 고개를 끄덕였다.

"너 말고 누가 있어."

아니, 엄연히 내 옆에 대리자가 있는데……. 너 정말 안경 써도 너무한 건 똑같구나. 잠시 망설이던 나는 가방을 추슬러 자리에서 일어났다.

바로 그때였다. 고개를 푹 숙이고 있던 대리자가 문득 손을 들어 자신의 주머니를 뒤지기 시작했다.

그러면서 그녀가 말했다.

"반휘혈, 마지막으로 하나만 묻자."

반휘혈이 고개를 기울였다.

"이 문자 말이야. 설마."

그렇게 말하면서 그녀가 꺼낸 핸드폰 화면을 보고 나는 잠시 충격에 빠졌다. 저게 대체 뭐람.

[보낸 사람 : 알 수 없음

내용 :

때려서 미안하다.

반성하고 있다.

다시는 안 그러겠다.

나도 맞겠다.]

눈앞으로 길게 흘러내린 머리카락을 쓸어 올린 대리자가 물었다.

"이거 설마, 네가 보낸 거야?"

망설임도 없이 대답이 돌아왔다.

"그런데."

"네가 미친 거지, 아주."

질렸다는 얼굴로 내뱉는 대리자를 보며 나도 이번만큼은 같은 심정이 되었다.

아니, 잠깐만. 저거 왠지 구조가 아주 익숙한데. 나는 잠시 모의고사에서 고난이도 국어 지문이라도 만난 듯한 기분으로 본격적인 문자 해석에 들어갔다.

'때려서 미안하다.', 네가 잘못한 일을 말하고.

'반성하고 있다.', 네가 반성하고 있다는 것을 알리고.

'다시는 안 그러겠다.', 마지막으로 앞으로 다시는 안 그러겠다는 말과 함께.

'나도 맞겠다.', 그 각오를 몸소 증명하기 위해 어떻게 행동할지를 적어라.

하아. 마침내 해석을 끝낸 나는, 두 손을 들어 화끈거리는 얼굴을 감쌌다. 어떡해, 정말⋯⋯.

"저거 내가 알려 준 사과문 작성 요령 그대로잖아⋯⋯."

반휘혈 너, 정직해도 너무 정직하게 적은 거 아니냐?

그보다 설마, 그때 나한테 그걸 물어봤던 게 자기가 과거에 때렸던 녀석들에게 사과하기 위해서였다고? '반성한답시고 여기서 이러고 있지 말고 직접 가서 사과하라'는 내 말 때문에?

못 살아, 진짜. 나는 두통이 찾아와서 지끈거리는 관자놀이를 꾹꾹 눌렀다.

대리자도 나만큼이나 어처구니 없어하는 목소리로 물었다.

"반휘혈 너 설마, 이걸 사과라고 쓴 거야? 진짜로?"

잠시 망설이던 반휘혈이 고개를 끄덕였다.

"적어도 반성하고 있다는 뜻은 전달될 줄 알았는데."

그러자 대리자는 당장에 잔뜩 질린 얼굴이 되었다. 이윽고 벤치에 풀썩 기댄 그녀가 반휘혈을 향해 휘휘 손을 저어 보였다. 그러면서 그녀가 하는 말이 내 심장에 푹 꽂혔다.

"야, 너는 서열회에 돌아오지 않는 편이 낫겠다. 이 문자 받고 열 받은 놈들이 널 암살하려 들지도 모르니까."

“…….”

나는 식은땀이 내 등을 타고 흐르는 것을 느꼈다. 나는 중얼거렸다. 망했다.

고개를 들자, 아니나 다를까 반휘혈은 대리자가 아닌 나를 향해 뭐라고 해야 할까…… ‘브루투스, 너마저’ 같은 눈빛을 보내고 있었다.

나는 괜히 억울한 마음에 얼굴을 와락 구겼다. 아니, 나라고 네가 그 따위로 문자를 보낼 줄 알았겠냐? 그럴 줄 알았으면 너를 붙들고 첨삭이라도 해 줬지! 네 파괴적인 필력이 문제인 거지, 내 조언이 잘못된 게 아니거든?

그때, 대리자가 다시 한번 손을 휘휘 내젓더니 말했다.

“됐어, 너 같은 또라이한테 돌아오라고 한 내가 바보지. 생각해 보니 앞으로 다시는 얼굴 볼 일 없고 잘됐네. 당장 가, 꺼져 버려.”

“…….”

대리자가 반휘혈을 미련 없이 포기하게 하는 데 그 문자가 일조한 것 같긴 했지만, 도움이 되었음에도 불구하고 나는 별로 기쁘지 않았다.

복잡한 심경으로 대리자를 응시하는 내게 반휘혈이 다시 손을 까딱였다. 그제야 나는 가방을 안고서 그쪽으로 걸음을 옮겼다. 그에게로 향하는 발걸음이 무거웠다.

*　*　*

　다행히 집으로 가는 길에 반휘혈은 사과문에 대해서는 별다른 말을 하지 않았다.

　'네가 쓰라는 대로 썼는데 암살당하다니, 그게 무슨 소리지? 나를 음해하려는 음모인 건가?' 같은 말을 했다가는 당장 사극에 나오는 대신처럼 '억울하옵니다, 폐하아아!' 하면서 바닥에 머리라도 박아야 할 것 같았는데.

　다만 그는 내 주머니를 힐끗 보더니 물었다.

　"핸드폰은?"

　"아, 핸드폰."

　나는 주머니에서 핸드폰, 아니, 한때 핸드폰이었던 것을 꺼내 보였다.

　핸드폰은 허리가 예쁘게 동강 나 있어 아무래도 살아 있을 것 같지는 않았다. 혹시나 싶은 마음에 전원 버튼을 눌러 보았지만, 역시나 기적 같은 건 없었다.

　새까만 화면을 답답한 마음으로 내려다보던 내가 말했다.

　"내일 토요일이니까 낮에 서비스 센터 가서 고치지, 뭐."

　그러자 반휘혈은 고개를 끄덕였다.

　이윽고 반휘혈의 가게로 가는 길과 우리 집으로 가는 갈림길에 선 내가 인사를 건네려는데, 반휘혈이 불쑥 말했다.

"저기."

"응?"

무심코 돌아본 나는, 내 앞에 불쑥 내밀어지는 핸드폰을 보고 미간을 살짝 구겼다.

반휘혈이 담담하게 말했다.

"주말 정도는 핸드폰 없어도 괜찮으니 가져가. 연락 올 사람도 없고."

반휘혈의 마지막 말에 나는 잠시 엄지와 검지로 콧등을 지그시 눌렀다. 반휘혈, 너 방금 엄청 슬픈 말 아무렇지도 않게 한 거 알고 있니……

아니, 그보다도. 나는 조용히 고개를 내젓고는 말했다.

"안 돼. 나, 핸드폰 빌리는 데 트라우마 있어."

반휘혈이 어리둥절한 듯 고개를 갸우뚱했다. 내가 말을 이었다.

"전에 나한테 잠깐 핸드폰 빌려줬던 녀석이 그대로 납치…… 아니, 연락 두절됐던 적이 있어서."

이루다의 경우를 떠올린 나는 입 속으로 중얼거렸다.

그때 내가 속으로 '차라리 핸드폰을 빌리지 않았으면 마지막 인사라도 할 수 있지 않았을까' 하는 생각을 얼마나 많이 했는데. 혹시나 그게 일종의 법칙이라서 내가 핸드폰을 빌린 다음 주에 반휘혈이 학교에 나오지 않으면 어떡해.

고개를 가로저은 내가 말했다.

"아무튼, 나는 이만 가 볼게. 아까 너 만났을 때는 내가 지름길로 가려고 해서 그런 거고, 이제 제대로 큰길로만 갈 거니까 괜찮아."

"아⋯⋯."

그런데 복잡한 표정으로 나를 보던 반휘혈은 불쑥 핸드폰을 꺼내 어딘가로 전화를 걸기 시작했다.

방금까지만 해도 필요 없다더니? 의아해하며 그 모습을 바라보던 내게 이윽고 통화를 끊은 그가 말했다.

"조금 늦는 거 허락 받았어. 가자."

"응?"

"데려다줄게."

나는 그렇게 말하는 그를 빤히 올려다보며 중얼거렸다. 방금 좀 감동해야 하는 순간이었던 거 맞지?

그런데 왜 나는, '요 며칠간 내가 반휘혈에게서 들은 말 중에 가장 제대로 된 말이었다'는 생각밖에 안 드냐⋯⋯. 작게 한숨을 내쉰 나는 반휘혈과 나란히 걸음을 옮겼다.

역 앞을 벗어나 걸으면 걸을수록 길은 점차 으슥해졌다. 횡단보도를 세 개 넘게 건넜을 때는 이미 주변에 차가 쌩쌩 달리는 도로와 신호등, 불이 꺼진 건물들 외엔 아무것도 남아 있지 않았다.

그러다 집으로 가는 마지막 횡단보도 앞에서였다. 반휘혈이 불쑥 입을 떼었다. 나는 그를 돌아보았다.

"함단이."

"응?"

"그토록 약하면서도 남을 망설임 없이 도와줄 수 있다는 건 대단하다고 생각한다. 하지만."

나는 잠시 생각했다. 너, 사극 말투 또 소환됐네. 그리고 나는 이어질 그의 말을 기다렸다.

"……그러다 명줄 짧아질 수도 있다는 점을 알았으면 좋겠군."

그렇게 말한 반휘혈이 천천히 한숨을 내쉬었다. 협박이라기보다는 경험에서 우러나온 충고를 전해 주는 듯한 태도였다.

잠시 생각하던 나는 고개를 끄덕였다.

"그런 건 상관없는데, 그보다도──……."

"상관이 없어?"

어이없어하는 반휘혈의 목소리가 내 말을 끊었다. 아차, 내 말이 이상하게 들릴 수도 있다는 것을 깨달은 나는 얼른 말을 덧붙였다.

"내 백 선에서 어떻게 해결이 될 것 같아서."

"……."

"음. 내 백, 네 생각보다 좀 대단할걸. 진짜야. 아무튼, 그보다 중요한 건 따로 있는데."

반휘혈의 눈빛이 차분히 가라앉았다.

목소리를 낮춘 내가 말을 이었다.

"너, 아까 대리자 같은 서열들 말고…… 일반 학생들을 괴롭힌 적 있어?"

반휘혈의 눈에 의외라는 빛이 깃들었다.

크게 숨을 들이쉰 내가 말했다.

"너, 이거 확실히 해 줘야 해. 안 그러면 내가 앞으로 있을지도 모르는 일들에서 네 편을 들어줄 수가 없어."

잠시 정적이 흘렀다.

생각에 잠긴 듯하던 반휘혈이 이윽고 고개를 내저었다.

"그런 적은 없어."

"다행이다."

내가 안도의 한숨을 내쉬는 그때, 반휘혈의 말이 빠르게 이어졌다.

"하지만 그러는 녀석들과 어울린 적은 있어."

"아……."

"옛날의 나는 그런 일을 남 일처럼 생각했어. 그러다가……."

반휘혈은 무슨 이유에선지 아무것도 없는 제 빈손을 물끄러미 내려다보았다.

"……큰 대가를 치르고서야 내가 그런 일을 막을 수 있는 한 막아야 했다는 걸 알았지."

"음, 나는 일단 그걸로 괜찮은 것 같아."

그의 말을 듣던 나는 불쑥 그렇게 말하고는 도로로 내려섰다. 손바닥을 내려다보며 말을 잇던 반휘혈이 갑자기 고개를 들더니 나를 보며 황당하다는 표정을 지었다.

"뭐?"

"그럼 너 서열들이랑 싸울 때 빼고는 딱히 무고한 사람 건드린 적은 없는 거잖아."

"그런데."

"만약 네가 누군가한테 잘못한 일이 있는데 내가 널 도와주면 그 사람들한테는 미안한 일이 되는 거잖아. 그게 제일 고민이었거든."

물론 소설에서 본 바로는 전국 서열 1위가 비교적 선량한 시민을 건드리는 경우는 딱 하나, '어이, 내 마누라를 울린 사람이 너냐?' 뿐이었지만, 그래도 만에 하나라는 게 있으니까.

쓸데없는 곳에서 현실적인 소설이라 더욱 걱정이었는데, 이렇게 아니라는 말을 들으니 마음이 놓였다.

마지막으로 그의 등허리를 툭 친 내가 짐짓 쾌활하게 말했다.

"야, 네가 잘못한 게 있어도 황시우 샌드백이 돼 줄 필요가 없는데 심지어 잘못한 것도 없다며. 그럼 왜 맞고 있어. 걔쯤은 이겨 버려도 네가 전국 서열 1위인 거 아무도 모를걸? 걔, 워낙 허접이라서."

"……."

"내가 명줄 짧아지는 게 싫으면 황시우한테 맞아 주지 마. 아까 네가 말했던 대로, 나도 네가 그러고 있으면 끼어들기 싫어도 끼어들게 된단 말이야."

그러다가 문득 고개를 돌려 도로 반대편을 바라본 나는 앗, 하고 탄성을 터트렸다. 버스 정류장 바로 옆에 선 신호등의 초록불이 그새 깜빡이고 있었다.

반휘혈에게 허둥지둥 손을 흔든 나는 황급히 돌아섰다.

"그럼 나 진짜 가 볼게!"

"잠……."

뒤에서 반휘혈이 뭐라고 말하려는 듯했지만, 그새 신호가 바뀌고 경적을 울리기 시작한 차들 때문에 들리지 않았다.

모르겠다. 중요한 얘기면 월요일에 학교 가서 들을 수 있겠지, 뭐. 두 귀를 가린 나는 허둥지둥 횡단보도를 건너갔다.

마침내 인도에 이르러 무릎을 짚고 숨을 길게 내쉬는데, 문득 몸 앞으로 그림자가 길게 드리웠다. 흠칫 놀라 고개를 들던 내가 이윽고 내뱉었다.

"……여단 오빠?"

나는 반사적으로 그의 뒤에 있는 버스 정류장을 쳐다보았다. 버스 정류장 안의 전광판이 깜빡이며 12:10이라는 숫자를 토해 내고 있었다.

맙소사. 나는 입을 벌렸다. 대리자와 얘기를 하면서 보냈던 시간이 내 예상보다도 길었구나. 물론, 손목시계가 있었지만 볼 생각조차 못 했다.

아니, 잠깐만. 나는 머릿속으로 시간을 계산했다. 여단 오빠가 야자 끝난 지가 벌써 한 시간 하고 10분이 지났는데, 지금 여기에 있다는 얘기는……

내 눈이 불안하게 흔들렸다.

"여단 오빠."

내가 다시 부르자 그의 검은 눈이 나를 향했다. 잠시 심호흡을 한 나는 천천히 내뱉었다.

"공부하다가 야식 사러 편의점 왔구……. 아야야."

대뜸 볼이 잡아 늘려진 내가 급히 웅얼거렸다. 잘못했어요. 발음이 잔뜩 뭉개진 말이 들렸는지 어쨌는지 여단 오빠가 내 볼을 놓았다.

별로 아프지도 않은 볼을 괜히 문지르면서 나는 문득 생각했다. 여단 오빠에게 여동생 같은 취급 당해 본 건 오랜만이네. 이거, 사귀고 나서는 한 번도 당해 본 적 없는데.

여단 오빠가 말했다.

"왜 이렇게 늦게 다녀."

"미안. 집에 오는 길에 또 다른 친구를 만나서."

"연락은 왜 안 받고."

나는 어색하게 웃으며 주머니에서 두 동강 난 핸드폰을 꺼내 보였다. 그 모습을 본 여단 오빠가 당장 눈썹을 찡그리더니 말했다.

"누가 고의로 부러트린 거, 아니야?"

그 날카로운 눈썰미에 어깨를 흠칫 떤 내가 이윽고 고개를 내저었다.

"아니야, 내가 실수로 깔고 앉았어. 진짜야."

"네가 무거우면 얼마나 무겁다고 핸드폰이 이렇게 돼."

"아니, 오빠. 그건 좀 아닌 것 같아……."

핸드폰 한 개가 아니라 열 개라도 거뜬히 눌러 부러트릴 수 있는데.

어색하게 여단 오빠의 시선을 피하던 나는 이윽고 깨달았다. 여단 오빠의 시선이 계속 나와 횡단보도 저편을 번갈아 향하고 있다는 것을.

역시 반휘혈의 모습을 본 거겠지? 나를 기다릴 때면 늘 그렇듯이 버스 정류장에 앉아 있었으니까 그를 못 봤을 리는 없지…….

그러자 여단 오빠의 다음 반응이 궁금했다.

물론, 친구들과 놀러 다녀오겠다고 한 상황에서 자정을 훌쩍 넘겨 들어와 버린 사람으로서 당연히 핑계는 이쪽이 먼저 대야 한다는 것 정도는 알고 있다. 오해 받기 싫으면 내가 먼저 그가 묻지 않은 것까지 구구절절 설명해야 한다는 것 정도는.

하지만 아침 내부터 이어진 여단 오빠의 무관심이 나를 불안하게 했다.

나는 중얼거렸다. 그냥, 한 번만 먼저 물어봐 주면 안 될까? 그와 만나지 않는 시간 동안, 그가 모르는 곳에서 누구와 무얼 했는지, 궁금해 해 주길 바라는 게 이상한 건 아니잖아.

나는 잠시 숨 쉬는 것도 잊은 채, 가로등 불빛 속에서 굳어진 여단 오빠의 옆얼굴을 물끄러미 응시했다. 차들이 지날 때마다 차 조명이 여단 오빠의 얼굴 위로 창백한 색을 덧입혔다.

잠시 시간의 흐름마저 멈춘 것 같은 정적 속에서, 이윽고 이쪽을 돌아본 여단 오빠가 말했다.

"가자."

그 말과 함께 내 앞으로 불쑥 손 하나가 내밀어졌다.

한참 뒤에야 나는 작은 한숨과 함께 그 손을 잡았다. 침묵 속에서 우리는 아파트로 이어지는 언덕을 올랐다.

〈끝나지 않은 '인소의 법칙'들! 9권에서도 계속됩니다.〉